흥륭한 대원제국의 청사 1

大元盛世青史演義

Их Юань улсын мандсан төрийн Хөх судар

The Blue Sutra of the Rise of the Great Yuan State

지은이

웨. 인잔나쉬 V.Injannash, 1837~1892

내몽골 조스틴 촐간(현재 요녕성 몽골자치구)의 투메드 서부 지역에서 칭기스 칸의 27대손인 왕친 발의 일곱째 아들로 태어났다. 그는 몽골의 뛰어난 사상가이자 문인으로 19세기 몽골문학계를 대표하는 거성으로 손꼽힌다. 그는 원래 시로 창작을 시작하여 100여 편의 사색적이고 철학적인 시를 남겼다. 또 18세부터 소설 창작을 시작하여 『두견새전』, 『붉은 구름 같은 눈물』, 『단층 누각』, 『붉은 눈물을 흘리는 탕힘』 등의 작품을 저술했다. 그의 인생에 고난이 극했던 34세부터 그는 부친의 미완성 원고인 『청사』를 약 20여 년에 걸쳐 완성하는데, 이 작품으로 인잔나쉬는 몽골 역사소설뿐 아니라 몽골문학사에 불멸의 이름을 남겼다. 그는 시인이자 소설가, 미술가, 예술 이론가, 번역가, 뛰어난 역사가로 몽골 민족의 깊이 있고, 폭넓은 정신문화를 유산으로 남긴 대문호로 평가된다

옮긴이

이안나 Lee, Anna

몽골 구비문학과 몽골문화를 연구해 오고 있으며, 몽골 현대문학 작품을 번역, 출간해 왔다. 현재 한국외국어대학교 몽골어과 학술연구교수. 저서로 『몽골 구비서사문학과 문화의 상관성 연구』, 『몽골 영웅서사시의 통섭적 연구』, 『동몽골의 가치와 미래』(공저), 『몽골의 생활과 전통』, 『몽한사전』(공저), 『몽골 민간신앙 연구』, 『몽골인의 생활과 풍속』 등이 있으며, 『낙타처럼 울 수 있음에』, 『한 줄도 나는 베끼지 않았다』, 『샤먼의 전설』, 『*Сүгхян бүсгүйн домог*』(공역), 『*Гэрээ орхисон минь*』(공역), 『몽골의 설화』, 『몽골의 가정예절과 전통』, 『눈의 전설』, 『나뭇잎이 나를 잎사귀라 생각할 때까지』, 『말을 타고 가는 이야기』, 『칭기스 칸 영웅기』, 『몽골 현대시선집』 등의 역서와 30편 이상의 논문이 있다.

흥륭한 대원제국의 청사 1

초판인쇄 2024년 6월 20일 **초판발행** 2024년 6월 30일
지은이 웨. 인잔나쉬 **옮긴이** 이안나
펴낸이 박성모 **펴낸곳** 소명출판 **출판등록** 제13-522호
주소 서울시 서초구 사임당로14길 15 서광빌딩 2층
전화 02-585-7840 **팩스** 02-585-7848
전자우편 somyungbooks@daum.net **홈페이지** www.somyong.co.kr

값 32,000원
ISBN 979-11-5905-942-1 94830
ISBN 979-11-5905-941-4 (전6권)

이 저서는 2019년 대한민국 교육부와 한국연구재단의 지원을 받아 수행된 연구임(NRF-2019S1A5A7069254)

한국연구재단
학술명저번역총서

흥륭한 대원제국의 청사 1

大元盛世青史演義

Их Юань улсын мандсан төрийн Хөх судар

The Blue Sutra of the Rise of the Great Yuan State

웨.인잔나쉬 저
이안나 역

서해출판

일러두기

1. 이 역서는 몽골 건국 800주년을 기념해 몽골 현대문으로 출판된 인잔나쉬의 『청사』 I, II, III권을 번역한 것이다. 이 역서는 몽골문자(몽골비칙)로 된 69장 『청사』 1957, 1991년 간행본을 대조하여 몽골 국립대 교수팀이 몽골 현대문으로 옮겨 2005년 울란바토르에서 출간된 저서를 텍스트로 했다.
2. 본 저서는 공간적으로 넓은 지역을 아우르고, 시간적으로 오랜 세월에 걸쳐 벌어졌던 사건을 다루면서, 저자가 다양한 문헌을 인용했기 때문에 고유명사 전사에 통일성을 갖기 어려운 점이 있다. 그러나 몇 가지 원칙을 따랐다. 먼저, 인명이나 지명 등의 고유명사 전사는 가능하면 저자가 사용한 단어를 발음에 따라 전사하는 것을 기본으로 했다.
3. 다만 몽골비칙에서 호환되어 사용되는 자음 д, т에서 д가 끝에 사용되는 경우 т로 전사하거나 т를 д로 전사하기도 했다. 예를 들어, 케레이드를 케레이트, 탕구드를 탕구트 등으로 번역했다. 또 베트국은 원래 '우리나라'라는 의미가 있어, 빈번히 사용되는 '베데국'으로 전사했다. 또 у, ү 역시 호환이 되며, у는 몽골비칙에서 외국어 전사일 경우 ү로 발음되기도 하고, ү가 у로 발음되는 경우도 있다. '탕고트'의 경우 '탕구트'로 전사하는 일반적인 표기를 택하여 사용했다. 그러나 현재 일반적으로 사용되는 인명, 지명 표기가 다르더라도 у를 а나 그밖에 다른 모음으로 바꾸어 전사하지 않았다. 예를 들어, 한국에서 모훌리(Мохули)를 일반적으로 '무칼리'라고 하지만, '훌(хул)'의 у를 а로 전사하기 어렵기 때문에 모훌리 그대로 표기했다.
4. 또 х의 전사 표기가 к로 호환되기도 하지만 특별히 역사적으로 고착된 경우에만 호환된 к 발음을 택하고, 현재 일반적으로 사용되는 단어의 х발음을 그대로 х로 전사했다. 예를 들어, '호빌라이'를 '쿠빌라이'로 '헤를렌'은 '케를렌'이 아닌 '헤를렌'으로 전사했다.
5. 영문 표기의 경우 다음과 같이 했다.

а	б	в	г	д	е	ё	ж	з	к	и	й	л	м	н	о	ө
a	b	v	g	d	ye	yo	j	z	k	i	i	l	m	n	o	ö

п	р	с	т	у	ү	ф	х	ц	ч	ш	ъ	ы	ь	э	ю	я
p	r	s	t	u	ü	f	kh	ts	ch	sh	i	y	i	e	yu	ya

6. 본 역서의 각주는 3가지 형태로 이루어져 있다. 인잔나쉬 원저자의 각주는 본문 중에 **[원주]** 표기 후 설명을 달아 주었다. 몽골 현대문으로 옮긴이의 각주는 아래 각주를 달아 주었으며, 설명 앞 괄호 안에 [**몽골 현대문 역주**]라고 붙여 주었다. 역자의 부연 설명이 필요한 경우 **[역자 주]** 표기 뒤에 설명을 넣었다. 또 한국어 역자의 각주인 경우 여타의 표시 없이 아래 각주를 달아 설명을 하거나, 인용한 경우 뒤에 인용 서지를 붙이는 방식을 취했다.

옮긴이의 말

몽골학에 뜻을 두고, 몽골을 배움의 터전으로 삼은 지도 어언 25년이 지났다. 몽골에서 지냈던 10년 남짓한 세월 동안 유목민의 생활에 깊이 경도되어, 그들의 삶과 문화를 이해하고자 나름 시간을 잊고 살았던 것 같다. 몽골 생활 가운데 내게 가장 보람되고 기쁨을 주는 일 가운데 하나는 관심 주제에 관련된 도서를 찾고 수집하는 일이었다. 그렇게 모았던 도서 가운데 두툼한 3권의 『청사』도 포함되어 있었는데, 이 책을 언젠가 번역해 보리라는 막연한 생각을 했다.

세월이 흘러 『청사』를 번역할 기회가 왔고, 근 4년 가까운 긴 시간을 소요하며 번역 작업에 매진했지만, 처음부터 이 작업은 내 능력을 넘어서는 일이라는 것을 알았다. 이 저서는 19세기 저서로 무엇보다 현대문이 아닌 옛 문장 형태가 주를 이루어 주술 관계를 파악하는 데도 어려움이 있었다. 단어도 오늘날 쓰임과 다르거나, 쓰이지 않는 사어, 단어 형태가 다른 경우도 있어 번역 작업은 참으로 지난하기 이를 데 없었다. 또 고전 작품이 일반적으로 그렇듯 산문이라도 운문적 요소가 내재되어 있기 때문에 한 문장 안에서도 같은 단어가 반복되어 사용되는 경우가 적지 않아 문장 이해를 더욱 어렵게 했고, 또 사건의 공간적 배경이 광대해 중국이나 그밖에 외국 관련의 전사된 고유명사를 다시 전사하는 데도 어려움이 있었다. 할 수 없는 일을 하고 있다는 자책이 들 때마다 이 책을 저술할 당시 저자 인잔나쉬의 각고의 노력과 인고의 세월을 생각했다.

이 저서는 인잔나쉬가 아닌 그의 부친이었던 왕친발이 큰 뜻을 품고 저술을 시작한 것으로, 처음 8장을 쓰고 청나라 지배기의 혼란한 시대 상황 속에서 생을 마감하게 된다. 그때 인잔나쉬의 나이 11세였다. 이후 상당한 지적 소양을 가진 그의 자식들이 이 저서를 이어서 완성하고자 여러 번 머리를 맞대고 고민했지만, 흩어진 역사서를 정확히 짜 맞추고 시대와 인명, 지명 등을 정확히 찾아내는 데 상당한 시간과 노력이 요구되었기 때문에 집필을 이어가지 못한 채 결국 원고는 오랜 세월 그대로 방치되고 만다. 그러다 인잔나쉬의 삶에 고난의 회오리가 밀어닥쳤을 때 그는 다시 이 저서에 주의를 기울이고, 부친이 저술을 위해 모아둔 문헌 자료들을 샅샅이 살피면서, 부친의 미완성 원고를 이어서 저술하게 된다. 그런데 이 일은 그리 녹록한 작업이 아니었으며, 그의 생애를 바치는 일이 되었다. 그가 저술할 때의 생활을 언급한 것을 보면, "참으로 우둔한 지력으로 마음의 피를 토하고, 어두운 눈이 보이는 대로 수많은 자료를 살피며, 일천한 지식으로 인명과 지명을 찾아갔다. (…중략…) 먹고 마셔도 글을 쓰고, 쓴 글을 보고 또 보고, 살피고 또 살펴 어느 부분에 저술의 큰 사건이 누락되었는지, 구절이 잘못되고 빠지지나 않았는지 온 힘을 다해 자세히 그리고 면밀하게 살폈다. 머리가 희어지고, 얼굴에 주름이 생기고, 살이 빠지고 근육이 늘어지도록 저술 작업에 심혈을 기울였다"라고 했으며, "이것은 진실로 온 마음과 육신, 눈, 손, 오장이 다 지치도록 혼신의 힘을 기울인 작업이었다"라고 했다.

번역 작업이 힘들 때마다 이렇게 혼을 바쳐 저술한 작품을 평이하게 번역할 수 없는 것은 당연한 일이라고 마음을 다지며 번역에 임하곤 했다. 한편 저자는 그의 나이 34세 때인 1871년부터 1891년까지 약 20년에 걸친 인고의 세월을 견디며 작품 완성에 온 힘을 다한다. 인잔나쉬가 이 저서를 쓸 때는 아마도 모종의 큰 힘이 그를 음우하지 않았나 싶다. 칭기스 칸의 28대손이라는 그의 가계 내력이 이를 더욱 분명히 시사해준다.

이 작품은 칭기스 칸이 태어난 1162년부터 약 200여 년 동안의 역사적 사건을 바탕으로 한 120장의 대작이었다고 하나, 현재는 1162~1236년까지의 역사적 사건을 다룬 69장 본이 전해진다. 원래 몽골비칙몽골문자으로 전해지던 필사본이 여러 차례 다양한 방식으로 출간되었는데, 이 번역은 1957년 69장 3권 간행본을 소드빌릭의 1991년 수정본과 대조하여 2005년 건국 800주년을 기념하여 몽골 현대문으로 옮겨 출간된 것을 텍스트로 하였다. 오늘에 이르기까지 이 저서에 대한 다양한 연구가 끊이지 않고 계속되는데, 그것은 인잔나쉬의 정신이 여전히 살아 숨쉬고 있음을 말해주는 것이라 하겠다.

웨.인잔나쉬는 이 작품이 필생의 저술이었던 만큼 독자들의 이해를 돕기 위해 매우 세심한 주의를 기울였다. 먼저 본격적인 서사 이전에 12절의 요목을 기술하여, 책을 읽기 전에 반드시 이 부분을 숙지하기를 독자들에게 권했다. 현재는 8절만 전해지는데, 이 여덟 절에는 이 책을 저술하는 목적과 과정, 저자의 세계관, 독자가 알아야 할 내용 등이 기술되어 있다. 또 나라와 지역, 옛 성읍, 관직, 몽골명 등을 묶은 별도의 사전이 저서 앞쪽에 있었던 것으로 보이지만, 오늘날 그 내용은 전해지지 않는다. 또 이 저서의 보충판이 발견되기도 한 것을 보면 그가 이 저서에 얼마나 큰 의미를 부여하고, 혼신의 힘을 다했는지 알 수 있다.

웨.인잔나쉬는 청나라 지배기인 1837년 내몽골 조스틴 촐간의 투메드 서부지역에서 태어났다. 이 당시는 나라의 주권을 갖지 못한 때로 몽골 민족이 자신의 정체성을 찾기 어려운 시기였다. 이러한 시대적 상황 속에서 이 저서는 이민족의 압제와 멸시에 저항하고, 자민족의 역사를 바로 제시함으로써 몽골인의 민족적 자존감을 회복하고자 하는 목적으로 저술되었다. 또한 수동적이고 타성적인 삶에 익숙해진 몽골인들에게 민족애를 일깨우고, 이를 후대에 전승하여 유산으로 남기려는 원대한 뜻이 있었다. 또한 중국의 편향되고 왜곡된 몽골 역사 기술을 바로잡기 위해 방대한 자료들을 토대로 정확한 서지를 찾아내며 20여 년에 걸쳐 분투했던 이 저서는 몽골 민족의 역사혼을 담은 역사문학의 고전이라 할 수 있다.

한편 내용적으로 민족정신의 회복이라는 거시적인 관점에서 몽골의 12~13세기 역사적 사건을 다루고 있지만, 그 기술방식은 전통적인 몽골의 문학적 기법 이외에 『수호전』, 『삼국지연의』 등의 중국 고전문학의 영향을 받아 기술함으로써 몽골 역사소설의 새로운 혁신을 꾀한 고전으로 평가되기도 한다. 그렇기에 많은 이들이 이 작품을 소설로만 알고 있는 경우도 있다. 이러한 창작기법을 배경으로 이 저서를 역사소설의 범주에 분류하기도 한다. 그러나 인잔나쉬는 부친이 수집한 방대한 역사적 자료에 더하여 자신이 직접 발로 뛰어 모은 여러 언어의 수많은 자료들을 토대로 한 장에 1년의 사건을 시간적 추이로 묘사하고, 사건의 연도나 인물의 서지 등을 정확히 하기 위해 애썼기 때문에 사건이 비교적 객관적이며, 장식적이고 부가적인 내용이 크게 없다고 할 수 있다. 이는 작가 자신이 언급한 내용이기도 한데, 인잔나쉬는 "무슨 여유가 있어 이런 많은 기록에 내용을 더하고 장식할 문구를 넣을 수 있겠는가? 많은 사건을 또 구성해 낼 수 없어 버려지는 자료의 수가 무수히 많은데, 어찌 내용을 덧붙이고 장식하는 일을 하겠는가?"라고 했으며, 인잔나쉬 자신은 이 저서를 몽골 정사라고 언급했다. 실제로 번역을 하면서 내용의 상당 부분이 역사적인 사실에 부합하고 있다는 점이 놀라웠다. 또 사건의 연도와 지명, 인명 등을 최대한 정확하게 하기 위해 힘썼던 실증적인 측면 등의 노력은 이 저서가 결코 역사소설로만 규정할 수 없음을 말해준다.

이처럼 이 작품은 『몽골비사』에 버금가는 역사·문화적 가치를 갖는 저서라 할 수 있다. 칭기스 칸을 주인공으로 하여, 그 가까운 주변의 충성된 장수와 신료들의 협력으로 부족들을 통합하고, 나라를 확대해 간다는 점에서 『몽골비사』와 유사하지만 이 작품은 『몽골비사』에 비해 사건과 인물들이 풍부하게 나타나고, 각 장마다 중요 인물들을 중심으로 인물의 심리와 사건들이 입체적으로 전개되는 소설적 구성을 취한다. 이 작품의 문학적 특징의 하나는 인물 형상화에 생동감을 불어넣어 살아있는 인물로 만날 수 있게 한 점이라 할 수 있다. 예를 들어 테무진이 칸의 보위에 오를 때 『몽골비사』의 경우, 테무진이 칸으로 추대된 세밀한 심리적 과정이 없다면 『청사』의 경우 테무진은 자신이 칸의 자질이 부족하다며 보위에 오르기를 계속 거부하고, 신료들의 간절한 청을 받아들이기까지의 여러 사건들이 상세히 묘사된다. 테무진이 칸이 되기 위한 조건으로 자신이 보위에 오르는 것이 하늘의 뜻인지 천신의 증거를 구하고 확인하는 절차는 저자 인잔나쉬가 바람직하게 여기는 진중하고 올바른 지도자상과 무관하지 않다.

이처럼 구체적인 사료를 바탕으로 12~13세기 당시의 몽골인들의 삶과 풍속, 그 주변 국가들과의 역학적이고 역동적인 관계를 정치 · 사회적인 측면에서 보여주는 이 작품은 문학적 가치 이상의 문화적이고 역사적인 가치를 지닌다고 할 수 있다. 특히 그 서사에는 축시, 찬시, 속담, 전설 등 몽골의 다양한 구비문학의 갈래를 아우르고, 전통적으로 내려오는 몽골인의 풍속, 세계관, 정서, 삶의 방식 등을 보여준다는 점에서 몽골 유목민의 역사 · 문화적 삶을 이해하고 조명하는 데 없어서는 안 될 중요한 자료라고 본다.

이 책의 번역 작업은 참으로 쉽지 않은 일이었으며, 능력이 있어서 번역했다기보다 '시간의 힘'으로 작업을 꾸준히 진행했다고 보는 것이 맞을 것이다. 아직도 해결되지 못한 부분들을 남겨놓고 책이 나오는 데까지 이르렀다. 아무쪼록 이 역서가 몽골에 대한 관심을 갖는 일반인, 학자 모두에게 몽골을 이해하는 유익한 자료가 되었으면 한다. 이 책을 번역하는 데 귀한 시간을 내어주셔서 힘을 보태 주신 몽골 아카데미 학술위원 데.소미야Д.Сумъяа 선생님께 감사를 드리며, 크고 작은 도움을 주신 선생님들께도 고마움을 전한다.

2024년 6월, 역자 이안나

몽골 현대문으로 옮긴이의 서문

성조 칭기스 칸의 28대손이자 대문호 왕친발 인잔나쉬는 "몽골 민족 모두가 자신의 근본과 혈통을 알기를 바란다"며, 푸른 몽골의 흥륭한 역사와 성조 칭기스 선조의 비할 데 없는 덕과 복록을 만대에 기리고 남기기 위해 "몸과 말, 마음 깊이 온 힘을 다해" 『청사』라는 이 정선된 작품을 후손인 우리에게 남겼다.

우리 가운데 교육을 받은 사람이라면 누구라도 '인잔나쉬'와 '청사'라는 두 이름을 듣지 못한 사람은 없다. 그렇지만 실제로 역사와 문학 선생들을 비롯해 자국의 역사를 존숭하고, 지식을 가까이하는 존경할 만한 사람, 많은 일반인들 가운데 『청사』를 완전히 이해하며 완독한 사람이 얼마나 될까 하는 점에는 그리 만족할 만한 답을 기대하기 어렵다. 이것은 어디까지나 우리의 적극적인 노력 부족의 소산이다.

우리 몽골에 『청사』를 대중화하여 출간한 적이 전무후무하다. 내몽골에서는 여러 번 출간되었지만, 우리 외몽골 사람들이 기회를 얻는 데는 매번 어려움이 있었다. 그런데다가 전반적으로 언중들이 민족의 언어인 몽골비칙몽골문자에 능통하지 못한 데도 원인이 있었다. 또 몽골비칙을 알고 있다 해도, 이 정도의 대작을 읽고 내용을 이해할 만큼 독서 훈련이 되어 있는 사람이 드물다. 또 고전문의 이해하기 쉽지 않은 단어와 문체, 익숙하지 않은 적지 않은 고유명사, 외국의 지명, 인명을 만나게 되면 곧 어려움을 느끼고, 책을 읽을 용기를 잃거나 어느 정도 보다가 그만두기도 한다. 이러한 정황에 따라 『청사』를 오늘날의 많은 독자들이 읽기에 쉬운 문자로 옮겨 출간할 필요가 대두되어 오늘에 이르렀다.

몽골 대통령의 자문관인 올호노드[1] 야담 돌고르자브는 이러한 필요성을 인식하고, 자신이 주관하는 『우리 몽골』 잡지를 통해 『청사』를 몽골 현대문인 키릴문자로 출간하는 일을 구상하고 기획하여 이 책을 펴내게 되었다. 우리는 이 보람된 일을 도모한 자문관께 깊은 감사를 드린다.

내년은 몽골 건국 800주년이 되는 해이다. 그렇기에 성조 칭기스 칸의 황금 가문의 저명한 작가 인잔나쉬의 『청사』를 우리의 외몽골 독자들에게 전하는 것은 매우 뜻깊은 일이라 생각한다. 성조 칭기스 칸이 세운 대몽골국의 역사를 문학적인 언어로 빚고 저술한 역사소설이 바로 이 작품이기 때문이다. 인잔나쉬가 다시 반복하여 일깨운 저서 편찬의 본래 뜻은 몽골 후손들에게 위대한 군주 칭기스 칸이 온갖 신고辛苦를 겪고, 분투하며 세운 나라의 역사적 진실을 대대로 잊지 않기를 바란 것이다. 또 그 역사를 남기고자 한 것이 그의 진정한 바람이었다.

『청사』를 출간하는 기회를 빌어 독자들을 위해 몽골 민족의 위대한 선구자의 약력과 작품, 본 저서의 필사본과 출간 현황에 대한 대략적인 사항을 소개하고자 한다.

1 **[몽골 현대문 역주]** 올호노드는 몽골의 한 씨족으로 유명한 어울룬 왕비의 친정 가계이다. 칭기스 칸은 이 씨족을 자신뿐 아니라 나라의 외가라고 칭하고, 지극히 존중했던 것을 인잔나쉬는 이 작품에서 여러 번 언급했다.

웨.인잔나쉬 그의 어린 시절의 이름은 하스촐로이다. 청나라 도광제道光帝 17년 4월 16일양력1837년5월15일 조스틴 출간의 투메드 서부지역의 '쇼드락 바트 호로'라는 몽골 귀족의 궁전에서 태어났다. 인잔나쉬는 칭기스 칸의 후손이며, 아버지 왕친발은 지역의 부관이었다. '쇼드락 바트 호로' 사람들은 '큰 쇠북'과 '서화書畵'를 수호정령으로 삼아 소중히 여겼는데, 이에 대해 언급한 집안의 가훈시가 있다.

신실한 효를 지극히 행하는
큰 쇠북의 가정
용사가 의에 힘쓰는
서화가 있는 천 년이라네

왕친발은 중심이 곧고 강직한 성품에 문무를 겸비한 인물이었다. 그런 그의 기질대로 네 명의 자식들을 전통적인 가정교육 방식으로 가르쳐, 자식들은 모두 문장에 뛰어난 지식인으로 성장했다. 왕친발은 인잔나쉬가 11살 때 53세의 나이로 운명했다. 왕친발은 1839~1840년에 『청사』의 처음 8장을 저술했다.

어머니 마야요쉬카는 하르친 서부 지역의 한 부마의 딸이었다. 그들 사이에서 8명의 자식이 태어났는데, 그 가운데 큰아들 굴라란사1823~1851와 다섯째 아들 군나촉1833~1866, 여섯째 아들 순웨이단존1834~1898, 일곱째 아들 인잔나쉬 등이 성장했다. 굴라란사는 19세기 몽골의 저명한 시인 가운데 한 사람으로, 불과 스물아홉 해를 살면서 90여 편의 시를 창작한 것이 오늘날에야 알려졌다. 또 그는 중국의 유명한 소설 『수호전』한산기을 몽골어로 번역했다. 인잔나쉬의 둘째 형인 군나촉 역시 어려서부터 시를 창작하고, 그림을 그렸다. 시를 쓰는 동시에 시론에 흥미를 갖고 몽골 시와 한시의 특징을 비교 연구했다. 그러다가 1866년 35세 되던 해 운명했다. 왕친발의 여섯째 아들인 순웨이단존은 역사가이며, 실력 있는 번역가이자 시인이었다. 그는 형 굴라란사가 끝내지 못한 『수호전』을 몽골어로 완역했다. 또 역사 대사전인 『통감강목』을 몽골어로 번역하고, 동생 인잔나쉬가 『청사』를 저술하는 일을 돕고 조언해 주었다. 『청사 보충판』의 어떤 장의 앞뒤에 순웨이단존의 시가 삽입되어 있는데, 예를 들어 제47장 말미에 동생을 고무하고 지지하는 시가 있다.

사나운 적을 조복시킬 수 있는 능력자
위대한 성조 칭기스 칸의
신령한 명을 받아
진심으로 이를 저술하고자 했네
무릎 꿇고 들으며, 탄복하고 기뻐한
순웨이단존 나는
빛나는 아우 인잔나쉬의 말처럼
붓의 힘을 자랑스럽게 여기네

인잔나쉬는 자신의 저서의 한 부분을 쓰고, 형에게 그것을 읽고 들려주며 서로 의견을 나누었던 것이 분명하다.

인잔나쉬가 겨우 다섯 살 때 아버지는 그에게 가계의 족보를 외우게 하고, 조상의 행적을 말해 주었으며, 민족에 대한 뜨겁고 친밀한 마음을 되새기게 했는데, 그는 「원뿌리를 잊어서는 안 된다」라는 글에서 이에 대해 언급하기도 했다. '큰 쇠북'과 '서화'를 '쇼다륵 바트 호로'의 수호정령으로 삼아 존귀하게 여기는 집안의 영향으로 아들 하스촐로는 어려서부터 몽골어, 중국어, 만주, 티베트어를 열심히 익히는 동시에 많은 아름다운 그림을 그리고, 그림에 서정을 조화시켜 시를 결합시켰다. 예를 들어, 구름 그림을 그리고, 그 위에 다음과 같은 글을 썼다.

지평선 너머 흰 구름이 일어나
유심히 살피니 구름이 끝없이 이어지고
휘감기고 접히더니 북풍에 날려
깊고 깊은 푸른 바다에 잠기누나

「흰 구름」이라는 시는 그의 활기찬 어린 시절에 쓴 초기 시의 하나이다. 그의 10대 시기에 붓과 먹의 즐거움을 경험하며 쓰기 시작한 시들을 후에 『인잔나쉬의 어린 시절 배운 습작시』라는 제목으로 책을 엮기도 했다. 그 시집에는 「푸른 바위」, 「어머니를 꿈꾼 시」, 「일깨움」, 「고운 무지개가 스미다」, 「해악 많은 붉은 진세」, 「인간 세상을 견디다」, 「혐오스러운 인간」, 「단비 신선한 비」, 「비할 데 없는 아름다움」,

「특별히 깊고 신성한 것」 등 12편의 필사한 시가 우리 시대에 전해져 내려온다. 산문 저서에 삽입된 시들을 포함하면 인잔나쉬는 수백 편의 시를 썼다.

그 시들을 갈래별로 구분해 보면, 축시와 찬시 계열의 시, 애도시, 비애적인 시, 희극적인 시, 교훈시, 애정시, 자연경관을 노래한 시 등 여러 가지 갈래가 있다. 연구자 델게르산은 그가 몽골 시 장르에 이룬 개혁에 관해 다음과 같이 언급했다.

> 인잔나쉬는 몽골 시의 주된 요소인 두운, 운율의 조화, 음보 등의 관습적인 특징을 가능한 한 철저히 따르는 것을 중시하고, 고대 중국 시의 절구, 율시 규범의 엄격한 규칙을 실제적으로 활용했다. 또 이 두 가지 면의 우수한 구조를 하나의 체계로 만들어 창조적으로 사용하고, 몽골 시 범주에서 리듬은 엄격하지만, 구조가 짧고 간편한 하나의 형태를 창조했다.

1847, 1851년에 아버지 왕친발과 큰형이 연이어 사망하고, 쇼다락 바트 호로의 권한과 위엄이 상당히 떨어지고, 어려서 입양된 형 군나촉은 '친 바트 호로' 사람들에게 억울하게 따돌림을 당했다. 또 3년에 걸친 송사로 인해 상당히 많은 재산을 탕진했다.

인잔나쉬는 18세부터1854 『두견새전*Saran Khökhöö-nii namtar*』이라는 첫 번째 중편소설을 썼다. 20~30세 사이에 여러 지역을 돌아다니며 문인들과 만나 묻고, 사회적 삶과 사회의 그릇된 모순을 눈으로 보고, 귀로 듣고, 마음으로 느끼며 직접 체험했다. 이 기간에 『붉은 구름 같은 눈물』1863, 『단층 누각』1865 등의 소설을 창작했다. 그는 30세 이후 삶의 고통을 연이어 겪었다. 형 군나촉이 사망한 뒤 3년 후에 아내 사란볼로르가 죽고, 또 일 년 뒤에 형 순웨이단존이 왕궁의 관직에서 물러났다. 1870년에는 서부 투메드 호쇼에서 농민봉기가 일어나 이 난리통에 인잔나쉬의 가족들이 피해를 입었다. 인잔나쉬는 이 일에 대해 "종살이를 하던 노비들이 집안의 온갖 종류의 재물을 약탈해 가고, 또 장사 밑천을 잃었으며, 곡식과 감자가 부족해지고 처자가 죽었다. 생각하면 너무도 참을 수 없이 분통이 터지고, 생각하면 할수록 더욱 답답해져 거의 병이 날 지경이 되었다"라고 기록하고 있다.

그는 생활의 악화, 슬픈 이별, 그 당시의 불안정한 혼란 속에서 좌절하여, 편히 지내지 못했다. 이러한 상황에도 마음을 굳게 먹고, 1876~1877년부터 소설 『붉은 눈물을 흘리는 탕힘*Ulaanaa ukhilah tankhim*』[2]을 끝냈으며, 34세부터 아버지가 시작했던 『흥륭한 대원제국의 청사』를 연이어 저술하기 시작했다. 1875년에는 『청사』의 초반부 50장을 이미 끝냈던 것이 분명하다. 이 저서를 쓰는 과정은 거의 10여 년 동안 끊어지고, 1883년부터 다시 계속 작업을 이어 1886년경 제69장을 썼을 것으로 생각된다. 또 1891년에 일어난 소대회 폭동을 피해 진저우 시에서 지냈으며, 그 다음 해 많은 책과 글, 작품의 초고를 분실하는 등의 사건으로 인해 병이 들고, 그로 인해 2월 25일 진저우 시의 의원에서 사망했다.

---

2 여기서 '탕힘(tankhim)'은 '큰 방', '넓은 강당', '부서' 등의 뜻이 있다.

웨.인잔나쉬는 작가요, 시인일 뿐 아니라 미술가이자 예술 이론가, 번역가, 뛰어난 역사가였다. 그는 "몽골 민족문학의 우수한 유산과 전통을 계승, 발전시키려는 목적으로 문학적 모색을 추구하여 새로운 것을 창조하고, 몽골문학의 주제, 유형, 표현 방법, 형태 등을 매우 풍부하게 발전시켰다".

『청사』를 간행했던 내력을 간략히 언급하면 다음과 같다.

-1924년 경전연구소에서 출간한 『칭기스 성조의 기념서』라는 편저에 『청사』의 제16, 18장 가운데 일부를 편집해 포함시켰다. 이 편저를 1925년 템게트가 주관하는 북경의 몽골문헌위원회에서 재출간했다.

-1928년 북경에 있는 몽골문헌위원회에서 『원나라 역사』라는 제목으로 『청사』 앞 12장을 4책으로 하여 인쇄본으로 출간했다. 이 간행본에는 요목이 포함되지 않았다.

-1937년 공훈 교사인 헤.달흐자브는 중학교 교과서에 『청사』의 제3, 4장 가운데 일부를 포함시켰다.

-1939년 카이루에 있는 '몽골 오탁 소르갈 호랄Mongol utag sorgaal-yn khural'[3]을 주관하고 있던 부흐히식이 필사가인 샤란가를 인잔나쉬의 고향으로 보내 제69장과 요목 제8절을 찾아내, 1939년 석판으로 간행하여 배포했다. 처음의 서언이 없고, 요목이 완전하지 않으며, 어떤 장에는 서두의 표제시가 없기는 하지만 현재 발견된 원본 가운데 가장

3 몽골의 윤리적인 것을 가르치고 교화하는 모임.

온전한 원본이다.

-1944년 촐랄트 할가의 테루궁 노욘 인쇄소에서 『청사』의 제18장을 서언과 요목과 함께 납 활자본으로 출간했다. 이 판본의 서두에는 서언이 있으며, 요목 제8절, 각 장마다 끝에 부기인 평언評言이 있다.

-1957년에 내몽골인민출판위원회에서 카이루의 69장 판본을 바탕으로 부족한 부분을 다른 원본과 출판된 저서에서 보충해 3권으로 출간했다.

-이 간행본을 1979년, 1981년에 각각 출판위원회에서 조금 수정하여 재출간하였으며, 1991년 소드빌렉이 다시 수정하여 세 번째 출간을 했다. 우리는 1957년 간행본과 1991년 수정 원본을 대조하고, 자세히 검토하여 이 역서의 번역 작업을 했다.

-1959년 아카데미 학술위원인 체.담딘수렌은 『몽골문학 100선』에 『청사』 요목의 제3절과 본문 제33장을 포함시켰다.

-1961년 데.차간은 중학교 10학년에서 공부하는 읽기 교과서에 『청사』 제3장의 일부를 포함시켰다.

그밖에 오르길은 중국어로 번역하고, 한긴 곰보자브 교수는 요목을 영어로 번역했다.

『청사』는 1939년 69장 석판으로 출간될 때까지 그리고 그 이후에도 몽골인들 가운데 필사본으로 흩어져 있었다. 현대에 발견된 필사본을 언급하면 다음과 같다.

-제.체웬은 1909년 상트페테르부르크 도서관에서 『청사』의 일부인 15책 필사본이 보관되어 있는 것에 대해 보고했다.

-코펜하겐 왕립도서관에 '대원 울루스의 역사'라는 제목의 『청사』 제29장이 있는 15책 필사본의 영인본을 보관하고 있는데, 카이루에서 출간된 원본과 같다.

-북경도서관에는 18장 12책의 완전하지 않은 필사본이 있다. 이 영인본의 원본이 파리에 보관되어 있다.

-울란바토르 국립도서관에 『흥륭한 대원제국의 청사』라는 제목으로 12책 271행의 필사본이 보관되어 있다. 이것은 한길 곰보자브 교수가 북경 몽골문헌위원회에서 1928년에 출간한 원본과 같은 것이라고 밝혔다. 잠스란자브는 『몽골 문학개론』 3권에 "1914년 노스가이다그단이라는 사람이 호르츠 왕 투덴호르츠 왕 투덴 호쇼는 지금의 수흐바타르 아이막 에르덴차간 솜이다 주변의 도서관에서 『청사』를 발견해 그것을 필사했다. 예전에는 『청사』 필사본들이 상당히 많이 있었다. 임민정부의 초기부터 경전연구소의 연구원들은 웨.인잔나쉬의 작품을 모두 갖추기 위해 조사하고 찾아냈다"라고 기록했다. 이것을 보면 현재 도서관에 있는 필사본은 닥단이 필사한 원본일지 모른다.

-내몽골의 사회과학연구소의 도서관에는 붓과 펜으로 쓴 필사본 원본 8부가 보관되어 있다. 이것들은 1930~1940년대에 필사한 것으로 완전하지 않으며, 어떤 것은 1928년 북경 간행본, 어떤 것은 1939년 카이루 간행본, 1944년 졸랄트 할가 간행본과 부합한다. 다만 부분적으로 단어와 문장을 생략하고, 바꾸어 고친 것이 있으며, 크고 작은 정도의 차이가 있다.

1957년 간행본은 카이루의 판본을 기초로 하여 거의 같은 내용을 포함시키고 있다면, 1981, 1991년 간행본에서는 적지 않은 단어를 수정했다. 1991년 출간된 『청사』 초반부에 있는 편집자의 말에 의하면 "1957년에 출간된 『청사』의 잘못된 단어와 인명, 지명과 적합지 않은 부분을 소드빌렉이 수정하여 바로 잡았다"라고 했다. 간행본의 오자와 한 단어가 엇갈려 있는 것 등을 일정하게 교정하는 것은 올바른 일이라 할 수 있다.

한편 이해하기 어렵거나 의문이 드는 단어를 고치고, 문장 성분의 위치와 단어 결합 조건 등을 바꾸어 문체를 수정하는 등은 작가의 권리를 침해하는 일이며, 작품 원전에 충실해야 하는 요구에 위배된다. 우리가 번역하는 과정에서 이 두 가지 간행본을 대조해 보니, 1991년 간행본에는 제대로 수정되었음을 인정할 만한 것이 있는 동시에 잘못 이해하여 의미를 잃게 한 것, 이해를 돕기 위해 의도적으로 단어를 바꾼 부분도 적지 않았다. 예를 들어, 1957년 간행본에 첫 번째 장의 표제시를

> 하늘로부터 새 시대를 열고, 성조가 세상에 태어났네
> 대지의 힘으로 수증기가 피어오르고, 영웅호걸이 한곳에 운집했네

라고 한 것을 1991년 간행본에는 다음과 같이 바꾸었다.

> 하늘의 힘이 시대를 열고, 성조가 세상에 태어났네
> 대지의 힘과 수증기가 피어오르고, 영웅호걸이 한곳에 운집했네

이처럼 각행마다 단어가 다르고, 내용을 이해하기 어렵게 만들었다. 13~17세기에 활발하게 사용되었던 탈격조사의 '데체~deche, ~에서' 형식을 '다츠daach'라는 단어의 잘못된 쓰임이라고 이해함으로써 '하늘로부터'라고 한 것을 '하늘의 힘'으로 바꾸었다. 또 2행의 '대지의 힘으로'라고 한 것을 시행과 시행을 일정하게 맞추는 대구對句 방식으로 '대지의 힘'이라는 조사가 없는 형태로 생각했던 것 같다.

1957년 출간된 간행본 제8장에 '아! 흥하고 발전하는 나라의 군신은 서로 모두 원수'라고 했는데, 1991년 간행본에는 '원수'라고 한 것을 '은혜로운 자'로 수정했다. 해당 문장을 문맥의 전후 관계에 비추어 생각해 보지 않는다면, 그렇게 고치는 것이 옳은 것처럼 생각될 수도 있다. 그러나 그 부분에 여섯 명의 공훈 대신들 가운데 시리호톡이 전투의 명을 어기고 공격했기 때문에 모홀리 장군이 그에게 처벌을 내리는 내용이 나온다. 그것은 군법을 어기면 그 누구라도 같은 벌을 받게 되며, 칸과 대신, 일반 백성 그 누구도 전혀 차이가 없다. '흥하고 발전하는 나라의 군신'들이 잘못을 했다면 어떤 누구라도 용서하지 않기에 진실로 '서로 모두 원수'였던 것이다. 이렇게 깊이 생각하면 '원수'라는 것은 매우 적합한 단어라 할 수 있다. 또 이 장 앞에서 언급한 것을 확인해 주는 '군주의 법에 우호적인 것을 의지하거나, 군법에 도움을 바라서는 안 된다'라고 한 어구가 있다.

1957년 간행본의 요목 제7절에는 "비유하자면, 오늘날의 일반적인 습속은 자기 일이면서 다른 이의 행위가 잘못되었다고 하기 때문에 여러 가지 충돌이 그칠 때가 없다. 그래서 불경에는 이 세상을 곧 투쟁의 세상, 고통의 세상이라고 했다"라고 했는데, 1991년 본에는 '그칠 때가 없기에'라고 한 것을 '때가 멈추지 않기에'라고 수정했다. 이것은 잘못 고친 것이며, 세상사와 살아있는 자들의 싸움이 결코 멈추지 않고 계속되는 이치를 가리킨 '그칠 때가 없기에'라는 깊은 의미를 잃게 했다.

제51장에는 '끝이 좁은 소매 가리개[4]에 활을 준비하고'라고 한 것을 어미를 바꾸어 '끝이 좁은 소매에 가리개 활을 준비하고'라고 했다. 또 1957년 출간된 책 제3장과 제37장, 1,242쪽에 '봉랍을 녹여 밀봉하고티즈레흐'라고 쓴 것을 새로운 출간본의 1,159쪽에는 '봉랍을 녹여 봉하고롬보더흐'라고 단어를 바꾸었다. 이렇게 단어를 바꾸어서는 안 될 뿐 아니라 비교적 후대의 러시아어에서 차용된 '롬보'라는 단어를 사용한 것은 더욱 도움이 되지 않는다. 그밖에 '시대가 바뀌다'라는 것을 '시대가 지나다', 문어체 '가다에치흐'를 구어체 '가다', '떠나다'로 바꾸었다. 또 '도망치다'의 '조그지흐'라는 단어를 '조그타흐도망가다', '돌아가다에게흐'를 '돌다', '돌아가다에르게흐' 등으로 단어를 바꾸어 쓴 곳이 상당히 많다.

대문호 인잔나쉬는 이처럼 '매우 깊고', '매우 치밀하며', '표현이 매우 적합하고', '매우 집약적으로' 서술한 것을 후대 사람들이 이해하거나 깨닫지 못하고, 자신의 생각대로 수정한 것은 큰 실수라고 할 수 있다. 그러기에 우리는 이 두 간행본의 차이가 있는 곳을 가능한 한 바르게, 최초의 원전에 가깝게 하는 것을 원칙으로 했다.

---

4 여기서는 'холховч'라고 했지만 제51장 본문에는 'халхавч'라 하여 다른 단어를 썼다. 여기서는 본문대로 'халхавч'로 번역했다.

한편 고유명사 가운데 중국어와 몽골어로 섞어 쓴 것을 1991년 간행본에서는 몽골어로만 쓰는 동시에 중국 명칭을 하나의 원칙으로 질서 있게 정리했다. 우리는 많은 독자들에게 좀 더 쉽게 도움을 주고자 하는 생각으로 일정한 규칙에 따라 옮겼다. 예를 들어, '진국'을 '금나라'로 한 것과 같은 경우이다. 또 독자들에게 이해를 쉽게 하기 위해 드물게 나오는 단어의 의미를 분명히 해서 역자의 해설을 대괄호 안에 이탤릭체로 넣어주고, 뒤쪽에 '역주'[5]라고 썼다. 참고로 저자 자신의 설명은 소괄호를 써서 차이를 두었다. 단어 뜻의 자세한 설명과 다른 부가 정보가 있는 해설을 각주로 처리했다. 드물게 나오는 희귀한 단어의 뜻을 분명히 하여 역주와 각주를 독자들이 이해하기 쉽도록 하기 위해 반복해서 넣은 것도 있다. 또 예를 들어, 카이루 판본과 1957년 출간본의 제43장과 제69장 앞부분에 표제시가 없는데, 이 번역본에 있는 두 장의 표제시는 인잔나쉬가 쓴 것이 아니고, 1991년 출간을 준비하는 사람들 가운데서 부족한 부분을 완성하기 위해 삽입한 것이다.

현재 3책으로 몇 번 출간된 69장 『청사』 이외에 30장 『청사』 보충판 즉, '투메드 필사본'이라고 명명하게 된 다른 한 『청사』의 원본을 발견했다. 독일 몽골학자 에.하이시히가 1942년 내몽골에 체류해 있던 기간에 케신게라는 사람이 가지고 있던 1,400쪽 정도의 필사본으로 영인본을 제작했다. 케신게에게 있던 그 원본은 오늘날 어떻게 되었는지 분명하지 않다. 어찌 되었든 내몽골에서 1958년에 10책으로

---

5 이 역서에서는 '몽골 현대문 역주'라고 표기했다.

제본한 30장 『청사』의 보충판의 한 필사본을 발견했다. 이 필사본의 30장에는 43-72장이라는 번호가 붙어 있다. 학자 에르덴토그토흐는 그 가운데 22장은 69장 『청사』 2책의 36장 뒤에 들어가고, 8장은 40번째 장 뒤에 들어가면 들어맞는다고 했다.

2002년 소드빌렉이 이를 대조해 맞추어 보고 새롭게 얻은 제40~72장이 있는 필사본은 『청사 보충판』이라는 제목으로 후흐시에서 출판되었다. 인잔나쉬는 69장 『청사』를 쓴 다음, 그 72장을 부기, 보충판으로 새롭게 저술한 것으로 그 가운데 처음 39장은 아직 발견되지 않았다. 우리는 이 보충판을 잊지 않고 별도로 번역하여 한 권의 저서로 출간하는 것이 옳다고 본다.

『청사』의 요목 2절에는 이 저서를 읽기에 앞서 12절의 요목을 반드시 읽을 필요가 있음을 언급했다. 그런데 9~12절 항목은 오늘날까지 아직 발견되지 않고 있다. 또 제2절에는 잘못된 몽골 명칭과 옛 몽골 단어를 모두 설명을 붙여 알기 쉽게 하고, 연도와 나이, 시대, 사건을 분명히 구분했다고 언급했다. 그밖에 또 나라와 지역, 옛 성읍, 몽골 이름들을 앞에 모두 묶어서 출간했으며, 훗날 지식인들이 이 글을 볼 때 반드시 앞에 차이점을 언급한 별도의 사전을 자세히 살필 것을 고한다고 했다. 이것을 보면, 요목의 앞에 또 별도의 사전 한 권이 있어야만 한다.

인잔나쉬는 실제로 작품을 쓰고 완성한 다음, 비로소 그러한 별도의 사전을 한 권으로 엮어 마칠 준비를 했던 것 같다. 『청사』의 앞 60장에는 칭기스 칸시대의 사건을, 마지막 9장에는 우구데이 칸이 보위에 오른 다음에 있었던 사건을 다룬다. 인잔나쉬는 이 69장에서 더 나가 작품을 계속해서 썼는지 어떤지 입증하기는 어렵다. 어쨌든 『청사』는 토곤투무르 칸시대가 끝날 때까지가 전체가 아니라고 한다면 쿠빌라이 칸시대를 온전히 쓰려고 계획했던 것은 의심할 여지가 없다. 예를 들어, 연구자 데스라이자브가 주목한 대로 제21장 평언評言에, "쿠빌라이 세첸 칸 세조 성군시대에 나타난 이 바얀 활불의 이름이 또 바얀이다. 그 바얀이 송나라를 공격한 것을 보라" 이 제21장의 바얀은 오래전의 바얀이다. 그 바얀은 나중의 바얀이다. 이 두 바얀은 다르다. 아주 오랜 후에 비로소 바얀이 나타난다고 했다. 쿠빌라이시대에 공로를 세운 대신이자 군대 대장인 바얀이라 자는 역사적인 인물로 실제로 존재했었다는 것을 『원사』는 기록하고 있다.

어떤 학자가 언급한 대로 『청사』는 전체 120장이어야 한다고 했지만, 그것은 실제로 어떤 근거를 가질 뿐 분명하지는 않으며, 그런 자료가 있다 해도 후대에 부록으로 보충한 저서가 이와 관련이 있는지 없는지 분명히 말하기 어렵다.

인잔나쉬는 『청사』를 기술할 때 몽골 역사에 관한 열 가지 종류의 문헌을 인용했다고 요목에 언급했지만, 그 열 가지 문헌의 제목에 포함되지 않은 다른 여러 자료들을 보고 연구했던 것 같다. 제59장 마지막에 몽골 『황금사*altan tobch*』, 제5장에 『일트겔 샤스티르*Iltgel shastir*』, 제27장에 『칭기스 칸 성조의 제문*Chinggis Bogd-yn san sudar*』 등의 저서명이 나오며, 그밖에 보충판에 사간 세첸의 2행시를 인용했다. 제27장에 "우둔한 사가史家인 내가 이 대원제국의 열세 가지의 많은 문헌과 전기

류에서 보니, 칭기스 칸은 인간의 근본 관계를 침해하는 일이 추호도 없었다"라고 했다.

일반적으로 인잔나쉬가 『청사』를 쓸 때 보고 인용한 저서가 풍부했다는 것을 요목 제3장에서 알 수 있다. 그 장을 보면 한 문인에게 성군 칭기스에 대한 많은 것을 세세히 묻자, 그 문인이 "부관이신 그대 아버님께서 모으신 다섯 수레의 책이 있는데, 어찌 다른 사람에게 묻는 것인가? (…중략…) 부관께서 져나르시어 천장에 닿을 정도로 엄청나게 많이 보관해 놓은 자료와 책장 가득히 수집해 놓은 사서가 집에 있는데, 어찌자고 다른 동네를 돌아다니면서 다른 이에게 물으며 사람을 이처럼 귀찮게 하는 것이오?"라고 하는 등 화를 냈던 것을 언급했다.

그는 요목 제4절에 또 이렇게 언급했다. "그렇게 이 칭기스 성조에 대한 역사적 기록, 전기, 고사는 위구르어, 티베트어, 한어 또 몽골어, 만주어로 된 여러 문헌에 상당히 많이 나온다."

인잔나쉬는 이러한 여러 언어의 역사서를 보고 이용할 때 적당하다고 생각되는 내용을 선택, 발췌하는 소극적인 편집자가 아니었으며, 자료를 서로 비교하고 대조하여, 사건의 인과, 시기, 고유명사가 어긋난 곳을 자세히 추적하고 연구했다. 그는 무엇보다 먼저 역사적 자료에 신빙성이 있는가 하는 원칙을 따르고, 왜곡되고, 잘못된 단어를 찾아 바로잡는 일에 힘썼다. 인잔나쉬의 『청사』를 역사소설이라는 점에서 평가할 때 그가 이렇게 따랐던 원칙을 잊어서는 안 된다. 만약 『청사』에 『몽골비사』 등의 역사서와 맞지 않는 부분이 있다면, 그것은 인잔나쉬가 실제 어느 자료의 정보를 사실에 부합한 것으로 보았는지 그것을 분명히 해야 할 문제이지, 작가가 마음대로 역사적 진실을 변화시킨 것은 아니라고 할 수 있다. 인잔나쉬는 몽골 자료들의 정보를 대조하고 인용할 때 어떤 단어나 문장 그리고 시행을 그대로 포함시키는 것 외에 대부분 자신의 문학적인 창작 방법론으로 그 의미를 잃지 않게 하여 간략하게 요약하거나, 보충하여 자세히 하는 등으로 내용을 다듬어 포함시켰다. 여기에 술의 해악과 유익에 대해 칭기스 칸의 아홉 대신과 고아 소년의 지혜를 겨루는 이야기 부분에서 토르곤 샤르가 한 말을 예로 들어보자. 『칭기스 칸 전*Chinggis khaan-y tsedeg*』[6]에는

> 지고하신 칸 주군이시여, 말씀해 주십시오
> 세상의 이 큰 잔치 모임에
> 마실 것이 없다면
> 평이하고 무미한 것이 될 것입니다.

라쉬폰착이 저술한 『수정 염주*Bolor erkhi*』에서는

---

6 **[몽골 현대문 역주]** 1925년, 템게트는 북경 몽골문헌위원회에서 『황금 약사』의 원본을 처음 『칭기스 칸 전』이라는 제목으로 출간했다. 이 저서는 전체 196쪽으로 되어 있으며, 처음 126쪽에 『황금 약사』가 포함되었다. 저서 뒤에는 「3백 타이치오드를 굴복시킨 이야기」, 「칭기스 칸의 아홉 대신과 고아 소년이 지혜로 겨룬 이야기」 등 여덟 가지 종류의 이야기를 합본하여 출간했다. 그것은 대개 칭기스 칸의 지혜와 교훈에 관련된 것들이며, 각각에 독자적인 작은 책자였을 것이다. "내몽골의 조스틴 출간의 하르친 서부 호쇼에서 태어난 템게트(1888~1939)는 몽골 납활자본을 스스로 만들었으며, 1922년 북경에서 몽골문헌위원회를 창립했다. 또 꽤 많은 희귀본 저서를 출간하여 널리 보급한 일이 있는 자이다"(이쉬.초이마, 「몽골 연구논문집」, 69쪽). 인잔나쉬는 17세부터 하르친 서부 호쇼(템게트의 고향)의 군왕 세웩도르지의 왕궁에서 지낼 때 왕의 도서관에서 상당한 양의 몽골 역사서를 읽고 연구했다고 한다.

지고하신 칸 주군이시여, 말씀해 주십시오
풍성한 큰 잔치에 술을 마시지 않는다면
무미한 것이 될 것입니다

롭산단잔의 『황금사』에는

지고하신 칸 주군이시여, 말씀해 주십시오
풍성한 큰 잔치 모임에
마실 것이 없다면
사람들이 모여들지 않아 무미해질 것입니다.

라고 했다면 『청사』 제2장에는 다음과 같이 언급했다.[7]

성대한 이 잔치 모임에
세상의 진미가 모두 갖추어져 있어도
흥을 돋우는 데 도움이 되는 좋은 술이 없다면

---

7 **[몽골 현대문 역주]** 우리가 아는 대로 이 역사적 이야기는 다만 롭산단장의 『황금사』, 『칭기스 칸 전』, 『수정 염주』 세 원전에 기록되어 남아있다. 롭산단장의 『황금사』와 『칭기스 칸 전』에는 고아 소년의 이름을 언급하지 않았다면 『수정 염주』에는 대칸이 그에게 '몽골 보하'라는 이름을 붙여주고, 모홀리에게 맡겨 기르도록 한다. 이처럼 아이의 지식과 능력이 탁월했기 때문에 군사를 지휘하도록 한 것에 대해 언급했다. 그러나 인잔나쉬는 그 소년은 바야고드의 13살 된 고아 소년으로 '소치'라는 이름을 가지고 있었는데, 태조가 오요트 세첸(지성을 가진 현자)라는 이름을 하사했다고 썼다. 소치와 오요트 세첸이라는 이름은 인잔나쉬가 작품화하여 지은 이름일 것이다. '몽골 보하'라는 이름은 『청사』 제64장에 금나라 균주성을 에워싸고 싸울 때 그 이름이 한 번 나온다.

잔치가 한낱 평이해져
최고의 잔치 분위기를 잃게 할 것입니다.

또『칭기스 칸 전』에는

화살의 갓간[8]이 비록 곧아도
오늬와 깃을 벗어나 쏘면 아니 된다네

『수정 염주』에서는

화살의 갓간이 비록 곧아도
오늬와 깃에서 벗어나 쏘아서는 아니 된다네

라고 했다. 한편『청사』에서는

화살의 갓간이 비록 매우 곧아도 깃이 없어서는 아니 되고
활의 좀새가 비록 단단하고 힘이 있어도 시위가 없으면 아니 된다네

라고 하여 의미를 확실히 하는 동시에 한 쌍의 대구 형식으로 묘사한 예가 있다.

---

8 오늬 아래 깃을 다는 곧은 부분.

인잔나쉬는 『청사』를 쓸 때 『몽골비사』를 활용했음을 증거할 만한 자료가 작품 속에 상당히 많다. 예를 들어, 『몽골비사』와 그것을 이용한 자료에 기록한 역사적 사건과 어구를 『청사』에서 적지 않게 만날 수 있다. 그러한 예를 대조해 보면 『몽골비사』 164절에 칭기스 칸과 왕 칸이 서로 대화하는 내용을 들 수 있다.

> 우리를 시기하여
> 이빨 있는 뱀에 부추김을 받아도
> 그 부추김에 빠지지 말자
> 이로 입으로 말하며 서로 믿자
> 어금니 있는 뱀에게 꼬임을 당해도
> 꼬임에 넘어가지 말자
> 말로 대화를 나누며 믿자

이에 반해 『청사』 제6장에는

> 독사가 물어도 둘이 변치 말고
> 입으로 의논하며 방법을 모색합시다, 우리가
> 시기하는 자가 부추겨도 그 계략에 넘어가지 않고
> 말로 의논하며 방법을 모색하겠나이다, 제가

라고 이해하기 쉬운 말로 문체를 다듬어 표현했다.

또 『몽골비사』 118절에는

형제여, 산 가까이에서 설영하자
말치기가 우리의 움막에 이를 것이다
강 가까이에서 설영하자
양치기, 새끼양치기들이
우리의 먹을 것을 얻을 것이다

라고 자모하가 테무진에게 말한다. 그 말은 『아스라그치의 고사*Asragch nert-iin tüükh*』라는 저서에는 다음과 같이 나온다.

형제여, 산 가까이에 설영하자
말치기들이
쉴 것이다
강 가까이 설영하자
양치기들이
음심을 먹을 것이다

라고 한 것을 볼 수 있다. 또 다른 원전에는 이에 대해 기록하지 않았다. 그 말을 『청사』에서는 다음과 같이 언급했다.

구원의 주군께서는 분을 내지 마십시오

아주 오래 천천히 기다리시면 아실 것입니다
산 가까이 설영하겠나이다, 내가
말치기, 양치기를 쉬게 하겠나이다, 내가
강 가까이 설영하겠나이다, 내가
홀몸인 내 육신을 먹이겠나이다, 내가

『몽골비사』에 예수헤이 바타르가 죽고, 그의 속민들이 주군을 잃고 이동하는 시기에 테무진이 그들에게 떠나지 말 것을 설득할 때 타이치오드의 투둔 기르테는 "깊은 물이 사라졌다. 흰 돌에 금이 갔다"라고 하며 떠나간다. 『청사』에는 또 그 말을 "깊은 호숫물이 마르고, 단단한 바윗돌이 이미 부서졌다"제1장라고 표현했다.

롭산단잔의 『황금사』에는 두 가지 다른 사건에 주르치데이에 관해 언급한 것을 삭제하고 썼는데, 그 가운데 『몽골비사』 제176~208절에 나오는 나이만을 평정한 일, 왕 칸이 사망한 사건, 자모하가 패한 사건, 몽골국을 건립한 것, 천부장들을 제수한 것 등 역사적으로 중요한 사건을 생략시켰으며, 몽골어로 쓰여진 다른 몽골 역사서에도 이러한 내용을 자세히 언급한 것이 없다.

인잔나쉬가 『몽골비사』를 인용할 때 어떤 원전을 사용했는가 하는 문제가 제기된다. 우리가 주목한 바로는 중국어로 된 『몽골비사』를 이용한 것이 거의 분명하다. 『청사』 제60장에는 "또 『대원 울루스의 비사』에 언급한 바로는 잿빛 늑대와 흰 사슴에서 시작되었으며, 25대에 태조를 낳았다고 한다 (…중략…) 많은 중국 사관들이 몽골에 대한 원한을 드러낼 수 없자 (…중략…) 몽골은 원래 잿빛 늑대와 흰 사슴이 관계하여 몽골의 조상을 낳고, 이로써 태조 성군을 낳았다고 멸시하듯 말하며 원한을 풀었다"라고 쓴 것은 이에 대한 분명한 증거이다. 첫째, 『대원 울루스의 비사』라는 것은 『몽골비사』를 가리킨다. 둘째, 잿빛 늑대와 흰 사슴이라는 것은 한자어 번역을 주목한 것일 수 있다.

이 모든 것을 관련시켜 보면 인잔나쉬의 『청사』는 몽골 역사의 다른 문헌과 자료들을 자세히 비교하고, 몽골의 역사서, 연구서와 『청사』의 역사 문헌에 관련된 여러 문제를 분명히 해줄 원전을 연구할 필요가 있다.

이 저서에서는 인물의 구체적인 형상을 더욱 분명히 하는 면에서 역사적 인물의 이름을 바꾸거나 새로이 형상화한 부분이 있다. 예를 들어, 토릴의 딸 차오르 베히를 '솔롱고', 닐하 셍굼의 '닐하'를 '얄고'라고 한 것 외에 일부 인물의 이름을 중국 자료에 있는 발음과 가깝게 하여 명명한 경우도 있다. 예를 들어, 알탄, 호차르, 다리다이 등의 이름을 아르타, 호소르, 달지다이라고 했다. 만약 이들이 긍정적인 인물이었다면 아르타는 분명 알탄이라고 했을 것이다. 또 보르치, 모호라이, 보로홀 등 일부 인명이 붙여진 내력을 자신의 견해대로 설명했다. 우리는 이 작업을 하는 데 있어 저자가 쓴 대로 보가르지, 모홀리, 보랄 등으로 전사했다.

웨. 인잔나쉬는 몽골시와 한시를 비교하고, 각각의 특성을 살펴 연구하는 데 그치지 않고 한시의 운율적인 특징을 작품의 시에 흡수시켜 몽골 운문에 새로운 개혁을 꾀한 아름다운 시를 적지 않게 썼다. 한편 『청사』를 저술함으로 또 몽골 산문에 새로운 개혁을 꾀하기도 했다.

『청사』에 몽골의 고대 운문 갈래와 축시, 찬시가 상당히 많이 삽입되어 있으며, 그 외에 민요의 성격을 띤 것도 있다. 게.잠스란자브는 "『청사』에 나오는 찬시의 대부분을 이와 같은 리듬과 발음으로 노래할 때 두음을 맞추어 연결하고, 시의 음보와 리듬에 음운의 길이를 호르[9] 가락에 맞추어 노래하자 정확히 맞았다. 그것을 자세히 살펴보면 구비문학의 특징을 갖는다"라고 했다. 인잔나쉬는 속담, 교훈 등을 그와 같이 운을 맞추어 관련된 상징적인 어구를 여러 번 사용했다. 그 가운데 몇 가지 예를 들어보면 다음과 같다.

사내대장부는 갑옷이 없이도 적을 제압하고
뜻을 가진 사내는 맨몸으로 일을 성취한다제1장

장골에 힘 있는 자는 자신의 몸을 부리고
마음에 힘 있는 자는 만인을 부린다제2장

말 무리 속에서 장대를 잡지 않고
가축의 젖에 손가락을 담그지 않는다제21장

사내대장부에게는 뜻이 필요하고
못된 자에게는 몽둥이가 필요하네

9 몽골 전통 현악기.

큰 위엄을 보이지 않으면
큰 자비를 알지 못하네[제12장]

사람이 태어나면 일대[一代]
풀이 자라면 가을 한 철[제6장]

군주의 법은 우호적일 수 없고
군법에 다른 이의 도움을 바라서는 안 된다[제8장]

성인은 천지를 신봉하고
군자는 인의를 따른다.
범인은 권력과 힘을 따르고
소인은 물질적 이익을 따른다[제12장]

한 가지 이익을 취하면 하나의 잘못이 있고
한 가지 훈육을 받으면 하나의 노력이 있다[제3장]

흥기하는 나라의 신하들은
자신의 죄를 드러내 보이고,
망해가는 나라의 군신들은
자신의 잘못을 덮고 지우네[제11장]

가축의 젖을 젓고 끓이는 것을 멈추기보다
솥 아래 불을 끄라! 제6장

옷이 너무 많아지면 입는 사람의 몸에 짐이 되고
안장이 너무 무거우면 안장 얹은 말 잔등에 무게가 되네
지나치게 귀해지면 사람의 마음에 사단이 생기고
의관에 너무 치중하면 나라의 하층민들에게 괴로움이 되네 제39장

일을 성취하는 자식에게는 날라다모아다 주지 않아도 일을 이루고
일을 이루지 못하는 자식에게는 비록 모아다 주어도 일을 이루지 못한다 제50장

육신의 영혼은 몸에 없고
지혜로운 정신은 가슴에 없다 제47장

중요한 말은 평화로울 때 하고,
치밀한 전략은 여유로울 때 숙고한다 제54장

역사적 사건을 일반적인 이야기로 서술함과 동시에 사건과 일의 내력을 야담, 축시, 찬시, 시와 노래 등 구비문학의 여러 갈래의 형태로 표현하고, 문학적 형상화, 언어의 여러 가지 조화로운 방법을 폭넓게 이용했다. 이것은 고대로부터 전승되어 내려온 몽골의 역사 기술의 한 특징이다. 웨.인잔나쉬 역시 『청사』를 이러한 방식으로 기술했다. 또

표제시와 각 장의 첫머리에 전체 내용을 압축하여 시화하고, 한 장이 끝날 때 독자들의 흥미를 끌면서 문제를 제기했다. 또 연이은 사건 전개를 뒷장에서 보여줄 것이라고 하며 서사의 마지막을 종결짓는 등 고대 중국의 『삼국지연의』와 『수호전』한산기 등의 고전 작품에서 풍부히 만날 수 있는 문체의 한 형태를 이용했으며, 고대 국가의 역사와 황제들의 실록 등 연대기적인 기록과 마찬가지로 각 장의 앞에 어느 왕정의 어느 해인지를 명시했다. 이렇게 웨.인잔나쉬는 몽골문학과 중국 고전문학의 전통과 역사 기술의 특징 등을 창의적으로 결합시켜 몽골 문학사에 하나의 혁신을 이루었으며, 또한 몽골 산문문학의 첫 역사문학 작품을 저술하는 데 있어 다방면에서 새로운 변혁을 꾀했다.

웨.인잔나쉬가 『청사』를 쓴 주된 목적을 요약하여 말하자면 다음과 같다. 첫째, 그 시대 몽골 민족을 우둔하고 어리석다고 따돌리며 얕잡던 이민족의 멸시에 저항하고, 민족의 얼을 드높이고자 한 것. 둘째, 귀족과 왕족 가운데 자신의 뿌리를 생각지 않은 채 물질적 이익의 노예가 되고, 대다수의 몽골인들이 자민족의 역사를 알지 못한 채 자기 민족을 혐오하는 시각이 생겨난 것을 비판하고, 이를 일깨워 민족애를 갖게 하려는 것. 셋째, 이민족의 문헌에 몽골의 역사와 풍속을 왜곡시켜 기록해 온 것을 논박하고, 이를 바로잡으려고 한 것. 넷째, 몽골인 모두에게 자신의 원 역사를 알게 하고, 더 나가 이를 후대에 전승시켜 유산으로 남기기 위해 이 책을 저술했다.

웨.인잔나쉬는 군주 칭기스 칸 일대기의 위대한 행적을 문학적으로, 매우 진정성 있게 저술하였으며, "성인이라는 존재는 특별히 진정한 마음에서 비롯된 자를 말한다. 인간 세상에서 일반적으로 성인을 터득한 성인과 모방한 성인으로 구분할 수 있는데, 이들은 궁극적으로 타고난 성인의 경지에 이를 수 없다. 태조 칭기스 칸은 타고난 성인이라고 할 수 있다"라고 간략히 결론지었다.

『청사』를 집필할 때 인잔나쉬는 또 자신의 세계관과 세계를 인식하는 철학을 드러내 언급했다. 그는 모든 사실에 중립적인 입장을 견지했다. 부분적으로 인용해 보면, "세상은 천지, 일월로부터 시작해 만물에 이르기까지 모두 음양의 두 기운에서 생겨나고, 오행의 이치가 결합하여 인연을 이루면서, 세상 가득 만물이 퍼져 나갔기 때문에 세상 만물에 이치 아닌 것이 없다. 다만 그 이치를 아둔하게 생각하는 데 가 있다 할 수 있다……". 요목 제7절

'존재'와 '공空'이라는 단어를 말할 때 이것은 서로 다른 두 개 단어이지만 그 뜻은 하나이다. 그것은 존재가 있기에 공없음이라는 단어가 생겨난 것이기 때문이다. 공이라는 하나의 단어가 있기 때문에 또 존재라는 하나의 단어가 만들어진다. 이 존재와 공은 머리와 꼬리가 연결된 하나의 고리와 같은 단어이다. 대략적으로 비유하자면 인간이 살아있을 때는 존재요, 죽으면 공이다. 구체적인 형태를 이룰 수 있으면 존재요, 망가져 수명이 다하면 공이다. 또 비유하면, 지나간 고대 수천, 수만 종류의 정치가들이 살아있을 때는 모두 존재하는 것이었으나, 이제 지나가 모두 공이 되었다. 현재의 우리의 이 나라, 이 육신은 지금 보면 모두 존재하나, 마침내 또 공이 되는 것에서 벗어날 수 없기에 존재이면서 공인데, 어찌 공이 아니라 하겠는가? 우리는 공이 되어 돌아간

뒤 훗날 또 후대인이 되기에 공이면서 어찌 존재가 아니라 하겠는가? 그렇기에 존재라고 한다면 모두 존재하는 것이요, 공이라 하면 모두 공인 것이다. 존재한 뒤에 곧바로 공이 뒤따르며, 공 가운데 존재가 생성되어 나타난다. 그렇기에 존재도 역시 공이요, 공도 역시 존재이다. 이것은 존재와 공이 서로 매우 친밀한 관계로 뗄 수 없는 관계에 있으며, 곧바로 하나의 단어가 될 수 있음을 말해주는 것이 아니겠는가. 요목 제7절

인간 세상에 인류는 천자로부터 거지에 이르기까지 모두 인간이기는 마찬가지이지만 어떤 자들은 행복을 발견했다 하고, 어떤 자들은 고통을 맛보았다고 한다. 행복을 얻은 자는 부귀하고, 고통을 맛보는 자들은 궁핍하다. 이것은 이미 정해진 이치이지만 이 가운데 또 부귀를 누리면서도 괴로움을 맛보는 자가 있고, 가난하면서도 행복을 누리는 자들도 적지 않다. 대부분 고대에 나라를 잃은 군주와 개국한 군주들, 물질을 더 풍요롭게 한 부자들, 물질에 탐욕을 부렸던 백성들은 대부분 모두 괴로움을 겪고 신음했다. 의를 이룬 성인들과 지식을 얻은 학자, 소원을 일룬 백성, 자신의 욕망을 인내한 현자들 대부분은 모두 행복한 삶을 영위했다. 이렇게 괴로움과 행복의 근원은 모두 인간의 마음에서 비롯된다. 요목 제4절

어떠한 행위에 있어 그 잘한 것을 칭찬해도 그 잘못된 점을 살피라. 그 잘못된 점을 혐오하여도 그 좋은 점을 깨달으라 (…중략…) 이 세상의 수만 가지 사건의 좋고 나쁜 점은 세상의 음양의 두 기운처럼 머리와 꼬리로 연결되어 있다. 요목 제5절

이처럼 깊은 의미를 가진 말을 꽤 많이 인용할 수 있다. 여기서 인잔나쉬는 자신이 견지하는 이론적 견해가 이렇다 저렇다 하며 현재화하여 설명하는 대신 어떻게 서사를 기술했는가를 곧바로 근거 삼는 것이 옳다고 보았다.

대문호는 자신의 세계관과 성찰 이외에 깊이 없이 가볍게 생각하는 자의 해악된 행동을 비판하고, 많은 독자에게 몽골을 위해 그 정신을 일깨우는 교훈의 말을 여러 번 기록해 남겼다. 예를 들면, "다른 나라의 사건은 분명히 알면서 자기 민족의 푸른 몽골국의 일은 전혀 알지 못한다", "자신의 뿌리를 자세히 살피지 않고, 불필요한 당나라, 송나라의 서정시에 힘쓰는 태도에 대해 타이지[10] 인잔나쉬는 많은 날 한숨을 내쉬었다" 등 다른 나라에 기대어 몽골 문화와 몽골 관습이라고 비하하는 정신적으로 자존감이 없는 자들을 비판한 일이 적지 않다. 또 우리 지역의 신중하지 못한 자들은 최선의 노력을 경주하여 자신의 언어와 문자를 살피지도 않으면서, 한두 가지 한자어를 알면 곧 몽골어를 얕잡고, 몽골어로 한인들의 생각을 어떻게 온전히 표현해낼 수 있느냐며 입에서 나오는 대로 지껄인다. 그것은 크게 잘못된 일이다! 그렇게 스스로 애써 노력하지 않고, 은유적이고 함축적인 단어들을 충분히 알지 못하면서 몽골어에 무슨 깊이 있고, 심오한 뜻이 반영되어 있겠느냐고 한다. 그것은 바닷가에서 몸을 씻으면서 바다가 얕다고 하는 것과 무엇이 다르겠는가!"라고 했다.

---

10 왕이나 귀족의 후계자 또는 황족의 후손에게 부여되던 칭호.

인잔나쉬의 이와 같은 말을 이 시대에 연장시켜 말하자면 오늘날 우리 몽골 사회의 매우 심각하고, 마음을 괴롭히는 많은 문제와 직결된다. 위로 부모와 연장자들을 존중하지 않고, 아래로 자식과 손아래사람들을 훈육하지 않는다. 후대 몽골인들은 영원한 일을 생각하는 대신 오직 오늘 내일의 육신의 이익만을 바라보고, 몽골의 물질적, 정신적 자산을 조금도 아끼지 않고 낭비한다. 또 민족의 언어, 문화, 역사를 존숭하기는커녕 뒤처지고 낡은 것처럼 여기며, 다른 나라에 우호적인 자들의 경박함을 모방하고, 아첨꾼들이 알랑대는 것을 믿고, 위선적으로 무언가를 이루고 쉽게 얻고자 한다. 많은 것을 마음으로 또 여러 가지 방법으로 몽골을 해치는 몽골인들이 많아졌는데, 대부분 이를 인식하지 못하는 것이 우리 시대의 쓰디쓴 진실이 아닌가!

우리는 몽골 현대문으로 옮기는 작업을 할 때 원문을 대조하고, 여러 방법을 모색하여 전사하고, 다시 반복해서 자세히 살피며 각주를 붙이는 등 적지 않은 노력을 기울였다고 생각한다. 대문호 인잔나쉬가 『청사』를 저술하기 위해 여러 언어로 문헌 자료를 읽고, 세밀히 살펴온 힘을 다해 부단히 노력하고 애쓴 것을 생각할 때 참으로 존경스러운 마음을 금할 수 없다.

인잔나쉬 나는 여러 문헌을 대조하여, 이 『흥륭한 대원제국의 청사』를 오류나 의심스러운 점이 없이 서사를 연결해 저술해 나갔다. 이러한 저술 작업은 진실로 마음과 생각, 간장과 폐, 온몸, 눈과 손을 함께 지치게 했다.

천 년의 사건의 내력을 붓과 먹에게 묻고
어지러이 벌어지는 사건을 문헌 자료와 대화하며 기술했네

나의 이 몸과 말, 마음을 지치게 한 것을
후대 지성인들은 살필까, 그렇지 않을까?

민족의 위대한 계몽가 웨.인잔나쉬의 이 정선된 저서를 모두 진심으로 존숭하는 마음을 갖고, 손에서 손으로 전하며 자랑스러운 마음으로 읽기를 바란다. 우리 조상들이 온갖 신고를 겪으며, 독립적인 몽골국과 불후의 풍부한 기록문화 유산을 우리에게 자산으로 남겨준 은덕을 더욱 잘 알고, 과거를 향해 민족적 긍지로 자부심이 더하는 동시에 미래에 몽골 민족의 자긍심을 갖기 위해 온 마음을 다해 뜨거운 의지를 갖는다면, 대문호께서 후대를 믿고 일깨우며, 몸과 말과 마음을 다한 이유를 비로소 깨달을 수 있을 것이다.

마지막으로 몽골비칙에서 현대 키릴 문자로 옮기는 작업을 할 때 상당한 시간을 들여 애쓰며 도와준 제자 페.밤바호롤과 그 외에 제자들에게 깊은 감사를 표한다.

몽골국립대학 정교수 샤라브 초이마
몽골국립대학 교수 막사르자브 바야르사이한

흥륭한 대원제국의 청사

제1권

흥륭한 대원제국의 청사 전체 차례

제1권

청사

원나라 문무황제文武皇帝 쿠빌라이 세첸 세조世祖는 지원至元 3년 봄 2월 제齊와 노魯 지역에서 일어난 폭동을 친히 나아가 평정했다. 그때 세조는 자정子貞을 기용하여 그의 간언을 들었으며, 그의 말을 옳게 여기고 칭찬하며 우익의 세 군단을 총괄하는 대신으로 삼았다. 그런 뒤 번지番地[11]에서 사천택史天澤의 휘하에 있는 성은 장張이요, 이름은 덕휘德輝인 문인 학자가 있다는 말을 듣고, 그를 불러오도록 명하여 그를 알현케 하고 묻기를 "우리 몽골국이 흥기할 때 우리가 여러 번 들은 바로는 예전의 요나라는 불교의 가르침으로 망하고, 금나라는 유교로 망했다는 의견이 분분한데, 이에 어떤 연유가 있는 것이오? 일반적으로 불교와 유교의 가르침이 정사政事에 위배되어 도움이 되지 못하고, 나라를 망하게 하는 무슨 이치라도 있는 것이오?"라고 하자 덕휘가 절하며 고했다.

"요나라의 집권자는 모두 신하들의 자제들이요, 금나라 정권을 잡은 자들은 모두 권문세족의 사람들입니다. 이렇게 두 나라 모두 힘과 무력을 중시하여 그렇게 되었습니다. 그에 대한 내력을 말씀드리자면, 그들은 모두 대대로 부귀를 세습하는 권문세족들로 비록 몇 명의 문신이 있긴 하지만, 모두 국가 대사에 대해 비판하지 않습니다. 제가 외국에 사신으로 가본 적이 없기 때문에 그들에 대해 잘 알지 못합니다. 다

11 '외지', '타지'의 뜻.

만 금나라가 망한 것은 조정의 관리들을 잘못 벌한 때문입니다."[12]

그러자 쿠빌라이 칸은 그의 말을 옳게 여기며 말하기를 "석가모니의 교의라는 것은 인간의 내적 성정을 닦는 것이요, 공자의 유교 교의라는 것은 인간의 몸을 가지런하게 하는 것이니, 모두 바람직한 것이라 할 수 있소. 그러나 균형 있게 통합하지 못하는 자들은 하나를 보면 하나를 버려 화를 초래하게 되고, 이로 인해 세상의 권력을 잃고 사건, 사고가 생겨나는 것이오. 석가모니와 공자의 가르침은 모두 근본에 있어 세상의 권력은 인정하지만, 불법과 유교의 가르침을 중시하오. 그러나 실제로 세상의 법도를 잃어버리면 경전과 경서도 믿고 의지할 데가 없어지니, 어찌 괴롭지 않을 수 있겠소?

내 비록 불교와 유교를 함께 받아들이지만, 일반적으로 세상의 법도에서 벗어나지는 않소. 이것은 나라를 세운 뒤에 유용하게 쓸 수 있는 일이요, 만일 나라를 세우고 처음 사직을 열 때의 일이라고 한다면, 다만 세상의 도리가 아니어서는 아니 되오. 석가나 공자 중 어느 한 사람이 있었다면 분명 속박이 되어 일을 이루는 데 지장을 주었을 것이오. 그렇게 우리의 옛 푸른 몽골국을 세우신 성무황제 칭기스 칸께서는 세상의 도리가 아닌 가르침을 모두 금하셨던 것은 바로 이 때문이오. 다만 어떤 나라가 오래도록 평안을 누리면서 혼란을 잊으면 세상의 권력

12 다른 자료를 보면 장덕휘는 "요나라의 일은 신이 잘 모르고 있으나, 금나라 말기의 재상 중에 유학자 신료는 1, 2명뿐이고, 대부분은 무사 출신과 세습공인 출신이었습니다. 그리고 그 유학자들은 나라의 핵심 정책에는 간여하지도 못하였습니다. 그리고 유학자 출신은 전체의 30분의 1정도에 불과하였고, 금나라가 망하였을 때 그 책임이 있는 자가 따로 있는데, 어찌 유교를 탓할 수 있겠습니까?"라고 말한다(방기혁 역, 「장덕휘」, 『원사열전』 권50(e-book), 슬기야단비야, 2015 참조).

과 법도가 해이해져 문제가 생기고, 분명 다른 어떤 한 가지에 기울어지고 거기 빠지기 때문에, 나중에 나라의 운명이 끝나갈 때쯤 그 탐닉했던 죄의 대가를 맛보게 되는 것이라 할 수 있소. 그렇게 요나라는 평안함을 누리며, 먼 나라 예법에 탐닉하여 불교가 크게 성행하게 되고, 마침내 나라의 힘을 잃게 되었소. 또 이는 세상의 도리에 위배됨으로 나라가 망했기에, 요나라는 석가모니의 교의에 망했다고 했던 것이오. 금나라는 태평성대가 되면서 또 안이한 공론에 빠져 유교를 중시하고, 군대의 강령을 잃게 되었소. 세상의 법도를 잃고 나라가 망했기에 공자의 가르침에 망했다고 하는 것이오. 다만 송나라는 요, 금 두 나라의 쓰디쓴 고통을 모두 겪음으로써 오늘날까지도 여전히 이를 경계하고 신중하게 된 것이오. 이제 우리의 이 몽골국은 훗날 어떤 탐닉의 해를 입을 것인지 경께서는 살필 수 있으시겠소?"라고 했다.

그러나 장덕휘는 자신은 잘 알지 못한다며 절하자, 쿠빌라이 칸이 미소를 지었다.

"우리나라가 흥기한 것은 요나라에 가깝고, 금나라에 붙어있기 때문이오. 지역의 습속과 인간의 사고가 대개 유사하듯 매우 평화로운 시기에는 분명 석가의 도에 깊이 심취할 것이오. 무슨 말인가 하면, 오늘날 세 가지 가르침과 여섯 가지 흐름, 그리고 아홉 가지의 차이를 모두 경험하고, 이러한 가르침들에 대해 논한 도를 나란히 비교해 보면, 석가의 도는 심원하며, 높고 세밀하고, 문과 길이 많으며 추구함과 얻음이 무궁하오.

우리 몽골인의 기질은 특별히 자신의 능력을 생각지 않고, 매사에 최고의 것을 추구하기 때문에 훗날 분명 석가의 도를 중시하게 되고, 세상사에 저해가 되는 데 이르게 될 것이오. 평안과 행복을 중시하여 멀고 높은 것을 추구하는 것이 나라에 무슨 도움이 되겠소! 그러나 이를 완전히 끊어 없애려 해도 선왕들과 오늘날의 칸들은 세 가지 교의를 완전히 폐하지 못하였기에 또 칸의 도리에 저해가 되지 않을까 두렵소."

문인, 학자들은 이 한 가지 말씀을 다시 반복해서 심사숙고해 보기 바란다. 우리 몽골이 약해진 것은 진실로 평안과 행복을 중시했기 때문이요, 또 멀고 높은 것을 추구함으로 모종의 해악을 겪게 된 것이 아니었던가? 모두 부처가 되는 것을 추구함으로 나라가 황폐해진 것을 오늘에 이르기까지 또 깨닫지 못한다. 인간들 모두가 다 부처가 될 수 있겠는가?! 기고 일어날 수 있기도 전에 날아오르는 것을 바라다가 결국 숨이 막혀 죽는 것을 추구했던 것이 아닌가? 그리고 사람들은 그 이유를 설명해 말하면 들으려 하지도 않고, 먼저 우리를 이교도요, 이단이라고 한다. 그렇기에 옳고 그름을 따지지 않고 일반적인 관습에 따라 이 몽골 『청사』를 부처님에 대한 이야기로 시작했다. 부처를 신앙하는 우리는 부처님의 도를 알아야 하지 않겠는가! 부처님은 원래 인도의 부처였다. 그런데 오늘날 우리 몽골의 부처가 되었기에 부처님으로 시작하는 것이 옳을 것이다. 그렇게 몽골의 관습대로 부처님의 이야기로 시작했으니 독자 제위들은 불쾌히 여기지 말기 바란다.

요목 제1절

동치제同治帝[1] 10년1871 정월 초여드레 창시자의 날, 동치제는 부처님이 탄생한 해를 생각했다. 고타마 석가모니 부처님은 고대 주나라 5대 황제[2] 소왕昭王 32년기원전995 경신년 4월 초이레 세상에 태어나 이름을 고타마라 했다.[3] 29세 초여름, 주나라 목왕穆王 9년기원전966 무자년 4월 초여드레에 출가하여 승려가 되었다. 갑오년 주나라 목왕 15년, 6년간 수행하여 득도하고, 4월 15일 성불했다. 또 같은 해 6월 초나흐레부터 법륜法輪을 돌리셨다. 주나라 목왕 21년 경자년 9월 22일 부처님은 상계에 올라 90일 동안 선정[4]에 들었다가 세상에 내려왔다. 이에 사람들이 부왕에게 만들어 드렸던 3척 되는 단향나무 불상이 일곱 누르nuur[5]를 올라가 부처님을 영접했다. 그러자 부처님은 자신의 손을 그 불상

---

1 동치제(同治帝, 1856~1875) : 중국 청나라 제10대 황제(재위 1861~1874). 묘호는 목종, 동치는 그의 연호이다. 5세에 보위에 오르자, 그의 생모 서태후가 실세가 되어 14년 동안 집권했다. 친정을 시작한 지 2년이 못 되어 사망했다(임종욱, 『중국역대인명사전』, 이회, 2010, 350쪽).

2 본문에는 5대 왕으로 언급되고 있으나, 역사적으로 소왕은 주나라 4대 왕이다.

3 고타마 석가모니는 기원전 624(?)~기원전 544(?) 시기에 생존한 인물로 위의 소개된 연도와 차이가 있다.

4 **[몽골 현대문 역주]** '야르나이'는 '하안거(夏安居)'라는 티베트어이다. 산스크리트어로는 'varsika'라고 한다. 원래 고대 인도에서 한여름에는 밖에 나가 포교를 할 수 없기 때문에 조용히 한 곳에서 3개월 동안 머물며, 수행하고 지내는 것을 이른다. 후에 티베트, 몽골의 황교에도 해마다 음력 6월 15일부터 8월 초하루까지 45일간 엄격하게 계율을 지키면서, 수행하고 지내는 것을 말했다.

5 길이의 단위인 것 같으나 정확하지 않다.

머리에 얹고, "미래 5겁의 때 중생들이 그대를 만나게 되면 나를 만난 것처럼 하라. 그렇게 인연 있는 중생들은 그대로 인해 세상의 고통에서 벗어나게 될 것이다!"라고 축원했다. 현재 수도의 잔단 조 불상이 곧 그 불상이라 한다.

부처님이 21세 되던 해 주나라 목왕이 보위에 올랐다. 석가모니 부처님께서 65세 되던 해인 갑자년에 목왕이 서거했다. 부처님이 76세던 을해년에 공왕이 즉위했다. 주 공왕 6년 경진년 4월 15일에 부처님이 열반에 드셨다. 그때 부처님의 나이 81세였다. 부처님이 태어난 주나라 소왕 32년 경신년부터 우리 대청국의 동치제 10년 신미년이 될 때까지 2,892년이 된다. 이것은 『사사통고史事通考』, 『만년력萬年曆』 또 두 눈이 실명한 장가 활불이 편찬한 『석가모니 불조전佛祖傳』을 함께 대조해 자세히 살펴 도출한 개관이다. 훗날 학자들이 자세히 살펴보는 것이 좋을 것이다. 만약 다른 자료와 차이가 있는 사건이 나오면 반드시 또 이와 같이 자세히 살펴 기록하고, 다른 학자들이 알기 쉽도록 기록으로 남기는 것이 바람직할 것이다.

또 기존 불단의 문제점을 개혁한 황교의 성인 총카파 활불 롭산닥그와Lusandagva는 대원제국의 마지막 때인 14대 순제順帝[6] 토곤투무르 칸 혜종惠宗 지정至正 17년1349 정유년 10월 25일, 탕구트의 굼붐이라는 곳

---

6 토곤투무르(1320~1370) 대원제국의 마지막 칸. 순제는 명나라에서 그를 호칭할 때 사용하는 시호이고, 정식 묘호는 혜종이다. 1333년 보위에 올랐으며, 1368년 주원장이 건국한 명나라에 수도인 대도(大都)를 빼앗기고 몽골 고원에 있는 상도(上都)로 옮겨 지냈다. 그런 다음 1368~1370 2년 동안 응창시로 가서 지내다가 이곳에서 사망했다. 이때를 북원시대라 이른다(Л.Жамсран бусад, *Монголын түүхийн бага нэвтэрхий толь* III, Орбис, 2002, pp.47~48).

의 손긴강 하구에서 태어났다. 5세에 행자승이 되고, 7세에 승려의 계, 15세에 사미승의 계를 받고, 23세에 바론 조티베트에있는사원로 가서 수행했다. 원나라 마지막 황제 토곤투무르를 한자로 '순제順帝'라고 한다. 순제는 계유년에 즉위하여 칸이 되었고, 연호를 원정元貞[7]이라 했다. 원정 원년 2년이 되어 다시 연호를 바꾸어 지원至元이라 했으며, 지원 6년에 다시 지정至正으로 연호를 바꾸었다. 지정 27년 정미년 원나라는 주원장에 의해 나라의 정권을 잃었다. 명나라 태조 주원장의 어렸을 때 이름은 홍무洪武인데, 몽골 군주의 정권을 빼앗아 황제 자리에 오르고, 연호를 홍무라 했으며 즉위한 해를 그 원년으로 삼았다.

원나라가 나라를 잃은 정미년, 성인 총카파 대사는 11세가 되었다. 토곤투무르 황제는 총 35년 동안 보위에 있다가 북쪽으로 달아났다. 명나라 태조[8]는 30년 동안 나라를 다스렸으며, 그의 손자 주윤문朱允炆이 왕위를 계승하여 5년 동안 재위했다. 그러나 그의 삼촌 연왕燕王 주체朱棣가 왕위를 찬탈하고, 연호를 영락永樂이라 했다. 그는 총카파 활불의 신이함을 듣고 만나보겠다 하고, 영락 14년 병신년에 총카파를 모셔오기 위해 바론 조로 사신을 보냈다. 그런데 성인 총카파 대사가 고령으로 다시 고국에 돌아올 여유가 없을 것이라며 초대에 응하지 못하고, 부주지승인 제자 잠춘을 대신 보냈다. 총카파 대사는 63세 영락 17년 기해년, 10월 25일 열반에 들었다. 대원의 순제 토곤투무르 혜종

---

7 실제로 이때 연호는 원통(元統)인데 잘못 기술한 것으로 보인다.

8 명태조(1328~1398) : 주원장은 1368~1398년까지 30년 동안 재위했다. 1368년 명나라를 건국하고 연호를 홍무로 정했다. 재위한 그해 대도를 함락시키고, 원나라를 축출했다(임종욱, 앞의 책, 444쪽).

惠宗 지정 17년 정유년부터 이 대청국의 10대 황제 동치제 10년 신미년까지 정확히 515년이 된다.

흥륭한 대원제국의 청사는 처음 새로운 나라를 세운 법천계운성무황제法天啓運聖武皇帝[9] 칭기스 칸 태조가 세상에 태어난 후 오늘날까지 어느 정도의 세월이 흘렀는지 추산하여 저술했는데, 그 일부는 다음과 같다. 성조 칭기스 칸이 태어난 임오년은 고대 송나라 10대 고종高宗 황제가 남쪽으로 이동하여 남송南宋이라 했던 시기인데, 고종 황제의 은 조구趙構이다. 그의 소흥紹興 32년, 금나라 4대 황제 세종 완안옹의 대정大定 2년 임오년 4월 16일, 태조는 이날 오시에 태어났다.[10] 임오년부터 대청국 10대 황제 동치제 10년 신미년까지 정확히 710년이 된다. 이는 많은 종류의 사료들을 모두 종합해 추산해 낸 햇수이기 때문에 전혀 오류가 없다.

성조 칭기스 칸은 45세에 남송의 영종寧宗, 이름은 조확趙擴, 그의 開禧년, 금나라 5대 황제 장종 완안경의 태화泰和 6년, 병인년 섣달 초하루에 보위에 올랐다.[11] 그로부터 8대까지 14명의 황제가 즉위했으며, 14번째 황제 순제 토곤투무르 혜종, 지정 27년 정미년까지 162년이다. 그런데 명나라의 종 된 아첨꾼 사가들은 주홍무의 뜻에 영합하기 위해 대원제국의 태조, 태종, 정종, 헌종 4대 칸 49년을 없애 버리고, 또 라이 세첸 세조 중통中統 4년 지원으로 연호를 바꾼 이후 15년 도합 68년

9 '천명으로 새 시대를 연 신성한 황제'의 뜻을 가진다.

10 이해는 1162년이다. 현재 몽골에서는 공식적으로 1162년 11월 24일을 칭기스 칸의 탄신일로 보지만, 학자 데.체렌소드놈은 칭기스 칸의 탄생연도를 1155년으로 보기도 한다.

11 이해는 1206년이다.

을 모두 제거해 버렸다. 후에 송나라가 뿌리도 없이 망한 다음, 원나라 5대 칸 원 세조의 지원 16년부터 비로소 원나라가 시작된 것으로 쳤다. 그러기에 북방 몽골의 치세는 고작 8, 90년이요, 100년이 채 되지 않는다고 자기 나라에 아첨하듯 억지를 부리며 말한다. 이 일은 별도로 이 저서의 요목 제7절에서 자세히 다루었다.

요목 제2절

옛말에 "군자는 자신의 근본을 잊지 않는다"라고 했다. 타이지[12] 인잔나쉬 나는 지각이 들면서 20년 가까이 사방팔방의 학자들을 만나면서 다니다 보니, 우리 몽골인들이 사는 3백 곳 이상의 지역에 학자들이 적지 않았다. 다만 대청국이 새로 나라를 건립하면서, 우리 몽골이 학문적으로 입신하여 재물을 이룰 길이 없었기 때문에 몽골인들은 학식이 일천하게 되었다. 비록 그렇다 해도 우리 남쪽 3맹[13]의 몽골인들은 보통 수도에서 꽤 가까운 중원의 변경황하와 흑룡강 사이에 있는 분지 지역에면서 한어에 정통한 학자들이 또 상당히 많이 배출되었다. 사실 우리 조스트 한 맹의 몽골인들은 곧바로 중원 지역 안에서 살고 있기 때문에 한문을 열심히 공부하는 사람들이 적지 않다. 학식 있는 이러한 몽골

12 황족의 후손에게 사용했던 칭호. 인잔나쉬는 칭기스 칸 황금가문의 후손이기 때문에 이 칭호를 사용했다. 태길(太吉) 또는 대길(大吉).

13 맹(盟)은 청나라 때부터 있어 온 행정구역의 단위.

인들은 고대 역사적 사건과 오늘날의 법에 대해서 참으로 정통하여 처럼 훤히 꿰뚫고, 5천 년 전 삼황오제부터 차례로 하夏, 상商, 주周, 진秦 등과 또 서한, 동한, 후한, 진나라, 송, 제, 양, 진, 수나라, 당나라, 후량, 북송, 남송, 금나라, 요나라 등의 역사적 사건에 대해서는 두루 잘 꿰고 있지만, 정작 자신의 원 민족의 푸른 몽골국에 관련된 사건의 내력에 대해서는 전혀 알지 못한다.

'원나라'라고 명명했던 몽골 5대 칸 원 세조 쿠빌라이 세첸 문무황제 이후의 역사적 사건에 대해 『강목』[14]에 기록한 것을 간략하게나마 어느 정도 알지만, 그것은 대개 간략한 말들이며, 사실 그런 내용도 모두 중국 역사가들의 소인배적인 민족적 편견으로 기록된 것들이다. 특히 몽골을 멸시하고 얕잡아 비난하며, 기록으로 남긴 편향된 시각의 간략한 내용들이다. 이를 어찌 원나라의 정사라 할 수 있겠는가! 원나라 정사를 찾는 데는 상당히 어려움이 있기에 대부분의 사람은 『강목』의 기록으로 논거를 삼아 평하고, 그 편향된 글을 준거 삼아 말한다. 그것은 크게 잘못된 일이다.

실제로 오늘날 몽골국의 기초를 연 칭기스 칸이 어떻게 성조가 되고, 수호신이 되었으며, 66년간 어떻게 천하를 평정했는지 전혀 알지 못하는 자들이 상당히 많다! 참으로 안타까운 일이 아닐 수 없다. 이렇듯 이들 문인, 학자들은 자신의 근본을 자세히 연구하지도 않고, 불필요한 당송의 시문에 힘쓰는 것을 타이지 인잔나쉬 나는 개탄한 지 오

---

14 이 저서에서 나오는 『강목』이나 『통감강목』은 주희의 『자치통감강목』을 줄여서 이른 것이다.

래 되었다. 타이지인 나의 아버님이요, 부관이셨던 왕친발께서는 『흥륭한 대원제국의 청사』 8장 4책을 저술하시고, 도광道光[15] 20년 영국 적군의 침입을 받아 국경 관문을 수비하는 병사들을 이끌고 출정하시게 되어, 저술이 지체되었다. 후에 전쟁이 잠잠해져 군대를 이끌고 돌아오셨지만, 아버님은 또 나랏일로 저술 작업이 지체되자, 말미를 얻어 뒤를 이어 저술을 이어나가시기 전인 도광 27년 정월 초아흐레 진시에 지내시던 처소에서 아름다운 향기를 발하시며 운명하셨다.

이러한 상황으로 이 저술은 중도에 멈춘 상태로 있게 되었다. 후에 나의 큰형인 굴라란스가 아버님의 부관직을 이어받아 지역의 공무로 틈이 없었기 때문에 저서를 이어서 쓸 짬을 얻지 못했다. 저서를 완성하는 데는 적지 않은 공이 들기 때문에 손을 대지 못한 채 계속 지체 지내다가 형 또한 함풍咸豐[16] 원년에 운명했다. 그렇게 해서 이 저서는 30여 년이나 답보 상태에 있게 되었다. 나의 형 군과 순순웨이단준, 아우 인인잔나쉬 세 형제가 아버님께서 멈추었던 곳을 연이어 써 내려가려고 몇 번이나 원고를 펼쳤지만, 시대와 연도 그리고 인명의 발음이 이미 달라지고 차이가 있었으며, 정확한 것을 찾아내기에 상당히 번거로운 점이 있었기 때문에 또 다시 접어 두게 되었다.

또 나중에는 뜻하지 않게 주변 상황이 나빠지게 되었다. 타이지 인

---

15 청나라 8대 황제 선종(宣宗) 때의 연호. 도광 20년(1840) 청의 아편 수입 봉쇄에 맞서 영국 군대가 영파, 하문을 봉쇄하고 광동, 상해 등지를 차례로 점령하여 1842년 남경에 육박, 남경조약을 체결하기까지 2년간 아편전쟁이 이어졌다(이병갑, 『중국역사사전』, 학민사, 2006, 262쪽).

16 청나라 9대 황제 문종(文宗) 때의 연호.

잔나쉬 내가 서른 살이 되면서 믿고 부리던 집 하인들이 집의 재산을 백 가지로 절도해 가고, 또 밖에서는 장사 밑천을 까먹고, 곡물과 감자 등을 거두지 못하고, 안으로는 아내와 자식이 죽고, 집의 하인인 창명과 금보 등이 집안을 들쑤시며 도둑질을 했다. 이런 일에 조금도 대항하지 못한 채 34세가 되자, 나는 내 자신의 일에 혐오감이 들고, 울화가 치밀었다. 정말 너무도 답답하고, 생각하면 생각할수록 화가 나 거의 병이 날 지경이 되었다. 어쩔 수 없는 상황에 몰려 주위를 돌아보며 생각하니, 위로 70세 되시는 어머니 태군이 계시고, 아래로는 또 여섯 살 된 어린 자식이 있었다. 또 조상의 큰 가업과 선조들이 남기신 많은 가솔들이 있었다. 사건, 사고를 당해도 입은 은혜를 저버려서는 안 되기에 잠시 한 해 동안의 좋지 않은 시기를 인내하며 지냈다. 이때 단단히 먹은 마음에 어떤 방해가 있어서는 안 되겠기에 고서를 뒤적이다가 뜻하지 않게 이전의 아버님이 저술하시던 이 『흥륭한 대원제국의 청사』를 연이어 써서 완성해야겠다는 생각을 했다. 그것은 모든 몽골인들에게 자신의 뿌리를 알게 하겠다는 꽤 오래 생각해 왔던 뜻에 부합했다.

그래서 곧바로 아버님께서 저술하시던 제8장부터 연이어 집필하여 우리 몽골 민족 만 대에 길이 남겨, 몽골인 모두가 자신의 뿌리와 혈통을 알았으면 하는 바람으로 원나라와 관련 있는 열 가지 역사서, 고사, 설화, 경서, 기록물, 그 밖의 역사 자료를 모두 뒤져, 자세히 연결하고 살피고 맞추는 데 온 힘을 기울였다. 타이지 나의 전생의 지적 자산이 매우 일천한 데다가 또 이생에 학문적인 재능을 조금도 타고나지 못했기 때문에 먹고 자는 것을 잊고, 밤낮으로 쉼 없이 애를 썼다. 우둔한 지력을 동원해 가면서 열 가지 역사서를 자세히 대조하고, 대응시키며 찾아 나가다가 정말 정신이 멍해져 미칠 지경이 되었다. 참으로 우둔한 지력으로 마음의 피를 토하고, 어두운 눈이 보이는 대로 수많은 자료를 살피며, 일천한 지식으로 인명과 지명을 찾았다. 보잘것없는 능력으로 힘써 저술하고, 인용할 내용을 생각하며 일어서든 앉든, 자든 누워있든 늘 깊은 사색에 잠겨 있었다. 들고나고 먹고 마셔도 글을 쓰고, 쓴 글을 보고 또 보고, 살피고 또 살펴 어느 부분에 저술의 큰 사건이 누락되었는지, 구절이 잘못되고 빠지지나 않았는지 온 힘을 다해 자세하고 면밀하게 살폈다. 머리가 희어지고, 얼굴에 주름이 생기고, 살이 빠지고 근육이 늘어질 정도로 심혈을 기울였다.

게다가 또 예전 번역가들이 때때로 옛 몽골 문자와 위구르 문자, 황문자[17]의 단어 및 어구를 번역하지 않고 쓴 것이 적지 않았기 때문에 우리 지역의 몽골인들이 잘 알지 못하는 단어와 어구가 매우 많았다. 그뿐 아니라 특히 몽골어를 한자어로 전사해 쓸 때 단어가 단어를 이루지 못하고, 글자가 글자를 이루지 못했다. 또 만주어로 번역하여 쓴 경우에 이중으로 잘못 번역되는 등 이렇게 사중 오중으로 잘못된 것들이 헤아릴 수 없이 많았다. 이러한 경우마다 반드시 정확한 뜻을 찾고, 각 단어를 찾아내야만 했기 때문에 타이지 나는 젖 먹던 힘을 다해 애썼지만 때때로 참으로 막다른 지경에 이르기도 했다. 갑자기 몽골 고

17 티베트 문자의 한 종류(shar bichig).

어가 나와 그 의미를 전혀 알 수 없으면, 인가를 돌아다니며 원근의 연로하고 몸이 불편하신 할머니, 할아버지를 찾아가 묻기도 했다. 때로는 정말 생각할 수 없이 초주검이 되기도 했다. 우리의 이 조스트 촐간 지역에 총명한 몽골 학생이 꽤 많은데, 그 대부분이 한어를 배우는 데 열심이다. 보통 몽골어 공부에는 노력을 기울이지 않기 때문에 외몽골어의 의미를 찾고 물을 때 매우 어려운 점이 있었다. 한자 단어의 의미를 추적하여 찾는 것보다 더 어려운 경우도 있었다.

우리 지역의 진중하지 못한 사람들은 자신의 모국어인 몽골어를 철저하게 살피려고 하지 않은 채 한두 가지 한자어를 알면 곧바로 몽골어를 경시하고, 몽골어로 어떻게 자신의 생각을 충분히 드러낼 수 있냐며 입에서 나오는 대로 지껄인다. 그것은 매우 잘못된 일이다! 분명한 예를 들어, 양수사로 말한다 해도 몽골 수사는 일에서 시작해 십, 백, 천, 만, 십만, 백만, 천만, 억이라고 하여 한자보다 네 개의 수사가 더 있지 않은가?[18] 다만 거기까지 사용하지 않으니까 그렇지, 만일 사용한다면 글자가 어떻게 없어질 수 있겠는가? 그렇게 스스로 힘쓰지 않아, 보이지 않고 숨어있는 단어의 의미를 훤히 알지 못하면서, 몽골어에 무슨 깊고 심오한 뜻이 있겠냐고 하는 것은 바닷가에서 목욕을 하고, 바다가 얕다고 여기는 것과 무엇이 다르겠는가! 간단히 말하면, 그렇게 함부로 말하는 원인은 우리가 몽골어를 아는 데 힘을 기울이지

---

18 한자어의 경우 만까지 단어가 있고, 십만, 백만, 천만은 만을 이용한 것인 반면, 몽골어의 경우 각각의 독자적인 단어가 있음을 의미하는 것 같다. 십만(бум), 백만(сая), 천만(живаа) 등.

않기 때문이다.

그렇게 해서 인잔나쉬 나는 고어와 의미가 파악되지 않는 단어를 대하면 어찌 되었든 가볍게 지나치지 않고, 반드시 위아래 문맥을 보고 앞뒤를 살폈다. 전혀 의미를 알 수 없는 단어는 연로하신 노인들 아니면 북쪽 몽골 지역으로 돌아다녔던 사람에게 물어 그 단어를 확실히 했다. 이때 북경의 마하칼라사 이외에 몽골어의 의미와 성질을 자세히 연구하는 연구소가 없었다. 훗날 이 저서를 쓰는 저자 인잔나쉬 내가 이 시기에 심혈을 기울이면서, 눕거나 잘 때 일어나거나 앉을 때 언제든 늘 깊이 숙고하고, 줄곧 고심했던 것을 누가 알고 마음 아파할까! 원고를 준비해 가까이 두고서 수정하면서 이해하고 알기 쉽게 바로잡았기 때문에 빠르게 읽어 나갈 수 있다. 만약 이 저서가 일반적인 옛이야기, 가벼운 역사서 아니면 장식적인 시문을 사용한 글이라면 도리어 매우 쉬웠을 것이다. 그랬다면 끊어진 곳에서 위아래 문장과 부분적인 장을 보고, 그 생각을 계속해서 보충하고 새로운 것을 생각해 낼 수 있었을 것이다.

이 저서는 대원제국의 정사이며, 원나라는 사람의 귀에 들리는 곳이면 모두 정복하고, 이르지 않은 곳이 없었다. 비록 고대 삼황오제라도 원나라처럼 대규모로 정복하지는 못했다. 고대 하, 상, 주, 진 등이 대국이었지만, 이상하게 외방을 공격해 정복하지는 않았다. 비록들의 역사서에 사해를 모두 지배했다고 하지만 이때 사해는 만리장성 이남, 서쪽 서장 안쪽, 남쪽 운남, 귀주 이북, 동남쪽 바닷가에서 서쪽으로 이 영역 안에 있는 15개 성 지역을 말한다. 그러니 어찌 이 원나라처럼 사방팔방 바다를 넘어 여러 흥미롭고 이상한 모습의 사람들이 사는 나라를 정복했겠는가! 가끔 외국의 아주 먼 나라에서 한두 번씩 와서 신기한 것을 바치고, 온 목적을 고하면 곧바로 그 나라의 역사서에 일에 대해 만국이 함께 천국을 내방하여 절하고 조공을 바쳤다고 칭송하며 부가적으로 기록하고 있다. 어찌 이 대원제국처럼 몸소 병사들을 이끌고 가서 정복했겠는가?

그러니 또 무슨 여유가 있어 이런 많은 기록에 내용을 더하고 장식할 문구를 넣을 수 있겠는가? 개인적으로 이런 많은 사건을 또 구성해 낼 수가 없어 버려지는 자료의 수가 무수히 많은데, 어떻게 내용을 덧붙이고 장식하는 일을 하겠는가? 특히 이 저서에 한 가지 사건이 나오면 인잔나쉬 나는 참으로 얼굴이 상하도록 그 근거와 시대, 명확한 연월일을 대조하는 일에 전력을 다했다. 게다가 기본적으로 역사서라 할 수 있는 주자의 『통감강목』[19]을 보면 어떤 내용은 사실과 잘 부합하는데, 어떤 사건은 전혀 다르거나 없기도 하다. 그 『강목』은 대개 한인 사학자들이 기록한 것이기 때문에 응당 몽골을 어떤 측면에서 부정적으로 말하려는 자기 편향적이고 소인배적인 질시의 마음이 적지 않게 작용했으며, 그로 인해 중심을 잃어버려 그 저서를 온전히 신뢰할 수

---

19 **[몽골 현대문 역주]** 인잔나쉬가 『청사』를 쓸 때 10가지 종류의 사료(史料)를 이용하였는데, 그 가운데 하나는 『자치통감강목』이다. 이 유명한 저서를 북송 중기의 역사가 사마광이 한 무리의 사서들의 도움을 받아 19년 동안 저술했다. 이 저서에 기원전 403년부터 시작해 기원후 959년까지 1362년의 역사적 사건을 16기(紀)로 나누어 기록했다. 후의 역사가들이 보충하여 써나갔다.
[역자 주] 위의 각주는 잘못 설명된 것이라 할 수 있는데, 주자의 『자치통감강목』이 아니라 사마광의 『자치통감』에 대한 설명이다.

없게 되었다. 다만 기록한 연도는 분명했다.

이렇게 심혈을 기울여 자세하고 분명하게 기술하려 했지만, 일반적으로 이는 한 대국의 역사서이기 때문에 연도가 많고 사건 역시 대단히 많은데, 그에 비해 내용이 적고, 게다가 사건이 개괄적이기 때문에 읽기가 쉽지 않다. 또 드러나지 않은 세밀한 의미를 담고 있는 이 저서를 말하거나 읽는 독자들이 이해하고 깨닫는 일이 그처럼 분명치가 않다. 더욱이 후에 금나라, 송나라, 서하, 서역 등의 대국들을 정벌할 때 이들 나라의 장군명이 매우 많고, 사건도 꼬리를 물고 연이어짐으로 읽기가 매우 어렵기 때문에 이것을 읽는 독자들은 반드시 마음을 가라앉히고, 조용히 생각을 맑게 하여 자세히 살펴 읽는 자세가 필요하다.

이 저서에서는 고대『삼국지연의』,『수호전』,『서유기』,『금병매』등의 저서와 같이 수식어, 설화적인 비유, 재미있고 떠들썩한 것을 추구하지 않았다. 한편 바뀐 몽골 명칭들과 옛 몽골어를 모두 풀어서 알기 쉽게 했으며, 연도, 나이, 시대 사건을 명백히했다. 그 외에 다른 나라, 지역, 도성 등의 한자와 몽골의 이러한 명칭을 먼저 결합시켜 대조해 냈다. 훗날 독자들이 이 저서를 읽을 때 반드시 앞에 있는 별도의 사전을 살펴보고, 그 뒤의 서사를 보면 읽기가 상당히 쉬워질 것이며, 내용에 흥미를 느끼게 될 것이다. 그렇지 않으면 읽지 않는 것만 못할지도 모른다. 그렇기 때문에 사건을 전개하는 장 앞에 별도의 사전 한 편을 자세히 살펴 언급했다. 그다음에 나오는 열 개 항목의 요목이 있으며, 각 항목에 한 가지 의미를 함축한다. 이러한 항목들을 모두 읽었다면, 그다음 이 책을 읽는 것이 마치 매끈한 얼음 위로 수레를 미는 것처럼 쉬워질 것이다. 비록 그 의미에 신경 쓰지 않고 떠들썩한 장면을 구경하는 사람처럼 흥미 위주로 보는 자라도, 이 12항목의 요목을 읽지 않으면 떠들썩한 장면조차 이해하기 어려울 것이다.

요목 제3절

우리 민족은 시대를 따라 심지를 곧게 하여 28대를 지내왔다. 법천계운성무황제 태조 칭기스 칸의 이름은 테무진이다. 그의 넷째 아들은 예종 톨리 군주이며, 그의 넷째 아들은 문무황제 쿠빌라이 세첸 세조이다. 그의 아들 황태자는 진김[20]이며, 그의 큰아들은 순종 다르마발라 칸이며, 그의 아들은 예종 보인트 칸, 그의 아들은 명제 자야트 칸, 그의 아들은 순제 토곤투무르 혜종이다. 이 7대 가운데 삼촌, 손자, 형제가 차례로 보위에 올랐으며, 전체 14명의 칸이 보위에 있었다. 이를 다른 장에서 차례로 기술했다. 이 7대 가운데 14명의 칸이 보위에 올랐고, 전체 162년 동안 나라의 군주로 지냈다. 그 계보를 보면 토곤투무르 혜종의 아들은 오스할 왕, 그의 아들은 하르호차스 왕, 그의 아들은 아지 태자요, 그의 아들은 아바라이 왕이다. 또 그의 아들은 호르칙그 왕이요, 그의 아들은 바얀뭉호 조논그의 아들은 바트뭉흐[21], 그의 아들은 바르

20 라시드 앗 딘의 기록에 의하면 원래 이름은 '김짐(Gîmjîm)'이었다고 한다. 1262년 연왕(燕王)에 봉해졌고, 중서령에 임명되었다. 1273년에는 황태자로 봉해졌으며, 1286년 병사했다(라시드 앗 딘, 김호동 역, 『칸의 후예들』, 사계절, 2005, 360쪽).

21 왕위를 계승하기 위해 이름이 지목된 황자의 칭호.

스볼드 왕이다. 또 그의 아들은 알탄 게겐 대원 칸이요, 그의 아들은 셍게두렌 왕, 그의 아들은 갈토 노욘그의 아들은 옴보초후이 공[22]이다. 또 그의 아들은 서부 투메드 호쇼의 자삭 베이스 구무 노욘이요, 그의 아들은 자삭 베이스 군친자브 노욘, 그의 아들은 도르잘 노욘이요, 그의 아들은 친비쉬렐트 노욘, 그의 아들은 돈도브 노욘이다. 또 그의 아들은 라완노로브 노욘, 그의 아들은 부관 왕친발 노욘인데, 그에 이르기까지 왕가에서는 일반 서민들과 인척관계를 맺지 않았다.

왕친발 노욘의 유일한 부인인 마뉴사카 타이지운에게서 8명의 아들이 태어났다. 큰아들은 굴라란스, 둘째 아들은 순단탄니, 셋째는 무니야쇼, 넷째는 무니루카, 다섯째는 군나촉, 여섯째는 순웨이단준, 일곱째는 인잔나쉬이고, 여덟째는 루군준나이이다. 이 여덟 형제 가운데 무사히 자라서 성인이 된 자식은 부관인 맏형 타이지 굴라란스, 다섯째 타이지 군나촉, 여섯째 관청에 소속된 부관 타이지 순웨이단준, 일곱째 타이지 인잔나쉬 이 네 형제였다. 이 가운데 인잔나쉬[23] 내 나이 29세에 둘째 아들 치메드카라가 태어났고, 34살에 이 저서의 집필 동기에 대해 썼다. '승천계운성무황제承天啓運聖武皇帝'—하늘의 명으로 새

---

22 '노욘'은 여러 가지 의미를 갖는다. 처음에 노욘은 고대 몽골의 권문세족의 칭호로 사용되었고, 13~14세기 몽골제국시대에는 왕자, 만호, 천호, 백호장을 일컬었으며, 봉건시대에는 왕족, 황족을 일컬었다. 14~17세기에는 왕정과 관련 없이 귀족으로 노비를 부리는 권력을 가진 영주들을 일컬었으며, 17~20세기 초까지는 정치의 독자적인 권력을 갖지 않고도, 자신의 영지의 권한을 지키며 남아있던 여러 종류의 지위를 가진 자들을 일컬었다(Л.Жамсран, *Монголын түүхийн бага нэвтэрхий толь* II, Орбис, 2000, p.208). 영어로는 'noyan'으로 표기하기도 한다.

23 **[몽골 현대문 역주]** 인잔나쉬는 족보를 분명히 쓰고, 성조 칭기스 칸부터 그의 부친 왕친발까지 기록하며, 황족 가문의 28대가 되었음을 분명히 했다.

시대를 연 성무황제 칭기스 칸 원나라 태조 신성한 테무진 조상으로부터 타이지 인잔나쉬 나 자신에 이르기까지 28대이다.

이러한 집안 태생인 타이지 인잔나쉬 나는 태어나면서부터 세상사와 일신상의 내력을 곰곰이 생각해 왔다. 이 대청국이라는 나라는 한 사람의 천자가 사해를 지배하고, 법과 위엄으로 백성을 다스린다. 백성들은 한 군주를 섬기고, 천자는 그 가운데 총명하고 지혜 있는 자를 시험을 통해 선발하고, 그 자질을 배양시켜 그 지성의 정도에 따라 한다. 주州, 현縣, 부府, 도道 등에 직책을 차례대로 임명함으로 진정 큰 지성과 큰 지식을 가진 자를 재상이나 중당 등의 관직에 오르게 한다. 위로 한 군주 아래, 아래로 만국의 위로 삼아 한 사람에게 수많은 지경을 다스리게 한다. 해와 달빛이 비치고, 음양의 삶이 존재하는 인간 세상의 순수한 지성인들을 그저 버려두지 않고, 명철하게 태어난 지성인이 버림을 받거나 부당하게 박해를 당하는 데까지 이르게 하지 않는 것은 실제로 털끝만치의 편견과 사심이 없는 천자의 왕도이다. 또한 천하를 어린아이를 돌보고 자장가를 불러주듯 사랑으로 바라보는 것이 보편적인 인애仁愛이다.

그런데 이 가운데 또 한 가지 이상한 일이 있다. 이제 이 일을 자세히 살펴 밝혀내면 독자들은 또 눈살을 찌푸리고, 책에서 고개를 들고 한숨을 내쉬게 될 것이다. 그것이 무엇인지 말해보자. 세상은 전체적으로 음양으로 이루어진다. 음양의 두 기운이 있는 곳에서 인간이 태어나고 삶이 시작된다. 일단 인간이 신체를 가지고 태어나면 반드시 지성을 갖게 되고, 지성을 가지면 또 깊고 얕으며 크고 작은 것이 분명 존재하는데, 이 대청국에 몽골보다 나중에 투항한 회회국 사람은 몽골인만큼 공로가 없는데도 대청은 그 나라의 총명한 인재를 억압하거나 부당하게 미워하지 않고, 모름지기 시문으로 시험을 치러 인재를 뽑게 하고, 그들의 능력을 키워 신하로 등용한다. 그런데 특별히 몽골인들에게는 전혀 시험을 치르게 하지 않는 것은 무슨 까닭일까? 그 이유가 무엇인지 다시 다시 곰곰이 생각해 보아도 알 수 없다. 몽골인들은 어리석고, 소심하고, 우매하여 시험을 치러도 배출될 인재가 없다 하여 시험에 응시하는 법을 정하지 않은 것일까? 원나라시대 또 명철한 성군들이 태어나고 천하를 162년 간 평화롭게 다스렸다. 그렇다면 칸 이외에는 모두가 어리석은가? 성인 공자께서 나라에서도 그다지 존숭을 받지 못하고 있을 때, 쿠빌라이 세첸 세조시대 원나라에서 비로소 공자를 '대성지성大城之聖'이라 하여 최고의 성인인 '대성'이라는 두 자를 부여하여 숭앙했다. 그 전에는 모두 이런 '공', 저런 '왕'이라고 높이는 정도였다. 그렇게 쿠빌라이 세첸 칸의 학문이 세상의 문인, 학자들을 일깨우자 중서성의 신하 장덕휘張德輝 등의 문관들은 그에게 탄복하여, 세조에게 간언서를 올릴 때 그를 유학의 '태종대사太宗大師'라고 일컬었다. 또 몽골 신하들 가운데 어렵게 고학하여 출세한 소트, 바얀, 모하르 등의 많은 학자가 배출되어 나왔고, 그들의 시문 비평과 문체가 오늘날까지 『연감유함淵鑑類函』[24]에 기록되어 오고 있다.

24 청나라 강희제 49년(1710)에 장영(張英)을 비롯해 130여 명의 학자가 펴낸 백과사전. 원나라명나라 이전의 고사성어를 분류하여 설명한 것으로 내용이 풍부하여 글이나 시를 짓는 데 크게 도움이 됨, 중국 시문을 읽거나 고사(古事), 전고(典故)를 찾아보는 데 귀중한 자료이다(https://wordrow.kr/의미/연감유함).

이것을 볼 때 몽골 종족이 모두 우매한 것이 아니라는 것이 명백하지 않은가! 아니면 우리 몽골인이 원래 우직하고, 충성스러운 자들인데 글을 읽게 하면 도리어 아첨하게 되고, 원래 강직한 성격이 변할지도 모른다고 우려하여, 청나라 함풍제咸豐帝[25]의 사부 두수천이 고한 대로 은혜를 베푼 것이란 말인가? 만약 그렇다면 또 대청국의 만주인들도 원래는 우리 몽골과 전혀 차이가 없는데, 오늘날 만주족들은 과거를 보게 하여 인재를 선발하고 또 병사를 뽑아 훈련시키는데, 그것은 그들에게 무슨 못된 간계를 배우게 하려는 심사가 있는 것인가!

또 성현의 가르침이라는 것의 원래 의미는 어떤 사람을 가르치고 감화시키려는 것이어서 책을 읽고, 배우는 사람은 고쳐지고 개선되는 것을 추구하는 것인데 나빠지는 법이 있겠는가? 아니면 오늘날 몽골인 모두가 북방 지역에 살면서 어리석어져 가르치려 해도 배우지 않아 가르치는 것이 과한 일이라 한다면, 오늘날 몽골인들이 황교를 신봉하면서 유한한 공의 본질을 논하는 불교철학의 다섯 경전에 정통하고, 끝도 근거도 없는 공의 이치를 어찌 논한단 말인가? 또 어찌 수없이 많은 고통을 겪으며 만 리 머나먼 서쪽 조 지역티베트에 힘들게 가서 라람바, 도롬보[26]의 학위를 얻고 돌아온단 말인가? 이것을 보면, 오늘날의 몽골인들 모두가 우둔하다고 볼 수는 없지 않은가! 옛말에 "하나의 이익을 얻으면 한 가지 해악이 있고, 한 가지 가르침을 받으면 한 가지 노력이 있다"라고 한 것이 이것이다! 라람바, 도롬보의 그 불필요하고 헛

25 청나라 제9대 황제, 문종(文宗). 재위 1850~1861년.
26 라람바(lharamba), 도롬보(doorombo) : 티베트 불교의 학위명.

된 호칭을 좋아하여, 사람들이 고통을 감수하며 만 리 머나먼 곳을 향해 가는 것을 보면, 천 리 길의 경도京都가 멀어도 시험을 보러 가며 수고하고 애쓰지 말라는 법이 어디 있겠는가? 다만 그런 종류의 교육 내지 고무하는 바가 없기 때문에 그에 대해 노력하는 자가 없는 것이요, 특별히 모두가 어리석기 때문은 아니다.

불교 철학의 5부 경전이라는 것은 유교의 사서오경에 비교해 보면 다섯 배나 더 어렵고, 불교의 변화무쌍함은 유교에 비해 열 배나 더 복잡하지만, 그것들을 모두 암기하고, 그것들을 모두 변화시켜 응용하는 데 이르기까지 숙달하는 것은 한인들의 과거인 거인擧人,[27] 장원壯元에 응시하는 것보다 더 힘든 일이다. 그렇게 배운 지성이 있는데, 유교의 분명한 근거가 있는 것을 공부하는 데 무슨 어려움이 있겠는가! 그것은 말할 것도 없이 몽골인을 곧바로 우둔한 자로 폄하하는 것이요, 몽골인을 한쪽으로 제껴 놓은 처사이다.

이제 군사훈련을 예로 들어 보자. 몽골인이 비록 지혜롭고 총명하지는 않다 해도 소나 양고기를 먹는 우직한 힘이 매우 잘 갖추어 있지 않은가! 이제 무예를 시험하는 것이 또 하나의 교육 방법인데, 무예로도 시험을 치르게 하지 않는 것은 무슨 까닭인가? 만약 각 개인에게 모두 소속 행정기관이 있다고 시험을 치르게 하지 않는다면, 그 행정기관에서 시험을 치르게 하고, 또 지역에서 널리 인재를 등용하게 하면 되지 않겠는가? 이에 무슨 나라의 유익에 위배 되는 일이 있단 말인가! 우

27 현시, 부시, 원시를 거쳐 거자가 된 뒤, 각 성에서 실시하는 향시에 응시하여 거인이 될 수 있었다. 거인은 매우 희귀하여 사대부 취급을 받았다(https://namu.wiki/w/진사).

둔한 내가 이렇듯 의아하게 생각하다가 많은 날이 지나고, 돌아 버리도록 생각하며 다른 사람에게 물었던 것 가운데 한 가지는 정말 웃음이 난다. 그것을 말하면 꽤 웃음거리가 될 만한 일이다. 그것을 이름하여 '물론物論'[28]이라고 한다. 그것은 곧 자신에 대해 아무것도 알지 못하는 데서 비롯된 것이다.

오늘날 남쪽의 6맹盟, 북쪽의 네 할하[29]라고 하고, 또 청해青海 토르고드 아이막이라 하여 전체 3백 기旗 정도의 몽골인들이 산다. 그들에게두 또 시대를 따라 통치해온 자삭이 있다. 이러한 것들을 생각하면서 웃음이 나고, 놀랍게 생각했던 것은 이들이 또 천자의 백성이라는 것이다. 그러면서 어찌 몽골인들은 백성의 예에 전혀 부합하지 않는단인가? 몽골은 다른 나라와 동등한 나라가 아닌가? 그런데 기의 백성들을 모두 몽골 행정기관의 명부에 기록하여 독자적인 군주 지배하에 두지 않았다. 어느 쪽으로 붙여놓을 것이라 생각했지만, 속해 있지 않는 것을 이상하게 생각했다. 그러다 정신이 멍해져 가는 바로 그때 우연히 이 시대의 한 학자를 만나 나는 곧 그에게 어리석게 물었다.

"이 시대에 한 가지 이상한 일이 있습니다. 예컨대 한 가지 종류의 생명체가 있는데, 그것은 글이라 하면 글을 읽지 않고, 병서라 하면 병서를 공부하지 않았습니다. 눈과 코, 손발이 또 다른 이보다 더 길지도 않고, 말하는 것과 행동거지가 보통 사람보다 더 크게 이상할 것도 없

28 '물론(物論)'은 국정 운영 과정에서 처리되는 정책이나 인사과정 등에 대한 관료들의 여론을 이른다.
29 세첸 한 아이막, 투셰트 한 아이막, 사인노욘 한 아이막, 자삭그트 한 아이막을 이른다.

습니다. 그런데 어떤 자는 눈멀고 다리를 절며, 말을 더듬대고 또 음탕하고 몽매한 자가 있습니다. 이러한 종류의 백성들이 머리 위에 여러 가지 귀한 보석을 장식하고, 모자에 오색의 공작깃을 꽂고, 몸에 용무늬 비단옷을 입고, 허리에 백옥의 허리띠를 띱니다. 목에는 청금석과 산호구슬을 목걸이처럼 걸고, 어깨에 담비, 여우 외투를 걸치고, 앞뒤로 여러 가지 값비싼 귀금속을 달고, 손발에 신기하고 빛나는 귀한 금은 진주를 사용합니다. 집에서 나갈 때면 몇백 명의 말끔한 종들과 멋진 수행원 수백 명이 보석으로 치장한 마차와 나는 듯 빠른 수레를 함께 따라가며 거리에서 시끌벌적하게 소란을 일으킵니다. 집에 들어가면 아름다운 시종과 첩들이 비단 휘장과 인도산 이불에 싸여 지내는데, 그것은 수미산 정상에 있는 제석천의 궁전이요, 눕는 것은 극락의 연지蓮池요, 먹는 것은 일곱 가지 산해진미요, 자는 것은 열 가지 악한 죄악의 방탕한 즐거움이니, 그것은 겉으로 보면 신선 같은 빛이 있고, 맛에 대해 말하자면 요귀의 숨 같은 심한 악취가 나는 그런 종류의 생명체가 있습니다. 이러한 것들은 무엇을 하는 자들입니까?"

그러자 선생이 말했다.

"그러한 자들은 그들의 조상이 이 대청국大清國을 처음 건국할 때 군대에 큰 공을 세운 자들이라네. 그들은 신민 혹은 황제의 장인, 나라의 외척, 군주의 인척, 군대의 공훈자 아니면 왕공의 손자, 공의 자식들인데, 그 조상들이 이룬 재산이 상당히 많기 때문에 어떻게 할 줄 몰라 그런 삶의 태도를 보이는 것이지. 그런 자들은 갑자기 한 시기에 권력을 잃고 재물이 다하면 그때는 실제로 재물이 재물이 아니요, 모든 것이 부질없이 되고 만다네. 만약 하루의 권력이 있고, 재물이 있다면 하루 동안 방탕하게 흥청거리는 것이지."

"만리장성 밖에 있는 몽골은 우리 이쪽의 한 아이막에 속해 있고, 북쪽 편은 국경이 러시아와 접해 있습니다. 동쪽으로는 흑룡강, 서쪽으로 청해, 그 안에 있는 남쪽의 6맹과 북쪽의 네 아이막, 할하, 청해, 차하르, 바르가, 울드, 두르워드, 일, 홉드라는 5천 리 너비요, 길이는 만리 가까운 이런 드넓은 땅에 이와 같은 작자들이 또 헤아릴 수 없이 많습니다. 제가 몽골 상황을 여쭙고자 한 것은 이들 가운데 제 자신이 속해 있기에 이 가운데 있는 것들을 생각하는 것이 다른 경우를 생각하는 것보다 훨씬 많을 수밖에 없기 때문입니다."

그리고 이러한 것들의 연유를 묻자 선생이 말했다.

"그들은 또 조상들이 공을 세운 일이 있거나 아니면 자신의 지역과 고향에 재산을 가지고 있기도 하네. 가장 앞선 자로는 왕, 공, 벨beel, beil,[30] 베스bees,[31] 자삭[32]이라고 하고, 그다음으로 세 번째, 네 번째 작위를 타이지와 부마라고 한다네. 그들의 조상들은 또 군대와 병마를 도운 적이 있는데, 그렇게 해서 그들에게 왕, 공, 베일, 베이스 등 작위를 수여하고, 큰 공명을 부여해 비단과 돈으로 탐욕을 채우게 하고 일꾼을 부리게 하지!"

그러자 우둔한 나는 비로소 그 연유를 깨닫게 되었다. 그런데 이 가

---

30 베일, 청나라시대 귀족의 세습 작위. 패륵(貝勒).

31 베이스, 패자(貝子).

32 '자삭'은 대청시대 몽골 지역 기(旗)의 장의 칭호.

운데 또 주목되는 한 가지가 있는데, 그것은 타이지와 부마타브난라는 것이다. 이들은 모두 네 번째 작위이다.

"네 번째 작위의 집안은 부유해지고, 배가 부르게 되며 많은 첩을 얻습니다. 만약 100명의 자식을 두었으면 백 모두가 네 번째 작위를 얻는데, 이 타이지는 실제 무슨 공을 세워서 그렇게 된 것입니까?"

"그들은 모두 그 자신이 몸소 공을 세웠던 것은 아니라오. 그들의 조상들이 황제 지위에 있어, 계속 지켜오던 정해진 옛 규범이지."

나는 매우 의아해서 따지듯이 물었다.

"그들 타이지들의 조상이 올랐던 칸은 어떤 칸입니까? 어떤 사람이 어째서 황위에 앉고, 그의 후손들이 그런 귀족이 되는 것입니까?"

"그들 타이지들의 조상은 옛 대원제국의 태조 성무황제 칭기스 칸이오."

"그 칭기스 성조께서는 오늘날까지도 황제로 계시는 것입니까?"

"칭기스 성조께서 붕어하신 지 600년이 지났소."

"이미 세월이 흘러 모든 것이 끝나지 않았습니까? 또 200기 이상의 지역에 타이지들이 있는데, 이들이 대청 황제에게 무슨 도움이 됩니까?"

"대청국에는 전혀 필요치 않소."

"이 나라에 필요가 없는데, 그들 타이지들을 그저 먹여 살리기보다 차라리 모두 일반 백성들로 만들어 세금을 바치게 하면 조정에 도움이 되지 않겠습니까?"

그렇게 되지 못하는 이유를 묻자 선생이 이에 대해 말하기를 "이들 타이지들은 원나라 황제의 후손들인데, 어찌 그들을 평민이 되게 할 수 있겠소? 성조 칭기스 칸께서 정하신 것은 이 대청국의 황제라도 무너뜨리지는 못하는 것이오"라고 했다.

"대원의 성조 칭기스 칸은 대청국의 황제에게 어떤 존재인가요?"

그러자 선생이 말했다.

"어떤 존재도 아니오."

"그런데 왜 칭기스 칸께서 정하신 것을 어기지 못한다는 겁니까?"

"천자는 오직 한 사람으로 첫째, 옛 선인이 정한 것을 훼손하지 않고 둘째, 타이지들이 지나치게 많아졌다고 갑자기 억누르면 다수의 마음이 따르지 않으니 조심하는 것이오."

"오늘날 원나라는 어디 있습니까?"

"이미 망했소."

"누가 멸망시켰습니까?"

"명나라 태조 주홍무朱洪武[33]가 멸망시켰소. 황위를 빼앗고 몽골을 북방 지역으로 쫓아 버렸소."

"그 명나라 주홍무는 지금 어디에 있습니까?"

"운명한 지 500년이 되었소."

"그 주홍무에게 자손은 없습니까?"

"그가 운명한 뒤 300년 가까이 그의 후손들이 보위에 올랐소."

"그는 왜 후손들을 타이지로 만들지 않았습니까?"

---

33 명나라 태조 홍무제 주원장을 이름.

"타이지로 만들지 못했소."

"원나라 태조께서는 자신의 후손을 타이지로 만드실 수 있었는데, 명나라 태조는 어찌 자손들을 타이지로 만들지 못했을까요?"

"명나라 태조는 첫째, 군주의 정권을 빼앗은 사람이오. 둘째, 몽골 가계의 중국인 종에게서 태어난 종의 종이오. 셋째, 승려의 품에서 자란 부정한 아이였기 때문이오. 원나라 태조는 원래 황금 가문의 천손이요, 황제의 뿌리를 가진 자요, 위엄 있는 백천신의 흰빛에서 이루어진 수호 천신 성조인데 어찌 주홍무와 비교할 수 있겠소?"

그러자 나는 매우 의아해하며 "동일한 황제인데 무슨 이유로 한 사람은 수호신이 되고, 한 사람은 간계한 자가 되었을까요? 칭기스 칸께서 존귀하게 된 것은 어떻게 그렇게 되었을까요?"라고 세밀한 부분을 파헤치며 물었다.

그 현자는 계속 질문을 받자 갑자기 버럭 화를 내고 큰소리로 질책했다. 그리고 인잔나쉬 나를 손가락으로 가리키며 나무랐다.

"말하기 좋아하는 수다스러운 사람아, 대원제국의 14명의 황제 치세 162년과 명나라의 17군주의 278년 동안의 수많은 사건을 내가 무슨 여유가 있어 자네에게 일목요연하게 조목조목 말해줄 수 있겠나? 자네에게는 부관이신 아버님 노욘께서 수집하신 다섯 수레의 서적이 있는데, 어찌 다른 사람에게 물으며 넌더리나게 만드는 것인가? 그 두 눈을 왕방울처럼 해 가지고, 어찌 자신의 민족 역사와 고사를 읽지도 않고, 조상과 자신의 기원을 알지도 못한단 말인가? 인간이라 하면서 자신의 뿌리를 모르는 자는 짐승과 다를 바가 없어. 타이지면서 자기 조상을 알지 못하는 것은 가축과 진배없단 말일세. 눈이 있으면서 자신의 역사를 읽지 않는 것은 두더지와 같고, 지각이 있으면서 자신의 근본을 모르는 것은 우둔한 돼지와 같다고 할 수 있지!”

선생은 내 눈을 손가락으로 찌를 듯한 몸짓을 하고, 얼굴에 침을 뱉으며 욕을 해댔다.

“부관 어르신께서 저 날라 천장에 닿을 만큼 쌓아놓으신 많은 문헌과 책장 가득 수집해 놓은 서적들이 그대 집안에 있거늘 어찌 인가와 마을을 돌아다니며 사람들에게 묻고, 사람을 이처럼 진저리나게 만드는 건가, 어째서?”

선생은 한바탕 나를 된통 꾸짖고, 이제 정말 사람도 아니다 할 정도로 욕설을 퍼부어 날 부끄럽게 만들고는, “퉷!” 하고 침을 뱉으며 소매를 털고 가 버렸다. 나는 비로소 내 자신이 인간이면서 자신의 근본을 알지 못하는 것을 깨닫고, 부끄러운 마음으로 후회하는 한편 놀라움을 금치 못했다.

나는 부끄럽고 답답한 마음으로 집에 들어가자마자 곧바로 서재로 올라갔다. 그리고 지식인이셨던 부친께서 수집해 놓으신 네 가지 언어의 문헌과 고사, 역사서를 모두 뒤져서 대원제국의 몽골에 관련된 고문헌, 전기적 이야기, 고사, 역사서 등 모두 열 가지 종류의 문헌을 찾아냈다. 그 가운데 옛 한족의 기록과 몽골, 만주의 주해서와 탕구트, 티베트 지역에서 번역한 것, 위구르어와 티베트 황어를 포함한 많은 종류의 책집에 든 문헌, 접은 책, 보충한 내용을 끼워 넣은 책 등을 모두 찾아냈다. 『흥륭한 왕정의 청사』, 『권능자 칸의 근원』, 『푸른 몽골

전』, 『왕손의 약사』, 『달라이라마의 '젊은이들의 혼인'』, 『금혼의 즐거움』, 『칭기스 칸 약사』, 『성조 칭기스 전설』, 『대원제국의 정사』, 주자의 『자치통감강목』 등의 전체 열 가지 종류의 문헌을 찾아내, 이를 악물고 마음을 단단히 먹었다. 그런 뒤 부관인 형 순웨이단춘이 『강목』을 번역하고, 인잔나쉬 내가 많은 역사서들을 대조하여 이 『흥륭한 대원제국의 청사』를 의심할 만한 점이 없도록 하여 연이어 저술해 나갔다. 이것은 진실로 온 마음과 몸과 눈, 손, 오장이 다 지치도록 혼신의 힘을 기울인 작업이었다.

천년의 역사적 사건의 내력을 붓과 먹에게 묻고
명멸하는 오랜 사건에 대해 역사서와 대화를 나누며
나의 이 몸과 말, 마음을 다해 심혈을 기울인 이유를
후대인들은 알까, 모를까?

요목 제4절

독자 제위들이 이 대원제국의 『청사』를 명확히 이해하며 보기 위해서는 반드시 이 저서를 읽는 방법론을 제시한 요목 전체를 먼저 자세히 살펴 읽는 것이 좋을 것이다. 어떤 글을 읽는 행위는 그 저서에 전개되는 사건의 연유를 자세히 알고자 하는 자발적인 마음에서 비롯된다. 그렇기 때문에 실제 이 저서의 앞뒤에 드러나고 드러나지 않는 의미가 내포된 서언과 평언, 그리고 간략한 표제시를 반드시 살펴보는 것이 바람직하다. 그러나 어떤 독자들은 그렇게 하지 않을 수도 있다. 모종의 매우 심오하고 흥미로운 글, 서정적이고 요약적인 내용, 표제시, 평언 등을 모두 그대로 두고 다만 이야기를 주로 해서 읽을 수 있다. 그러나 그것은 올바른 독서가 아니다. 실제로 그것은 책을 대충 본다는 것을 의미한다.

사실상 이 저서는 한, 진, 당, 송나라 등의 장식적이고 가벼운 고사와 비교될 수 없다. 그러한 가벼운 역사적 이야기와 소책자들은 모두 조금의 근거가 있을 뿐인데, 문인들이 그 위에 백 가지 내용을 더하여 가지를 덧붙이고, 수많은 장식적인 서정성을 더해 자신의 생각을 펼치고, 서사의 의도를 세상에 남기고자 독자가 저서를 읽을 때 흥미를 갖게 만든다. 『청사』는 그렇지 않다. 이 저서는 대원제국의 162년 가운데 그 앞쪽으로 또 30, 40년 동안의 사건과 더불어 서사가 전개되기 때문에 앞뒤를 연결하면 그 기간이 전체 200년 정도가 된다. 그렇기에 직접적인 역사적 사건을 10분의 1도 온전히 기술해 내지 못했다. 그런데 어떻게 사건을 더하고 장식할 수가 있겠는가!

그 이유는 무엇일까? 그 당시는 바로 남쪽의 옛 송나라가 마지막 쇠락해가는 시기였다. 천하가 나누어져 사방에서 난리가 일어나고, 여기저기서 왕위 쟁탈이 벌어졌으며, 각각 나라를 세우고 중원을 나누어 지배했다. 그 가운데 상당히 이름이 알려진 나라는 옛 송나라부터 차례로 이전의 요나라, 금, 서하, 거란, 고려, 서역, 서강西羌, 회흘위구르, 회회, 인도, 투루판 등으로 이들 나라는 각각 중원 지역을 혼란스럽게 했다. 사방팔방에서 커다란 소요가 일어나고 사회가 크게 동요되었다.

또 북방에는 달단국韃靼國이 있는데, 이는 곧 원 몽골의 베데국을 이른다. 한어로 말할 수 없어 달단국이라고 했다. 그 외 나라를 베데국부터 차례로 헤아려 보면 베데국, 케레이트, 나이만, 솔롱고드, 고르로스, 자로드, 여진, 사를락, 사르톨, 톡그목, 하르리고드, 살지고드, 고르로드, 엔구드, 타이초드,[34] 라이하드, 메르게드, 홍기라드 등 이 18개 나라에는 모두 각각의 군주가 있고, 몇만 명의 병사들을 갖춘 비교적 큰 나라였다. 베데국은 옛 명칭이고, 이 시대 말로 하면 곧 '우리나라'라는 말이다. 또 그 이외에 75개 작은 부족이 있다. 그 부족들 명칭은 다른 지면에서 차례로 열거했다. 이는 남북의 가까운 지역명들이다. 그 외에 또 아주 멀고 먼 수만 리 떨어진 흥미로운 다른 외방을 들어보면 티베트, 탕구트, 네팔, 인도에서 북쪽으로 위구르, 러시아, 오로드, 오춘가, 울드, 호통고드, 토르고드, 비데구드, 카자흐, 부루드, 로마, 구르하, 일데쉬, 와일라, 군구르, 초록의 군사 대국과 또 이보다 더 멀리 인간의 신체기관이 특이하고 이상하게 태어난 나라인 여인국, 외다리 나라, 외눈의 일목국, 관흉국, 개머리 나라, 귀면鬼面 소인국, 몸이 넓적한 나라, 다리가 긴 나라, 말 얼굴을 한 나라 등의 많은 나라가 있다.

그 많은 나라 가운데 오직 베데국의 성조 칭기스께서 특출나게 나타나 13세부터 66세까지 정확히 53년 동안 사방의 수많은 나라를 정벌했다. 천신과 같은 위용으로 뭇 병사들을 지휘하여, 이와 같은 기이한

34 다른 부분에서는 '타이치오드(Taichiud)'라고 표기하기도 한다.

나라에 몸소 가서 나라를 정벌하고 조공을 바치게 했다. 이러한 모든 사건을 연대기적으로 작은 것도 빠뜨리지 않고 낱낱이 기록하면, 비록 대장경 『텐규르』 정도는 아니지만 『칸규르』만큼은 내용이 풍부할 것이다. 이렇게 풍부한 사료들을 쉽게 개괄하고, 요약해도 몇 권의 분량이 되기 때문에 이러한 자료를 모두 인용하여 다 기록할 수는 없다. 대부분 개요 정도에 가깝게 말한다 해도 또 간략하게 요약하기가 어렵다.

그렇기에 한나라, 진나라, 당, 송 등의 나라 이야기와 동일시할 수 없는 것은 이러한 이유 때문이다. 다른 저술서들은 시작하면서 말한 한두 가지 이야기를 비슷하게 말하기 때문에 이 저서와 비교하면 매우 쉽고 재미있다. 이 저서의 칭기스 성조는 사람들의 귀에 들리고 말의 다리가 이를 수 있는 곳이면 대개 가서 모두 정벌했기 때문에 사건이 대단히 많다. 그런데 그 많은 사건 중에 어떤 것을 자세히 드러내 낱낱이 기술할 수 있겠는가! 곧바로 모든 사실을 기록할 수 없는 것은 이러한 이유 때문이며, 그렇기에 10가지 사실 가운데서 하나도 자세히 기록할 수 없다고 한 것은 이러한 이유에서이다.

이 저서에서는 이러한 원근의 속국을 모두 간략히 말해 4색四色의 나라, 5방五方의 이방 부족이라고 결합시켜 말했다. 만약 자세히 구별해 말하면 네 4색의 나라란 첫 번째로 북쪽 베데국이다. 12개 대국과 75개 작은 부족을 모두 규합함으로 나라마다 존숭을 받고 등장해, 모든 나라 가운데 존귀하게 여겨졌기에 5색[35]의 최고를 점했다 하여 '지고

35 '4색'의 잘못으로 보인다.

의 푸른 몽골'이라고 했다. 동방에는 솔롱고국이 있는데, 솔롱고라는 것은 '고려국'을 이른다. 그렇게 솔롱고, 솔롱고드, 소르빈 빌리게드 이들 나라 사람들은 모두 흰 옷을 입기 때문에 이들을 백색 국가라고 했다. 남방의 중원 지역의 중원 낭기아드[36] 지역 모두는 남쪽의 불과 관련이 있으며,[37] 더운 기후 지대라 하여 붉은 나라라고 했다. 또 서부 지역의 티베트, 탕구트, 회회, 위구르 이들 나라 사람들은 마음이 사납고, 얼굴도 검기 때문에 서방 검은 나라라고 했다. 이 사방을 네 가지 색으로 구분하여 '색국色國'이라 했다. 또 다섯 이방국은 사람의 모습이 매우 다른 것으로 구별했는데, 동부[38] 및 남부는 인도, 네팔, 초론, 로마 등의 나라를 하나의 이방국으로 본다. 서부는 사르락, 사르톨, 카자흐, 부루드 이들 나라를 두 번째 이방국이라고 한다. 곧바로 북쪽으로는 러시아, 톡그목, 일데쉬, 여진인데 이들 나라를 세 번째 이방국이라고 했다. 동북쪽에 여인국, 개머리나라, 관흉국, 일목국 이들 나라를 네 번째 이방국이라 했으며, 동남쪽에는 외다리국, 몸이 납작한 나라, 긴다리 나라, 말머리 나라 이들 나라를 다섯 번째 이방국이라 했다. 이들 나라를 옛 몽골문으로 된 역사서에서는 다섯 이방국 즉, '길리게드 테식국'이라고 했다. 이것은 옛날 말이며, 오늘날 말로 하면 '별나고 기이한 나라'라는 뜻이다.

그렇게 성조 칭기스는 몸소 가서 이들 나라를 정벌하여 조공을 바치

---

36 옛 중국을 이름. 주로 남중국을 말함. 몽골제국시대 청해(青海) 너머에 있는 중국을 이렇게 불렀다. 나중에 중국이란 뜻으로 사용되었다(Л.Жамсран бусад, op.cit., 2000, p.202).

37 오행의 남쪽을 불의 원소를 이르는 것을 말한다.

38 '서부'가 잘못된 것으로 생각된다.

게 했는데 어느 사건을 더 자세히 기술할 수 있겠는가! 이처럼 헤아릴 수 없이 많은 사건을 비록 요약하고, 대부분을 개괄적으로 기술한다 해도 또 몇백 장이 되지 않겠는가? 칭기스 성조의 역사와 전기에 대해서는 위구르 문자, 황문자, 티베트어, 한자어로 된 것, 그밖에 또 몽골, 만주어 등으로 된 사서에 나오며 그 내용들이 상당히 많다. 다만 어떤 사서는 지나치게 자세하게 기술해 한때의 명령을 수백 장 쓰고, 어떤 사서에는 몇 달의 사건을 단지 몇 줄로 줄여 사람들이 이해하기 매우 어렵게 했다.

그밖에 낭기아드의 『자치통감강목』에는 성조 칭기스 칸이 45세 되던 해, 몽蒙이라는 강 하구에 단을 축조하고, 보위에 오르기 전의 사건은 전혀 기술되지 않고, 다만 보위에 오른 이후 대원제국이 끝날 때까지 적지 않은 정도의 사건을 모두 간략하게 기술했다. 그런데 일반적으로 송나라와 또 원나라 이후 명나라의 한인 사가들이 기록했기 때문에 한인의 옹졸한 마음과 아량 없는 여인의 못된 성격 내지 시기심을 버릴 생각을 하지 않고, 유독 몽골을 폄하하고 비난하여 말하려는 듯 자기편향적으로 쓴 내용이 상당히 많다. 또 특히 어떤 것은 아예 부정적으로 말하리라 작정하고 흠을 잡아 사건을 덧붙이고, 마음의 가시를 숨긴 채 애써 비판을 노리고 쓰기도 했다. 곧 남기지 않을 것이라 해도 나라의 사가史家의 작업은 매우 중요한 일이기 때문에 또 곧바로 삭제할 수도 없다. 이것은 다른 이유에서가 아니라, 몽골에 맞서 싸울 때 심하게 패하여 162년 동안 종이 되었던 것에 대한 원한에서 비롯된다. 힘으로 맞설 수 없다면, 글로 비난하여 남기겠다는 것이다. 실제로 정사를 보면, 이것은 고대 왕공들의 용병술처럼 공명심을 핵심으로 한다.

이와 관련해 '몽골'이라는 명칭을 중국어로 쓸 때 '몽고'蒙古라고 쓴다. 이 '몽고'라는 이 두 글자의 의미를 풀어보면 '옛 상태로 있는'[39]이라는 단어가 된다. 이 두 글자는 예전에 『자치통감강목』을 편찬한 주원회[40]가 지어낸 단어이다. 그는 편파성이 없는 지혜로운 학자라고 했다. 그러나 몽골어의 모든 명칭을 한자어로 쓰는 것도 모두 글자를 분리해서 써서 그 글자가 아무것도 아니게 만들고, 지금의 몽골어로 쓰기도 어렵게 만들었다. 이로 인해 어떤 것들은 의미를 이해할 수도 없게 되었다.

또 옛 열 가지 사서를 샅샅이 뒤져 찾아보면, 어떤 단어는 상당히 의미가 부합하는 것이 있는가 하면, 어떤 글자는 전혀 뜻이 멀고 상충되기도 한다. 또 이 원나라 문헌과 정사는 원래 위구르 문자옛 몽골문에서 모두 한문으로 번역한 것으로, 다시 한문에서 몽골어와 만주어로 옮길 때는 이미 지명과 도시명, 관직명, 장수들의 이름과 발음이 변해, 그 원래 단어를 아는 데 상당히 어려움이 있었다. 후에 문인, 독자들 가운데 이를 알고자 하는 자들이 이 열 가지 문헌을 모두 읽는 것은 매우 어려움이 있기 때문에 타이지 인잔나쉬 내가 누락되거나 생략된 모든 단어와 행을 차례로 찾아 써주고, 모든 것을 부분 부분 써넣어 온전하게 하여 몽골어의 원래 의미를 알고자 하는 자들에게 이해하기

39 '몽매하다'는 의미를 가짐.
40 주희의 자(子).

쉽게 했다.

다만 원래 사건이 매우 번다하고, 나라 이름과 인명이 엄청나게 많으며, 지역의 발음이 정말 다양하고 많아서, 『강목』에 나오는 몽골 명칭에 해당하는 각각의 몽골어 명칭들을 찾았어도, 한자 명칭을 그 한자에 근거하여 만주어로 달아 주었다. 『강목』에 나오는 명칭들을 이미 바꿀 수 없었는데, 그 이유는 우리 몽골의 사건을 한인들이 모두 『강목』을 통해 알기 때문에 그들과 대화를 하려면 또 그들의 한자어로 말해야 그들이 비로소 알아듣기에 한자 명칭을 사용하지 않을 수 없었다. 그렇게 해서 그 분리시킨 단어의 형태를 그대로 써 주었다. 또 가끔 몽골 명칭의 각 단어를 찾지 못한 경우 할 수 없이 그 사서에 기록된 대로 쓰고, 감히 생각대로 고치지 못했다. 이러한 것이 많기 때문에 사실을 알고자 하는 자들은 찬찬히 살펴보면 될 것이다.

보통 가벼운 고사나 전기를 읽는 것처럼 흥미를 유발하고, 소일거리를 찾는다면 이 저서는 조금도 재미가 없을 것이다. 또 이 저서에는 천자와 성인의 진실한 말이 성취되는 내력과 또 큰 덕을 가진 자의 생명에 위험이 이르면, 그 육신을 지켜 막아주는 수호신, 귀신이 돕는 사건과 또 기이한 마법, 신술神術 등 근거와 신빙성이 없는 사건들이 등장한다. 또 논리에 부합되지 않는 황탄무계한 사건이 여러 번 나온다.

그래서 이들 사건을 취하지 않고 곧바로 쓰자 해도, 버릴 수 없는 세 가지 중요한 이유가 있었다. 그 첫째는 원래 사서에 있는 것을 마음대로 완전히 제거하여 없애는 것은 옳은 행동이 아니기 때문이다. 둘째, 이러한 사건이 다만 원나라에 처음 나타난 것이 아니라 고대로부터 있어 왔으며, 공자의 가르침에서조차 신과 귀신의 일이 완전히 끊어지는 일이 없었기 때문이다. 도리어 신령들을 제의하고, 곧 신령이 있는 듯 생각하라고 했다. 그뿐 아니라 그 논리를 분명히 드러내 줄 수 없는 황당무계한 귀신의 일이 고대 하, 상, 주나라를 이어 춘추시대 이래 많은 나라마다 있어왔다. 셋째, 어떠한 나라를 세우고 발전시키고, 부흥시키는 군주들을 천신과 귀신이 도울 뿐 아니라, 파괴되고 멸하고 끝날 때도 그 나라의 황제들을 따라다니며 계시를 보여 왔다. 그렇게 한나라 중왕中王[41]의 휘하에 있던 성인 관關[42]은 죽어서 신령이 되어, 나라의 흥망에 가리지 않고 중원을 차지한 모든 나라를 살피고 보호해 왔다. 또 송나라에 문창제군[43]은 오행으로 이루어진 인간 육신으로 태어나 처자와 종, 가신, 집안과 궁전, 육축, 모든 백성들을 돌보다가 땅의 지표면에서 벗어나 하늘로 올라가 신령이 되었다. 이것은 타이지 인잔나쉬 내가 마음대로 말하는 것이 아니다. 이러한 내용은 문창제군 경서와 문창제군 점서 서문에 모두 나와 있다. 독자들이 그 내용을 깊이 파

---

41 중왕은 유비(劉備)를 이른다.

42 관은 관우(關羽)를 말한다. 관우(?~220)는 삼국시대 촉나라 사람으로 자는 운장(雲長), 본래 자는 장생(長生)이다. 후한 말 동란기에 망명해 유비를 만나 거병했다. 송나라 이후 관제묘(關帝廟)를 세워 무신(武神) 또는 재신(財神)으로 모시는 등 중국 민중신앙의 대상이 되기도 했다(임종욱, 앞의 책, 137쪽).

43 문창제군(文昌帝君)은 문창성(文昌星)이 신격화된 것이다. 문창성은 북두칠성의 국자 머리 바깥쪽에 위치한 여섯 개의 별로 이루어진 별자리이다. 여기에는 인간의 운명을 관장하는 문창부(文昌府)라는 천제(天帝)의 관청이 있고, 문창제군은 천제로부터 문창부의 장관으로 임명되었다 한다. 그 전신(前身)은 황제(皇帝)의 아들로서 몇 번이나 태어나 인간계에 내려왔는데, 최후로 태어난 때에는 장악자(張惡子)란 이름을 가진 사람이었다 한다. 또는 장악자는 진(晋)왕조에 봉직하다가 전사(戰死)한 사람이라고도 한다(https://ko.wikipedia.org/wiki/문창제군).

고들어 보면 사실인지 거짓인지 진위를 알게 될 것이다.

이들 신령에 관한 모든 것은 지극히 진실되고, 매우 분명한 일이다. 그렇기에 나는 곧바로 신령의 일이 없다고 말할 수 없다. 세상에 이미 신령이 분명 존재한다면 귀신의 일도 분명 있는 것이기 때문에 나라의 의례나 그 형태에 또 5단 8묘를 중시하고 이에 제의를 행해 왔다. 분명 성인인 황제들이 남긴 전통이기에 가식적이거나 거짓된 것이 없다. 서 5단이라는 것은 천단天壇, 지단地壇, 일단日壇, 월단月壇, 선농단을 말한다 란 불묘佛廟, 성묘聖廟, 천묘, 염왕묘閻王廟, 신묘 등인데 이것을 보면 귀신을 완전히 없애기는 어려운 일이다.

또 이를 믿지 않을 수 없는 세 가지가 이유가 있다. 풍우를 돕고, 운무가 덮이고, 강과 바닷물이 줄어들고, 꽃비가 내리는 이러한 종류의 기이한 사건들은 비록 불경을 통해 여러 번 듣긴 했지만, 일반적으로 믿을 수 없는 일이다. 후에 타이지 인잔나쉬 나의 첫 장인인 하르친 왕 세웽도르지께서 보기 좋게 한다고 서적 가운데 천문에 대한 것을 상당히 자세히 기록해 놓은 『천문대전』 4권 전집을 진열해 놓았다. 그 저서를 보면, 어떤 나라에 은혜로운 어떤 왕이 모년 모월 모일 모시에 모종의 칠보와 오행,[44] 꽃비가 내렸다, 또 어떤 나라, 어떤 잔인한 왕의 나라에서 모년 모월 모일 모시에 모종의 살과 피, 사람의 뼈와 근육, 힘줄 비가 내렸다는 내용이 나오는데, 한 면에 그 기이한 사건과 연도를 쓰고, 다른 한 면에 그 모습과 형상을 보기 좋게 그려넣고, 상부의

---

44 여기에 나오는 '오행(五行)'은 어떤 의미로 사용되었는지 알 수 없다.

명으로 새긴 글을 내 눈으로 직접 보았다.

이처럼 유독 이 『청사』에만 황탄한 사건이 있는 것은 아니며, 사서마다 모두 있는 일이기에 자신이 믿지 못하는 마음을 버리고, 많은 사서에서처럼 그 내용 가운데 있는 신묘막측한 주술, 특별한 예조와 천신의 가호, 귀신이 따라와 도왔던 일 등의 사건을 감히 삭제하지 못하고, 원래 사서의 방식대로 기술했다. 독자 제위들은 이 저술을 자신의 관점에 따라 받아들이게 될 것이다.

이 책의 저술가이자 사가인 나는 원래 타고난 성격과 생각이 이 같은 세상의 증거가 분명하지 않는 사건, 논리와 이치에 부합하지 않는 일은 전혀 믿지 않기 때문에 내 개인적인 생각에 따라 옛 『서한연의西漢演義』[45]처럼 이 저서에 귀신의 일과 기이하고 주술적인 사건을 전혀 포함시키지 않고 기술하려고 했다. 후에 살펴보고 다시 생각하니, 천하의 정사인 『강목』도 이런 종류의 이치를 따랐다. 그렇기에 세상의 이러한 사건 가운데 겨우 10분의 1 정도를 간략하게 기술했다. 몽골의 남쪽으로 깊이 들어가자 많은 바닷물이 줄어들어 길을 내어준 일과 나중에 나라가 망해 북방 지역으로 멀리 달아날 때 깊은 강 위에 청동 다리가 드러난 일, 또 나라를 창건할 때 태조 칸이 인간의 말을 하는 신령한 흰 일각수를 만난 일, 나라가 기울 때[46] 쇠 몸을 한 많은 영양들이 헌종과 순제의 자손들을 막아 보호해 주고, 명나라 장수 상우춘常遇春[47]

45 명나라 종성(鍾惺)이 찬한 소설.

46 1368년 토곤투무르 칸이 북경에서 달아나 대원제국이 멸망할 시기를 말함.

47 상우춘(常遇春,1330~1369) : 명나라 건국 초기의 명장. 용맹 과감하여 당할 자가 없었다. 원나라 순제 지정 5년(1355) 주원장에게 귀순했다. 홍무 원년(1368) 서달 등과 함께

의 추격병을 가로 막고 말을 고했던 일 등이 있다.

이러한 사건들을 기술할 때 대단치 않은 사가인 내가 쓰는 것은 그저 아주 오래되어, 오늘날의 사람들이 잘 이해하지 못하는 것을 고치고, 많은 독자들이 알기 쉽게 하는 정도일 뿐이다. 여기서 빼고 더할 권리를 행하는 것이 나의 저술의 목적이 아니기 때문에 아버님께서 시작하여 쓰신 그 방식을 따라, 천둥이 치고 풍우, 빛과 무지개, 우박과 서리 그리고 천신과 신령, 귀신, 험상궂은 악귀의 저주, 신술과 주술, 신이한 일 등을 원래대로 쓰며 일일이 기술했다.

분명하게 말하고자 하는 바는 훗날 독자 제위들이 이 책을 저술한 나를 황탄한 말에 재주가 있는 승려의 무리라고 잘못 오해하지 않기를 바란다는 것이다. 사가인 나도 어쩔 수 없어 원래대로 썼다. 이에 대한 자세한 내력을 기술해 훗날의 몽골 현달과 학자에게 그 이유를 자세히 알렸으니 잘 살펴보기 바란다!

요목 제5절

타이지 인잔나쉬 내가 세상에 인간으로 태어나 34년을 살면서 보니, 세상에 지식인들 가운데 부끄러움도 없이 뻔뻔하게 세월을 낭비하는 자들이 참으로 헤아릴 수 없이 많고 많았다. 다시 생각해 보면, 이 세

북벌에 나서 소주를 격파하고 장사성을 멸했다. 원나라 수도를 함락시킨 뒤 원나라 순종을 북쪽으로 몰아낸 인물(임종욱, 앞의 책, 671쪽).

상의 인간은 천자로부터 거지에 이르기까지 모두 같은 사람이다. 그런데 어떤 사람들은 행복을 찾았다고 하고, 어떤 사람들은 고통을 겪는다고 말한다. 행복을 얻은 자는 부귀를 누리고, 고통을 겪는 자들은 가난하고 힘들게 산다. 이것은 이미 정해진 이치이지만, 그 가운데 또 부귀하면서 고통을 맛보는 자와 빈한하면서 행복을 누리는 자들도 적지 않다.

대개 고대의 나라를 잃은 군주와 나라를 세운 왕 그리고 재물을 늘려 부를 축적한 부자들과 물질에 탐욕을 부린 많은 사람은 고통을 겪으며 신음했다. 또 학문을 이룬 성인들과 지식을 얻은 학자, 바라는 바를 충족한 평민과 욕망을 절제하는 많은 현자들은 대개 만족스럽게 살았다.

그와 같은 고통과 행복의 근본은 모든 인간의 마음에서 비롯된다. 우둔한 내가 한참을 보니, 삼복더위에 농부의 벌거벗은 등이 붉은 태양에 벗겨질 정도로 달구어져 수포가 생기고 진물이 줄줄 흘러도, 태양이 지고 하루일과를 끝내고 공기가 좀 시원해질 때를 타서 열스무 명이 함께 집으로 돌아가면서, 내일의 더위를 걱정하는 기색이 조금도 없이 시끌벅적하게 노래를 부르며 즐겁게 웃고 떠든다. 또 보니 도시에서 엄동설한에 벌거벗은 거지들이 동상에 걸려 살이 모두 갈라져 붉은 진물이 흐르고, 참을 수 없이 떨어도 구걸해 얻은 동전과 먹을 것을 꽤 많이 가지고 마음이 맞는 친구들과 햇빛이 비치는 따스한 양지에 무릎을 맞대고 앉아, 맛있는 음식과 독한 술을 취하도록 먹고 마시며 큰 소리로 손가락을 오므리며 놀이를 한다. 그리고 입으로는 "풀은 가을 한철 푸르러지고, 인간은 한 세대를 산다. 하루가 평안하면 하루의 복!"이라고 말한다. 이와 같은 의미 있는 말들을 인용해 서로 이야기를 주고받으며, 그것을 행복이라고 말한다. 그리고 오늘 밤 어디서 밤을 지내다 얼어 죽는 것을 전혀 걱정하지 않고 서로 웃는다.

그런데 어떤 왕의 사돈, 나라의 인척, 왕과 공의 지위를 가진 자들은 영화와 부귀가 극에 달하지만, 도리어 이들은 날마다 심히 증오하며, 물질에 탐욕을 부리거나 아니면 권세에 자만하여 걸핏하면 분노하고, 잘난 사람을 시기하고, 아랫사람은 못살게 굴면서 단 한 순간도 이마와 얼굴을 펴지 않는다. 이것을 보통 고통이라고 말한다. 아, 얼마나 힘들고 얼마다 슬픈 일인가! 어떤 이는 육신에 가득한 행복을 고통으로 이끌고, 분노와 투쟁을 찾는다. 어떤 이는 육신에 고통이 가득한데도, 그것을 행복으로 바꾸어 웃고 즐기는 것을 추구한다. 이 두 가지는 모두 중도에서 벗어난 것으로 고통을 겪으면서 그것을 행복이라 하는 것은 상식적이라고 하기는 어렵고, 행복이 지나쳐 견딜 수 없는 조바심을 찾아 괴로움을 만드는 것은 더욱이나 상식에 맞지 않는다.

이 가운데 어떤 일의 행복과 고통에 조금도 개의치 않는 두 유형의 사람이 있다. 어떤 사람일까? 그것은 완전히 통달한 학자 문인이거나 아니면 완전히 몽매함에 빠져있는 매우 어리석은 자 이 두 가지 유형이다. 그런데 또 이 두 가지 유형에는 모두 각각의 의미가 있다. 지혜롭고 우매한 것에는 세상의 보이지 않는 의미를 내포한다. 한 가지 지혜로움에는 백 가지 지혜로움이 있고, 한 가지 어리석음에는 백 가지 어리석음이 있다. 간단히 말해, 지혜가 과도해져 극에 달하면 지혜를 해친다는 것이다. 고대 진시황제는 이 세상이 다하도록 만대에 걸쳐 황제의 자리에 앉고자 불사의 선약을 찾았다. 이것은 지혜로움이 과도해지고, 삶의 쾌락을 깊이 앎으로 바라는 바가 과해져 어리석은 사람도 추구하지 않는 무모한 일을 행했던 것이다. 이것은 지혜 속의 어리석음이다. 그런데 그는 마침내 40세[48]도 넘기지 못하고 죽음을 맞았다. 또 어리석음과 탐욕의 극치를 보여주는 방탕한 여인인 당나라 무측천측천무후[49]은 일개 연약한 여인이었는데, 중원 천하에서 22년을 건재하게 황제의 보위에 앉았던 것도 매우 적합한 예가 아니겠는가! 하늘을 따르는 황제라는 칭호를 취한 것은 독재적인 행동이지만 그녀가 꾀한 생각은 얕지 않았다. 그 다음으로 2대에 걸쳐 섭정한 요나라 태후인 소태후[50]가 등장하고, 송나라에는 또 대신 지위의 여태군여태후이 등장했다.

이들은 모두 지혜롭고 능력 있는 여인들이었지만 어느 누가 측천무후를 따를 수 있겠는가? 무후의 이름은 조曌인데, 금륜金輪의 하늘을 따른다 하여 측천황제라 이름하고, 국명을 '주周'라고 개칭했다. 조정의 문무백관 누구 한 사람도 그녀를 거역하지 못했다. 그런데 다른 지방

---

48 진시황제는 기원전 259년에 태어나 기원전 210년에 졸했다. 여기서 40세라 했지만 50세라 해야 맞을 것이다.

49 무측천(武則天, 624?~705) : 무후(武后). 당나라 제3대 황제 고종의 황후. 당나라 창업에 공헌한 무사확의 딸. 천수(天授) 원년(690) 스스로 성신황제(聖神皇帝)라 칭하며, 나라 이름도 주(周)로 고치고 16년 동안 재위했다. 만년에는 호사로운 생활에 빠져 폐정이 거듭되었다(위의 책, 476쪽).

50 소태후(蕭太后, 953~1009) : 거란 5대 황제 경종의 부인이자, 6대 성종의 어머니. 사냥을 좋아하던 경종 대신 조정의 정사에 참여하기 시작. 아들 성종이 왕위에 오르자 아들을 대신해 섭정함(위의 책, 779쪽).

성省의 서경업[51]이 군대를 조직해 반란을 일으켜 공격할 때 낙빈왕駱賓王에게 쓰게 한 격문에 무후에 대해 "문에 들어서자마자 시기하고, 눈썹을 치켜세우며 다른 이에게 양보하려 들지 않는구나. 소매로 덮고 변하는 데 귀신같고, 여우의 간계는 주인을 꾀에 빠뜨릴 수 있네……"라고 한 말을 무후가 읽고 호탕하게 웃으며, 낙빈왕을 재능이 탁월한 자라고 칭송했다.

무후의 예리한 지성은 비록 하늘에 닿았지만, 그녀는 나라명을 바꾸고 스스로 황제 칭호를 사용함으로써 아녀자 자신의 근시안적 생각과 지배욕을 제멋대로 드러내고, 어리석게 행동하여 혼란을 야기시킨 것에서 벗어나지 못했다. 그녀의 어리석음은 지혜의 극에서 찾아진다. 인간의 소욕대로 살아가는 일개 여인이 황제의 자리에 오를 수 있었던 것을 보면, 그녀에게 모종의 지혜로운 재기가 있었음을 알 수 있다. 큰 어리석음 가운데 큰 지혜라는 것이 곧 이것이다!

이러한 것으로 볼 때 성인이 자기 군주를 대적하고, 소인배가 자신을 높이는 것은 모두 있을 수 있는 일이다. 정말 가소로운 것은 나라마다 고대 시황제가 천하를 하나로 통일한 법전을 준수하면서, 입으로는 요순의 말을 하며 예로써 짖어대고 싶어 견디지 못한다는 것이다. 이것은 진시황과 무왕으로 가슴을 이루고, 요순으로 얼굴을 만든 세상이라고 할 수 있지 않은가? 이렇게 지나간 많은 나라 가운데 다만 대원제

---

51 서경업(?~684) : 당나라 조주 이호 사람으로, 무측천이 황제를 폐위하고 당나라 종실 사람을 살육하자 사람들의 원망에 편승하여 당지기, 두구인, 낙빈왕 등과 함께 무씨를 토벌한다는 명분으로 스스로 광복부상장이라 부르면서 10만여 명의 병사를 모아 주현(州縣)으로 격문을 돌렸다. 나중에 전쟁에서 패한 뒤 부하의 손에 살해되었다(위의 책, 677쪽).

국의 태조 칸이 그러한 발자취를 따르지 않고, 측근과 공훈자 모두를 사색四色과 오방五邦 대국에 나누어 칸으로 봉했던 것은 고대 요, 순, 우, 탕과 문-무왕의 예를 따랐던 것이 분명하지 않은가? 비록 문-무왕이 세운 주나라만큼 나라가 오래 유지되지는 않았지만, 오늘날 710년이 되도록 몽골이라는 방향을 점하고 지냈던 것은 바람직한 일이 아닌가! 우리 몽골의 학자들은 이점을 자세히 살펴 생각해 보는 것이 마땅할 것이다. 모름지기 세상의 몇 명의 군주, 부왕이 그들 자손과 국가를 위해 천 년의 근간을 세워 주었겠는가? 이것은 오늘날까지 왕, 공, 베일, 베이스, 타이지, 타브난부마에 이르기까지 대청국이 내린 작위와 금은, 비단의 물질적 혜택을 받고, 행복하게 지내는 이유이지만, 이 또한 그 당시의 뿌리가 있었기에 각기 한 나라로 불리게 됨으로써 가능한 일이다.

또 우리의 몽골 대원제국보다 후에 명나라가 있었다. 군주로 말하면 17명의 황제가 보위에 올랐고 나라의 햇수로는 278년이며, 그들의 치세는 우리 몽골의 1.5배보다 긴 기간이다.[52] 중원의 후손들은 매우 빠르고 쉽게 번성하고, 우리 몽골인처럼 성불하게 한다고 자식을 승려로 만들어 자손이 끊어지게 하는 해악이 되는 일을 하지 않았다. 그러나 오늘날 명나라의 후손들이 어느 한쪽 지역을 점하여, 최소한 손톱만큼의 작은 땅이라도 다스린다는 것을 들어본 적이 있는가? 자세히 살피지 못하는 사람들은 몽골인들이 어리석고 기민하지 못해 천하를 오랫동안 지배할 수 없었고, 명나라 사람들은 영리하기 때문에 몽골보다

52 이것은 몽골 치세 1206~1368년까지의 기간과 비교한 것이다.

1.5배 이상 오랜 기간 천하를 다스릴 수 있었다고 말한다. 명나라는 비록 몽골보다 116년을 더 통치하며 지낼 수 있었고, 눈앞에서 일어난 난리를 평정할 수 있었지만 오랜 터전을 확고히 지킬 수는 없었다.

반면 대원제국은 목전의 162년 동안 천하를 건설하고, 아주 멀리 천년의 근간을 확립할 수 있었다. 이것은 사방팔방의 각 지역마다 왕을 봉한 바람직한 결과라 할 수 있다. 만약 이 시대와 같이 경계하는 태도로 모든 지역을 한 사람의 군주가 통치하면서 칸의 측근의 권력자들을 모두 견제하고, 또 명나라처럼 지나치게 다듬고 장식했다면 어찌 이러한 유의 몽골이 있을 수 있었겠는가! 북방의 우리 몽골은 세상에서 가장 먼저 버려진 모래언덕, 황폐하고 좋지 않은 땅이지만 숨어서 안정되게 살기에 가장 좋은 땅이라 할 수 있다.

현재 남쪽의 6맹과 북쪽 지역의 네 아이막인 할하, 청해, 오돈 탈, 아락샤, 훌룬 보이르, 차하르 등의 지역 전체가 모두 성조 칭기스 칸의 넷째 아들 예종睿宗 톨리[53] 군주 한 사람이 받은 봉지이며, 톨리 군주 자신은 황위에 오르지 않았지만, 그의 큰 아들 뭉흐 헌종憲宗 그리고 톨리의 넷째 아들 쿠빌라이 세첸 문무황제 세조가 모두 황위에 올랐기 때문에 톨리 군주를 예종이라고 추봉하였다. 이러한 정황이 이 저서에 차례로 상세히 나온다.

이 시대 문인, 학자들은 기질이 같지 않기 때문에 어떤 경우에는 고대 요, 순, 우, 탕 등의 황제들의 사건을 모두 찾아보고 알기도 하지만,

53 역사적으로 '톨로이' 또는 '툴루이'와 동일 인물이다.

자신의 원 민족의 군주, 원나라의 사건에 대해서는 관심을 기울이지 않고 또 어떤 경우에는 승려와 부처, 경전을 믿고 환생과 내세에 도움을 준다고 하여 이생의 일들을 등한시하고, 그저 헛되이 죽는 것을 알지 못하는 자들이 적지 않다. 이러한 것은 모두 지혜가 과도해져 생긴 잘못이다. 그러니 그 지혜의 반을 사용하여 자신의 조국인 몽골의 역사적 내력이자, 크게 존숭받을 지고한 푸른 몽골의 『흥륭한 대원제국의 청사』를 며칠 동안 힘을 기울여 한 번 자세히 살펴보는 것은 비록 부처 혹은 성인이라 해도 자신이 하는 일에 전혀 위배되지 않으며, 오히려 자신의 뿌리를 아는 부처, 성인이 될 것이다. 여기엔 다만 권문세족의 뿌리만이 아니라 일반 서민들의 뿌리 역시 온전히 존재한다. 자신의 원 종족을 알기를 원한다면 이 『청사』에 갖추어지지 않은 것이 없다. 훗날 미래의 문인, 학자 제위들은 무슨 일이 있어도 우리 몽골에 무슨 놀랍고 대단한 것이 있을까 하고 그저 지나치지 말기를 바란다. 『대학』[54]에 언급하기를 "어떤 일에 그 좋은 점을 칭찬해도 그 나쁜 점을 살피고, 그 나쁜 점을 싫어해도 또 그 좋은 점을 깨닫는다"라고 했다.

그러니 문인, 학자들은 우리의 좋고 나쁜 점의 진실을 풀어 알게 한 것을 듣기 바란다. 이 세상의 수만 가지 사건의 좋고 나쁜 점은 세상의 음양의 두 기운처럼 머리와 꼬리로 맞물려져 있다. 그 예를 들어보자. 우리 몽골의 좋지 않은 점을 이야기하자면 우선 지역에 토양이 부족하

54 **[몽골 현대문 역주]** 도교의 도사들의 기본적인 가르침인 사서(四書)의 하나이다. 대학, 중용, 논어, 맹자 이들을 사서라고 한다. 궁에서 일하는 사서들은 사서오경(四書五經)에 대한 시험을 반드시 치렀다.

고, 바람이 일면 황사가 날려 천지를 뒤덮는다. 또 산은 정상이 없고, 암석은 뿌리가 없다. 봄 폭풍은 붉은 기운을 띠면서 몰아쳐 다른 지역으로 빠르게 이동해 간다. 둘째, 물의 흐름이 충분치 않다. 여름의 빗물도 호수에 모인다. 셋째, 대기가 차다. 넷째, 햇볕이 아주 멀고, 눈과 서리가 일찍 내린다. 곡물과 과실들이 잘 자라지 않는다. 다섯째, 사람의 먹을거리는 고기와 피, 가축의 젖과 버터 등이다. 여섯째, 입는 것은 동물의 가죽이요, 털 등이다. 일곱째, 사람들의 성정이 비록 곧고 강직하지만 마음에 시기심이 있고, 화를 잘 낸다. 일하는 데 조심스러움이 없고 급하며, 속에 품은 생각을 알 수 없다. 여덟째, 생활하는 것이 부산하고 무지하며, 말하는 것은 거칠고 오만하다. 아홉째, 모습은 거칠고 투박하며, 행동은 조금도 듬직하지 않다. 우직하고 패기가 있지만 멀고 길게 가는 의지가 부족하다. 열 번째, 힘은 매우 좋으나 지구력이 부족하다. 열한 번째, 예의범절이나 염치를 도무지 알지 못한다. 열두 번째, 산과 초원의 금수와 목자의 말, 가축도 그 성질이 사납고 야성적이다.

이처럼 실제 이 남쪽 대륙에서 가장 취할 수 없는 버려진 곳이요, 몽골인은 또 어쩔 도리 없이 혐오스러운 자들이다. 거짓말쟁이요, 거만하며 조심성이 없고, 성미가 급하고 믿음직하지 못하다. 그런 어리석은 몽골, 진정 인간 중에서 짐승 같은 참으로 역겨운 존재라 할 수 있다. 또 몸에서는 양과 염소 냄새가 나고, 바람을 일으키며 지나가는 사람을 토할 것같이 짜증나게 한다. 이는 참으로 가까이할 수 없이 섬뜩한 추함의 극치에 이른 것이 아닌가?

그렇지만 그 가운데 열 가지 놀랍도록 좋은 점이 있다. 하나하나 풀어 열거하는 것을 들어보라. 우리 이 북방 지역은 첫째, 여섯 가지 방탕함으로 인생을 끝장내는 쾌락을 모른다. 둘째, 백만 명씩 몰살시키는 질병의 해가 없다. 셋째, 천만 명의 다른 나라 적군에 짓밟히는 위험이 없다. 넷째, 대홍수로 황하의 제방이 무너지는 등의 재해가 없다. 다섯째, 도시와 거리가 연이어 화재가 일고, 하늘 불의 위험이 닥치고, 땅이 흔들리는 지진 등의 위험이 없다. 여섯째, 앞선 군주에게는 간악하고, 매우 잔인한 죄성이 없고, 아래로 백성들은 은밀히 악을 품지 않으며, 숨어있는 적을 암암리에 해치지 않는다. 일곱째, 물질을 엄청나게 모아도, 백만의 사람들을 충동질하여 움직이게 할 동기나 관계의 탐욕, 해침이 없다. 여덟째, 독이 있는 다섯 가지 해충이 느닷없이 찌르거나 몸에 달라붙어 죽는 고통이 없다. 아홉째, 나쁜 대기, 위험한 안개가 갑자기 생겨 달아나기 어려운 그런 위험은 없다. 열 번째, 오랜 세월 계속해서 오곡의 농사일에 힘쓰며 한 해를 마치는 수고로움이 없다.

이런 열 가지를 합치면 '번거로움이 없다'라는 한마디로 요약된다. 번거로움이 없다는 것은 '곧다'고 할 수 있으며, '곧다'라는 것은 또 '건실하다'는 말로 바꿀 수 있다. 건실할 수 있으면 '진정한 것'에 가까울 수 있다. 이렇게 진실하게 오랜 세월이 흘러 이 땅의 산과 초원, 호수 모든 것의 경이로운 기운이 가득 모이고, 돌과 쇠처럼 단단히 응축되어 그 기운이 함께 들어설 수 없게 되자, 진실의 힘이 갑자기 폭발하여 세상의 커다란 정기가 사방으로 흩어지고 피어올랐다. 그러자 하늘의 명으로 새 시대를 연 성무황제聖武皇帝 태조 칭기스 칸이 세상에 태어났다.

그는 천둥 화살, 번갯빛처럼 지체 없이 빠르게 성장하여, 13세부터 군대를 조직했다. 그리고 아버지의 원수를 갚고, 사방팔방으로 다니면서 위험에 직면하고, 수도 없이 많은 고초와 시련을 맛보며 쓰디쓴 신고를 겪었지만, 불굴의 용기로 4색 5방의 지역을 모두 몸소 정벌해 굴복시키고, 조공을 바치게 해 천하에 새로운 나라를 열었다.

태조는 이른바 성군이었기에 금나라와 송나라를 예전부터 있었던 연륜 있는 나라라 하여 침범하지 않았다. 아래로 대신들이 몇 번이나 간언했지만, 그들 나라를 향해 원정을 떠나지 않았다. 나중에 45세가 되던 해 섣달 초하루에 오논강 상류 몽蒙이라는 강 입구에 터를 잡아 단을 쌓고, 천신에게 아홉 번 절하고 축수하며 황제의 보위에 올랐다. 그때 금나라 백성들이 무리지어 찾아와 태조에게 송사하자, 비로소 하는 수 없이 출병하여 금나라를 공격했다. 그 이전에 다른 12명의 이름난 황제와 75개의 작은 부족을 점령하기 위해 원정을 갈 때 예전에 정한 제도를 훼손할 생각이 없었지만, 금나라가 다시 침범해 와서 태조에게 무릎을 꿇고 조서를 받으라고 하자, 태조는 얼굴 가득 미소를 짓고 남쪽을 향해 침을 뱉으며 말했다.

"너희 나라 백성들이 내게 와서 두 번이나 상소를 올려 너희 나라 군주를 송사할 때, 종들이 하는 말을 듣고 그 군주를 공격하는 것은 마땅치 않다고 거절했는데, 멋대로 염소 새끼를 울게 하고, 호랑이를 놀라게 하려고 나를 능멸하며 접근해 오는 것이더냐?"

그리고 말을 채찍질하여 자신의 진영으로 돌아가 금나라에 죄를 따져 묻기 위해 군대를 조직하고, 신미년 칭기스 칸이 50세가 되던 해 금나라를 공격했다. 금의 경도京都를 포위하고 돌격하면 곧바로 성을 함락시키고 끝낼 수 있었다. 그러나 고대 문왕文王이 북백후北伯候[55]인 숭후호崇候虎의 숭성을 포위했을 때 많은 백성들의 우는 소리를 듣고 견디지 못한 그러한 예를 좇아 칭기스 칸은 공격할 마음을 접고, 많은 장군들을 지휘하여 퇴각하게 하고, 금의 태도를 한 번 용서한다. 그리고 24년 뒤에 태조의 셋째 아들 우구데이 원 태종 영진황제[56]가 비로소 금나라를 멸했다.

이러한 일들은 모두 성인의 진정한 자비의 용기와 의를 보여준다. 악의 극에 선이, 어리석음의 극에 지혜로움이, 무딘 것의 극에 날카로움이 있다. 굽히지 않는 강함의 극은 부드러운 수용이라 한 것이 바로 이것이다.

칭기스 성조가 특별히 몽골에서 태어난 것은 대개 우매한 몽골인을 급히 일깨우고, 이로써 몽골을 중심 지역의 국가로 만들어 인간의 반열에 들게 하기 위함이라 할 수 있다. 그렇게 해서 오늘날까지 다른 왕조이기는 하지만, 대신의 반열에서 지내며 지략 있는 한인 대신과 황족의 만주 귀족과 같은 지위로 살아왔다. 오늘날 나라의 황제라도 우리 황족과 혼인하여 살면 원나라 황족의 지위를 갖고, 뿌리 있는 가문

55 여기서 숭후호를 '동백후'로 언급하고 있으나 『봉신연의』에 숭후호는 북백후로 등장하여, 북백후로 번역했다.

56 우구데이 태종의 시호는 '영문황제(英文皇帝)'인데, '영진황제'로 잘못 전사된 것으로 보인다.

과 같은 인척이라고 추켜세웠다.

또 청나라가 비록 우리나라를 자신의 명부에 기록하고, 그 권리를 모두 빼앗았지만 모든 것을 빼앗아도 몽골인을 분명하게 자신의 백성으로 만들 수 없었던 이러한 모든 것은 그 시대 칭기스 성조 한 분이 심어놓았던 덕의 소치라 할 수 있다. 오늘날 비록 한인 대신들과 마찬가지로 나라의 정권을 장악할 기회를 얻지 못해도 혼인 관계를 맺는 것은 한인들과 차이가 있다. 또 이런 것은 티베트, 호톤,[57] 울드, 차하르, 하미, 회회보다 꽤 낫지 않은가? 그 어느 부족이라도 모두 몽골 이전에 존재했지만, 조정에서 어찌 몽골만큼 존중을 받았겠는가? 학자 제위들은 잘 살피기 바란다!

요목 제6절

이 세상천지의 기후라도 해의 멀고 가까움, 지형의 고저에 따라 다르고, 봄과 가을의 빠르고 늦음, 여름과 겨울의 더위와 추위가 각 지역의 입지에 따라 다르다. 이처럼 지역적인 차이로 인해 이 세상에 존재하는 만물도 모두 각기 서로 다르게 성장한다. 마찬가지로 곡물이라도

57 이 저서에 호톤(Хотон)이란 명칭은 두 가지로 쓰인다. 하나는 몽골 서부지방에 소수 종족인 호톤족을 이르고, 다른 하나는 회회국을 이른다. 여기서는 호톤족을 이른 것으로 몽골 서부 옵스 아이막 남쪽 지역에서 사는 몽골의 소수 종족이다. 호톤은 원래 투르크 기원의 몽골 종족이다. 이슬람교를 신봉하지만 몽골 불교의 영향을 받아 변형된 신앙형태를 갖는다. 한편 민족적인 측면에서 호톤은 회족을 이르며 중국에서는 회회(回回)라고 한다(https://mn.wikipedia.org/wiki/Хотон).

산간지역의 곡물은 거칠고 무게감이 있으며, 초원의 곡물은 좀 더 부드럽다. 이 하나로 평범한 농부라도 세상의 전체 이치를 깨달을 수 있을 것이다. 그러한데 어찌 강북의 귤과 강남의 유자가 자라는 차이를 논하겠는가!

이렇듯 이 세상에 존재하는 인간들도 똑같지 않기 때문에 비록 고대의 많은 성인과 현자, 특히 큰 덕을 지닌 자와 큰 힘을 가진 자도 마찬가지로 차이가 있으며, 모두 각자의 성격대로, 각각 뛰어난 관용과 재능을 갖고 살아갔다. 그렇게 나라마다 관습적인 특성에 따라 각 나라의 사서, 문헌도 대부분 그 정서에 서로 차이가 있다. 예를 들어, 세상의 분위기를 가장 아름답게 만드는 것은 색깔 있는 꽃이지만, 꽃마다 같지 않은 서로 다른 종류의 아름다운 색깔이 있다. 또 세상에서 가장 맛있는 것은 과일이지만 과일마다 맛이 같지 않으며, 각각에 모종의 감미로운 맛이 있지 않은가? 각 나라의 언어를 보면 한자어의 경우 각운을 맞추어 말하고, 몽골어는 두운을 맞추어 말하며, 티베트어는 용이하고, 빠른 것을 중시한다. 반면 만주어는 각 어구를 배합하여 운율을 맞춘다.

이 저서는 실제로 몽골에 대한 몽골어 저술이기 때문에 자주 운을 맞추고 상징화하며, 단어를 반복적으로 강조해서 말하고, 또 일상적인 구어, 간단한 문어, 짧게 압축한 단어, 옛 몽골 글자가 적지 않다. 단어들 가운데 바꿀 수 없이 짝지어져 사용되는 단어들은 그대로 두었다. 훗날 문인, 학자들은 역사저술가인 타이지 인잔나쉬 내가 그러한 단어를 바로 잡아 고치지 않고, 오늘날 수정되어 통용되는 단어로 쓰지 못했다고 질책하지 말기를 바란다! 다른 가벼운 의미의 단어는 이 시대의 알기 쉬운 단어로 써도 크게 문제될 것은 없다. 그러나 그들 단어가 구나 뜻을 반복하는 어휘인 경우 너무 지나치게 바꾸면 상당히 어색질 수 있다.

언젠가 훗날 성인의 후손들 가운데서 갑자기 밝고 맑은 마음을 가진 학식 있고, 물질적으로 풍족한 학자 대신들이 나와, 나도 이 저서로 인해 세상 만대에 이름이 남겨지고, 만대의 후손들에게 회자되고 알려져 존경을 받았으면 한다. 세상 만대에 몽골의 진정한 경이로움을 남기고자 하는 걸출한 자들이 나와 이 저서를 출간하거나 아니면 대개 한인들이 우리 몽골을 부정적으로 말하니, 이 저서를 한자어로 번역 출간하는 일에 이를 꽉 물고 단호히 용기를 내었으며 한다.

또 큰 학식과 권력 또는 큰 재물을 가진 내지內地 3맹의 몽골 학자와 중국 문헌에 정통하고, 붓을 잡자마자 의미를 표현해낼 수 있는 능력 있는 학자들이 이 저서를 한어로 번역할 때도 구나 연어를 자연스러운 운율로 한자어의 각운을 맞춘 시 같은 운문 아니면 서정시처럼 또는평사 같은 시, 사詞, 가, 부賦, 사서, 논어 등과 같이 번역하고, 또 인명과 지명, 나라와 부족명을 그 의미를 보고 한자로 바꾸어 명명하면 매우 흥미로운 번역서가 될 것이다. 그러나 만약 단어의 명칭을 적절하게 바꿀 수 없다 하여 전통적인 방식으로 그 명칭을 쓰고자 한다면 또 이대 『강감』에 한 사람의 인명을 말할 때 세 자로 길게 말하는 것과 같이 그것을 읽는 독자들의 혀를 감아 그 의미를 이해하기 어렵게 만들 것이며, 읽는 사람의 흥미를 떨어뜨려 책을 던져 버리게 할 것이다.

그러기에 발음하기 어려운 명칭을 먼저 모두 순서대로 정리하여 각각의 명칭대로 쓰고, 그 아래 한자어로 그 명칭의 머리글자 아니면 그 단어의 의미에 따른 하나의 이름을 붙여 그 명칭으로 쓰면 전혀 어려움이 없을 것이다. 그렇게 비단옷을 입은 자, 존귀한 지성인, 재주가 탁월한 문인이 이 책을 잡으면 1~2년 내에 번역을 끝낼 수 있을 것이다. 특히 요목과 타이지 인잔나쉬 내가 다시 요약하여 시화한 모든 시의 의미를 파악하고, 각운을 살려 번역하면 작업이 매우 용이할 것이다. 실제로 이것은 한어漢語에서 몽골어로 번역하는 것보다 쉬운데, 그 이유는 한자 어휘가 풍부한 데다 단어가 또 간결하고 뜻이 깊고, 어조가 생동감 있으며 한 가지 단어를 열 가지로 표현해낼 수 있기 때문이다.

한어에서 몽골어로 번역을 할 경우에는 만약 정통한 학자가 아니요, 또 그 단어에 해당하는 실제 몽골어의 깊은 함의를 지닌 단어를 찾아 사용할 수 없다면, 한문의 의미를 10의 1도 드러낼 수 없게 되어 엉성하고 의미가 모호한 번역이 될 것이다. 열 가지 저술 기법의 가운데 가장 먼저 단어의 뜻이 조화되는 것을 중시한다. 특히 각각의 단어를 따르는 축자적인 번역이 되면 이것은 실제로 "도둑의 아들이 그 아버지를 따르는 것"과 같다고 할 수 있다.

오늘날 큰 부를 갖고 있으면서도 이를 낭비하는 자들, 큰 덕이 있는 자, 큰 힘이 있는 자들이 날마다 그저 즐기면서 세월을 보낸다. 이들은 운이 좋으면 7, 80년을 살다가 마침내 하루아침에 죽어서 이생을 떠난 뒤 향의 연기가 흩어지듯 아무런 자취도, 그림자도 없이 사라질 것이다. 한 사람도 시간이 끝날 때까지 자신의 시간을 알지 못하고 떠나가는 것을 곰곰이 돌이켜 생각하면서 또 저술로 꽤 이름을 남겨, 만대에 기억되고 회자되었으면 하는 생각을 할 수도 있을 것이다.

스스로 게으르거나 아니면 배움에 이르지 못했다면 냄새 나는 돈을 투자해 은거하고 있는 문인 학자를 풍족히 먹이면서 고금의 문헌을 번역하게 하고, 몇 판을 찍어 출간하면 점차 그 이름이 세상 만대에 남게 될 것이다. 그렇게 하면 생활에 큰 손실을 내지 않고, 죽어서 세상을 떠나더라도 헛되지 않을 것이다. 이것은 한 가지 일로 두 가지를 이루는 일거양득의 매우 거시적이고, 장기적인 삶의 방법이 될 것이다. 금은보화, 가옥과 전답 이 모든 것들은 언젠가 다른 사람의 것이 될 때가 있으며, 다만 이 저서와 지혜는 다른 사람이 빼앗을 수 없다. 또 이것은 일반인들의 일상적으로 전개되는 삶에 물질적 이익이 되는 것이 아니기 때문에 많은 사람들이 먹고 마시고 배설해도 다함이 없는 것이다. 비록 창을 바르고 문을 막는다 해도 어둠이 깃들어 어두워지고, 무언가를 닦아 그것을 용기에 넣고 뚜껑을 덮는다 해도 그것은 부서지기 쉽지만, 지혜는 오랜 세월 변함없이 남을 것이 분명하다. 일단 오래 남을 수 있다면 학자를 만나지 못하는 것 외에 무엇을 걱정하겠는가?

성조 칭기스 칸과 함께 등장한 수천 명의 사람이 이 세상을 떠난 지 710년이 지났다. 오늘날 우리가 이 사람은 이렇고 저 사람은 저렇다고 말하는 것을 보면, 우리 다음의 백, 천, 만 년 후에 우리를 또 그렇게 말하는 사람들이 있을 것이라는 것을 알 수 있다. 예를 들어, 청나라가워지면서 명나라 말기의 대학자 김성탄[58] 선생을 처형했는데, 비록 그의 몸을 죽일 수는 있어도, 그의 학식과 지혜, 명성을 죽일 수 있었겠는가? 오늘날 중국과 몽골, 만주와 티베트 등의 한두 가지 언어를 아는 사람들은 성탄 선생을 칭송하고, 애정을 갖지 않는 사람이 없다. 그는 또 고대 요, 순, 우, 탕 등의 황제와 문왕, 무왕, 주공周公,[59] 공부자 등과 같은 성인은 아니다. 그저 필묵에 재능과 지혜가 풍부하고, 예리한 비평에 능하며, 살피고 깨닫는 데 치밀했다. 그는 수정 같은 마음에 비단 같은 학식을 가진 지식인이었다. 그에게 천하를 태평하게 하거나 나라를 세운 큰 공 또는 큰 명성이 있었던 것은 아니다. 비록 그런 공명이 있는 사람이라 해도 후에 문학적 소양을 가진 학자를 만나지 못하면, 독자적으로 어떤 흥미로운 저서를 짓는 문인 혹은 오래 살아 남아있지 않을 이 사람, 저 사람에게 몇 줄의 글을 기록하게 해 기념비를 세우고, 자손 몇 대가 그 풍부한 부귀를 누리다가 어떤 자손들은 기념비의 의미를 알지 못하게 되는 경우가 부지기수이다. 그 사람이 사라지면 곧 모든 것이 불필요해지고, 비록 기념비가 있다 해도 사람들은 보지 않게 된다. 또 잔인한 폭도들을 만나게 되면 즉시 모두 불 지르고, 깨부수고 재로 만들어 버린다.

그래서 귀한 자료들은 일반 서민의 집에 숨겨져 전해지고, 보관되면서 오랜 세월 남아있을 수 있게 된다. 비록 후대의 나라가 이전 나라의

58 김성탄(?~1661) : 명말청초 때 강남 오현 사람. 본명은 김인서, 성탄은 그의 호. 문예비평가. 평생 관직에 오르지 않고 관리들의 폭정에 항의하다 처형되었다(임종욱, 앞의 책, 190쪽).

59 주공(周公, ?~?) : 서주의 왕족, 이름은 단(旦)이고, 성은 희(姬)이다. 서주 왕조를 세운 문왕(文王)의 아들이자 무왕(武王)의 동생. 무왕의 아들 성왕(成王)을 도와 주왕조의 기초를 확립했다. 주왕조의 기틀을 공고히 하고, 예악 제도를 제정하고 제후를 봉하는 등 주나라를 강하게 만들었다(위의 책, 1730쪽).

문헌을 편찬할 때 진정 좋은 것이 천만 가지가 있다 해도 『강목』과 『강감綱監』에 쓸 때 몇 마디로 요약하고, 매우 과장된 내용을 이렇다 저렇다 몇 번 쓰면 만사가 끝난다. 그런 군주와 대신, 그런 군신이라는 표현이 수백 권의 『강목』, 『강감』에 가득하다. 후대인들이 보면 곧 그러한 오래 전의 사건은 나라마다 헤아릴 수 없이 많으며, 그런 것은 재미도 없고 진부하며, 일반적으로 죽고 태어나는 일반사라 하여 보려고도 하지 않는다. 어떤 것은 부지런한 사람이 어느 정도 읽어도 그런 사건이 여러 번 나오기 때문에 놀라지도 않고, 그저 한 번 목록을 훑어보고 지나치게 된다. 전체적인 내용 가운데 이름과 연령, 모습, 성격, 진위, 선악 등을 깊이 새겨보지 않기 때문에 그에 대해 말하거나 비평하는 일도 없게 되고, 결국 남아 있지 않은 것과 마찬가지가 된다.

그런데 모름지기 한 가지 특별한 사서나 다른 고사, 전기 같은 역사서가 비로소 대중에게 널리 퍼지고, 공공에게 보여져 다투어 읽으면서 자료를 찾아 모으게 된다. 그것은 그 저서가 질적으로 우수하고 흥미롭기 때문일 것이다. 그렇기에 타이지 인잔나쉬 나는 밤낮없이 고심하며 침식을 잊고, 몸은 비단 깔개에 누워있고 수정궁에서 지내도, 향기나는 분가루 숲에서 지내고 사향내 나는 곳을 거닐어도, 추운 겨울에 화로와 구들이 있고 밝고 맑은 유리창이 있는 집에 누워 있어도, 뜨거운 여름꽃이 핀 숲, 물가의 널찍한 방에서 푸른빛을 띠는 종달새의 노랫소리를 듣고, 정원을 돌며 거닐어도 마음이 평안하고 가볍고 행복하다거나 너무나 멋지다고 생각하지 않았다. 도리어 한순간도 쉬지 않고 낮이면 해가 떨어질 때까지, 밤이면 닭이 울 때까지 글을 쓰고, 뭔가를 그리고, 자료를 뒤지며 찾고 번역하여 인용하고, 앞부분은 한 장의 내용을 시화하고, 뒤부분에는 평하고 해설을 달았다. 또 전체를 간략히 논하고 언급하는 이 모든 것은 비록 나의 취향이지만, 그 본질은 대개 보통사람들과 마찬가지로 솔직히 말해 한 번 세상에 태어나 그저 빈둥대며 지내는 것을 견디지 못해서이다.

그렇기에 대원제국의 정사를 세상에 널리 전파하고, 몽골인들 가운데 이 저서를 신뢰하여 천만 년 썩지 않고 다함이 없으며, 훼손됨 없이 사라지지 않고 남기를 바라는 마음에서 쓴 것이 아니겠는가! 이미 마음에 한 가지 바람을 가졌다면 어찌 편안하고 행복한 삶에 안주하겠는가? 어찌 손을 모으고, 무릎을 안고, 육신을 살피며 배가 늘어지도록 편안히 앉아 행복한 삶을 바라겠는가? 나는 그것을 행복이라 여기지 않는다. 속설에 "사람이 태어나면 한 세대, 풀이 자라면 가을 한철"이라고 했다. 세상에 한 번 만물의 영장이자 수많은 동물의 선봉인 인간의 몸을 가지고 태어나, 육신을 갖고 한평생 초원의 금수처럼 배를 채우게 되면 다른 것은 필요로 하지 않고, 만약 수중에 어느 정도의 돈이 좀 있으면 이제 온 힘을 다해 여섯 가지 쾌락에 빠진다. 이때 도박을 하고, 메추라기로 싸움을 붙이며 즐긴다. 더 가소로운 것은 남자가 남자에게 욕정을 갖고 성애를 즐기는 도구가 나온 것과 살아있는 사람이 죽은 사람을 쫓아 몸을 죽은 듯이 하고 아편[60]의 쾌락을 더하여 열 가지 쾌락에서 벗어나지 못한다. 매우 천박하고, 저질스럽고, 가련하고,

60 **[몽골 현대문 역주]** 만주어로 담배를 '담바가(dambaga)'라고 한다.

추함에도 불구하고 한 가지 종류의 아편을 배우고, 성의 귀퉁이, 햇빛이 비치는 양지에서 고개를 숙이고 누워 깨진 잔에 불등을 켜고, 마대에 호리병의 주둥이를 끼워 묶고 또 아편에 취해 죽은 것도 같고 살아 있는 것도 같이 아니면 솜에 누워 있는 듯, 아니면 솜처럼 가볍게 날아오르는 듯 행복을 향유한다.

이들은 모두 행복을 누릴 만한 전생의 복록이 있는 큰 복을 가진 자들이기 때문에 누리는 것이요, 나같이 보잘것없는 인간에게는 진정 그런 행복을 누릴 만한 복이 없다. 다만 열 가지 쾌락 가운데 우둔한 내가 매우 좋아하고, 즐거워하는 것은 아름다운 경치의 꽃이 핀 정원에서 부드러운 봄날 또 달이 뜬 가을밤 마음에 맞는 맑은 친구와 마주 앉아 가볍게 술을 마시며 깊은 담론을 나누는 것, 향기로운 차 한 모금, 즐거운 담소, 방향이 좋은 향 한 개비와 예쁜 꽃 한 송이를 꽂아 놓고 맛있는 음식을 먹는 것, 마음을 활짝 열고 즐겁게 웃으며 즐기는 이 행복으로 만족한다.

그러고 나서 몇 년을 지나고 보면, 그 가운데 또 성가시고 방해가 되고, 폐해가 되는 일이 사실상 적지 않게 생기기 때문에 어쩔 수 없이 길게 한숨을 내쉬며, 그러한 여가를 줄이고 거두어 곧 예전에 하던 대로 이 필묵의 즐거움에 젖는다. 필묵과 저술에 마음을 기울이고 애쓰는 것을 어찌 가벼운 쾌락이라 할 수 있겠는가? 이에 대해 풀어 말하는 것을 들어주기 바란다. 이 쾌락이라는 말은 특히 부정한 음란함을 말하는 것이 아니다. 이것에 과도하게 빠져들어 다른 일이 생기고, 열심히 살아가는 일을 방해하면 그것을 곧 탐닉이라 한다. 도움이 되지 않는 모든 일에 몰두해서 지나치게 매달리면 그것을 곧 음란한 쾌락이라고 한다. 일단 쾌락이라 하면 생활하고, 삶을 영위하는 올바른 일이 아니기 때문에 탐욕에 속한다고 할 수 있다.

이러한 것들을 깊이 생각해 볼 때, 우리의 이 보잘것없는 인간 육신을 어느 정도 이완시키려고 하면 분명 또 한 가지 좋지 않은 쾌락을 추구할 것이 분명하기 때문에 곧바로 이 필묵의 즐거움에 빠져 해가 된다 해도 다른 쾌락보다 그 해가 조금은 적고, 그만두는 것도 상당히 쉽다. 만일 어떤 때 기회가 와서 하고 싶은 일을 만나게 되면 곧바로 붓뚜껑을 끼우고, 벼루와 책을 덮고, 자료가 든 봉투를 즉시 여며 놓고 그 일에서 벗어날 수 있다. 다른 종류의 쾌락처럼 과도해져 벗어날 수 없거나 깊이 빠져드는 폐단이 없다.

또 오랜 시간의 힘으로 이루어져 그 결과물이 세상에 나와 남게 되면, 아마도 후세 학자들을 일깨우는 데 상당한 도움이 될 것이 분명하다. 그렇기 때문에 어리석고 우둔한 내가 어리석고 우둔한 정도로 온 마음을 다했다. 아침에 쓰고 저녁에 읽으며, 고통과 행복한 일로 저술 작업을 팽개치지 않고, 힘든 시기에도 손에서 놓지 않고 쓰고 번역하고, 조사하고, 요점을 쓰고, 평하고 해설하고 또 시화했다. 이 저서를 읽는 독자들은 한 장 읽기를 마치고, 다시 앞에 있는 간략한 표제시를 다시 한 번 읽으면 그 의미가 좀 더 명백해질 것이다. 또 이 저서 안 간략한 옛 몽골어 단어들이 매우 많다. 예를 들면, '헤르헨'이라는 단어를 '헤르'라고 쓰고, '언니와 여동생'을 '언니, 동생'자매이라고 간략히 하고, 또 '아토가이'를 '아트고이'라고 줄이고, '오한트사려깊은'를 '오하트'

라고 줄인 이러한 단어들이 적지 않다. 이 저서를 읽은 독자 제위들은 그것을 잘못 썼다고 흠잡지 말기 바란다. 이러한 글자는 북방 지역의 언어적 습관이요 어조로, 그러한 것이 이들 글자에 포함되어 있다. 그렇기에 그 연유에 대해 한 항목을 써서 알기 쉽게 했다.

요목 제7절
시비곡직을 따지는 정직한 평론

고대 중국 유학의 진정한 성인 공자께서 말씀하시길 "사건에는 본말이 있고, 사물에는 처음과 끝이 있다"라고 했다. 그렇기에 세상 사람들이 자신의 혈통과 근본을 아는 것은 마땅한 일이다. 예를 들어, 비록 왕위에 오른 천자라도 자기 부모를 정성껏 봉양하고 효도하는 것을 알지 못한다면, 그는 범인에도 미치지 못하는 자가 아니겠는가? 그밖에 자신의 근본과 혈통을 알지 못하고, 자기 조상의 발자취와 그 이름을 알지 못하는 자가 하늘의 의미와 땅의 이치를 모두 깨닫고, 세상의 법칙과 세상사를 두루 꿰뚫는다 해도 그것은 한 뼘의 나무를 높은 망루의 들보 위에 올려놓고, 그 나무를 망루보다 높다고 하는 것처럼 근간이 없는 것이라 할 수 있다.

그래서 타이지 인잔나쉬 나는 몽골인 모두가 자신의 근본을 알고 깨달았으면 하는 마음으로 나의 선친께서 수집하신 푸른 몽골 대원제국의 수많은 문헌과 역사서를 모두 파헤쳐서 선친의 뜻을 이어 이 대원제국의 사서를 자세히 기록하고, 후대 학자나 독자들이 그 내용을 분명하게 알고 이해하기를 원했다. 그렇기에 독자들이 매 권을 차례대로 볼 때 이해하기 쉽게 어떤 것이라도 그 뜻을 분명하고, 자세히 하려고 애썼다. 비록 명으로 번역한 원나라의 정사가 나라의 기록이긴 하지만 누락되거나 부족한 부분이 적지 않다. 그렇게 연도와 시대를 찾으면 어떤 것은 그 이전으로, 어떤 것은 나중으로 되어 있었다. 열 가지 문헌의 맥은 비록 하나이지만, 그 가지는 조금 많아서 보는 학자나 독자들이 이해하기 쉽지 않기 때문에 아버님이 저술하신 제8장에 연이어 저술할 때 이 시대 사람들이 이해하기 쉬운 단어로 쓰고, 연도는 『강목』에서 취하려고 생각했다.

그래서 여섯째 형이자 관청에 소속된 부관 순웨이단준에게 번역을 부탁했다. 『강목』에 몽골에 관한 사건과 군대 전쟁 사건, 성을 정복한 사건들에 대해서는 내용이 분명하지만 태조 45세 병인년 이전의 사건 기록은 전혀 없고, 그 이후는 내용이 꽤 있어도 몽골 장수들의 이름과 국명, 지명 등의 발음을 어째서인지 다르게 썼다. 그뿐 아니라 배꼽 잡을 만큼 웃기는 일이 있는데, 수치스럽고 못된 성격을 말하려니 참으로 웃음이 난다. 그것이 무엇이냐 하면 이것이다. 이 세상에 어떤 사람이라도 대개 편향되거나 편벽됨 없이 말하면 하나의 은유적인 말을 해도 사람들은 그것을 들으며 꽤 재미있어 하고 의미 있게 여긴다. 그렇기에 비록 산과 초원의 시골 마을이라 해도 공정하게 말하는 노인을 크게 우러르며 존경한다. 그의 말을 들으면 모두 믿기 때문에 곧 그것을 하나의 화제로 삼아 이야기한다. 비록 지방의 일개 촌부라도 편향적이거나 편벽됨 없는 것을 기본으로 하여 그것을 믿음으로 삼는다. 더욱이나 사서에서 언급하고 논할 때는 반드시 진실되고 정직하게 서술해야 하며, 그렇게 하면 만인이 보아도 신뢰하고 믿지 않을 수 없다.

그렇지만 명나라시대 『강목』을 편집해 필사하고, 주해를 다는 자들은 몽골에 관한 대개의 사건을 기술할 때 지극히 부정적 점을 분명히 가리켜 기술하지 못했다. 또 매 사건을 쓰고 뒤에 논평을 할 때 몽골의 진정 나쁜 점을 나쁘게, 진정 좋은 점도 모두 나쁘다고 편향적으로, 사소한 저의를 가지고 재주있게 기술했다. 이처럼 행간에 가시를 숨기고, 만일 큰 실수나 잘못, 잔인한 큰 악행, 대죄를 가리킬 수 없으면 대신의 잘못된 말을 군주에게 덧씌워 말하고, 일반적인 것을 사실에 전도시켜 말한다. 또 몽골의 태조와 태종이 어느 어느 나라를 공격할 때 얼마만큼의 성읍 사람들을 모두 섬멸하고, 또 어떠 어떠한 지역을 공격할 때는 어느 정도의 부, 주, 현을 약탈했다고 언급하면서, 반드시 몽골을 자비 없는 나라요, 잔인하고 사나운 나라로 기술한다.

이로 인해 사적 편견이 없는 진실한 학자 주희가 편찬한 『자치통감강목』을 못된 아녀자의 욕설처럼 진부하게 만들고, 완전히 편견과 왜곡의 극치에 이르게 했다. 곧바로 왜곡된 것을 감추고, 은밀하게 숨길 수 없는 부분에 이르러서는 완전히 소인배의 간과 쓸개, 어리석은 여종의 수다 떠는 주둥이를 온전히 드러냈다. 왜 그럴까? 다시금 하나 하나 설명해 말하는 것을 듣기 바란다! 여기에는 한 가지 이유가 있다. 원래 중원의 한인들은 대개 북방지역의 몽골을 사람의 수에 포함시키지 않았다. 보통의 짐승이라면 네 개의 발을 가졌기 때문에 낮은 자세로 네 발로 다니는데, 북방지역 사람은 두 다리만 있어 수직으로 가는 것이 짐승과 좀 다른 점이라고 했다. 그밖의 다른 행동과 기질은 곧 짐승과 진배없다고 일단 얕잡아보고, 열의 하나 순수한 학자라도 그런 식으로 생각한다.

그런데 생각지 않게 북극성이 북방 모래언덕에 내리며, 성무황제 성조 칭기스 칸이 태어나 천둥·번개와 같이 한 번 벼락이 내리치자마자 곧 162년 동안의 천하를 여셨다. 이렇게 하여 중원의 한인들을 종으로 만들었던 것인데, 이런 사실을 시기심 있는 옹졸한 여인네, 편견을 가진 한인들은 하늘의 때와 지리적 조건의 큰 원칙를 전혀 생각지 않고, 특별히 자신의 한 가지 소인배적 편견을 중시한다. 그러나 하늘의 운수는 어길 수 없기에 참지 못한 채 입이 근질대 손을 비벼대고, 머리를 끌쩍대며 때를 기다리다가 대원大元의 14명 칸의 치세 162년 동안 종으로 지낸 뒤 겨우 명나라에 이르러 그 원한을 갚을 방법이 없어지자 음란한 여인네의 올빼미 주둥이를 갈아서, 주부자의 바르고 순수한 『강목』에 몽골은 이렇게 나쁘고 그렇게 악하며, 이처럼 자비가 없고 그처럼 무지하다고 입에서 나오는 대로 사리 분별 없이 마구 지껄여댔다. 이것은 한족 사가들의 그릇된 질시의 마음과 졸렬한 편견으로 인해 고대 사서를 훼손하고, 더럽힌 크게 잘못된 행태임이 분명하다.

이 세상은 천지, 일월에서 시작해 만물에 이르기까지 모두 음양의 두 기운에서 생겨나고, 오행의 이치가 결합하여 서로 인연을 이루면서, 세상 가득 만물이 퍼져 나갔기 때문에 세상 만물에 이치 아닌 것이 없다. 다만 그 이치를 아둔하게 생각하는 데 문제가 있다고 할 수 있다. 그렇게 세상에 존재하는 인간 모두 자기중심적인 측면이 없지 않다. 그러나 자기중심이 과해지면 질시의 마음이 된다. 비유하자면 오늘날 사람들의 일반적인 태도는 자신의 일은 옳고, 다른 사람의 일은 그르다고 하기 때문에 여러 가지 일이 벌어지고 분쟁이 그칠 새가 없다. 이러한 세상을 불경에서는 투쟁의 세계, 고苦의 세계라고 했다.

이제 다른 것은 모두 차치하고 분명하게 보이는 불교와 유교 두 가르침을 비교해 보면, 이 두 가르침은 원래 인간의 선한 마음의 근본을 말하는 것은 같지만, 불교에서는 '공空'을 궁극적인 것으로 삼아 현자들에게 공의 뒤를 좇게 했다면, 유교에서는 '존재'를 준거로 삼아 세상 사람에게 존재하는 것의 뒤를 따르게 했다. 이렇게 궁극적인 목적이 서로 상반됨으로써 두 가르침에 대해 배움이 일천한 사람들은 서로 상대를 대단치 않게 여기는 질시의 마음을 품었다. 이러한 마음은 불교와 유교의 가르침이 함의하고 있는 것이 아니며, 모두 불경과 경서를 읽은 지성이 일천하거나 생각이 협소한 사람들에게서 비롯되어 생겨난 것이다.

'존재'와 '공空'이라는 단어를 말할 때 이것은 서로 다른 두 개 단어이지만 사실상 그 뜻은 하나이다. 그것은 존재가 있기에 공없음이라는 단어가 생겨난 것이기 때문이다. 공이라는 하나의 단어가 있기 때문에 또 존재라는 하나의 단어가 만들어진다. 이 존재와 공은 머리와 꼬리가 연결된 하나의 고리와 같은 단어이다. 대략적으로 비유하자면 인간이 살아있을 때는 존재요, 죽으면 공이다. 구체적인 형태를 이룰 수 있으면 존재요, 망가져 수명이 다하면 공이다. 또 비유하면, 지나간 고대

수천, 수만 종류의 정치가들이 살아있을 때는 모두 존재하는 것이었으나, 이제 지나가 모두 공이 되었다. 현재의 우리의 이 나라, 이 육신은 지금 보면 모두 존재하나, 마침내 또 공이 되는 것에서 벗어날 수 없기에 존재이면서 공인데, 어찌 공이 아니라 하겠는가? 우리는 공이 되어 돌아간 뒤 훗날 또 후대인이 되기에 공이면서 어찌 존재가 아니라 하겠는가? 그렇기에 존재라고 한다면 모두 존재하는 것이요, 공이라 하면 모두 공인 것이다. 존재한 뒤에 곧바로 공이 뒤따르며, 공 가운데 존재가 생성되어 나타난다. 그렇기에 존재도 역시 공이요, 공도 역시 존재이다. 이것은 존재와 공이 서로 매우 긴밀한 관계로 뗄 수 없는 관계에 있으며, 곧바로 하나의 단어가 될 수 있음을 말해주는 것이 아니겠는가?

무릇 존재와 공은 하나인데, 불교와 유교의 두 가르침의 흑과 황의 두 가지 색깔을 가진 사람들은 마침내 무엇을 빼앗고, 무엇을 다투며 서로 대단치 않게 여기고 비판을 하는 것일까? 이에 우둔한 내가 생각하다 여기에 이르러 텅 빈 곳을 향해 존재하는 목소리로 크게 배꼽이 빠지게 웃었다. 부질없이 존재와 공으로 서로 다투는 것이 무슨 유익이 있겠는가! 서로 다투는 이유가 무엇인가 생각해 보면, 마침내 사소한 자기중심적인 편견에서 야기된 것임을 알 수 있다.

그밖에 오늘날 고착된 일반적인 풍조는 동쪽 집이 서쪽 집을 비난하고, 남쪽 지역이 북쪽 지역을 얕잡아보고, 중원은 다른 이방 지역 사람들을 깔보고, 상층민은 하층민을 압제한다. 그 반대적인 입장에 있는 자도 이에 같은 생각을 하는 것이 분명하지 않겠는가? 그렇게 세상에는 천 리를 나는 봉황이 있을 때 땅에도 천 리를 달리는 준마가 나타났다. 그렇기 때문에 이 세상에 그릇된 도리가 오래 지속될 수 없고, 왜곡된 가르침이 널리 퍼질 수 없다. 타고난 성인이 아니라면 천하를 지배할 수 없고, 타고난 신성이 아니라면 천하를 세워나갈 수 없다. 그릇되고 난잡하며, 잔인한 자가 어찌 사해四海 안에 사는 자들을 모두 지배할 수 있겠는가! 역사적으로 보면 진나라 시황제는 원래 근본이 있는 사람이었으나 잔인하고 사나워지면서 몇 년이나 더 황제 자리를 지속할 수 있었던가? 이것은 곧 세상에 존재하는 모든 사람의 눈에 드러나 보이는 증거요, 뚜렷한 사실이 아닌가? 푸른 몽골 대원제국의 군주들이 진실로 그처럼 잔인하고 악했다면 상천에서 어찌 원나라에 162년 동안 천하를 다스리도록 허락했겠는가! 또 어찌 오늘날까지 710년이 되도록 몽골 170개 지역의 타이지들이 번성할 수 있었으며, 북방의 만리 가까운 지역을 지배하게 했겠는가!

편협되고 치우침 없이 사실대로 솔직히 말하면, 몽골인들은 참으로 우둔하고, 조야하며, 교만하고 조심성이 없고 급한 것이 사실이지만 일반적으로 몽골인에게는 보이지 않는 간교함이나 잔인함 또 마음 깊은 곳에 사악함이 없다. 모두가 매우 충직하고 진실함을 중시하는 성격을 갖는데, 후에 명나라시대 소인배적이고 자기중심적이며 비좁은 편견으로 중국 사가들은 자신의 입에서 나오는 대로, 생각나는 대로 마음대로 내용을 덧붙였다. 특히 몽골을 비난하겠다고 하면서, 송나라 시대 주원회[61]가 자기중심적이거나 질시함 없이 사실대로 편찬한 『통감강목』의 원래 의미를 왜곡하여 진실한 정사를 더럽히고 훼손하여 그 진의를 잃게 했다.

고대로부터 두 나라가 서로 다투어 천하를 빼앗을 때 고통을 겪지 않고, 흩어지지 않은 백성들이 어디에 있었겠는가! 비록 고대 주나라의 문왕과 무왕 두 성인 군주가 상나라 주왕을 공격할 때도 양편의 병사 가운데 죽임을 당한 자들의 시체가 초원에 가득하고, 붉은 피가 강물이 되어 흘렀다고 했다. 그리고 그 이후 2천 년 이상이 되어도 몽골은 중원에 조금도 항복하지 않았다. 그러나 요나라[62] 등의 나라와 금, 송나라를 공격하여 정복할 때 어찌 상호간의 병사와 백성들의 피해를 없게 할 수 있었겠는가! 이 같은 전란의 일반적인 사건을 어찌 받아들이지 못하고, 곧바로 잔인하고 사악한 것으로 치부할 수 있는가! 그뿐 아니라 매우 탁월한 공적과 놀라운 행적이 여러 번 나오는데 그것을 모두 은폐하고 드러내지 않았으며, 특별히 흠을 드러내 꼬투리를 잡고 붓이 먹물에 닿기도 전에 함부로 지껄였다. 더욱이나 문무황제 쿠빌라이 세첸 세조에 대해 또 흠을 잡는 데 이르게 되었으며, 이것은 곧 작은 아이들의 수다스러운 말과 못된 아낙네의 잔소리, 욕설과 같다.

이 시대 글자를 좀 아는 사람들은『강감』을 보고 모든 사건을 사실대로 언급했다고 여기면서, 그 기록에 나타난 시대와 중국, 몽골의 차이를 전혀 고려하지 않은 채 생각 없이 곧바로『강감』의 비난과 경멸적인 단어를 쫓아 다른 사람에게 우리 몽골을 이렇다, 저렇다 하는 일이 매우 빈번하다. 대개 그러한 것들은 모두 푸른 몽골의 정사를 보지

61 원회는 주희의 자.
62 본문에는 '당나라'로 되어 있으나, 이는 '요나라'의 잘못으로 보고, '요나라'로 번역했다.

않은 데서 비롯된다. 고대 대국에서 나라의 사관史官들을 기용할 때는 반드시 거듭 시험을 치러서 선발하여 큰 학문으로 국수적 태도와 악의적인 마음을 없앨 수 있었다. 만대에 걸쳐 사람들은 그의 입에서 나온 어떠한 말들도 반대하고 비난할 수 없으며, 부정적으로 말할 수 없기에 나라에서는 인물됨이 있는 큰 사관을 기용했던 것이다. 그것은 첫째, 진실한 것을 중시하고 둘째, 훗날 다른 사람에게 배척당하는 불미스러운 사건 없이 나라의 무게 있는 말을 중시했기 때문이다. 명나라 시대에는 질시와 사심을 없애지 않은 사람을 나라의 중요한 사관으로 기용하여 어느 정도 편견의 어투를 사용하게 했는데, 그것은 일반적으로 인색하고, 거칠고 몽매한 질시에서 벗어나는 것을 어렵게 했다!

이렇듯 명나라에서 기록한 『명기강목明紀綱目』에서는 몽골 대원제국의 태조, 태종, 정종, 헌종[63] 등 네 칸의 치세 50년을 삭제하고, 또 세조 중통中統 4년과 지원至元 16년을 합해 치세를 총 89년으로 만들고, 북방인에게 황제를 칭하는 세월은 100년이 되지 않는다고 명나라 태조에게 아첨하며 고했다. 이러한 모든 것은 음란한 여자가 몇 명의 남자와 사귀고 지내면서 어떤 한 사람을 보면 어떤 모습으로 행동한다든가 또 기생이 손님을 향해 멋대로 붙어서 음란한 짓을 하며 상대를 부추켜 노는 것과 무엇이 다른가! 대체 이런 자들이 검은 먹을 어디까지 훼손한 것일까!

옛 나라가 비록 쇠락해져 무거운 조공을 바치며 종처럼 지낸다 해도

---

63 태종은 우구데이 칸, 정종은 구육 칸, 헌종은 뭉흐 칸을 이름.

그의 자손들이 칸이라는 칭호를 잃지 않고, 또 천하를 자신의 천하라고 여기는 것으로 본다면 우리 몽골 대원제국의 자손들은 오늘날 이 대청국의 태조와 태종의 시대까지, 후흐시의 셴게두렌 칸[64]이 보위를 계승하여 왔다. 그뿐 아니라 오늘날까지 할하의 네 아이막에 네 칸이라고 이르며 칸으로 지냈다. 이것은 대청국 황실의 문헌에도 분명히 기록되어 있다.

그렇다면 대원제국보다 후대에 있었던 명나라와 오늘날의 청나라 이 두 나라를 황제국으로 치지 않고, 대원의 자손들이 명나라 마지막까지 항복하지 않은 것과 명나라가 북방을 통일하지 못한 점, 또 오늘날 원나라의 주된 가지가 황제 보위에 계속 있어 왔다며 명나라, 청나라 두 나라를 모두 과도기적 나라라고 평할 수 있겠는가? 명나라 마지막까지 북쪽 지경을 통합하지 못하고, 요나라, 금나라, 남쪽 낭기아드를 끝까지 점령하지 못했기에 통일 천하의 주인이 아니라고 비방하며 과소평가한다면 이것은 완전히 편향된 시각으로, 진정 근거가 없는 말이며, 모두를 기쁘게 하고 신뢰하게 하기 어려운 터무니없는 논평이라 할 수 있다.

한편 대국과 금나라는 대원제국의 태조에게 이미 몸소 조공을 바치고 따르기로 맹세했다. 그것에 대해 많은 신하들이 그 일로 금나라를

64 셴게두렌 칸(1521~1586) 투메드 알탄 칸의 큰아들. 그는 부친이 명나라와 우호적으로 지내는 것을 반대하여 아버지와 사이가 좋지 않았다. 그러나 1582년 부친이 사망한 후 셴게두렌은 아버지의 지위를 계승하고, 명나라에서 부친에게 봉한 작위를 계승하고, 명나라의 설득으로 아버지의 윤겐이라는 작은 부인과 혼인하여 살았다(Л.Жамсран бусад, op. cit., 2002, p.30).

완전히 멸망케 하여 끊어버려, 훗날 배반하는 후환을 없애 버리자고 간언했다. 그러나 성조 칭기스 칸은 옛 나라를 하루아침에 멸하여 끊어 버리는 것은 마음이 견디지 못하는 일이라 하여 자신의 생각을 되돌리지 않았다. 그러자 곧 신하들은 성조의 진정한 마음을 알았다. 그러나 후에 금나라와 송나라를 모두 뿌리채 뽑아 나라를 멸했던 것은 모두가 그들 자신이 맹세한 것을 지키지 않고, 투항하겠다 한 말에서 되돌아섰기 때문이다.

이렇듯 이들 한족의 자기중심적이고 편향적인 태도는 분명한 증거가 있는 일이 아닌가? 실제로 왜곡하지 않고, 편협되지 않으며, 사심이나 편향됨 없이 정직하게 평할 때 신구新舊를 가리지 않고 조공을 바치면 곧 신하가 된 것이요, 조공을 받은 자는 군주가 되는 것이다. 그렇기에 고대 주나라는 망하는 날까지 군주의 나라였다. 실제로 그런 나라를 정통 국가라고 여길 수 있다. 세상에서 또 다른 자에게 조공을 바치면서 사해 전체의 주인이요, 천자라고 하는 법이 어디 있겠는가? 이러한 이유로 이들 나라를 다른 언사로 드러나지 않게 멸시하고, 다른 학설로 공연히 비난하며 부정적으로 본다. 그러나 이러한 것들은 모두 못된 여인네의 소인배적인 질시와 창기의 욕정으로 들썩거리는 부정적인 입놀림으로 지극히 일반적이고 평범하며, 지극히 역겨운 태도라 할 수 있다.

옛말에 "세상 사람은 모두 자신의 일이 옳다고 말한다. 만약 자신의 일이 그르다고 말하는 자가 있다면 그가 곧 군자이다"라고 했다. 우둔한 내가 지각이 들고나서부터 관심을 갖고 많은 사람의 행동 특성을 살펴보니, 대부분 자신이 현명하다고 여기며 살아가는 사람들은 다른 부류의 사람들을 비난하고, 대단한 학자라고 하는 자들은 다른 학설을 헐뜯는다. 이렇듯 인간들 모두가 편협하고 편향적인 태도에서 벗어나는 것이 쉽지 않다는 것을 알 수 있다. 대략적으로 비유하자면 한 부류의 재봉사, 장인, 서기, 상인, 그리고 의사, 박수, 무당, 중매인 등의 부류들은 서로 존중하지 않고, 보이지 않는 곳에서 멸시하고 비난하는데, 유독 본인들은 자신이 꽤 괜찮은 사람이라고 여기는 것과 같다. 어떤 학자들은 특히 우리의 이 중원 지역이 실제로 인류이 있는 엄연한 천국이요, 이 땅은 일월日月의 중심 에너지를 얻은 나라이며, 실제로 이 곳에서 지성인, 학자, 현자가 태어났다고 본다. 그러기에 다른 나라는 모두 희한하고, 이상하고, 매우 기이하다고 평해 말할 뿐 아니라 마음으로도 그런 생각을 좇아 말하는 학자를 나는 여러 번 보았다.

한편 고대 삼황오제三皇五帝로부터 오늘날에 이르기까지 3천 여 년 동안 일식, 월식을 분명히 구별하여 일시를 정할 수 없었는데, 대청국의 제4대 황제 성조 강희제姜熙齊 연간에 서양의 회회인, 이름은 남화인이라고 하는 자로 그에게 청해 역을 추산케 하여 그 일시를 정했다.[65] 이것으로 곧 알 수 있지 않겠는가? 우둔한 내가 자기중심적인 태도로 말하는 학자에 놀라면서 한편 의아해하는 것은 그들 학자들이 자신의 학설에 전혀 최선을 다해 애쓰지 않으면서, 우리 학설은 최고이고 다른

65 청나라 역은 시헌력을 사용했는데, 이것은 서양천문학의 영향을 받아 만들어진 태음태양력의 한 종류로 명나라 역법인 대통력(大統曆)과 회회력을 기반으로 한 명나라 『숭정역서』를 보완한 것(https://ko.wikipedia.org/wiki/시헌력).

학설은 모두 그릇되다고 말하는 점이다. 그들이 어찌 이것을 깨달을 수 있겠는가!

우둔한 나는 어느 학설도 통달하지 못했지만, 마음속으로 어느 학설이 특별히 잘못되었다고 생각하지도 않는다. 왜냐하면, 불교의 교의는 우주가 공空이 되도록 자아를 극복하는 것을 본래 마음의 종지宗旨로 삼으며, 성인의 가르침인 유교는 시간이 다할 때까지 자손이 번성하고, 공훈과 지식을 좇게 하여 세상 삶의 기초를 놓는 것을 중시한다. 이 두 가르침 중 하나는 세상을 텅 빈 공空이 되게 하려는 것이라 한다면, 다른 하나는 세상을 가득하게 하려는 것이다. 이것은 서로 모순되어 보이지만 본질에 있어 하나의 선善의 뿌리에 귀착한다. 눈앞에 드러나는 황색과 흑색의 두 교의로 비교해 보면, 곧 다른 여러 가지의 도교, 예수의 가르침, 양주[66] 학설, 묵적[67] 학설, 천주교 교의 역시 그 가르침에 통달한 사람들에게 묻고 대화를 해보면 이러한 것들은 일반적으로 범인들에게 잘 살아가라는 가르침을 담고 있다. 일반적으로 나와 먼 사람을 해치고, 가까운 친지가 태어나면 죽이라고 말하는 가르침은 없다.

오늘날 회교도인 회회족은 자신들의 교의에도 불구하고 식생활을

---

66 양주(楊朱, 기원전 440?~기원전 360?) 중국 전국시대 초기 위나라 사람. 양생, 양자, 양자거라고도 불린다. 사상가. 묵자보다 나중이고, 맹자보다 앞선다. 묵자의 겸애(兼愛)와 상현(尙賢)을 반대하고, "자신을 중시하고", "목숨을 귀하게 여길 것"을 주장했다. 이기적인 쾌락설과 자연주의를 옹호했다(임종욱, 앞의 책, 935쪽).

67 묵적(墨翟, 기원전 468~기원전 376) 묵자를 이름. 묵자는 전국시대 초기 사상가로, 겸애설로 유명하다. 처음에는 유자(儒者)의 학문을 배우고 공자의 가르침을 익혔지만, 나중에 새로운 학설을 세우면서 무리를 모아 강학하니 제자들이 천하에 가득했다. 유가와 대립하면서 유묵현학(儒墨顯學)으로 병칭되었다. 자신을 돌보지 않고 세상을 위해 일할 것을 강조했다(위의 책, 478쪽).

위해 소와 양을 죽이지만, 그것은 그저 아무렇지도 않게 가축을 죽여 고기를 주저 없이 먹는 것이 아니라, 죽인 동물의 혼이 하늘에서 태어나도록 주문을 외고, 칼에도 주문을 외워 의식을 치른 후 비로소 가축을 잡는다. 비록 그 동물이 하늘에서 태어날 수는 없지만, 오늘날 우리 몽골 사람들이 가축을 그저 잡아먹고, 가축으로 이익을 추구하는 것과 비교하면 이들 회회인에게는 일종의 선한 마음이 있지 않은가!

자세히 살피지 않는 사람들은 평소 버릇대로 많은 사람을 좇아 회회라는 족속들은 못된 교의와 이단의 경전을 가진 짐승과 뿌리가 같은 자들이라고 말한다. 이 얼마나 편협한 생각인가! 비유하자면, 오늘날 황교에서 죽은 사람의 영혼이 이 세상을 떠나 아미타불의 극락세계에 태어날 거라고 믿는 사람들에게 비록 그 발걸음을 인도할 수는 없어도 마음으로 내가 분명 그에게 길을 가리켜 보냈다고 생각하고, 어떠한 일이 있어도 그 영혼이 지옥에 가서 태어났을 것이라고 생각지 않는다. 그 가운데 다른 사람의 손에 죽은 것과 스스로 죽은 정도의 차이가 있을 뿐 생각하는 것은 같을 것이다.

이렇듯 세상사는 모두 생각에서 이루어지기 때문에 그것이 좋은 생각이 맞다면 그 부족 사람 다수가 그 생각을 따르고, 그 바람직한 점을 좋아하여 학설이라 명명하는 것이다. 생각해 보면 교의나 학설을 만든 장본인이 그 가르침으로 금은과 물질의 부를 얻고 즐거움을 향유하는 것이 아닐 터인데, 그저 그러한 한 가지 그릇된 학설을 고달프게 남겨서 그들에게 무슨 유익이 되겠는가? 우둔한 내 생각에 이미 한 가지 학설이라면 그 가운데는 분명 한 가지 좋은 점, 바른 길이 있다고 생각한다.

그런데 분명 그릇된 것이라 생각되지는 않지만, 우리가 그것에 대해 자세히 알지 못해 그들의 이론이나 견해의 본질을 잘 모를 때, 그 학설이 마음에 들지 않고 잘못되었다고 편향적으로 생각하게 된다. 특히 어느 학설을 정립한 본인들은 자신의 학설이 훌륭하다 옳다고 말하지 않으며, 나의 학설이 나쁘고 잘못되었으며, 다른 학설이 훌륭하니 당신은 그것을 따르며 살라, 내 학설을 버려라, 배우지 말라, 무시하라고 말하는 자는 결코 없다. 또 생각해 보면 학설이라고 명할 때 그것은 일반적으로 다른 사람이 배우게 하기 위해 만들어진 것인데, 그 학설에 무슨 나쁘고 그릇된 것이 있겠는가!

이것은 오늘날 세상의 수많은 나라에 각기 서로 다른 지역적인 경작 방법이 있고, 각 지역의 성장과 숙성, 비옥함, 자양분이 서로 다르며, 이로 인해 각자 자기 방식대로 삶을 영위해 가는 것과 같다. 또 보면 오늘날 각지의 곡물과 과실의 성장과 경작 방법이 모두 서로 다르며, 지역마다 비단 종류가 서로 다르고, 곧 각 지역에서 다른 명칭으로 부르는 것과 같다. 또 예를 들어, 오늘날 남방의 소주나 항주 등의 지역에서 여인들이 음란한 것을 비웃지 않으며, 집이 가난한 것을 비웃는다고 한다. 그렇게 그들의 풍속이 우리 중원 지역과 맞지 않는다 하여, 그들을 곧바로 인간이 아니라고 할 수 있겠는가? 만약 그들이 여자가 음란한 것을 음란하다고 하지 않고, 생각과 의미가 있는 것이라고 한다면 그것은 그 지역의 삶을 영위하며 살아가는 정당한 행위에 속하지 않겠는가?

또 간단히 비유하자면, 어떤 지역의 풍속에는 부모가 죽으면 금과 옥으로 장례를 치르고, 어떤 지역에서는 구리와 쇠로 무덤을 견고히 하기도 한다. 또 어떤 지역에서는 나무관을 묻고, 아무것도 없이 그저 흙으로 덮어 묻는다. 어떤 지역에서는 불과 연기를 피워 화장한다. 그런가 하면 어떤 지역에서는 강물에 수장水葬을 하기도 하고, 어떤 지역에서는 칼로 사지를 절단하여 새에게 먹이로 주는 조장鳥葬을 행하기도 하며, 어떤 지역에서는 이웃과 동네 사람들을 초대하여 그 살을 먹기도 한다.

이러한 풍속의 종류는 비록 어느 정도 애도하는 양상은 서로 다르지만, 그 자손과 사랑하는 친지들이 고인의 죽음을 슬퍼하고, 애통해하며 우는 것은 동일하다. 모두 각 지역의 풍속으로 그 한 가지 좋은 점을 찾으려고 한 의도가 내포되어 있다. 다만 그 양상이 다르나 마음은 같다고 할 수 있다. 내지에서는 금은과 옥을 사용하여 장례를 치르고, 중원 지역에서는 목관을 이용해 매장을 한다. 낭기아드 지역에서는 강물에 수장을 하고, 몽골 지역에서는 화장을 한다. 회회국에서는 아무것도 없이 토장을 하고, 남쪽 지역에서는 돌과 쇠로 곽을 만들어 단단히 했다. 서장西藏에서는 칼로 시신의 살을 분해하고, 도끼로 뼈를 쳐서 새에게 먹인다. 그런데 시신의 살을 먹는 일에 대해 『만보전서萬寶全書』에 "우리나라 가까운 곳으로 동남쪽 바다의 반도 국가인 고대 와국窩國이라는 한 작은 부족국가가 있다. 보통 때는 매나 독수리를 이용해 산과 들의 야수와 금수를 사냥하며 삶을 영위한다. 그 지역명은 '만라오'라고 한다. 중국 상인의 배가 때로 바람에 휩쓸려 가면, 그 지역민들이 모두 무리지어 와서 그들을 붙잡아 죽이고, 그 살과 뼈를 전부 구워 먹었다. 사람의 해골과 사지의 뼈로 용기를 만들어 사용한다. 부모가 죽기를 바라며 밤낮없이 저주하다가 만약 죽으면 곧바로 큰 북을 쳐서 이웃과 동네 사람들을 모두 불러모아 그 살을 먹게 하는데, 이는 인간의 기본적인 성정이 없는 한 부류의 나라이다"라고 기록했다.

이것도 편향된 견해라 할 수 있다. 그것을 어떻게 아는가? 눈앞에 전개되는 상태로 곧바로 평가한다면, 오늘날 우리 몽골 지역에서는 5, 60년 전에 평민이라도 자기 부모가 돌아가시면 승려를 모셔와 버터를 붓고, 시신을 불에 올려 화장을 했다. 오늘날까지 승려들은 사부가 입적하면 모두 다비식을 하지 않는가? 우리 지역에서 사람이 죽으면 그 살을 부처님께 공양으로 드리고, 그 영혼이 부처가 된다고 생각한 것이다. 어떻든지 부모를 저주하여 죽게 하고, 또 마음이 차지 않아 죽은 자의 뼈를 까슬려 원수를 갚는다고 생각하는 것은 아니지 않겠는가? 만약 자기 부모의 시신을 금과 옥으로 두르고 돌이나 쇠로 곽이나 관을 만드는 남쪽 내지의 한인漢人들이 느닷없이 우리 이 북방 지역의 시신을 불로 까슬르는 풍속을 본다면 그 이유를 모르기 때문에 와국 사람들의 장례 풍속에 대해 말한 것처럼 몽골인들이 부모를 저주하다가 죽으면 그 뼈를 태운다고 할 것이다. 그뿐 아니라 또 붉고 노란 채색옷을 입고, 머리카락이 없는 민머리 사람을 청해 와서, 위에서 여러 가지 무기로 자주 가리키며 창으로 찌르게 하고, 버터를 붓고, 땔감을 더하여 원수를 갚는다고 할 것이다. 그러나 어찌 되었건 그것은 신께 죽은 살을 드시게 하고, 그 영혼을 신령이 되게 하는 것이라고 생각하지 않을 것이다.

오늘날 티베트의 조 지역에서는 죽은 사람을 초원의 파괴자 콘도르에게 먹게 하는데, 그 이유는 그 콘도르라는 새가 불법의 수호신 초이진의 벗이자 화신으로, 그들이 죽은 자들의 살을 먹으면 죽은 자들의 죄과가 씻겨지고, 영혼이 더 높고 좋은 태생을 얻는다고 믿기 때문이다. 만약 큰 죄성을 가진 고인의 살을 새들이 먹어주지 않는다면, 큰 의례를 베풀어 많은 향을 피우고 다시 반복해서 죄를 씻게 한 연후에 새에게 먹게 한다. 이러한 풍속도 그 유익함을 생각하면 선한 마음에 근거하고 있음을 알 수 있다. 와국의 경우도 그 나라에 사람들이 많은데, 지역은 협소하고, 집안에 먹을 것이 없는 상황에서 사람들은 다른 사람의 살코기 맛을 언제부턴가 발견했던 것이다. 또 부모가 죽어서 동네 사람들을 한 번 배불리 먹이면 많은 이를 한때 배불리 먹인 덕으로 그의 영혼이 하늘나라에서 태어난다고 한다. 대략적인 것을 간단히 말하면 전체적으로 모두 슬퍼하고 상심하는 마음이 있다. 자기 부모의 살을 먹는 상황에 이른 나라에도 한 가지의 바른 도리와 아름다운 미덕이 있으며, 오늘날 무슨 학설이라고 이름한 자들에게도 말할 필요 없이 그 나름의 올바른 도리가 있다.

다만 각 지역의 풍속이 서로 달라 이상하게 보여도, 생각은 유사하지 않겠는가? 그렇게 기이한 회회족의 교의와 금와국金哇国의 풍속에도 모두 한 가지 바른 길과 선한 마음이 있는데, 어찌 사해를 지배했던 대원제국의 천자를 사소한 시기심으로 얕잡고 폄하하며 흠잡을 수 있단 말인가? 단 한 번 시험을 치러 중원에서 장원한 자들을 또 그의 9대 조상의 음덕에 관련시켜 말하는데, 하물며 천하를 지배했던 단 한 사람의 천자를 모두가 어리석고 잔인하다고 편파적으로 비난하는 것은 문인도 신뢰하지 않을 뿐 아니라 무식한 농부라도 믿지 않을 것이다. 정말 웃기는 것은 이러한 수준의 음란한 창기 같은 말 많은 아첨꾼, 소인배들에게 『강목』같이 큰 저서를 맡긴 것은 얼마나 대단한 안목을 가진 처사란 말인가? 지식이 일천하고, 지성이 얄팍한 편향된 이들 한족 사가들은 세상의 이치를 전혀 깊이 숙고하지 않고, 입에서 나오는 대로 지껄이며 말이 안 되는 것을 글로 남겼다가 훗날 갑자기 사심 없는 학자들을 만나 정신없이 비난받게 될 것을 왜 조금도 생각지 않았을까!

북방 지역 사람들에게 100년 왕정의 운수가 없다고 단정해 말하지만, 오늘날 대청국의 태조와 태종 그리고 세조가 동쪽 성경오늘날의 심양에서 지냈던 8년과 29년을 잘라냈는데, 세종 옹정雍正 원년부터 10대 황제 동치제同治帝 10년이 될 때까지 228년이 된다. 만약 청 태조 11년, 태종 10년, 세조[68] 숭덕崇德 8년, 이 천명天命, 천총天聰, 숭덕[69]의 세 시기 29년을 포함시키면 총 257년이 된다. 당시 만리장성의 바깥쪽 나라를 모두 북방이라 했는데, 그렇듯 이 대청은 또 실제로 북방인이었다. 이제 이 북방 지역인이 228년 동안 황제로 지낸 것을 또 뭐라고 하릴없이 말하는가? 이 모든 것은 몽골을 특별히 부정적으로 말하려고 하면서 스스로 편협하고 편향된 아첨꾼, 난잡함을 드러내는 데 이르게 했

68 세조라고 했지만 숭덕 연간은 태종 때이다.

69 천명(天命, 1616~1626)은 청 태조 때의 연호이며, 천총(天聰, 1626~1636)과 숭덕(崇德, 1636~1643)은 청 태종 때의 연호이다.

다. 안타깝다. 이 얼마나 부끄러운 일인가!

무릇 태양의 따스한 빛이 이르는 곳에서 현자와 학자가 태어난다. 나는 부처님의 두 가지 대장경을 매우 경이롭게 생각한다. 그 두 가지는 『깐규르』와 『텐규르』라는 두 경전이다. 그 내용의 분량은 거의 다섯 수레가 된다. 그런데 일반적으로 이들 경전에는 모두 무엇을 말하고 있을까? 그 가르침에 통달한 학식이 출중한 스님들은 그 대장경은 모두 삼승三乘[70]과 육바라밀六波羅密[71]을 전파시키는 내용이라고 말한다.

후에 또 승덕부承德府에 있는 황제의 여름궁 안에 황제가 글을 쓰는 문진각文津閣이란 궁에 들어가 보니, 7간의 높은 건물 사방의 벽과 위아래로 서적이 가득했다. 그 중앙에 있는 책상 위에도 책이 가득했다. 그 외에 황제의 9간 중앙 대전인 남목전 북쪽 벽채에는 천장에 닿도록 서적이 가득했다. 또 양쪽 궁에도 책이 가득했는데, 다섯 자 정도로 책이 쌓여 있었고, 또 70여 궁전에도 열 권, 스무 권의 책이 쌓여 있어 책이 없는 곳이 없었다. 그 가운데 중복되는 서적은 하나도 없었다고 한다. 이 서적들을 모두 합치면 적어도 열 수레는 될 것이다. 그때 내가 "이렇게 많은 책은 대개 무엇을 언급하고 있나요?"라고 묻자, 그곳에 있던 학자가 결국 모든 것에 네 가지 도리道理[72]와 오상五常[73]을 설명하고

---

70 **[몽골 현대문 역주]** 삼승은 성문승(聲聞乘), 연각승(緣覺乘), 보살승(菩薩乘)을 이른다. 또 대승(大乘) 즉 보살승은 바라밀승(波羅密乘)과 금강승(金剛乘) 두 가지로 나눈다. 성문승과 연각승은 소승(小乘)이라고 한다. 이렇게 보면 소승, 바라밀승, 금강승의 세 가지로 나눌 수 있다. 승(乘)이라 이름한 것은 불교의 가르침이 중생을 세상의 고통에서 벗어나 부처, 열반에 이르게 하는 탈것, 즉 가르침이라고 본 것이다.

71 **[몽골 현대문 역주]** 대승불교의 실천행을 이르며, 이에는 보시(普施), 인욕(忍辱), 지계(持戒), 정진(精進), 선정(禪靜), 지혜(知慧)가 있다.

있다고 말했다.

그래서 나는 이러한 가르침이라면 일반적으로 모두 사람들에게 선한 것을 배우도록 한다는 것을 확실히 깨닫게 되었다. 일단 가르침이 모두 인간을 선하게 가르치는 것이라면 거기에 무슨 반역적이고 그릇된 사악함이 있겠는가? 비록 회회족의 백정들이라 할지라도 그 현자들을 만나서 이야기를 나누어 보면, 그들의 이야기 속에 많은 이의 마음을 닦고, 몸을 바르게 하는 등의 말이 있다. 일반적으로 그들의 말에는 질시와 자기중심적인 생각으로 다른 사람을 해치는 일이 전혀 없다. 그 학설을 말하고 행하는 자 역시 우리 이곳의 가르침을 잘 듣는 온화하고 친화적이며 박학한 사람들과 다름없다.

또 부처님과 성인의 도를 말하는 바가 매우 치밀하고, 또 몽골어로 번역한 경전을 보면, 그 또한 부처님을 비난할 것이 전혀 없다. 다만 부처님의 이름을 빙자해 자신을 높이 추켜세우고, 평범한 존재이면서 부처의 행위를 모방하여 가능치 않은 일을 행하면서 사람들을 기만하

---

72 **[몽골 현대문 역주]** 논어에 나오는 군자의 4가지 도리란 첫째, 몸가짐을 공손히 하는 것 둘째, 윗사람을 섬김에 공경스러우며 셋째, 백성을 은혜롭게 기르는 것. 넷째, 백성을 부릴 때는 의리에 맞게 함을 이른다. 오상(五常)이란 '인(仁),의(義),예(禮),지(智),신(信)'을 이른다.

73 **[몽골 현대문 역주]** 오상(五常)은 중국의 바른 덕목으로 사람들이 날마다 먹고, 입고, 생활하는 등 모든 활동 시에 그리고 누구라도 언제나 지켜야할 덕목을 이른다. 1. 인(仁) 관대함, 부드러움, 돌봄, 측은지심으로 마음의 본성을 이른다. 2. 의(義) 강함, 단단함, 날렵하고 뛰어남, 충직함을 이른다. 이것은 조화와 마음의 일치를 이른다. 3. 예(禮) 순수한 조심스러움, 중도, 우호적이고 친절함, 존숭함을 이른다. 예의, 마음의 도리를 이른다. 4. 지(智) 지혜로움, 현명함, 의미를 자세히 살피는 것을 말한다. 깨달음, 마음의 발현을 이른다. 5. 신(信) 신뢰, 실상, 정직함, 충정, 친밀함을 이른다. 두터운 마음의 근본을 이른다.

는 것을 매우 금기시했다. 그런 생각은 우리 몽골에도 생겨나고 있다. 부처님의 제자요, 고승이라는 사람들이 군대에 나아가 살인을 하고, 불을 지르고, 칸의 공훈과 포상을 좋아하며 지내다가 또 잘못하여 나라의 법에 저촉되어 벌을 받고 지내는 자들이 있다. 이렇게 말을 하지 못하는 부처님을 괴롭게 하는 것은 얼마나 부정하고, 가증스러운 일인가! 부처님의 265개 계율 가운데 어디에 사람을 죽이고, 불을 지르라는 계율이 있는가? 사실 논설을 찾아보면 불경 다라니에 비록 어느 살인자의 이야기가 있지만, 그것이 일반 계율을 지키는 승려들에게 곧바로 행하라 했던 가르침이겠는가? 사실상 오늘날 총카파 제[74] 대사는 황교의 진정한 탄트라 불교 이론을 확실히 아는 자로, "밀주승密呪乘을 명상을 통해 이룰 수 있다면 승려에서 환속해 일반인이 되어, 본질적인 계율을 부지런히 닦고 지키며 이루라! 만약 그것을 어기면 왕의 법과 종교의 규율에 위배된다"라고 하면서 계율을 거듭 어기는 것을 분명하게 금했다.

오늘날 서부 탕가드와 북방 지역에서는 법의를 걸친 승려와 사미승, 계를 지키는 고승과 절의 관리 승려들이 군대에 나가는 일이 매우 많았다. 이들을 어떻게 부처님의 제자로 여길 수 있겠는가? 그렇다고 이들 계율을 어기는 자들의 죄를 부처님께 덮어달라고 할 수 있겠는가? 또 성인 공자의 제자라고 칭하며 경서를 읽은 자들이 군주에게 등을 돌려 자기 주인을 배반하고, 군주의 정권을 빼앗는 일이 있었다. 또 춘

74 총카파(1357~1419)는 간략히 '제 린포체'라 불림.

추시대부터 오늘날에 이르기까지 권력을 빼앗고, 아버지와 형을 죽이고 권좌를 차지한 자들이 참으로 많았다. 오늘날 과거시험을 통해 나온 탐관오리들이 나라에 가득하다. 이들의 죄를 성인 공자에게 덮어씌워 말할 수 있을까? 이런 자들을 어찌 공자의 제자라고 여길 수 있겠는가?

이렇게 어느 학설에도 악한 것을 가르치려는 사람은 없다. 다만 노력하며 추종하는 자들을 그 가르침의 제자라고 하고, 거역하고 모반하는 자들을 그 학설의 적이라고 한다. 비유하자면 우리 중원만이 천국이요, 인륜을 갖는다고 하면서 성省의 부, 주, 현마다 감옥에 죄인들이 가득 수감되어 있는데, 그들은 모두 인륜이 없는 외방 사람들이란 말인가? 우리나라에 그런 죄인들이 나왔다고 해서, 우리나라에서 다른 지역, 다른 나라로 옮겨가는 것이 합당한 일인가? 또 천자인 황제로부터 아래로 약한 백성에 이르기까지 부모와 군주를 죽이는 일이 우리의 이 중원 천국에 여러 번 있었다. 그렇다고 해서 외방 사람들이 중원 전체가 모두 그렇다고 규정해 말한다면, 우리가 그들을 마음으로부터 진정 믿고 따를 수 있겠는가?

그렇기에 편협하고 편향된 말은 전혀 의미가 없는 것이다. 그들 아첨꾼 한인 사가들의 소인배적인 사심으로, 고대 주부자주자를 크게 욕되게 한 것이 이것이다. 특히 몽골을 모두 나쁘다고 하는 것은 사실에 근거한 믿을 만한 말인가, 아닌가? 우둔한 내가 특별히 몽골인을 비호하는 것이 아니다. 훗날 학자들이 이에 대해 살펴보면서, 우둔한 자의 생각이기는 하지만 이를 정직한 평가라고 생각할 것이다.

그렇기 때문에 『대학』에서 언급한 「전문 6장, 성의誠意」[75] 장에는 생각을 바르게 하는 것을 말하고, 그다음 몸을 닦는 것은 마음을 바르게 하는 데 있다고 했다. 육신에 노여움과 미움이 있으면 곧 마음의 올바름을 얻지 못하고, 두려워하는 바가 있으면 그 바름을 얻지 못하고, 마음에 바름이 없으면 보아도 보이지 않으며, 들어도 들리지 않고 먹어도 그 맛을 알지 못한다고 했다. 그래서 몸을 닦는 것은 그 마음을 바르게 하는 데 있다고 한 것이다. 전문 7장[76]에는 마음을 바르게 함에 있어 몸을 닦는 것을 설명했다. 그다음 집안을 가지런히 함은 그 몸을 닦는 데 있다고 했다. 사람은 자신이 사랑하는 바에, 자신이 애초롭고 불쌍히 여기는 바에 편향되며, 자신이 오만히 대하고 게을리하는 바에 치우치는 경향이 있기 때문에 좋아하되 그 좋지 않은 점을 살피고, 싫어하되 그 좋은 점을 발견하여 전한다면 그때 비로소 전적典籍의 대의를 분별해 설명할 수 있을 것이다.

한인 사가들은 최소한 몸을 바르게 하고, 마음을 편향되지 않게 닦을 수 없었기에 나라의 대사를 마음대로 트집 잡고 흠을 찾아 비난한 것이니, 이는 참으로 부끄러운 일이 아니라 할 수 없다. 장마다 그 끝 부분에 이러한 편향된 시각에 대해 우둔한 인잔나쉬 내가 평한 것을 독자들은 재미 삼아 살펴보기 바란다.

---

75 이 부분은 실제로 『대학』 전문 7장 「정심수신(正心修身)」장에 있는 내용이다.
76 원래 전문 8장 「수신제가」 장을 이름.

요목 제8절

『사기』,[77] 「세가」 장에는 훗날 학자들이 유학의 성인 공부자공자가 출생한 연월일과 내력을 알기 쉽게 하여 다음과 같이 언급하고 있다. "공자의 이름은 구丘요, 자는 중니仲尼이며, 그의 원래 조상은 송나라전국시대 송나라 사람이었다. 공자의 아버지 숙량흘과 어머니 안 씨[78]는 노나라 양공襄公 22년, 경술년 11월 경자일에 노나라 창평향의 추읍이라는 곳에서 공자를 낳았다. 이 일시는 『춘호연의春湖衍義』, 『만년력萬年曆』, 『사사통고史事通考』 등 여러 문헌에서 찾아볼 수 있다. 이때는 고대 주나라 24대 주 영왕寧王 21년이었다. 공자는 어려서 놀이를 할 때 조와 콩을 길게 늘어놓고 놀았으며, 예절을 중시하며 어린 시절을 보냈다. 성장한 후 회계 출납직인 위리委吏가 되었는데, 생각하고 계산하는 것이 매우 공정했다. 또 사직司直[79]의 직책을 맡아 가축을 먹이고 길렀다. 주나라로 가서 노자를 만나 예를 묻기도 했으며, 이후 고향으로 돌아온 후 문하에 많은 제자를 두었다.

소공昭公 25년 갑신년 공자 나이 35세, 주나라의 26대 경왕敬王 4년 갑신년의 일이었다. 노나라가 혼란해져 전쟁이 일어나자, 공자는 제나

77 **[몽골 현대문 역주]** 사마천(기원전 145~기원전 90?)이 쓴 유명한 역사서.

78 안징재(顔徵在)라고 한다. 안 씨는 노(魯)나라 수도인 곡부(曲阜) 태생으로 이 지역에서 이름난 양반집안 출신이라 함. 공자의 아버지 숙량흘은 무관출신으로 본처와의 사이에서 딸 아홉을 낳고, 첩을 보아 아들을 겨우 낳았지만 다리를 쓰지 못했다고 한다. 그래서 63세 때 전쟁터에서 승전하고 돌아오는 길에 안 씨 집에서 16, 7세밖에 안 된 막내딸 안징재를 아내로 맞아 이듬해 아들 공자를 보게 되었다고 한다(https://blog.naver.com/bhjang3).

79 목장 경영직.

라로 가서 고소자高昭子의 가신이 되어 소공을 만났다.[80] 제나라 경공이 이계尼谿 지역을 봉읍으로 주고 그를 기용하려 할 때 그의 사신이었던 안영晏嬰[81]이란 자가 안 된다고 진언하며 막자, 경공이 의심하여 공자를 기용하지 않았다. 그러자 공자는 마음을 먹고 노나라로 돌아왔다. 정공定公 원년 임진년 공자가 43세 되던 해주나라 경왕 11년, 계 씨라는 자가 전횡을 일삼자 그 밑의 가신인 양호陽虎가 난리를 일으켜 정권을 쥐자 공자가 벼슬을 하지 않고, 궁에서 물러나 시, 서, 예, 악 등의 많은 책들을 정리했다. 그 당시 제자들은 더욱 많아졌다.

정공 9년 경자년, 공자가 51세 되던 해주나라 경왕 19년, 양호와 공산불요公山弗擾가 비費라는 지역을 취하고, 계 씨를 이반하고 공자를 모셔오게 하자, 공자가 간다고 말했지만 결국 가지 않았다. 정공이 공자를 중도中都 시의 재상고을 장관으로 삼은 지 1년이 지나지 않아 공자는 사방에 이름을 떨쳤다. 그 후 정공은 그를 사공司空으로 삼고, 또 대사구大司寇[82]로 임명한다. 노나라 정공 10년 신축년 공자가 52세가 되던 해주나라 경왕 20년, 주나라 경공[83]을 보필하고, 제나라 후候와 협곡에서 만나 회맹하고, 제나라 사람이 노나라로부터 빼앗은 땅을 돌려주었다.[84]

---

80 기원전 517년 노나라에 내란이 일어나자 소공이 제나라로 망명하고, 공자도 소공을 쫓아 제나라로 간다. 공자는 제나라 경공과 신하들에게 진리를 가르치고, 경공이 공자의 높은 도를 흠모하여 정치적 고문으로 앉히려 하였으나 신하들의 반대로 좌절된다. 공자는 제나라로 간 지 2년 만에 노나라로 돌아오게 된다(https://ko.wikipeadia.org/wiki/공자).

81 안영(晏嬰, ?~기원전 500) : 춘추시대 제나라 명재상. 안자(晏子)라고도 한다. 근면한 정치가로 백성의 신망이 두터웠고, 관중과 비견되는 훌륭한 재상으로 평가된다(임종욱, 앞의 책, 885쪽).

82 오늘날의 법무장관.

83 노나라 정공으로 여겨진다.

노정공 12년 계묘년, 공자가 54세 되던 해주나라 경왕22년, 정공은 중유仲由[85]를 계씨 지역에 재장관로 삼았다. 그리고 그에게 세 개 시를 섬멸하고, 그 갑옷과 무기를 모아들이라고 했다. 그러나 맹씨 성을 시작으로 성을 포위했지만 무너뜨리지 못했기 때문에 갑옷과 무기는 얻지 못했다. 노정공 14년 을사년 공자가 56세 되던 해 노정공이 공자를 나라의 섭정대신으로 삼고 국사를 맡기자, 공자는 정사를 어지럽힌 소정묘少正卯를 주살하여 3개월 만에 노나라를 크게 안정시켰다. 제나라의 후가 계략을 써서 노나라에 여인과 악기를 보내준 것을 계환자季桓子[86]가 받고, 교제를 지낸 후 제사에 사용된 번육을 대부, 신하들에게 보내지 않자, 색은 중시되고 예가 경홀해지는 것을 알고 공자는 벼슬을 그만두기로 한다. 그리고 위나라로 가서 제자인 자로子路의 처형인 안탁추顔濁鄒의 집에 머물렀다. 진나라로 가던 중 광 땅을 지나갈 때, 그 지역 사람들이 공자를 양호로 착각하여 병사들이 그를 포위했다. 사실이 밝혀져 풀려난 뒤 위나라로 돌아가 거백옥蘧伯玉[87]의 집에 머물렀다.

---

84 이때 공자는 정공을 수행하였는데, 정공을 협박하려는 제나라 경공을 예악으로 꾸짖고 땅을 되찾았다고 한다.

85 자로(子路, 기원전 542~기원전 480)를 이른다. 중유의 자는 '자로(子路)'. 공자의 핵심 제자 중 한 사람으로, '계로'(季路)라 부르기도 한다. 성격이 강직하고 용맹했다. 본디 무뢰한으로 공자의 훈계로 입문했는데, 사람됨이 곧고 순진하여 헌신적으로 공자를 섬겼다(임종욱, 앞의 책, 1478쪽).

86 계환자(~기원전 492) : 노나라 대부로 계손씨 가문의 수장. 원래 명은 계손자. 제나라 사람들이 여악을 받아들여 정공과 함께 구경하고 조례를 폐했다. 일반적으로 공자와는 대립 관계에 있었다고 한다. 공자가 당시 대사구(大司寇)를 맡았는데, 공자는 이 일로 인해 노나라를 떠나 위(衛)나라로 갔다고 함(위의 책, 54쪽).

87 거백옥(蘧伯玉, ?~?) : 춘추시대 위나라 사람, 위나라 대부(大夫). 겉은 관대하지만 속은 강직한 성품으로, 자신은 바르게 했지만 남을 바르게 하지 못했다. 공자가 당대 가장 존경했던 사람 중 한 사람. 공자가 그의 행실을 칭찬하여 위나라에 이르렀을 때 그의 집에

또 위나라 군주의 처인 남자南子[88]라는 자를 만났다. 그리고 송나라로 갔을 때는 사마환퇴가 그를 죽이려고 했다. 그러자 공자는 진나라로 가서 사성정자司城貞子의 집에서 3년간 머물며 지내다가 위나라로 돌아갔는데, 위나라 영공은 공자를 등용하지 않았다. 진晋나라 조 씨의 가신인 불힐佛肸이 중모中牟라는 곳을 점거해 반란을 일으키고, 또 공자를 불렀다. 공자는 그 부름에 가겠다고 하였으나 가지 않았다. 그는 서쪽으로 가서 조간자趙簡子를 만나려고 했으나, 강에 이르렀다가 되돌아가[89] 다시 거백옥의 집에 머물렀다. 영공이 공자에게 진 치는 방법을 묻자, 공자는 대답하지 않고 떠나 진나라로 갔다.

계환자가 임종이 다가오자 강자康子에게 유언하기를 "반드시 공자를 모시고 국사에 조언을 구하라"라고 했다. 후에 신하가 강자를 말리자, 자는 염구冉求[90]를 불렀다. 공자가 채나라로 가서 섭 땅에 이르렀다. 초나라의 소왕昭王이 서사라는 땅을 공자에게 봉해 주고, 국정을 보필토록 하겠다고 했다. 그러나 그 아래 신하 영윤 자서가 안 된다며 이유를 지어내어 의심이 들게 했다. 그러자 소왕은 이를 그만두었다. 공자가 또 위나라로 갔는데, 그때 영공이 죽었다. 위나라 군주 첩輒이 공자를

머물렀다(위의 책, 36쪽).

88 남자(南子, ?~?) : 춘추시대 송나라 사람. 위령공(衛靈公)의 부인으로 총애를 받았다. 친오빠인 송나라 공자 조와 사통했다. 공자가 천하를 철환(轍環)하다가 위나라에 갔을 때 그녀가 공자를 침실로 끌어들여 유혹했던 이야기가 유명하다(위의 책, 216쪽).

89 조간자(趙簡子, ?~?) : 춘추시대 진(晉)나라 사람. 정경(正卿)을 지냈다. 간자 또는 조앙(趙鞅), 진앙(晉鞅)으로도 불린다(위의 책, 1649쪽). 공자는 그가 어질다는 말을 듣고 그를 섬기려고 했지만, 황하를 건너려 할 때 조간자가 휘하의 선비인 두명독과 순화를 죽였다는 소식을 듣고 발길을 돌렸다(https://namu.wiki/조간자).

90 공자의 제자.

설득하여 국정을 보필케 하려고 했다. 이때 염구冉求가 계 씨의 장군이 되어, 제나라와 싸워 대승하는 공을 세우자, 강자가 공자를 불렀기 때문에 공자가 노나라로 돌아왔다. 그때는 노 애공 11년 정사년이었으며, 공자 나이 68세였다주 경왕 36년.

그러나 노나라에서 끝내 공자를 등용하지 않았으며, 공자도 이미 벼슬할 마음이 없었다. 공자는 『상서尙書』를 편찬했다. 또 『예기』의 문체를 다듬고, 『시경』을 수정했으며, 『춘추』를 고쳐 편찬했다. 『역경』彖「계系」「상」「설괘說卦」「문언」 등의 장을 지었다.[91] 제자의 수가 3,000명이었으며, 육예六藝[92]에 능통한 자가 72인이었다. 노나라 애공 14년 신년, 공자 나이 71세였다.

노나라 애공이 서쪽으로 사냥을 가서 기린을 발견했는데, 사냥감을 추격하는 농부가 몽둥이로 쳐서 죽이자 공자는 크게 슬퍼했다. 공자는 자신을 그 기린과 같다고 했다. 이듬해 신유년 공자의 제자 자로가 라에서 사망했다. 임술년 노나라 애공哀公 16년 4월 기축일 공자가 세상을 떠났다. 그때 공자 나이 73세였다. 노나라 성 북쪽 사숫가에서 장사를 지냈다. 제자들이 모두 마음을 다해 삼년상을 마친 뒤 떠났는데, 오직 자공만이 공자의 무덤 옆에 초막을 짓고 도합 6년을 지냈다. 공에게서 태어난 외아들의 이름은 공리孔鯉이며, 자는 백어이다. 백어의 이름은 공급孔伋이요, 자는 자사인데 『중용』을 지었다.

---

91 본문에는 지었다고 했지만 실제로 공자는 이 부분을 정리하고, 서문을 썼다고 함.
92 육예(六藝) 또는 육경(六經)이라고 한다. 시(詩), 서(書), 예(禮), 악(樂), 춘추(春秋), 역(易)을 이름.

공부자가 태어난 주나라 24대 영왕 21년 경술년 11월 경자일로부터 『만년력』으로 계산해 보면, 이 시기는 대청 10대 황제 동치제 10년 신미년까지 2,422년이 된다. 훗날 독자들은 이해부터 연이어 계산하기 바란다. 석가모니 부처님 탄생 이후 471년이 지나서 성인 공자가 태어났다. 후에 1,800년이 지나 대원제국 5대 칸 원 세조 쿠빌라이 세첸 문무황제시대에 비로소 '대성지성大成至聖'이라는 칭호가 추봉되었다. 그 이전 나라에서는 모두 공자를 이런 공公, 저런 왕王이라고 봉하여 제의를 지냈었다.

이 저서에서 '인후'라는 단어를 간단히 '이후ийхүү'라고 썼으며, 또 '틴후тийнхүү, 그렇게'를 '티후тийхүү'라고 하여 이가 완전하지 않은 글자가 상당히 많다. 이 저서를 읽는 독자들은 이러한 단어들을 읽을 때 위아래 문장의 적당한 의미를 보고 읽으면 되지 않을까 한다. 만약 필사를 하는 자라면 곧바로 오늘날 새로 사용되는 글자대로 '이후', '티후'를 '인후', '틴후'라고 쓰면 될 것이다. 시구와 축사 외에 '이i, 니ni, 누nu, 라la, 마ma'가 빠진 곳이 적지 않다. 그것을 찾게 되면 수고스럽지만 정정해 주기 바란다. 만약 필묵이 준비되어 있지 않거나, 책을 읽는 것을 지체시킨다고 생각되면 작은 쪽지를 이용해 줄 위에 표를 하여 붙여 바란다.

제1장

하늘로부터 새 시대를 열고, 성조가 세상에 태어났네 대지의 힘으로 수증기가 피어오르고, 영웅호걸이 한곳에 운집했네

송나라 10대 황제 고종高宗 소흥紹興 32년, 금나라[1] 5대 황제 세종世宗 대정大定 2년, 임오년壬午年. 법천개운성무황제法天啓運聖武皇帝 칭기스 칸이 이해 태어났다. 이를 살펴 마음에 새기기를 바란다.

위대한 장수 예수헤이 바타르가 테메게친 부족을 공격해 약탈했을 때
크나큰 덕을 지닌 우겔룬 우진이 신령한 조상을 나으셨네.
황금 가문의 태조 테무진이 아버지의 원수를 갚을 때
지략이 뛰어난 용사 모홀리는 주군 성조를 알아보았네.

베데국의 수장 예수헤이 바타르는 발가 지역의 옛 베데국 땅에 초지가 좋고 물이 풍부한 곳을 택해 토성을 쌓고, 나무 방책을 세워 지내면

1 **[몽골 현대문 역주]** 카이루(Kailu)에서 출간한 원본을 옮겨 쓴 1957년 판본에는 '진나라'라고 했다. 이 나라명은 265~420년에 있었던 중국 '진나라'와 명칭이 같아지기 때문에 '금나라(1115~1234)'라고 구별해 명확히 했다.

서 강을 건너는 다리를 만들어 이쪽저쪽으로 다녔다. 그때 사방의 많은 부족들이 이 지혜로운 영웅을 우러르고, 한편 두려워 떨며 꿀벌처럼 그를 추종해 그 위엄을 크게 떨쳤다.

어느 날 예수헤이 바타르가 군사 진영 앞쪽 높은 언덕 사자가죽 장막에 앉아 자신의 베데국의 10만 대군을 훈련시키고 있을 때, 해가 떠오르는 쪽에서 갑자기 구름먼지가 뿌옇게 일어났다. 먼지가 태양빛에 비쳐 보이는 가운데 100명이 넘는 기마병들이 어떤 한 사람을 중심으로 모여, 그를 따라 날듯이 빠른 속도로 쳐들어오고 있었다. 그 중심인물을 잘 아는 장군들이 고하기를 "지금 공격해 오고 있는 자는 분명 케레이트[2]의 왕일 것입니다!"라고 했다.

과연 수호기에는 날아가는 곰이 그려져 있고, 위구르 문자로 '케레이트국의 왕'이라고 쓰여 있었다. 또 수호기 꼭대기에 공작 꼬리를 꽂고, 수호기 술에는 표범 꼬리를 단단히 매달고 있었다. 원래 이 케레이트족의 이전 군주인 바이루[3]가 금나라를 대국으로 섬기며 지낼 때, 금나라는 '북쪽 지경의 대 베일'[4]이라 하여 그를 지역 왕에 봉했다. 바이루가 죽은 뒤 그의 큰아들 토릴이 왕위를 승계해 권력을 잡았는데, 그는 제멋대로 꼬투리를 잡아 자신의 많은 형제를 죽였다. 토릴의 숙부

---

2 12~13세기 몽골 중부지역을 차지하고 살았던 강성한 부족. 라시드 앗 딘은 그의 저서에서 옛날에 7명의 아들을 둔 한 왕이 있었는데, 피부가 모두 검어서 그들을 '케레이트'라고 불렀다고 했다(라시드 앗 딘, 김호동 역, 『부족지』, 사계절, 2016, 200쪽).

3 '바이루'는 '부이룩'을 이른다.

4 '베일(бэйл)'은 청나라시대와 몽골의 여러 부족들이 대립하던 시기에 사용하던 귀족의 네 작위 가운데 두 번째 작위(Л.Жамсран бусад, *Монголын түүхийн бага нэвтэрхий толь* I, Орбис, 1998, p.107). 여기서는 청나라 이전에도 지역왕에 해당하는 칭호로 사용했음을 보여준다. 패륵(貝勒).

인 주레[5]라는 자가 이에 분개하여, 군대를 조직해 토릴을 죽이고 왕위를 찬탈해 그 자리를 차지하리라 마음먹고 공격해 왔다. 그러자 토릴은 자신의 소속 병사들을 이끌고 갈론이라는 지역에서 숙부 주레의 군대를 맞아 싸웠다.

그러나 안팎으로 공모한 책략에 빠져 그의 군대는 크게 패하고, 토릴은 나라와 속민들을 모두 빼앗겼다. 그는 주위에 남은 병사들을 데리고 달아나 지원병을 요청하기 위해 예수헤이 바타르의 진영으로 갔다. 그때 사람들은 그가 케레이트의 왕이기 때문에 그를 '케 왕'이라고 불렀다. 케 왕은 말을 달려 예수헤이 바타르의 진영 앞에 이르자 말에서 내려 진영의 먼 곳에서 무릎으로 기어가 군대가 패한 정황을 아뢰고 머리를 조아려 울며 구원을 요청했다.

"예전에 바르탄 바타르 칸[6] 숙부께서는 모든 위험으로부터 우리를 보호해 케레이트를 비호해 주시고 지원해 주셨습니다. 이제 위대한 용사이신 장군께서 자비로운 마음을 베푸시어 의지할 데 없는 저의 곤핍한 처지를 돌보아 주십시오. 보잘것없는 저를 가엾이 여기시어 지원병을 이끄시고, 죽음에 이르게 한 저의 원한을 갚아 주십시오."

그가 이렇듯 통절히 말하자, 예수헤이 바타르가 황급히 장막에서 내려와 그를 붙잡아 일으켰다.

"약한 자를 도와 패한 것을 회복시키는 것은 성미 급한 내가 어려서

---

5 토릴은 마르코스 부이룩의 큰아들 호르차호스 부이룩의 여섯 명의 아들 중 하나. 그의 숙부 주레는 '구르 칸(Гүр хан)'이라 이르며, 나이만과 힘을 합쳐 토릴을 섬멸한다(Л.Жамсран бусад, *Монголын түүхийн бага нэвтэрхий толь* III, Орбис, 2002, p.53).

6 칭기스 칸의 조부(祖父).

부터 늘 해오던 일상적인 일이오. 전투에서 적군에게 처자식을 모두 빼앗긴 왕공의 헤아릴 수 없이 크나큰 이 고통에 어찌 영웅적인 용기를 내어 돕지 않을 수 있단 말이오? 흥분을 가라앉히고, 괴로워하지 마시오!"

예수헤이는 호탕하게 웃으며 예를 갖추어 성대하게 잔치를 베풀어 대접했다. 그리고 즉시 일만 명의 정예군과 장수들을 몸소 이끌고 포탄을 쏘고, 북을 치고, 호랑이 꼬리를 맨 수호기를 휘두르며 케레이트부를 향해 진격해 갔다. 케레이트부에 가까워지자 예수헤이 바타르는 케 왕을 향해 "그대 숙부 주레가 내가 온 것을 들으면, 그는 분명 두려워하여 진영을 견고히 지키고 나오지 않을 것이오. 그렇게 되면 일이 성가시게 될 것이오. 특히 그대 부인과 자식이 그의 손아귀에 있기 때문에 크게 염려가 되는 바요. 그러니 그대가 앞서가서 그를 놀라게 하며 분노를 자극하고 오시오. 내가 이 갈론산 아래 잠복해 있다가 급습해 들어가 싸우면 곧 모든 것을 제압할 수 있을 것이오"라고 하자 케 왕이 크게 기뻐했다. 그리고 100여 명의 기병을 데리고 공격해 들어가 주레의 진영 앞에 이르러 온갖 것으로 비아냥대며 욕설을 퍼부었다.

"나의 아내는 당신의 조카며느리인데, 숙부인 그대가 엄마로 만들 심사인가?"

이렇게 수치심을 불러일으키며 욕설을 퍼붓자, 주레는 케 왕이 다시 와서 이같이 저속한 욕설을 퍼붓는 것을 듣고 부화가 끓어올라 분통을 터뜨렸다. 그리고 곧바로 갑옷을 입고 투구와 창으로 무장하고 말에 올라, 상비군을 이끌고 그를 대항하기 위해 나와 소리쳤다.

"죽겠다고 찾아온 애송이가 진정 목숨을 내주러 온 것이더냐!"

주레가 큰 소리로 일갈하고, 창을 휘두르며 공격해 들어가 몇 번을 맞붙어 싸웠다. 케 왕은 주레와 싸우는 것이 정말 견딜 수 없었기 때문에 곧장 검을 들어 흔들더니, 곧 큰 소리를 외치며 달아났다. 주레와 그의 군대가 함성을 지를 사이도 없이 빠르게 추격하여 갈론산에 이르자, 곧바로 케 왕이 나팔을 한 번 불게 했다. 그 순간 예수헤이 바타르가 5개 조로 나뉘어 잠복해 있던 병사들을 모두 이끌고, 산기슭에서 주레의 군대 한가운데로 밀고 들어가 적군을 베어나갔다.

케 왕이 또 안도라는 장군을 데리고 다시 접전할 때, 주레의 군대가 양쪽으로 갈라지면서 그 머리와 꼬리 부분이 모두 적과 대치하게 되자, 병사들이 놀라고 정신이 아득해지며 대혼란이 일어났다. 주레가 갑자기 뒤돌아 싸우려고 하는 바로 그 순간 예수헤이 바타르와 정면으로 마주쳤다. 그러자 그는 심장이 터질 듯 질겁해 심장이 뛰고 손이 떨려 곧바로 싸울 수가 없었다. 케 왕이 또 멀리서 말을 되돌려 달려오자, 주레의 병사들이 그 즉시 사방으로 흩어져 혼비백산 달아났다.

그러자 예수헤이 바타르가 고함을 지르고, 크게 호통치며 주레를 몇 번이나 창으로 찔러 상처를 입혔다. 그는 견딜 수 없이 고통스러워 손발을 버둥거리며 크게 소리쳐 신음했다. 그리고 정신없이 말을 채찍질하여, 겨우 목숨을 부지하고 허둥지둥 달아났다. 주레는 이미 케레이트를 지킬 수 없게 된 것을 알고, 가까스로 몸만 피해 서하국으로 달아났다.

예수헤이 바타르는 케레이트의 모든 속민들을 평정해 데리고 갔다.

그렇게 하여 모든 전리품을 케 왕에게 내어주고, 또 자신의 부족 용사와 권력자, 의형제 몇 사람을 가려 뽑아 케 왕을 도와 국정을 다스리도록 하고, 군대 관리와 장수를 배치해 주었다. 또 케 왕에게 주례의 여자와 자식들을 너무 곤핍하게 하여 힘들게 하지 말라 이르고, 케레이트국의 정사를 바로잡아 평정시켜 주었다.

그런 뒤 큰 향연을 베풀어주자 케 왕은 예수헤이 바타르의 은혜를 생각하고, 눈물을 흘리면서 목이 메여 흐느끼며 맹약했다. 케 왕이 예수헤이 바타르보다 손아래였지만 예수헤이 바타르는 그를 손위 형님으로 삼아 의례를 거행하고, 삽혈동맹을 맺었다. 그러자 케 왕이 예수헤이 바타르의 군대에 성대한 포상을 하여 은혜를 갚고 존숭의 예를 보였다.

예수헤이 바타르가 승리한 병사들을 데리고 베데국으로 돌아가는데, 도중에 갑자기 정탐꾼이 날듯이 달려와 고했다.

"타타르부의 군사들이 주군이 계시지 않는 사이에 들이닥쳐 우리 서부 속지인 주르헨부를 습격해 재물과 가축을 빼앗고, 여인네와 아이들을 약탈해 갔습니다!"

그 소식을 들은 예수헤이 바타르는 불같이 진노하며, 자기 나라에 돌아와 평화군[7]을 추가로 조직해 군대를 사열하고, 즉시 타타르부를 공격하기 위해 포성을 울리며 산이 무너지고 강이 출렁이듯 장관을 이

7 **[몽골 현대문 역주]** 국경, 성읍, 일반민들이 사는 지역을 방어하고 지키는 임무를 가진 군대를 '평화군'이라 불렀다. 원래 기원은 중국어 번역과 관련이 있는 것 같다. 지금도 내몽골에서는 경찰국을 평화를 수호하는 곳이라고 말한다.

루며 출병했다.

그때 예수헤이 바타르 아내인 올호노드 부족의 우겔룬 우진은 성조 칭기스를 잉태하고 있었다. 처음 회임할 때 하루는 밤에 잠을 자고 있는데, 황금빛 별똥별이 떨어지더니, 그 빛이 게르 궁전의 천창 안으로 들어와 화로에 비쳤다. 그러자 게르 가득 하얀 빛이 퍼지며 집안이 밝게 빛났다. 또 빛이 계속 모여들어 수은처럼 출렁이며 반짝이는데, 한 필의 백마를 타고 은 갑옷과 투구를 쓴 어떤 사람이 그 가운데 서 있었다. 그는 9척 장신에 다섯 가닥으로 꼰 멋진 수염을 하고 있었다. 또 얼굴은 달과 같고 눈은 별과 같았는데, 손에는 은 자루가 달린 강철 창을 들고 있었다. 그는 황금빛 신령으로 변해 곧바로 우겔룬 어머니가 잠든 침상으로 걸어가 그녀를 자애로이 보살폈다. 그러자 그녀는 놀라서 잠에서 깨어났는데, 그 꿈이 마치 신기루처럼 느껴졌다. 이로 인해 태조 성군을 잉태하게 되었다[원주]오늘날 몽골인들이 번성의 백천신이라 하여 제의를 드리는 신이 바로 이 신이다.

한편 예수헤이 바타르는 대군을 이끌고, 타타르부를 공격하기 위해 출정했기 때문에 베데국은 별다른 일 없이 평온했다. 바야흐로 4월이 되어 초원의 풀이 푸르러지고, 산에는 온갖 꽃이 피어나고 갖가지 작은 새들이 재잘거렸다. 날이 맑고 화창해지자, 어느 날 우겔룬 우진은 적적한 마음에 여자아이 한둘을 데리고 오논 강가에 있는 델룬[8] 볼독

---

8 **[몽골 현대문 역주]** 1957년에 출간된 『청사』에는 '테르군'이라고 되어 있다. 그러나 인진나쉬가 '델룬 볼독' 지명의 기원을 나중에 설명한 것을 보면 '델룬'이라고 해야 하는 것이 맞다. 역사적으로 칭기스 칸이 태어난 지역으로 오늘날 헨티 아이막 오논 강가에 있는 지역이다.

산으로 갔다. 꽃과 풀을 보고, 사랑스러운 작은 새들이 지저귀는 소리를 들으려고 그곳에 잠시 멈추어 쉬면서 각양각색의 풀꽃을 완상하며 소요하는데, 그때 갑자기 찬바람에 수많은 것들이 뒤섞이더니, 단향나무 수액의 향긋한 냄새가 코를 진동하며 향기를 발했다. 그 냄새가 폐부 깊이 스며들자 곧 진통이 시작되었다. 우겔룬 어머니가 퍼뜩 생각을 떠올려 헤아려 보니 정확히 10개월의 달이 차서 해산할 때가 되어 있었다. 비록 처음 아이를 낳지만 진통의 상태를 살피며 돌아갈 여유가 없음을 알고, 서둘러 다른 사람의 눈에 띄지 않을 듯한 은신처를 찾아 그곳에서 곧바로 태조 성군을 낳았다.

그때 구름이 없었는데, 갑자기 한쪽에 오색구름이 모여들어 그 위를 덮으며 부드러이 흔들거렸다. 일제히 피어있는 꽃술같이 그윽한 향기가 배인 촉촉한 비가 속살대며 지나가고, 델룬 볼독 산 정상에 몇 아름이나 되는 널찍한 하얀 빛줄기 하나가 떠올랐다. 그 빛은 넓은 하늘에 무지개처럼 닿아 밤낮없이 사흘을 그렇게 뻗어 있었다. 이것을 베데국 사람과 많은 부족들 모두가 보았을 뿐 아니라 남송, 금, 요, 서하 등의 여러 나라 사람들도 모두가 보았다. 각 나라의 천문을 담당하던 관아에서 북쪽 하늘에서 진정 천자天子의 흰 서기瑞氣가 하늘에 닿았다고 보고했다. 이때는 임오년 4월 16일 오시였다[원주] 이 임오년을 『자치통감강목(資治通鑑綱目)』, 『사사통고(史事通考)』, 『만년력(萬年曆)』을 자세히 살펴 시기를 맞추어 보면, 항주(抗州)로 쫓겨 간 남쪽 대송국의 10대 황제 고종(高宗), 이름은 조구(趙構) 그의 소흥 32년, 이해 설 정월 초하루 송나라에 개기일식이 있었다. 또 금나라 5대 황제 세종(世宗) 완안옹(完顔雍) 대정 2년이었는데, 금나라의 이전 황제인 완안량이 죽고, 후에 황제와 신하들이 그의 죄를 헤아려 완안량을 강등해 양왕(亮王)이라고 했다. 이에 관련해 많은 사람들이 한결같이 북쪽 하늘의 흰 빛줄기에 대해 크게 두려워했다. 이 임오년부터 지금의 대청국 10대 황제 동치제(同治帝) 10년 신미년까지[9] 정확히 710년이다.

우겔룬 우진은 갓 열아홉 살이었고, 예수헤이 바타르의 나이 스물다섯이 되던 해 태조 성군을 낳았다. 그날부터 그곳 오논강의 강물이 사흘 동안 바닥까지 비치며 맑디맑게 흐르고, 수 미터에 이르는 물속의 많은 물고기들이 모두 훤히 보였다. 그것은 태조 성군을 씻은 수정같이 맑은 샘물이 강으로 흘러 들어갔기 때문이다. 그렇게 나래새 풀밭에서 태조 성군을 해산하고, 탯줄을 자를 여유가 없었기 때문에 곧바로 나래새 풀로 탯줄을 묶고, 시녀들에게 델룬 볼독 바위의 날 선 돌을 가져오게 했다. 그리고 두 개 바윗돌을 쳐서 탯줄을 자를 때, 우게룬 어머니는 아기를 보고 가슴 아파하며, 마음이 심히 동요되어 눈물을 흘렸다. 그리고 탯줄과 돌, 풀에 눈물을 떨구며 마음 깊이 축원했다.

아! 산에서 태어난 나의 첫 아가야
풀밭에서 태어난 귀하디귀한 내 아들아
네 후손이 나래새처럼 번성하고
황족의 가문이 바윗돌처럼 견고하기를 바라네!

(오늘날 170호쇼의 성군 자손들이 크게 번성하고, 황족의 지위와 대가 자자손손 끊이지 않는 것은 이러한 축원에서 비롯되었다고 한다. 바윗돌을 중시했는데, 그것은 북쪽 지역에는 돌산이 아주 귀했기 때문이다. 다만 이름난 델룬 볼독 산에는 바윗부리가

9 이때는 1871년이었다.

있고, 이를 따라 모래언덕이 얼마쯤 있는데, 그 모양은 길게 뻗은 용 같고, 멀리서 보면 소 비장처럼 보이기 때문에 델룬 볼독[10]이라고 불렀다.

태조는 이 아름다운 언덕의 용의 여의주 주둥이에서 태어났다. 후에 이곳은 오요 볼독[11]이라고 널리 불렀다. 오늘날 이곳은 할하의 네 지역 가운데 어느 할하 지역에 있는지 알 수 없다. 그러나 분명한 것은 오논강 주위에 있으며, 델룬 볼독, 오요 볼독이라고 하여 오논강 가까운 곳에 있는 것이 분명하다. 만일 후대 지식인들이 북쪽 지역민과 논의해 확실한 곳을 찾는다면 모름지기 이 저서에 명확히 해서, 이 시대 명칭으로 기록해 몽골 민족에게 알려야 하지 않겠는가! 훗날 지식인들이 탐사해 델룬 볼독 지역을 발견하게 되면 기록할 수 있는 공간을 남겨두었다. 이 저서의 필사자들이 필사하게 되더라도 이 부분을 남겨두기 바란다. 아마도 언젠가 확실한 지역을 발견하게 될 것인데, 내외 몽골 할 것 없이 모두 찾기 바라는 마음으로 몇 줄 빈자리를 남겨두었다.)[12]

…….

…….

또 그곳에서 수정같이 맑은 바위 샘물로 태조를 씻을 때 보니, 태조는 두 손에 양의 복사뼈만 마른 핏덩이를 쥐고 있었다[원주] '마른 핏덩이'라는 것은 단단해진 돌 같은 피떡을 말한다.[13]

그때 따라갔던 시종들이 벌써 동네로 달려가 붉은 모전 덮개를 씌운

---

10 '비장 언덕'의 뜻.

11 '터키석 언덕'이란 뜻.

12 **[몽골 현대문 역주]** 대문호 인잔나쉬가 일러 말한 대로, '델룬 볼독'이라는 지역을 확실하게 발견하면 정확히 어느 곳인지 쓸 공간을 남겨두었다.

13 『칭기스 칸 기』에는 이를 "그는 손에 마치 肝처럼 생긴 복사뼈 만한 응혈을 움켜잡고 있었다"라고 번역했다(라시드 앗 딘, 김호동 역, 『칭기스 칸 기』, 사계절, 2003, 125~126쪽).

수레를 끌고 왔다. 그리고 우진 부인을 수레에 앉히고 집으로 돌아오는 도중에 어떤 한 사람을 만났다. 그는 팔에 서너 살 되는 옥 같고 꽃같이 잘 생긴 사내아이를 안고 수레를 가로막고 말했다.

"아! 진정 성군 천자天子께서 여기 계셨군요!"

그는 놀라움과 반가움에 소리쳤다. 이 사람은 바로 오늘날 동 투메드와 세 하르친[14]의 선조인 오리안한 부족인 젤메의 아버지였다.[15] 이름은 자르치오다이로 지혜로움을 타고났으며, 사물의 본질을 꿰뚫어 보는 통찰력과 예지력이 있는 사람이었다. 왼쪽 눈에는 두 개 눈동자가 있는데, 이것을 살펴 생각하면 신통력 있는 사람 같았기 때문에 곳곳에서 그를 모셔가 지역의 대소사와 이동 생활, 아이, 가축들을 살펴보게 했다.

그는 중년의 나이가 되었고, 최근 아들을 얻게 되었다. 그런데 새벽 꿈에 금 안장과 멍에를 채워 놓았던 신마神馬가 입에 안장을 물고 달려와 안장을 그의 앞에 내려놓자 '안장을 단단히 채우라고 하는구나'라고 생각하고, 안장을 들어 말에 채웠다. 또 '뱃대끈을 당겨 묶어야겠다.' 하고 뱃대끈을 당기려 하니 모든 것이 온전한데, 뱃대끈의 죔쇠를 당기는 끈이 없었다. 이를 막 걱정하고 있는데, 그의 아내 오란 히속이

---

14 하르친은 다얀 칸 이전 젤메 귀족 가계의 지도자가 다스리고 있었는데, 1530년대부터 샤르노드 하르친, 보르노드 하르친, 하르노드 하르친 이렇게 세 갈래로 나뉘게 된다. 이 가운데 보르노드 하르친은 오리안한의 젤메 노욘의 귀족 가문을 이른다(https://mn.wikipedia.org/wiki/Харчин).

15 역사서에 의하면 젤메의 아버지 자르치오다이는 다르리간 몽골인의 한 지파인 오리앙하이(우량카이)의 자르치오드 씨족의 대장장이였다고 한다(Л.Жамсран бусад, op. cit., 1998, p.218).

허리에 표범 힘줄로 꼬아 만든 띠를 띠고 있었기 때문에 서둘러 허리띠를 풀게 해 그것을 가지고 안장에 묶고 뱃대끈을 당겼다. 그러자 말의 황금빛 털의 갈기와 꼬리에서 불이 일어나더니 한 마리 화룡火龍으로 변해 날아가면서, 그 식구들을 모두 데리고 날아 올라갔다. 자르치오다이가 깜짝 놀라 잠에서 깨어나자 그의 아내 오란 히속이 곧바로 이 아이를 낳았다. 이러한 연유로 이 아이가 분명 큰일을 이룰 거라는 것을 알았다. 또 그 꿈으로 인해 아이의 이름을 젤메라고 지었다. 그는 가까운 곳에 초대받을 때면 아이를 안고 다니곤 했다.

흰 빛줄기가 나타나 이날 마침 오논강이 맑아진 것과 흰 빛줄기를 보기 위해 발가 지역에 와서 우겔룬 우진과 인사를 나누고, 태조를 알아보고 탄성을 질렀다. 그는 부인을 따라와 고했다.

"이 분은 뭐라 해도 평범한 인간의 자식이 아닙니다. 범인과 같이 여기시어 탁자나 바닥에 눕혀 길러서는 아니 됩니다. 분명 하늘의 수호별이시니, 반드시 바닥에서 띄워 위쪽에서 기르시어 부정한 것이 범접하지 않도록 하십시오."

우겔룬 어머니는 어떻게 바닥이 아닌 위에서 기르냐고 묻자 자르치오다이는 잠시 생각하다가 그것은 어렵지 않은 일이라고 했다.

"초원에서 자란 굵직한 버드나무를 소똥을 피운 불에 구부려 바구니를 만드십시오. 그리고 가는 가지를 휘어 그 아래 횡목을 만들고, 깨끗한 가지를 꼬아 고리를 만들어 그 앞쪽을 덮어 습기 있는 여름에는 걸어놓고 키우십시오. 추운 겨울에는 가슴에 품어 젖을 먹이십시오. 대단히 큰 덕을 지닌 자를 여기에서 양육하기에 '요람'이라 이르고, 진정

덕 있는 자를 양육하기에 '강보'라고 했습니다." [원주] 이렇게 해서 '요람'이라는 것이 생겨났다. 후에 이렇게 키움으로 주군이 되셨고, 강보에 꼭꼭 싸서 키움으로 왕위에 앉으셨다고 하여 많은 이들이 이를 본보기로 삼아 이런 습속이 오늘날까지 전해져 내려왔다

그렇게 해서 그 요람에 표식 없는 흰 새끼양 가죽으로 자루를 만들고, 그 속에 남쪽 지역의 아홉 가지 곡식 낟알을 가득 채워 넣었다. 그리고 아홉 가지 색의 비단으로 고리를 덮고, 사흘이 되어 아기를 품에서 내어 아홉 개 샘물의 아홉 가지 물로 다시 씻기고, 아홉 가지 색깔의 암말의 젖을 뿌려 요람에 눕힐 때 자르치오다이는 아홉 가지의 음료, 버터, 타락, 저히 등의 유제품으로 요람을 축복하며 이렇게 축원했다.

제! 저 멋진 요람에 누우심으로
하늘의 자손들에게 싸움이 범접하지 않기를 바라나이다
버드나무 요람에 누우심으로
성군의 후손들에게 부정함이 없기를 바라나이다
옥같이 아름다운 요람에 누우심으로 왕자 그대는
만인을 다스리시는 황위에 오르시어 백성을 평안케 하소서
높은 요람에 누우심으로 널리 발전해가는 성군 그대는
세상을 다스리시는 군주가 되어 만백성을 행복하게 하소서!

제 아들 젤메를 남겨드리니
심복으로 삼으시길 바라나이다
사랑하는 자식을 남겨드리니

충성된 첫 신하로 삼으시길 바라나이다

그러자 우게룬 우진이 "제 아들은 아직 어린아이인지라 관여케 하기 어려우니, 훗날 성장한 연후에 아드님을 주셔서 돕도록 하시지요"라고 하며, 그를 주빈 자리에 앉혀 사흘 동안 잔치를 베풀어 후히 대접하고, 귀한 선물로 상을 내려 보답했다.

그때 예수헤이 바타르는 타타르를 대파하여 혼비백산 흩어지게 하고, 타타르부의 군주 테렘을 생포해서 돌아오다가 도중에 테메게친을 포로로 사로잡아[16] 발가 지역에 기쁨에 기쁨을 더해 돌아올 때, 바로 태조의 해산달이 되어 있었다.

그가 돌아와 아들 태조를 보니 흰 타락이 잘 발효돼 만들어진 듯 빛이 나고, 누런 버터가 잘 굳은 듯 윤기가 났다. 머리가 크고, 얼굴은 넙적하며, 위엄이 빛을 발해 비범한 특징을 지니고 있었기에 예수헤이 바타르는 말할 수 없이 기뻐하며 "이 아이가 태어날 때 나는 적을 물리쳤소. 이 아이가 또 손에 마른 핏덩어리를 쥐고 태어난 것을 보면 필시 훗날 놀랍고 특별한 일을 할 위대한 장부가 될 것이 분명하오. 타타르를 대파하고, 테메게친을 사로잡은 것은 하늘의 예조에 부합한 일이오"라고 하며 그 이름을 테무진이라고 지어 주었다. 하늘이 내려준

16 다른 기록에는 "타타르의 군주인 테무진 우게, 코리 부카와 전투를 벌여 그들을 패배시키고 절멸한 뒤 승리하고 돌아왔다"라고 하여, 테무진 우게를 타타르의 군주라고 언급하고 있다(라시드 앗 딘, 앞의 책, 2003, 125쪽). 또 황금사에는 "타타르 부의 테무진 코리-보카를 포로로 잡아왔을 때"라고 언급되어 있다(저자 미상, 김장구 역, 『몽골 황금사』, 동북아역사재단, 2014, 43쪽).

태조 성군의 사랑스런 첫 이름을 테무진이라 하게 된 내력은 이러하였다.[17]

그렇게 해서 세월이 쏜살같이 흐르고, 일월이 바람의 쳇바퀴처럼 빨라 눈 깜박할 사이에 태조가 성장하여 아홉 살이 되었다. 또 그 밑으로 네 명의 동생이 생기고, 여동생 한 명이 태어났다. 하루는 예수헤이 바타르가 사냥에서 돌아와서 보니, 태조가 비범한 아이처럼 위엄 있게 빛을 발하며, 한 무리 정도의 아이들을 데리고 큰 소나무가 있는 언덕 위에서 목마를 타고, 아이들에게 버드나무로 만든 우산을 들게 하고는 왕비를 맞이한다, 왕위에 앉는다 하며 놀고 있었다. 그 모습을 보고 예수헤이 바타르는 아들에게 신부를 구해줄 때가 되었다고 생각했다.

우겔룬 우진의 친정 올호노드에 훌륭한 여아가 태어났다고 하여, 태조를 말에 태워 수십 명의 기병을 데리고 외가인 홍기라드 부를 향해 가다가 도중에 홍기라드의 지도자인 데이 세첸을 만났다. 그가 말을 타고 아즈나이 메르겐, 호다르가 바타르라는 두 아들을 데리고 산 아래로 가고 있을 때 마침 예수헤이 바타르와 마주쳤다. 두 사람이 말에서 내려 인사를 주고받은 뒤 데이 세첸이 가볍게 머리 숙여 인사하며 물었다.

---

17 『몽골비사』 59절에 보면, 예수헤이 바타르가 타타르의 테무진 우게, 호리 보하를 위시해 타타르 사람들을 데리고 올 때 임신 중에 있던 우겔룬 우진이 오논의 델룬 볼독이라는 곳에서 칭기스 칸을 낳았는데, 타타르의 테무진 우게를 데리고 왔을 때 태어났다 하여 아들의 이름을 '테무진'이라고 지어 주었다고 언급하고 있다. 『칭기스 칸 기』에 보면 테무진 우게에게 승리를 거두고 적을 눌렀기 때문에 그것을 상서러운 징표라 생각해 아들의 이름을 타타르 군주의 이름을 따서 '테무진'이라 했다고 말하고 있다(라시드 앗 딘, 앞의 책, 2003, 126쪽).

"대용사께서 어디로 가십니까?"

그러자 예수헤이 바타르가 이르기를 "외가 중에 이 아이에게 적합한 신부감을 찾아 청혼하기 위해 올호노드 부로 가고 있습니다"라고 했다.

데이 세첸이 눈을 들어 태조를 보고는 크게 놀라며 탄복했다. 그 용모를 찬찬히 살펴보니 옥같이 흰 얼굴은 보름달 같고, 눈은 빛나는 용의 눈이요, 봉황 같은 두 눈썹은 넓고, 코는 성산 같이 우뚝했다. 입술은 터키석같이 두툼하고, 얼굴은 네모진 모습이었는데, 키가 훤칠하고 귀가 컸으며, 가슴은 넓었다. 밖으로 드러난 모습은 열 발자국 너머에까지 위엄과 빛이 퍼지고, 가슴속에는 한 나라의 군주가 될 만한 덕을 품고 있었다. 데이 세첸은 이를 간파하고 웃으며 서둘러 말했다.

"어젯밤 제 꿈에 커다란 흰 송골매 한 마리가 입에 붉은 태양을 물고 와서, 저의 게르 궁 천창 위에 앉는 꿈을 꾸었습니다. 제가 아침에 점을 쳐보니, 점괘에 오늘 키야드[18]의 황족인 덕이 높으신 귀인이 저희 집에 내리실 것을 예조했기 때문에 대략 점쳐진 방향으로 미리 영접하기 위해 나왔습니다. 당신인 것이 분명합니다.[19] 저희 집에 게르를 덮

---

18 키야드(Kiyad)는 알란 고아의 6대 카불 칸으로부터 비롯되며, 보르지긴 키야드라 불리는 사람들은 카불 칸의 손자이자 칭기스 칸의 아버지인 예수게이 바타르로부터 출생한 사람들이라고 한다(라시드 앗 딘,『부족지』, 사계절, 2016, 251쪽). '흰 송골매'는 키야드 사람들의 토템이자 수호신이다.

19 『몽골비사』 63절에 위의 이야기가 다음과 같이 언급된다. "예수헤이 사돈, 제가 어젯밤 꿈을 꾸었습니다. 흰 송골매가 해와 달을 쥐고 날아와 제 손에 앉았지요. 다른 사람에게 이 꿈에 대해 말하기를 '우리가 해와 달을 보았소. 이제 이 꿈에 송골매가 해와 달을 쥐고 와서 내 손에 앉았다오. 흰 것이 내렸소. 무슨 길한 것을 보여준 것일까?'라고 했는데, 예수헤이 사돈 그대가 이 아이를 데리고 온 것을 꿈이 알려준 것이 아니겠습니까? 길한

는 모전을 투과해 환한 빛을 비추며 태어난 부르트겔진이라는 특별한 여식이 있습니다. 이 아이 역시 아홉 살입니다. 가서 보시면 아실 것입니다. 이 두 아이는 나이가 어리지만, 키가 커서 열두세 살 정도 되어 보입니다."

그리고는 곧 공손하게 예수헤이 바타르를 자신의 게르에 내리게 했다. 이 부르트겔진 부인은 태조와 같은 날, 다른 시에 태어났다. 임오년 4월 16일 오시午時에 태조가 태어났다면, 부르트겔진은 한밤중인 자시子時에 태어났다. 그녀를 낳을 때 몇 겹의 모전을 덮은 게르 궁이 종이 갓을 씌운 불등佛燈처럼 붉은 빛이 환히 빛나는 것을 모든 사람이 보았다. 그렇게 게르를 덮은 모전을 투과해 빛을 비추었다고 하여, 아이에게 부르트겔진이라는 이름을 지어 주었다. 원래 북쪽 지역에서는 대부분의 가정에서 체스와 가야금을 상당히 즐겼다. 데이 세첸은 이 아이가 호기심이 남다르고 총명하며, 용모가 아침 태양처럼 유달리 빛나는 것을 지극히 사랑하여 가야금과 바둑을 가르쳤다.

한편 데이 세첸은 예수헤이 바타르를 말에서 내리게 해 게르로 모시고 내궁으로 들어가자, 가야금을 연주하는 소리가 들렸다. 그때 데이 세첸이 안쪽 게르 진영 쪽을 향해 "부르트겔진!" 하고 부르자 가야금 소리가 멈추고, 딸이 "네!" 하며 대답하고 나와 그들을 맞았다. 그 음색이 대나무같이 곧고, 돌 소리처럼 청아하게 귀를 파고든다. 그러자 예수헤이 바타르가 여아를 눈여겨 살펴보니, 아침 햇살처럼 투명한 하얀

꿈을 꾼 것이지요. 무슨 꿈이겠습니까? 그대 키야드 사람들의 수호신이 와서 일러준 것이지요."(Ш.Бира бусад, *Монголын нууц товчоо*, Мөнхийн үсэг, 2005, p.17).

얼굴에 비할 데 없이 아름다운 봉황과 난새의 눈을 하고 있었다[원주] 이는 째지고 가는 눈을 말하는 것이 아니라 아래로 깜빡이며 밝디밝게 빛나는 눈을 이른다. 구름이 걷힌 하늘 같은 눈썹, 옥으로 광을 낸 것 같은 어여쁜 긴 코, 산호를 박은 듯한 붉은 단추 같은 입술, 총기가 가득한 눈에 빛이 가득한 뺨, 가는 허리에 늘씬한 몸매를 보니 마치 구천九天의 화신 같았다. 찬찬히 살펴보면서 3궁의 국모가 될 운명을 타고났음을 알아채고, 남몰래 기뻐하며 마음에 깊이 새겨두었다.

그때 태조 성군과 부르트겔진은 서로 보자마자 예전부터 알고 지내던 지인처럼 편안함을 느끼면서 기뻐하고 한편으로 또 놀라워했다. 예수헤이 바타르와 데이 세첸은 딸과 아들을 세워 놓고 마주 앉아 술을 마실 때 데이 세첸이 말했다.

"우리는 오래전부터 아리땁고 고운 딸들을 믿을 만한 보르지기드에 시집보내고, 기품있는 아름다운 딸들을 인연 있는 보르지기드에 시집을 보내 왔던 오랜 인척지간입니다. 제 딸이 예수헤이 당신 아들에게 잘 어울리지 않습니까?"

그러자 예수헤이 바타르는 아들에게 의사를 물어보리라 생각하고, 두 아이가 모두 어리니 천천히 결정하자며 조금 미루려 하자, 태조가 즉시 앞으로 나가 무릎을 꿇고 고했다.

"이 일은 가능한 일이오니 응낙해 주시기 바랍니다."

그러자 예수헤이 바타르는 크게 기뻐했다. 그리고 하늘이 정해준 인연이라며 준비해 간 아르즈[20]를 따라 데이 세첸에게 마시게 하고, 양고기를 대접했다. 그리고 화덕에 비계를 올리고, 2*9 18필의 준마를 예물로 내어주고, 태조로 하여금 데이 세첸에게 절하게 했다. 그리고 약혼 날 하루를 지내며 잔치를 하고 돌아가겠다고 하자 데이 세첸이 "아드님을 보니 사람들의 선봉이요, 참으로 비범한 용모를 지니고 있습니다. 이곳에 남겨두고 가시면, 제가 지식을 조금 가르치도록 하겠습니다"라고 했다.

그러자 예수헤이 바타르가 그 말을 옳게 여기고, 태조를 장인댁에 남겨두고 돌아가는 도중 예전에 관용을 베풀어 살려 주었던 타타르부를 지나가야 했다. 그때 뿔뿔이 흩어져 남아 있던 타타르 사람들이 모여 길에서 예수헤이 바타르를 맞으며 말하기를 "우리를 죽이지 않고 살려 주신 군주께 술을 올리고 절하며, 은혜에 보답코자 합니다"라고 하며 예수헤이 바타르에게 기어가서 그를 맞아 잔치를 벌이고 술을 대접했다.

예수헤이 바타르가 술을 마시고는 정신을 가누지 못하자, 자신이 독이 든 술에 중독된 것을 비로소 깨달았다. 그는 크게 진노해 앞에 있던 다섯 명 가운데 네 명을 자신의 손으로 베어 죽이고, 모여 있던 사람들을 흩어지게 하고, 말을 타고 정신없이 달려가 발가 지역 자신의 진영 앞에 이르러 말에서 떨어졌다. 쫓아갔던 사람들이 그를 부축해 게르로 들이자 우겔룬 부인이 크게 놀라 두려워하며 그 연유를 묻자, 예수헤이 바타르가 말했다.

위험한 타타르를 지나가다가

---

20 발효한 가축의 젖을 1차 증류한 소주로 다시 증류한 순도 높은 술.

대접해준 맛있는 음식을 먹었소
술에 독을 섞어
내 목숨에 해악을 끼쳤소
내 주위에 누가 있는가?

그러자 혼호탄 씨족의 멩릭이 “예, 제가 여기 있습니다”라고 하며 앞으로 나갔다. 예수헤이 바타르가 “내가 테무진을 홍기라드의 데이 세첸에게 사위 삼아주고 돌아오는 길에 타타르 도적들에게 해를 당했네. 속이 좋지 않아. 사랑하는 내 아들을 데리고 오게. 서두르게!”라고 하며 쓰러졌다.

그러자 부인 우겔룬이 태조를 급히 데리고 오게 하려고 혼호탄의 멩릭을 보냈다. 태조는 비보를 듣고, 서둘러 밤새 쉬지 않고 온 힘을 다해 달려왔을 때 예수헤이 바타르는 이미 숨을 거둔 상태였다. 그해 그의 나이 서른셋이었으며, 우겔룬 부인의 나이는 스물일곱이었다. 태조는 아버지를 보자마자 슬픔에 북받쳐 그 자리에 엎어져 땅을 치며 대성통곡했다.

자애로우신 아버님
불초한 자식을 위해 가시다가
당신의 목숨을 잃으셨습니다
위풍당당하신 아버님
어린 아들을 위해 가시다가

고귀한 생명을 잃으셨습니다

태조는 애통해하며 울다 기절해 쓰러졌다. 우겔룬 어머니가 울며 정신을 차리게 한 뒤에야 비로소 그는 네 명의 동생들과 만났다[원주] 이들은 후에 부여된 호칭과 함께 자세히 언급할 것이다. 이를 아는 것은 쉽다.

예수헤이 바타르에게는 다섯 명의 자식이 있었다. 큰아들은 태조 테무진 성조 칭기스이요, 둘째는 부흐 벨구테이인데 화살촉이나 돌에 맞아도 조금도 흔들리는 법이 없었기 때문에 부흐 벨구테이라고 했다. 셋째는 하브트 하사르인데, 그는 활을 쏘면 헛나가지 않고 백발백중 맞추었기 때문에 하브트 하사르라고 했다.[21] 넷째는 오이트 오치인데, [원주] 이 당시의 대부분 사람들은 모두 오이트 오치르라고 불렀다. 옥니고드 두 지역민들은 그의 후손들이다 그는 귀로 듣고 눈으로 한 번 본 것을 어떤 경우에도 잊어버리는 법이 없었기 때문에 '기억력이 좋은'오이트 오칙이라고 했다. 다섯째는 오란 가촉인데, 그는 그림 그리고, 새기고 만드는 일에 매우 재주가 뛰어나 오란손재주 있는 가촉이라고 했다.[22] 또 한 여아가 있는데 피부가 매우 하얗고 어여쁘기 때문에 그 이름을 토노말맑게 빛나는 타즈라고 했다. 그녀는 모두에게 사랑을 받는 여동생이었다.

한편 베데국 전체가 비통함에 잠겨 상을 언제 끝낼 것인지 논의하지

---

21 둘째의 '부흐(Бөх)'는 '단단한', '강한'의 의미 이외에 '씨름선수'의 의미도 있다. 셋째의 호칭 '하브트'는 '민첩한, 활기 있는' 등의 의미를 갖는다. 『칭기스 칸 기』(라시드 앗 딘, 앞의 책, 2003, 78쪽)에 보면 하사르는 '맹수'를 의미한다고 했다.

22 한 기록을 보면, 예수헤이 바타르에게는 테무진, 카사르, 카치운, 테무게 옷치긴, 벨구테이 노얀의 다섯 아들이 있었는데, 이중 벨구테이 노얀은 다른 부인의 아들이었다고 언급하고 있다(라시드 앗 딘, 앞의 책, 2003, 84~92쪽).

못하고 있었다. 이때 형제들이 모두 어렸기 때문에 베데국에 속해 있는 많은 부족 대부분이 타이치오드 부족[23]이 힘이 있다 하여 배반하고 떠나갈 때 태조를 가까이 따르던 홀진이라는 자도 배반하고 떠나갔다. 태조는 쫓아가 소매를 붙잡아 당기며 눈물을 흘리면서 가지 말라고 했지만, 홀진은 "깊은 호숫물이 마르고, 단단한 바윗돌이 이미 부서졌으니, 붙잡고 매달리는 것이 무슨 소용이겠는가?"라고 하며 손을 뿌리치고, 많은 부족 가운데 제일 먼저 배반하고 떠나갔다. 후에 태조는 이 홀진을 붙잡아 도막을 쳐서 죽였다.

또 차일지라는 한 부족에 우니, 운두르라는 형제가 있었는데, 형 우니가 배반하고 부족을 이끌고 떠나려 하자 동생 운두르가 있는 힘을 다해 형을 설득했지만, 그는 말을 듣지 않고 떠나갔다. 그러나 동생은 차마 떠나지 못했다. 또 우넨이라는 자가 자기 친척과 둘이서 태조에게 맹약하고 남아 있기로 했을 때, 태조는 놀라 그들에게 운두르 세첸, 우넨 투르라는 칭호를 하사했다.[24]

부족민들이 이반하는 일이 더욱 빈번해지자 태조는 13세에 군대를 일제히 사열하고 이반자들을 감시했다. 우겔룬 어머니도 아들의 뜻을

---

23 10세기 무렵 셀렌게강 유역에서 살았던 강성한 부족. 타이치오드부 안에는 많은 씨족과 부족이 섞여 있었으며, 칭기스 칸의 6대조인 카이두 왕시대부터 분화되었다고 한다. 키야드 보르지긴 씨족도 타이치오드에서 분화되었다. 12세기 타이치오드는 니룬-키야드의 암바가이, 쿠툴라, 키야드 보르지간의 예수헤이 바타르가 차례로 다스렸다. 타이치오드부는 하볼, 암바가이 등의 타이치오드가 칭기스 칸에 대항하여 여러 해 싸웠지만 결국 1204년 복속됨으로 대몽골국에 일원이 된다(Л.Жамсран бусад, op. cit., 2002, pp.37~38).

24 '운두르 세첸(Өндөр Сэцэн)'은 '높은(큰) 지혜로움'을 의미하고, '우넨 투르(Төр)'는 '진실한 정치' 내지 '진정한 명예' 등의 뜻을 갖는다.

지지하며 배반자들을 한 번에 처치함으로써 베데국은 비로소 어느 정도 안정을 되찾았다.

그렇게 세월이 흘러 태조의 형제들은 좀 더 성장하여, 사냥을 가서 서로 싸우고 툭탁거리며 반목했다. 그러자 우겔룬 어머니가 크게 근심했다. 어느 날 아이들을 불러들여 함께 세우고, 아버지의 전통에서 화살 다섯 개를 뽑아 말하기를 "너희 다섯이 이것을 쥐고 부러뜨리거라" 하고 주자 아무도 한 번에 다섯 개를 부러뜨리지 못했다. 그러자 화살을 분리해서 하나하나 부러뜨리라고 하자 모두 부러뜨렸다. 우겔룬 어머니는 아이들에게 교훈해 말했다.

"애들아 보아라. 똑같은 화살이지만 함께 하면 힘이 단단해지고, 나누면 약해지는 법이다. 너희 형제 다섯도 이와 같으니라. 이제 너희들이 우애 있게 잘 지내면 앞서 합쳤던 화살처럼 다른 이에게 패하지 않을 것이되, 만약 우애하지 않고 각자 떨어져 반목하면 나중의 분리된 화살처럼 한 사람에게도 이길 수 없느니라.[25] 아버지가 혼자 길을 가시다가 불행한 일을 당한 것을 보지 않았느냐? 너희들이 홀로 과부된 어미의 마음을 좀 편안히 해주는 것이 마땅하지 않겠느냐?"

우겔룬 어머니가 서럽게 눈물을 흘리자 태조는 이전의 자기 잘못을

---

25 이 교훈은 『몽골비사』 19절의 기사와 매우 유사하다. 알란 고아의 원래 두 아들인 벨구누테이, 부구누테이가 배다른 세 동생이 생겨나자, 이들을 다른 아비에게서 낳은 자라고 수근댄다. 알란 고아 어머니가 이를 알고 하루는 양고기를 삶아 다섯 아들을 불러들여 나란히 앉히고, 화살 하나씩을 주어 꺾어보라고 하자 모두 다 꺾는다. 다시 다섯 대의 화살 묶음을 주자 아무도 꺾지 못하자 묶은 화살처럼 한마음이 되면 누구에게도 쉽게 지지 않지만 흩어지면 쉽게 꺾인다는 것을 교훈적으로 말한다(Ш.Бира бусад, op. cit., pp.10~11). 아마도 이러한 교훈 방식을 후대 몽골의 어머니들도 사용했던 것 같다.

깨닫고, 갑자기 마음이 감화되어 크게 후회했다. 그리고 네 명의 동생을 데리고 무릎을 꿇고 우겔룬 어머니의 마음을 편안하게 해드렸다. 이후 태조는 동생들의 좋지 않은 점을 모두 포용하며 지냈다.

그렇게 태조는 열세 살에 군사를 일으켜 타타르부를 공격해 아버지의 원수들을 추격했으나 그들을 완전히 제거하지는 못했다. 수년 동안 원한이 가슴에 사무쳐 견딜 수 없이 괴로웠지만, 태조의 나이가 어렸기 때문에 어머니는 아들이 실수를 저지르지 않기를 바라면서 매우 엄격하게 훈육했다. 또 개전開戰의 신호로 쏘는 화살을 스스로 감추어 보관하고, 태조 마음대로 군사를 움직이지 못하도록 했다.

태조가 자라서 열여섯 살이 되자, 아버지를 독살하고 살아남아 있는 원수 오로골이라는 자를 찾아 죽일 수 없는 것에 절치부심했다. 그러던 어느 날 사냥하러 간다고 핑계를 대고 동생과 신하, 수행원들 모두에게 숨기고, 몰래 아버지의 보검을 차고 반점이 있는 담황색 말에 올라탔다. 고삐를 날리며 빠르게 말을 달려 타타르부를 수소문해 찾아갔다. 북쪽 지역은 일 년 내내 이동 생활을 하기 때문에 정착하는 일정한 지역이 없어 계속해서 찾아다녔다. 잘라이드 부족의 텔게트 바얀이라는 지역 가까이에 이르러서 보니, 한 언덕 위에 거뭇거뭇한 얼굴에 달과 별 같은 눈을 한 사내아이가 혼자 쇠몽둥이를 들고 앉아서 몇천 마리의 가축을 돌보고 있었다. 용모가 꼭 곰같이 생겼지만 깊은 위엄이 서려 있었다. 나이는 대충 태조보다 몇째 동생뻘 되어 보였지만 신체는 매우 건장했다.

태조가 그 아이 곁에 가까이 가서 호통을 치며 "허이! 얘야, 너 타타르부가 어디서 지내고 있는지 아느냐?" 하고 묻자 그 아이는 매우 못마땅해하며 째리고 보더니, 고개를 뒤로 젖히고 자리에서 일어났다. 그리고 달려와 큰 소리로 야단을 치듯 답했다.

"당신은 무슨 지위를 가진 자이기에 이처럼 오만한 말투와 고압적인 태도로 묻는 것이오?"

그러자 태조는 아이의 담력과 다부진 체격에 은근히 놀라며 다시 의연히 말했다.

"누구도 대항하지 못할 천하의 대장부가 바로 나다!"

그리고 엄지손가락을 치켜세우자, 아이는 쇠몽둥이로 서 있던 자리를 한 번 찌르더니 사납게 성질을 부리며 말했다.

"그러면 말에서 내려 이리로 와 둘이서 씨름을 붙어 봅시다. 그대가 이겨 스스로 한 말을 증명해 보일 수 있다면 내가 타타르부가 어디에 있는지 가르쳐 주겠소!"

그러자 태조는 그 아이에게 "어린애로군!"이라고 하며 즉시 말에서 내려 검을 빼 땅에 내려놓고 아이와 붙어 씨름으로 힘을 겨루었다. 그 아이는 손발을 풍화風火처럼 매우 민첩하게 놀려댔다. 태조는 속으로 '이 아이를 재빠르게 넘어뜨리지 않으면 아무래도 이길 수 없겠다. 뒤로 실수하지 않아야 될 텐데.'라고 생각하고 뒤로 몇 걸음 물러서다가 갑자기 아이에게 덤벼들어 다리를 단번에 낚아채 넘어뜨리고, 있는 힘을 다해 아래로 눌렀다. 아이는 귀신에게 한 대 얻어맞기라고 한 것처럼 다리가 구부러지자 견디지 못하고 "쿵!" 하고 땅바닥에 두 무릎을 꿇었다. 태조는 손을 놓고 뒤로 물러나 호탕하게 웃었다.

"내 말을 증명했다. 이제 일어나 타타르부가 어디 있는지 가리키거라!"

그러자 그 아이는 무릎을 꿇고 큰 소리로 말했다.

"어머니에게서 태어나 다른 사람에게 져본 적이 없는 불굴의 사내 모홀리[26]가 나요. 오늘 대항하기 어려운 장사에게 내가 졌소. 분명 그대는 보통 사람이 아닐 것이오. 어쨌거나 진짜 성과 이름을 말하시오!"

그러자 태조는 비로소 모든 것을 사실대로 말하니, 모홀리가 크게 기뻐하며 무릎을 꿇고 절했다.

"복되고 위대한 보르지기드 씨족의 테무진이라는 자가 천자天子라 한 것은 분명 사실이었습니다! 약속한 대로 주인인 그대 말의 길잡이가 되어 대업을 이루는 데 힘을 바치고 싶습니다. 나는 잘라이드 텔게트 바얀의 첫 번째 부인의 큰아들입니다. 우리 집에는 계모에게서 태어난 다인-산이라는 이름의 동생이 있습니다[원주] '모홀리'라는 것은 어떤 일이든 막다른 곳에 이를 때까지 궁리하며 살아가라고 이런 이름을 지어 주었다. 다인-산이라는 이름은 그의 아버지가 전쟁에 나가 창고의 물품을 크게 노획해 왔을 때 그를 낳았기 때문에 다인-산(전쟁-창고)이라고 했다. 중국의 『자치통감강목』에 모홀리라는 이름을 '모 호아 리'라고 쓰고, 다인-산이라는 이름을 다이-손(Dai-Sun)이라고 하여 가운데 글자를 띄어 잘못 썼다. 동생은 아버지와 게르에서 생활하

---

26 모홀리(1169~1223) 칭기스 칸의 4준의 한 사람. 13세기 군사, 정치의 이름 난 공훈자이다. 잘라이르 족으로 1179년 칭기스 칸에 투항했다. 대몽골제국을 세우고 칭기스 칸이 공훈자들에게 상을 하사할 때 좌익의 만호장으로 임명되었으며, 나라의 전군을 지휘하는 국왕의 칭호가 부여되었다. 1211년부터 금나라를 점령하는 사업을 주도하고, 1217~1223년까지 황하 이북을 완전히 점령했다(Х.Лхагвасүрэн бусад, *Чингис хааны нэвтэрхий толь*, Чингэс Хаан дээд сургууль, 2004, p.104). 일반적으로 '모홀리'는 한국어 전사로 '무칼리'라고 부르기도 한다. 칭기스 칸의 정복 사업에 절대적인 공로자이다.

게 하고, 나는 혼자 몽둥이 하나를 가지고 집에서 나와 주군을 따르며 대업을 일으키겠습니다. 우리 아버님은 지난해부터 나를 보내려고 하시며, 주군인 그대를 따르라고 했습니다. 내 털끝만치도 방해가 되지 않을 터이니, 나의 주인이여 부디 나를 거두어 주십시오!"

태조는 크게 기뻐하며, 황급히 두 손을 뻗어 모홀리를 일으켜 세웠다. 그리고 타타르부에 대해 묻자 모홀리가 그곳을 가리키며 말했다.

"여기에서 동북쪽으로 사롤 초원에 한 유목민인 타타르의 오로골이라는 자가 무리를 이끌지 않고 혼자 이동해 머물고 있습니다."

그러자 태조는 크게 기뻐하며 말했다.

"모홀리, 자네는 이곳에서 기다리게. 내가 곧 돌아올 것이네."

그리고 검을 차고 급히 말을 타고 사롤 초원 쪽을 향해 질주해 가자, 오로골이 사냥을 하기 위해 나가고 여자들과 아이만 게르에 남아 있었다. 태조가 문 옆에 말을 묶고, 길을 묻는 사람인 척하며 게르로 들어가자 오로골의 두 아내는 태조의 빛나는 용모와 기품에 적잖이 놀라워했다. 작은 부인이 호로드[27]를 대접하겠다며, 음식을 가지러 간 사이에 태조는 검을 빼 들고 첫 번째 부인을 단칼에 두 도막으로 베어 버리고 나왔다. 그때 넓적한 나무 접시에 호로드가 든 나무 용기와 수테차[28]가 든 나무그릇을 들고 있는 작은 부인과 문에서 마주쳤다.

그녀가 웃는 얼굴로 "손님께서는 차도 마시지 않고 어디로 가십니까?"라고 하자 태조는 "당신 남편을 죽이러 가오"라고 하며 그녀를 단

27 건조한 유제품의 일종.
28 가축의 젖에 잎차를 넣어 끓인 몽골 전통 차.

칼에 베어 쓰러뜨렸다. 그러자 차와 호로드가 모두 땅바닥에 쏟아졌다. 태조가 또 게르에 들어가 한 시종 아낙네와 정면으로 마주쳤다. 그녀는 크게 두려워하며, "사람을 죽였어" 하고 고함을 지를 때 그 목을 베어 버리자 목소리가 도중에 끊어졌다. 오로골의 두 아이가 게르 뒤쪽에 붙어 있다가 고함 소리를 듣고 달려왔다. 그러자 태조는 아이들을 하나하나 베어 죽이고, 사람이 더 있나 찾아보다가 아무도 없자 베어 죽인 사람들의 머리를 모두 침상과 탁자 위에 나란히 올려놓고, 말을 타고 뒤쪽으로 돌아가니 한 노인이 소똥을 줍고 있었다. 태조가 말머리를 당기며 물었다.

"영감, 오로골의 집에 계시지 않소?"

노인이 맞다고 했다. 그러자 태조가 "나는 이름을 감추지 않소. 난 보르지기드의 테무진이라 하는 자요. 타타르의 오로골이 나의 아버지에게 독을 주었기에 원수를 갚으러 왔소. 오로골이 집에 없어 그의 여자와 자식들을 모두 죽였소. 당신은 늙었기에 자비를 베풀어 목숨을 살려주겠소. 오르골이 오면 전해 주시오. 힘이 있으면 내 뒤를 쫓아오라고!"

그렇게 말하고 말을 몰아 전속력으로 달려갔다. 오래지 않아 흙으로 덮인 작은 언덕에 당도했을 때, 모홀리가 짐꾸러미와 몽둥이를 메고 우뚝 서서 그곳에서 기다리고 있었다. 태조를 만난 뒤 모홀리는 집으로 돌아가 있었던 일을 자세히 말하고, 동생에게 집안일을 가르쳐 이르고, 가축을 돌보는 사람이 오자 가축을 건네고 집을 나섰다. 태조는 그가 준마 없이 서 있는 것을 보고 이유를 묻자 모홀리가 말했다.

"사내대장부는 갑옷 없이도 적을 제압하고, 뜻을 가진 장부는 맨몸으로 일을 성취합니다. 준마는 안장에 있지 않고, 아름다운 용모는 델에 있지 않습니다. 어머니에게서 태어날 때 델을 입지 않은 맨몸이었고, 태어난 육신이 주군을 따르는데 말로 무엇을 하겠습니까?"

태조는 그의 말이 모두 깊은 이치가 담긴 말이었기 때문에 크게 놀라는 한편 기뻐하며, 자기 말 뒤에 타라고 하자 모홀리는 단호히 말했다.

"두 다리가 있는데, 존귀하신 주군께 어찌 결례를 범할 수 있겠습니까?"

태조는 그가 보통 사람이 아닌 것을 보고, 성심을 다해 대하려고 자신도 말을 타지 않고 그와 이야기를 나누며 2리를 걸어갔을 때, 모홀리가 주군에게 말을 타라고 예닐곱 번을 거듭 말해도 태조가 탈 수 없다며 말을 듣지 않았다. 모홀리가 감동하여 굴레를 잡고 길가에서 무릎을 꿇고 눈물을 흘리며 말했다.

"주군께서 2리를 걸으심으로 주군의 나라가 2천 년이 될 것입니다. 일곱 번을 고해도 일곱 번 안 된다 하심으로 일곱 단계 발전할 것입니다. 주군이시여, 말에 오르십시오!"

모홀리가 진심으로 태조를 재촉하여 그를 부축해 말에 오르게 했다. 모홀리가 말 앞에서 걸어가 발가 지역에 이르자, 태조는 모홀리를 존중하여 잔치를 베풀어 융숭히 대접했다.

한편 타타르가 추격해 올 것을 대비하고 있었는데, 과연 어느 날 아침 갑자기 북과 나팔소리가 진동하며, 1개 군단의 병사들이 쳐들어 와 발가 지역을 둥글게 에워쌌다. 그리고 수많은 병사들이 함성을 지르며 테무진을 내어놓으라고 외쳐댔다. 이것은 오로골이 집에 돌아와 나란히 놓여있는 처자의 베어진 머리를 보고 격분해 쳐들어 온 것이다. 그는 타타르부에 병사를 징집하기 위해 간다고 했지만, 싸움에 적합한 병사가 나오지 않았기 때문에 타이치오드 부족을 찾아가 칠게르 부호, 타하르에게 울면서 자신의 고통을 낱낱이 말하며 군대를 청했다. 그러자 타이치오드 부족의 칠게르 부호가 내부적으로 논의를 하고 말했다.

"예수헤이 바타르가 예전에 우리를 짓밟고 차고 갔소. 그해 그의 아내 우겔룬도 우리에게 투항해 온 그들 속민을 공격했소. 우리도 그 일을 아직 정산하지 않았소. 이제 오늘 호랑이의 원수를 그 새끼에게 갚을 것이오!"

그는 1천 명의 병사를 선발해 발가 지역을 공격하기 위해 갔다. 태조가 그 정황을 알고 갑옷과 투구를 쓰고, 부호 벨구테이, 하브트 하사르 두 동생을 데리고 홍호탄의 멩릭과 잘라이드의 모홀리 그리고 500명의 상비군을 이끌고 그들을 맞아 대열을 이루자, 오로골이 나와 큰 소리로 저주를 퍼부었다.

"못되게 굴던 보르지기드를 참아왔는데, 테무진 너는 어쩌자고 나의 아내와 아이들을 모두 죽였느냐? 전에 내가 네 아버지를 죽였다. 이제 네 모친을 죽여 원수를 갚고야 말겠다!"

그러자 태조가 분기탱천하여 눈에 불을 뿜고 뇌성벽력이 치듯 호령하며, 반점 있는 담황색 말을 빠르게 달려 오로골을 찾아 그를 향해 공격해 들어가자, 벨구테이 등 네 명의 아우와 장수도 동시에 적을 향해 돌격해 들어가 양측이 찌르고 베며 한바탕 대접전을 벌였다. 그러나 우선 적은 수의 군대가 많은 병사와 싸우는 것이 쉽지 않았고, 둘째로 타이치오드의 병사들 역시 선별되어 왔기 때문에 베데국의 병사가 더 더욱 맞붙어 싸울 수가 없자 진영을 지키며 대결했다. 태조만 오로골을 맞아 곧바로 공격해 들어가 싸웠는데, 오로골은 태조와 맞대결을 할 수가 없자 말머리를 돌려 달아났다. 태조는 이를 갈며 급히 추격해 가다가, 길을 가로질러 나무뿌리에 묶어놓은 줄에 말의 다리가 걸려 곱들어 넘어졌다. 그 순간 갈고리를 든 타이치오드 병사들이 갈대 풀밭에서 나와 태조를 제압해 결박했다. 타이치오드의 한 가운데서 칠게르 부호, 또 타하르 탈보타이 등이 징을 치며 병사들을 모아 태조를 쇠사슬에 묶어 진영으로 돌아오자, 오로골이 죽여 버리겠다며 서둘렀다. 칠게르 부호가 태조를 막 죽이려고 할 때 타이치오드에서 지내는 술드토르곤 샤르라는 자가 황급히 나와 제지했다.

"아니 됩니다, 죽여서는 아니 됩니다. 베데국의 테무진이 붙잡혔지만 베데국이라는 나라는 20여 세대에 걸친 뿌리 있는 대국이며, 테무진의 아우들과 신하들, 수많은 속민, 만만치 않은 지혜로운 친인척이 있습니다. 이번에는 갑작스러웠기 때문에 패했지만, 만약 테무진을 죽이면 분명 큰 화를 당할 것입니다. 그를 잠시 가두고, 그의 동생들을 붙잡아 온 뒤 나라를 섬멸한 연후에 죽인다면 큰 문제가 없을 것입니다."

그러자 타이치오드의 군주인 칠게르 부호와 타하르 등은 토르곤 샤르의 말이 매우 일리가 있었기 때문에 즉시 그 말을 받아들이고, 속민에게 단단히 결박해 지키라고 명하고, 인질로 삼겠다고 했다. 이에 오로골은 심기가 불편해져 돌아갔다.

한편 타이치오드 사람들은 적을 무찔렀다고 크게 자축하며 사흘 동안 큰 잔치를 베풀었다. 태조의 증조부 하볼 칸과 조부 바르탄 바타르, 선친 예수헤이 바타르 3대의 싸움을 오늘 비로소 속 시원히 끝냈다며, 바다같이 차고 넘치게 술을 내려 잔치를 벌일 때, 태조를 지키던 두 사람이 방심해 저녁에도 술을 퍼마시고 흠뻑 취해서는 태조가 자신들을 편히 잠자지 못하게 한다며 온갖 욕설을 퍼부어댔다. 그 말을 들은 태조는 분노가 끓었다. 오로골이 밤을 타서 다시 몰래 잠입해 들어와 태조를 시해할 준비를 하고 있을 때, 태조는 병사들의 욕설에 참을 수 없이 분노를 터뜨리며, "천부시여!" 하고 한 번 부르더니 손에 채워진 쇠고랑을 있는 힘을 다해 비틀고, 다리의 채워진 족쇄를 단번에 치자 온몸에서 붉은빛이 퍼져나갔다. 그는 족쇄를 벗어 버리고 가서 큰 소리로 일갈하며 지키고 있던 병사의 머리를 족쇄로 힘껏 내리치고, 그곳을 빠져 나와 도망쳤다.

그러자 다른 한 사람이 고함을 치며 뒤쫓아 왔다. 태조가 오른발을 들어 급소를 쳐 단번에 쓰러뜨리고, 족쇄의 다른 반쪽으로 그의 머리를 힘껏 내리치자 피와 뇌수가 동시에 솟구쳐 올랐다. 이 괴이한 소리에 파수꾼들이 모두 크게 소리를 지르며, 태조를 찾고 또 찾았지만 어디로 갔는지 행방을 찾을 수가 없었다. 수백 명의 사람이 사방으로 진을 치고 수색하기 시작했다.

그때 토르곤 샤르가 잔치를 파하고 집으로 돌아가는데, 수초가 있는 호수 가운데서 붉은빛이 퍼지고 있었다. 말을 채찍질하여 달려가 보니, 그곳에 태조가 물 가운데서 머리를 드러내고 옷을 입고 쇠사슬이 채워진 채로 있었다. 토그곤 샤르는 잠시 멈추어 서서 마음속으로 '많은 이가 말하기를 현몽으로 얻은 천자天子 테무진이라는 자가 군계일학의 신령한 자손이라 한 것은 참으로 합당한 말이다. 내가 그를 구한 것은 참으로 옳았도다'라고 생각하며 태조를 가만히 부르며 "큰 힘과 구원의 품성을 지닌 자는 빨리 일어나 자신의 나라로 돌아가라. 수색대가 지나갔다. 독을 품은 못된 이들에게 나는 말하지 않을 것이다. 훗날 나를 잊지 말기 바란다. 내 이름은 토르곤 샤르다"라 하고 말에 채찍을 가해 달려갔다.

태조는 이 밤에 가도 추격해 올 군사들을 감당하기 어렵다고 생각해, 토르곤 샤르의 말을 뒤쫓아 그의 집으로 가자, 토르곤 샤르가 그를 보고 크게 두려워하며 눈살을 찌푸렸다.

"아! 내 너에게 네 나라로 서둘러 돌아가라 했는데 어쩌자고 이곳에 왔느냐? 그들이 알면 우리 가솔들은 모두 몰살되고 말 것이다."

그러자 큰아들 촐론[29]이 태조가 하늘의 수호신 같은 위엄과 빛이 가득하고, 기상이 출중한 것을 보고 크게 호감을 느끼며 아버지를 향해 서둘러 말했다.

"종달새도 관목 속으로 숨어 들어갔다가 나오지 않나요? 보르지기드의 자손이자 천자인 테무진을 어찌 돌아가라 하시나요?"

그리고 태조의 더럽혀진 젖은 옷을 바꿔 입게 했다. 그리고 목덜미

29 촐론은 『몽골비사』 84절에 나오는 '칠라온'이며, 뒤에는 '촐로'라고도 쓰인다. 이 명칭은 모두 '돌'이라는 뜻으로 모두 같은 단어이다. 촐론은 칭기스 칸의 충성스런 맹장 사준(四駿)의 한 사람이다.

에 채워진 사슬을 도끼로 찍어 자르고, 자물쇠를 부서뜨려 벗겨주고 음식을 먹여 잠을 자게 했다.[30] 아침이 되자 시끌벅적한 소리가 나며, 오로골이 1개로의 수색 병졸 2, 30명을 이끌고 무기를 들고 왔다. 토르곤 샤르는 두려움에 사색이 되어 서둘러 태조를 수레에 숨게 하고, 그 위에 양털을 쌓아올려 덮었다. 오래지 않아 오로골이 게르를 돌아다니며 일일이 수색했다. 병사들에게 포위하게 하고 토르곤 샤르의 게르에 들어와 집안을 샅샅이 뒤졌지만 태조를 찾지 못하자, 곧바로 양털을 쌓아둔 수레를 헤집어 수색하려고 다가갔다.

이 사건이 어떻게 될지 모르겠다. 독자들이 알고자 서두를 때 사가인 내가 정원으로 가 푸른 물결이 이는 화원에서 꽃향기를 맡으며, 종달새 소리에 귀 기울이다가 이에 대해 쓴 내용을 독자 제위들은 다음 장에서 보게 될 것이다.

【평언】

옛말에 "선업을 쌓은 집안에는 모름지기 길한 복이 쌓이고, 악업을 쌓은 집안에는 반드시 흉조가 나타난다"라고 했다. 그렇듯 이 장에서는 진실되고 곧고 관대한 용사 예수헤이 바타르의 하나의 견고한 뿌리에서 열 가지 경이로운 일이 나타남을 보여준다.

---

30 『몽골비사』 85절에는 소로혼 샤르의 두 아들인 침바이와 촐론이 "작은 새를 덤불숲으로 쫓으면, 덤불숲이 새를 보호해 구합니다. 지금 우리에게 온 것을 어떻게 그리 말씀하십니까?"라고 하며 아버지의 말에 못마땅해하며 목에 찬 나무칼을 벗겨 불에 태우고, 게르의 뒤편에 있는 가축의 털을 실은 수레에 숨기고, 하단이란 이름의 여동생에게 "산 사람에게는 말하지 말라"라고 당부하며 돌보게 한다(Д.Цэрэнсодном, *Монголын нууц товчоо*, Мөнхийн Үсэг, 2000, p.49).

첫째, 천부 백천신이 우겔룬 어머니의 꿈에 나타나 보르지기드의 천신 혈통을 다시 새롭게 하고, 세상 사람의 근간을 하늘에서 전해주는 것을 보면서 몽골은 이에 이치를 깨닫고 입지를 얻을 수 있었다.

둘째, 성조 칭기스 칸이 태어날 때 산에서 흰 빛이 나타나고, 오논강 바닥까지 맑게 비쳤다. 또 상서로운 구름이 우겔룬 어머니의 위를 덮고 꽃비가 내렸는데, 이러한 모든 것은 천지의 경이로운 기운이 모이고 응집된 것에서 비롯된 것이다. 이는 고대 요, 순, 우, 탕 등의 황제와 문왕, 무왕, 요왕, 목왕 등의 시대에 있었던 일과 같다.

셋째, 오리안한의 혜안을 가진 현자 자르치오다이가 천기를 살펴 천자가 태어난 것을 알고, 요람을 준비케 하고 돌보는 방법을 일러 주었다. 그는 하나의 눈에 두 개 눈동자를 가지고 있었는데, 고대 두 개 눈에 한 쌍씩의 눈동자를 가진 진문공, 초패왕[31]보다 뛰어나며, 하나의 사회, 천하의 군주를 지지하고 협력했다.

넷째, 예수헤이 바타르는 태조의 표징을 보자마자 곧 분명 특출난 아이임을 깨닫고, 일찍 며느리를 얻기로 하고, 홍기라드의 데이 세첸을 만나 혼담을 나누었다. 황금용과 옥 봉황의 만남으로 양쪽 집안에서 서로 아이들을 살필 때 성군 태조께서 스스로 약조하여 혼인을 정한 것은 참으로 천부와 지모가 스스로 일월을 이루어 만물을 낳는 것과 같다.

다섯째, 예수헤이 바타르가 앞서 태어나 아버지가 되어, 두 아이로

31 중국 진나라 말기 군인. 초나라의 군주. 항우를 이름.

하여금 몽골의 부모의 인연을 맺어주자마자 그 수명이 다해 세상을 떠났다. 그러자 인간 세상의 얄팍한 성정과 몽골의 의리 없음을 드러내며 많은 부족이 태조를 등지고 떠나갔다. 믿었던 종들이 도리어 대항하며 성질을 부린 것은 성인에게 세상 사람을 바로 잡고 교화할 위엄이 없어서는 안 된다는 것을 가슴 깊이 일러준 사건이다.

여섯째, 태조는 아버지가 세상을 떠난 뒤 어머니가 과부가 되고, 동생들은 어렸기 때문에 어머니를 위로하고 동생들을 품으며 지냈다. 이것은 이 세상에 인간의 자식이 된 자, 인간의 손윗사람이 된 자가 행해야 할 탁월한 가르침이 아니겠는가!

일곱째, 태조가 아버지의 원수를 갚을 때 단 한 마리 말로 달려간 것은 오직 그 당시의 지극한 효심이었다. 고대 오자서,[32] 유방, 위무제 조조 등이 아버지의 원수를 추격한 것과 비교하면 상당히 강한 용사의 선봉이라 할 수 있다. 옛날에 아버지가 산 채로 붙잡힌 유방劉邦이 초패왕楚霸王과 아버지를 삶은 국을 나누어 마시자고 했는데,[33] 이자가 한나

32 오자서(伍子胥, ?~기원전 485) 중국 춘추시대 초나라 사람. 오나라에 망명하여 살았다. 오나라의 대부(大夫)를 지냈다. 초평왕이 소인의 참소를 듣고 오자서의 아버지 오사(伍奢)와 형 오상(伍尙)을 죄 없이 죽이자 오나라로 망명하여 장수가 되어 초나라를 쳤다. 이미 평왕이 죽은 다음이라 묘를 파내 시체를 매질하고 복수를 했다고 한다(임종욱, 앞의 책, 1020쪽).

33 기원전 203년 유방과 항우가 광무산에서 대치하였는데, 그때 유방의 아버지 유태공이 항우의 포로가 되었다. 이때 항우가 유방에게 항복하지 않으면 태공을 삶아서 죽여 버리겠다고 협박했다. 그러나 유방이 이에 응하지 않고, "내가 항우 너와 북면하여 회왕의 명을 받들 때 형제가 되기로 약속했으니, 내 아버지가 곧 네 아버지가 되는 셈인데, 네가 네 아버지를 삶아 죽이겠다면야 말리지 않을 테니 네 아버지를 끓인 국물을 나한테도 꼭 한 사발 나눠주기 바란다!"라고 했다고 한다(https://ke.wikipedia.org/wiki/유태공).

라 고조이다. 송나라 진종 조항趙恒과 그의 아홉째 동생 송 고종 조구趙構는 아버지와 형[34]이 모두 금나라 군주에게 붙잡혀 포로가 되었는데, 자신은 항주에서 황제에 올라 편안히 지냈다. 아버지와 형은 금나라 오국성에서 몸에 북과 바라, 다마르, 종을 달고, 달군 구리판에 맨발로 세워 놓자 펄쩍펄쩍 뛰었다. 그러면 몸에 달린 온갖 종류의 북, 바라, 종 등의 소리가 울렸는데, 그것은 잔치 자리에서 웃음거리로 삼은 것보다 더한 조롱감이 되었다.

여덟째, 잘라이드의 모홀리가 태조를 따른 그 부분의 전후 그들의 말과 행동 그리고 말을 타지 않고 태조가 2리를 걸어간 것은 고대 주나라 문왕文王이 한나라 중왕,[35] 자아강태공, 제갈량을 모신 것보다 더한 일이다. 수행하는 신하가 먼저 자신을 힘들게 한 것은 비록 나라를 위한 것이라 해도 또한 고귀한 자를 위해 그 자신이 몸소 행한 것이니 자신을 위하는 것보다 훨씬 어려운 일이다. 이것은 곧 모홀리가 만대 신하의 지극한 충정을 보여준 것이라 할 수 있다.

아홉째, 타이치오드부의 삼대에 걸친 원수인 호랑이의 원한을 그 새끼 호랑이에게 갚는다며 포위했지만, 태조가 적은 병사로 그들과 맞서 싸우다 붙잡힌 그 용기는 결코 만용이라 할 수 없다.

열째, 태조가 욕을 듣는 것을 견디지 못하고 조급해지자 정말 몸에서 황금빛이 퍼져 나가고, 태조는 목에 찬 칼과 쇠사슬을 박차고 도망

---

34 고종의 아버지와 형은 북송의 휘종과 흠종을 이른다. 이들은 '정강의 변'이 일어났을 때 금나라에 붙잡혀 오국성에 갇혀 평생을 지내게 된다.

35 누군지 정확히 알 수 없다.

쳤다. 천자를 욕한 두 종을 족쇄로 갈기고 곧 풀이 있는 호수에 눕자 붉은빛이 퍼져 신하별을 이끌어 토르곤 샤르를 움직이게 했다. 또 장군별 촐론을 만난 것은 모두 천우신조라 할 수 있다. 고대 나라를 세운 황제들은 대부분 신하가 아니라면 그 나라 백성들이 무슨 일이 있어도 자신의 군주를 버티게 하기 때문에 그 나라를 빼앗기는 참으로 어려운 일이다. 태조 칸처럼 원래 칸의 근본을 가진 자가 훙륭한 발전을 이룬 것은 참으로 다른 나라에서 찾아보기 힘든 일이다. 독자 제위들은 깊이 살펴 혜량하기 바란다.

제2장

오적五賊의 무리를 토벌하기 위해 장수 보가르지 바타르를 보냈네 여러 대신의 모임에 오요트 세첸이 술에 대해 논했네

송나라 제11대 효종 순희 4년 정유년丁酉年, 금나라 세종 대정 17년, 태조의 나이 16세 된 해였다.

신성한 권세를 가진 오직 한 분 주군께서 성장하시어
부르트겔진을 부인으로 맞을 때
용맹한 호걸 네 명의 충성스러운 장군들이 함께 모여
보르한 갈돈에서 잔치를 벌였네
지략이 출중한 여섯 대신이 한 곳에 모여
베데국에 전력을 다해 충성하고,
큰 공훈을 세운 9경의 많은 신하가
대국을 이루었네

한편 토르곤 샤르의 아들 촐론은 키가 크고, 허리가 가늘며, 얼굴은 대추처럼 붉고, 눈은 별처럼 반짝였다. 목소리는 동으로 된 바라를 치고, 세찬 번개가 내리치는 듯 우렁찼다. 오르골이 게르를 수색하는 것을 보고, 그의 마음이 이미 크게 편치 않아 도끼를 움켜쥐고 눈을 뚱그렇게 뜨고 바라보면서, 금방이라도 손에 쥔 도끼를 내리칠 태세를 취하고 있었다. 바야흐로 양털을 실은 수레를 막 뒤집으려고 하는 것을 보는 순간 죽이려는 마음을 굳히고 도끼를 번쩍이며, 오르골을 향해 큰 소리를 외쳐 욕설을 퍼부었다.

"힘이 다한 타타르, 배반하고 도망친 오르골! 우리가 당신의 무얼 도둑질했단 말이오? 두려움도 없이 어찌 우리 지역에 와서 함부로 수색하며 다니는 것이오? 이렇게 더운 때 그대 아버지를 양털 속에 숨기겠소? 이처럼 못된 마음으로 처자식을 죽게 한 종 된 그대가 만일 수색해서 찾아내지 못한다면 살아서 돌아갈 생각을 하지 마시오!"

그리고 태조에게 쥐어 줄 검을 또 준비하고 오자, 뒤에서 오르골이 대경실색하며 멈추어 서서 말했다.

"내가 그대 주군의 명으로 찾고 있는 것이오. 그 명령이 아니라면 수색하는 일이 나와 무슨 상관이 있겠소?"

그리고는 양털 실은 수레를 수색하지 않고 또 다른 집을 수색하기 위해 갔다. 촐론은 곧바로 태조를 수레에서 꺼내 땀을 닦고, 마른 옷을 입게 했다. 그리고 그에게 안장을 채운 담황색 준마를 내어주고, 귀한 새끼 양을 잡고 술과 음식을 준비하고 있을 때 토르곤 샤르가 땀을 닦으며 말했다.

"혼[1]이 날아가는 줄 알았다. 죽는 줄 알았어. 즉시 말을 달려 비호를 받을 수 있는 나라로 떠나거라! 이른 아침에 듣자니 원수를 갚으려고 너의 군사들이 다가오고 있다고 하는구나!"

그러자 촐론이 "진정 제 운명의 주인을 이제야 만났습니다. 촐론이란 이름을 가진 제가 따라갈 것입니다!"라고 하며 갈기에 반점이 있는 흰 말에 안장을 얹고, 한밤중에 함께 돌아가는 도중에 모홀리는 쇠몽둥이를 지팡이 삼아 짚고 서서 꾀를 써 아픈 사람인 척하며, 먼저 병사들 앞에서 주군의 소식을 혼자서 탐문하며 가고 있었다. 그곳에서 세 사람이 만나 크게 기뻐하여 선두 부대의 병사들을 회군시키고, 셋이 함께 발가 지역으로 돌아왔다.

태조 모자는 서로 무릎을 껴안고 울며 상봉의 예를 나누었다. 모홀리와 촐론도 태조의 어머니를 만나 절했다. 그리고 몇 군단의 병사들이 주군이 돌아왔다는 소식을 듣고, 출정하려던 것을 멈추고 모두 회군하여 돌아와 태조에게 절했다. 그때 태조가 하사르와 벨구테이는 왜 보이지 않는지 묻자 멩릭이 고했다.

"타이치오드의 병사들이 떠나간 즉시 하사르와 벨구테이가 추격병을 데리고 갈 때, 주군의 안장을 얹은 8마리 거세마인 귀한 황색 말을 도중에 도둑맞았습니다. 또 주군께서 돌아왔다는 소식을 듣고 병사들을 돌아가게 하고, 그들 두 형제는 몸소 몇 명의 기마병을 데리고 길을 나누어 말을 찾으러 갔습니다."

그러자 태조는 걱정스러워했다.

---

1 **[몽골 현대문 역주]** 『몽골비사』 87절에는 "내가 재로 날아가는 줄 았았다"라고 나온다. 이것은 '화로(갈 골롬트)가 해쳐져 없어진다는 의미'이다. 그런데 나중 기록에 '재'가 '혼'으로 와전되었다.

"나의 어린 두 아우가 어디로 허둥대며 갔단 말인가?"

태조는 멩릭과 모홀리, 촐론 세 사람과 운두르 세첸, 우넨 투르를 불러오게 해 이르기를 "타이치오드를 방비하고, 병사들에게 상을 내리세요. 또 그들을 먹이면서 훈련을 시키세요. 나는 말이 중요한 것이 아니라 한 배에서 태어난 내 아우들이 소중합니다. 내 몸소 아우들을 반드시 찾아서 데리고 온 뒤 모두 함께 논의합시다"라고 했다.

태조는 몇 명의 기병을 데리고 말을 잃어버린 곳에 이르러, 동생들이 헤어진 곳에 서서 수행원들을 둘로 나누어 아우들의 자취를 추적하기 위해 양쪽 길로 사람들을 보내면서, 그 자리에서 만나자고 약속 장소를 정했다. 그곳에서 하룻밤 숙영할 곳을 찾으리라 생각하고 풀이 기울어져 있는 곳 가까이 숙영지를 찾으며 가다가 아르로드 부족의 한 넓은 영지 앞에 이르게 되었다.

그런데 그 집 앞쪽으로 몇천 마리 말이 떼지어 있었다. 그 영지 안에는 얼굴이 희고, 푸른 머리털에 원숭이 같은 어깨, 곰의 목을 한 열대여섯 살쯤 되어 보이는 한 소년이 예리한 칼을 쥐고 잡은 소의 살코기를 자르고 있었다. 태조는 그 많은 말떼 가운데 자신의 여덟 마리 황색 준마가 있나 주의 깊게 살펴보고 있을 때, 그 소년이 그를 보고 깜짝 놀라 칼을 던져 버리고 긴 검을 잡고 말에 훌쩍 올라타 질주해 달려와서 큰소리로 호통을 쳤다.

"그대는 어찌하려고 두려움도 없이 내 말 떼를 훔쳐보고 있는 것이오?"

그러자 태조가 천천히 여유 있게 웃으며 말했다.

"나는 말을 잃어버린 사람이라 그대의 많은 말 가운데 혹시 내 말이 있지 않을까 하고 살펴보았네."

그러자 소년이

"당신은 어느 부족민이요? 성과 이름은 무엇이며, 말을 몇 마리나 잃어 버렸소?"
하고 물었다.

"나는 베데국 사람이네. 보르지기드 씨족의 테무진이라는 자가 나라네. 존경하는 벗이여, 그대는 소문을 들어보았는가?"

그는 보르지기드의 테무진이라는 말을 듣고 크게 반색하는 표정을 지었다. 그 대답을 듣자마자 기분이 좋아져 말했다.

"소문을 들은 것은 물론이려니와 눈으로도 직접 보았소. 잠깐만 몇 마디 묻고 싶은 말이 있소. 사람들은 모두 그대가 흰빛에서 내려온 무한히 지혜로운 현자요, 천신에게서 얻은 비할 데 없이 위대한 장수 테무진이라고 서로 앞다투어 말하고 있소. 훗날 분명 원근의 사람들을 규합하여, 세상에 유일무이한 대왕의 보위에 앉을 덕을 지닌 큰 운명의 소유자라고 하오. 그런 존귀한 그대는 몇 개의 시위를 매긴 활을 당길 수 있고, 얼마나 무거운 돌을 들어 올릴 힘이 있소?"

그러자 태조가 그 소년을 보니 얼굴빛에 모종의 비상한 위엄이 깃들어 있고, 말소리가 크고 쩌렁쩌렁한 것을 듣고, 분명 장수임을 감지하고 웃었다.

"만인을 모을 때는 믿음과 재능으로 하는 것이지, 무력으로 하는 것이 아니네. 그대는 그 소를 갈라 자르는 칼을 내게 가져와 보라. 내 그대에게 자세히 말해 주겠네."

그러자 그 소년은 태조에게 칼을 내어 주었다. 태조는 그 칼을 들고서 보니 날이 매우 얇고, 칼이 조금도 무디지 않고 매우 날카로웠기 때문에 그 칼을 쥐고 흔들어 보이며 말했다.

"온 세상을 다스리는 것은 그대가 이 소의 각을 뜨는 것과 같은 이치지. 소의 각을 뜰 수 없는 사람은 소의 각 부위 틈새를 알지 못하기 때문에 그것이 눈에 보이지 않아 다만 한 마리 소를 전체 덩어리로 인식하는 것이지. 만약 소의 각을 뜰 수 있는 사람이라면 소의 각 지체의 틈새가 이미 그의 마음속에 분명히 존재하기 때문에 눈에 보이지 않는 모든 것 즉 머리, 정강이, 흉부, 엉덩이, 꼬리 부위가 각각 쉽게 보이고, 전체 소는 보이지 않게 되는 것이라네. 그렇게 하여 손을 움직이자마자 칼이 살 속으로 들어가 소의 뼈와 살 사이를 가르며, 쓸데없이 힘을 소모하지 않고도 각을 뜨고 칼이 무뎌지지 않는 것이지.

무슨 말인가 하면 소의 부위와 각 마디에는 모두 틈새가 있고, 칼날이 또 매우 예리하여 틈새가 있는 소의 뼈와 힘줄 사이에 칼날이 들어갈 때 벌어진 사이에 들어가기 때문에 일이 매우 쉽지 않겠는가 하는 말이네. 그렇게 소의 각을 뜰 수 있는 사람은 또 열 마리 소의 각을 뜰 때 하나의 칼을 사용하게 되는 것이라네처음 한 번 칼을 갈아서 각을 뜬다는 뜻. 만일 소의 각을 뜨는 데 익숙지 않은 사람들이라면, 한 마리 소의 각을 뜰 때 몇십 개의 칼을 사용해도 각을 뜰 수 없게 되어, 나중에는 반드시 굵은 뼈를 큰 도끼로 쳐야하는 데 이르게 되는 것이지. 그러니 힘으로 치는 것은 또 소의 각을 뜨는 법이 아니지 않겠는가? 비유하자면 온 세상이라는 것은 소와 같고, 세상을 다스리는 것은 소의 각을 뜨는 것과 같으며, 세상의 이치는 소의 뼈 틈새와 같으며, 세상을 다스리는 방법은 칼날과 같다는 말일세. 그렇기 때문에 세상의 많은 사람들을 규합하는 힘은 신뢰와 재능에 있는 것이지, 무력에 있는 것이 아니란 말이네."

이렇듯 평이한 말에 소년은 "'엉덩이뼈에 능한 자 곧 힘을 쓰는 자는 한 사람을 부리고, 마음에 능한 자는 만 사람을 부린다'라고 하지 않는가? 어찌 진정한 재능을 바라지 않고, 소의 일에 힘을 쓰겠는가?"라고 하며 칼을 던져 버렸다.

그리고 태조의 말에 머리털이 곧추서고, 놀라움에 온몸의 기운이 솟구쳤다. 그는 마음 깊이 탄복하며, 서둘러 말에서 내려 허리를 굽혀 절하고 태조를 따랐다. 이 소년은 곧 아르로드부의 라호 바얀이라는 자의 아들로 사려 깊고 지략이 뛰어난 보가르지태조의 네 명의 충성스런 맹장(猛將) 중 한 사람[2]라는 자였다. 이것은 각을 뜨는 소에 대한 비유를 통해 보가르지 바타르를 따르게 했던 일의 내력이다. 보가르지라고 이름한 것은 태어나면서부터 하루하루 성장하여 한 달이 되자 일 년이 된 아이처럼 크고, 사슴처럼 자랐다고 하여 보가르지라 이름했다.

태조는 말에서 뛰어내려 그를 일으켜 세웠다. 그러자 보가르지가 "어제 황혼 무렵에 다섯 명의 말 탄 사람들 한 무리가 몸집이 큰 여덟

---

2 **[몽골 현대문 역주]** 『몽골비사』에는 '보고르초'(또는 '보오르초'라고도 함)라고 한다. 인잔나쉬는 그의 이름을 사슴인 보가(boga)와 관련하여 설명했기 때문에 보가르지라고 하여 원전대로 썼다.
[역자 주] 칭기스 칸의 4준의 한 사람으로 『몽골비사』에 '보르치(Боорчи)'로 나온다.

마리 담황색 준마를 몰고 갔습니다. 여기서 서쪽을 향해 갔는데, 주군의 말은 이미 지쳐 있었습니다!"라고 말하고 태조를 자기 집으로 데리고 가서, 말에서 내리게 하고 잔치를 베풀어 주었다.

보가르지가 "밤을 타서 질주해 추격하면 쫓아갈 수 있을 것입니다!"라고 하고, 자신의 빠르게 달리는 회색말에 안장을 얹어서 태조에게 말을 바꾸어 타게 하고, 자신은 빠른 말을 타고 함께 추격해 갔다. 또 하루를 달려 저녁때가 되어 도둑들이 간 길을 뒤쫓아가서 보니, 마당에 여덟 마리 말을 묶어놓은 채 도둑들이 아직 자고 있었다. 태조가 보가르지에게 "벗이여, 그대는 이곳에서 기다리게. 내가 먼저 도둑의 처소를 공격해 들어가 말을 몰고 오겠네"라고 했다.

그러자 보가르지가 "복되신 주군 그대를 따라와 싸움에서 빠지면 무슨 공이 있겠습니까?"라고 하며, 먼저 도둑들이 쳐놓은 누런 노끈 줄을 검으로 잘라 버리고 공격해 들어갔다. 그리고 여덟 마리 말을 몰아서 나오려 하자, 다섯 명의 도둑이 잠에서 깨어 크게 고함을 질렀다. 그중 한 사람이 나오자 보가르지는 큰 검을 횡으로 잡고, 도둑에 맞서며 큰 소리로 외쳤다.

"주군이시여, 서둘러 말을 쫓아 몰아가십시오!"

그러자 태조가 빠르게 말을 달려 자신의 여덟 마리 말을 쫓으며 질주했다. 도둑들이 그 장면을 보고 그중 세 명은 보가르지를 막아 싸우고, 둘은 태조를 뒤쫓아갔다. 보가르지는 크게 분노하며 도둑의 머리를 베어 말에서 떨어뜨렸다. 태조는 두 명의 도둑이 추격해 오는 것을 보고, 화살을 시위에 메겨 쏠 태세를 취하고 활을 완전히 당겨 적을 향해 쏘았다. 그러자 화살이 앞서 추격해 오던 도둑의 정수리에 정통으로 꽂히면서 도둑이 뒤로 넘어져 말에서 떨어졌다. 뒤에서 쫓아오던 도둑이 크게 두려워하며, 급히 말을 되돌려 뒤로 도망치자 태조는 도둑을 뒤쫓아 추격해 가서, 활을 메겨 달아나는 도둑의 뒤쪽을 향해 그의 가는 등허리를 쏘아 맞춰 쓰러뜨렸다.

다른 두 도둑이 그것을 보고 심장이 터질 듯하고, 손발에 힘이 풀려 정신이 황망해질 때 보가르지는 승리의 여세를 몰아 검을 휘두르며 큰 소리로 일갈하며 다른 한 도둑의 머리를 순식간에 베어 떨어뜨렸다. 남은 한 명은 심장이 터지도록 두려워하며, 태조가 다가오는 것을 보고, 틈을 타 황급히 보가르지의 검 아래로 숨어들더니 자기 말을 몇 번이나 채찍질하며 날듯이 달아났다. 보가르지가 말을 급히 몰아 추격해 갈 때 태조가 큰 소리로 그를 불러 말했다.

"벗이여, 우리가 말을 찾았으면 그것으로 족하니, 도망치는 도둑을 쫓지 말게."

그러자 보가르지는 그제서야 말고삐를 당겨 되돌아와서 말했다.

"도둑의 뿌리를 잘라 버리지 않으면 후에 또 해를 당할 수 있습니다."

"'사슴과 영양을 막지 말고, 도망치는 적을 쫓지 말라'고 한 것은 답답하고 다급해도 다른 실수가 생겨날지 모른다는 생각에서 나온 말일세. 잘못을 저지르는 도둑질이 한 사람의 일이겠는가? 보가르지 벗이여, 그대가 실수를 범한다면 자신이 했던 행위대로 그 대가를 받을 걸세!"

두 사람은 여덟 마리 담황색 말 외에 도둑의 네 마리 준마를 몰고 가서 라호 바얀의 게르에 내렸다. 그때 보가르지는 갓 15세로 태조보다 한 살이 어렸다. 라호 바얀이 여전히 걱정하고 있을 때 아들이 돌아오는 것을 보고 기뻐하며, 같이 온 태조가 누구냐고 물었다. 보가르지는 사건의 전후를 빠짐없이 모두 말하자, 라호 바얀은 마주보고 웃었지만 고개를 뒤로 돌리고는 낯빛을 흐렸다. 그는 태조를 자게 하고, 아들에게 가만히 말했다.

"'출중한 보르지기드의 적은 매우 많고, 신성한 테무진의 싸움은 많다'고 들었다. 얘야, 조심하면서 사귀도록 하고 장난이 되지 않도록 하거라!"

그러자 보가르지가 "적이 많아도 고귀한 가문의 사람이 아닙니까? 싸움이 많다 해도 하늘의 자손입니다. 함께 사귀어 보면 알 수 있을 것입니다"라고 했다.

아침에 태조가 일어나 여덟 마리 담황색 준마 가운데 네 마리를 갈라주자, 보가르지가 급히 안색을 흐리며 말했다.

"제 운명의 주군이라 분투하며 갔나이다, 저는. 복되신 주군이라 생각하고 따라갔나이다, 저는. 아버님께서 모으신 상당한 정도의 말 떼를 이 한 몸으로 한없이 향유할 수 있는데, 주군 그대의 준마를 받으면 저의 도움과 공이 무슨 소용이 있겠습니까?"

그러자 태조가 "말을 찾은 일은 모두 귀한 벗인 그대가 베푼 도움으로 비로소 가능했던 일이니, 부담 없는 마음으로 이 말들을 받으면 좋지 않겠는가? 모름지기 함께 말을 똑같이 부리며 지내는 것이 마땅할 듯하네!"라고 하며 둘이서 서로 티격태격하고 있자, 라호 바얀이 얼굴을 활짝 펴고 즐겁게 웃으며 횡재로 굴러들어온 네 마리 말을 받아서 남겨놓게 하자, 태조는 그제야 작별인사를 하고 떠났다. 전송하기 위해 보가르지는 태조와 함께 몇 리를 함께 갔다.

태조가 아우들과 만나는 약속 장소에 이르자 모두 모여 숙영지에서 머물며 기다리고 있었다. 그때 태조는 여러 사람과 인사를 나누고 보가르지와 헤어져 떠날 때가 되자, 보가르지의 손을 잡고 헤어지는 것을 참지 못하자 보가르지가 급히 무릎을 꿇고 예를 갖추어 말했다.

"고귀한 가문의 주군이시여, 서둘러 말에 오르십시오. 신실하게 따랐던 보가르지 제가 머지않아 가서 곧 절을 올리겠습니다!"

그러자 태조가 그의 손을 놓고 헤어져 집으로 돌아와 네 아우, 다섯 명의 신하와 만나 기쁨을 나누었다. 태조는 준마를 내어주고, 게르로 들어가 우겔룬 어머니에게 절을 올렸다.

이 당시 타이치오드부의 지역이 넓고 나라가 컸으며, 또 백성들이 많아져 힘이 강성했기 때문에 자주 공격해 와서 사람들을 평안히 지내지 못하게 했다. 그러자 태조가 역정을 내며, 나라 사람들을 모두 이끌고 일시에 결사적으로 싸우는 문제를 네 명의 아우와 멩릭, 운두르 세첸, 우넨 투르, 모홀리, 촐론과 의논했다. 이에 모두가 원수를 갚자고 크게 의기충천해 있는데 모홀리가 말렸다.

"아니 됩니다, 속언에 '바위에 있는 사향노루를 쏠 때 콘도르의 깃이 달린 활을 아끼고, 악한 적과 싸울 때 나라 전체의 힘을 재량하여 알라'고 했습니다. 금시조가 하늘에 닿도록 나는 것은 단단한 힘을 가진 날개가 그 정도의 힘이 되기 때문입니다. 칸의 근본을 가지신 주군께서는 아직은 깃털을 키워 온전하게 할 때이지, 힘 있는 자와 대적하여 싸울 때가 아닙니다. 그 대신 힘을 키울 좋은 곳을 찾는 것이 더 긴요합니다!"

태조는 모홀리의 이러한 말이 참으로 의미가 있음을 느끼고, 크게 놀라는 한편 기뻐하며 우겔룬 어머니에게 "끝까지 깊이 숙고하는 모홀리의 말이 참으로 지당합니다. 나이는 많지 않지만 태양처럼 환한 지략이 있습니다!"라며 고하자, 우겔룬 어머니는 모홀리를 크게 인정했다.

"네 할아버지 때에 보르한 갈돈 산[원주] 여기서 보르한이라는 것은 불교의 부처님 보르한이 아니라, 북방 지역의 산으로 이 산에는 나무가 매우 적었지만, 소나무, 측백나무가 어두운 숲을 이룰 정도로 자랐기 때문에 '부르 한 갈돈'이라 이름했다 남쪽 편으로 도시를 만들고, 험한 산 입구를 단단히 지키며 살았다. 지금의 혼란한 때를 피해 그곳으로 이동해 가서 몇 년 동안 힘을 키우고, 병사와 속민을 훈련시키는 것이 옳을 것이니라."

그러자 태조는 어머니의 명과 모홀리의 권고를 받아들여 즉시 보르한 갈돈으로 이동해 갔다. 보르한 갈돈 산 남쪽 편의 아르스란[3] 입구에서 20리 거리의 고원에서 지내면서, 발가 지역 신민들을 모두 이동시켜 보르한 갈돈의 입구인 험한 협곡을 철통같이 지키며 지냈다. 그곳은 물과 풀이 풍부했기 때문에 베데국은 크게 힘을 회복하고, 태조의 위엄과 명성은 더욱 커져갔다. 그때 사방의 작은 부족들이 복속해 들어오는

3 '아르스란'은 '사자'란 뜻의 지명.

일이 매우 빈번해지면서, 베데국은 국력을 회복해 강성해져갔다.

태조의 나이 17세가 되자 우겔룬 어머니는 전에 남편이 홍기라드부의 데이 세첸의 딸을 며느리로 맞기 위해 정혼했다며, 며느리 들일 날을 정했다. 은 코뚜레를 끼우고 담비털로 된 술 달린 흰 낙타를 앞세우고, 옥 멍에와 보석 박은 안장과 멍에 없은 흰 수말 9필, 사람이 타지 않고 끌고 가는 말 2*9마리, 고기와 술을 3*9, 이렇게 9수로 예물을 올리게 하고, 데이 세첸에게 예물을 전하는 날을 약조하기 위해 멩릭과 촐론을 홍기라드 부로 보냈다. 두 사람은 동료와 수행원, 길잡이를 데리고, 헤를렌강을 거슬러 가서 홍기라드부에 이르러 데이 세첸에게 절하고 예물을 고하자, 데이 세첸이 이를 받을 준비를 하고 존숭의 마음으로 기뻐하며 말했다.

"그대의 부족을 타이치오드부가 공격했다 하여 내 군대를 조직하고 있었는데, 그대 주군이 돌아왔다 들었기에 가지 않았소. 하늘이 분명 테무진 사위를 패망케 하지 않을 것이라 생각했소. 이제 붉은 태양이 동방에서 떠오르고, 나라가 더욱 안정되어 가고 있소."

데이 세첸은 딸을 보낼 날을 정해 답을 했다. 그때 촐론의 아버지 토르곤 샤르는 타이치오드부와 마주치지 않고 독자적으로 살고 있었기 때문에 태조는 사람을 시켜 그를 모셔오게 하고, 또 살 지역을 주어 침바이와 투무르 두 작은 아들과 함께 그곳에서 지내게 했다. 그리고 토르곤 샤르를 혼인 잔치에 가는 수석 안다[4]로 삼았다. 약속한 길일이 다

---

4 '안다'는 '의형제'를 이르는데, 친밀한 형제와 같은 존재에 대한 존칭적 표현으로 볼 수 있다.

가오자 대신들을 데리고, 부르트겔진 주순 부인을 맞기 위해'주순'이라는 것은 '군왕의 부인'이라는 위구르 말이며, 때로 '자산' 부인라고 쓰기도 한다. 그러한 예에 따라 여기에 썼다 홍기라드 부로 갔다. 데이 세첸의 넓은 영지 앞에 이르자, 데이 세첸의 집사인 후이스 보랄[원주] 그의 이마 한 부분에 태어날 때부터 흰머리가 있었기 때문에 '보랄'[5]이라고 했다이 나와서 물었다.

"해가 뜬 지 얼마 되지 않았는데 어찌 문을 막고 있는 것이오? 모두가 화목한데 어찌 문을 막고 있는 것이오?"

그러자 태조 편에서 멩릭이 나와 "귀하신 그대 댁에 아가씨가 있다며, 일찍이 우리 주군께 내주겠다고 약조를 했소. 장인댁의 옥 같은 아가씨를 주군께서 부인으로 삼으려고 왔소이다. 콘도르 깃을 단 화살을 보십시오"라고 하며 앞서 태조의 아버지 예수헤이 바타르가 위중하여 곧 별세할 거라는 소식을 듣고 말을 달려 돌아갈 때, 데이 세첸이 증표 삼아 준 화살통의 황금빛 깃털 화살을 꺼내 보여 주었다.

그러자 데이 세첸이 "목숨과 같은 딸을 데려가기 위해서는 화로에 제의를 드려야 하오"라고 하고, 그 의례를 온전하게 갖추어 마치도록 했다. 그리고 아홉 가지 종류의 호르, 초르 등의 현악기와 관악기를 연주하게 하고, 32한[6]의 큰 게르 궁과 81가호의 가노들을 혼수로 딸려서 함께 내어 주었다. 그때 그곳에 홍기라드의 현자, 지자들이 많았기 때문에 혼례를 거행할 때 또 용을 수놓은 12한의 큰 궁을 짓고, 신부가

---

5 '보랄'은 밝은 회색 내지 흰 머리를 이름.

6 몽골 전통가옥인 게르의 크기는 벽채를 뜻하는 '한(han)'으로 나타냄. 가장 일반적인 게르 크기는 5한. 32한은 궁전이나 관청으로 사용됨.

혼례를 치르는 데 와서, 태조 신하들의 지성을 시험해 보자고 했다.[7]

"우리의 비단 게르를 길한 말로 찬미하고, 버터[8]로 문지방을 축사해 주어야 합니다."

그러자 멩릭이 무게를 잡고 나와서, 버터로 축복하고 큰 목소리로 축사했다.

모전을 덮은 게르가
고귀한 궁이 되기를 바라나이다
고귀한 궁전에서 지내시는 주군께서
권세가 더해지고, 이러한 행복이
문지방 있는 게르 문에서
복된 샘물처럼 솟아오르고
보르지기드 가문의 신성한 주군께서
모든 세상을 지배하며 지내시길 축원하나이다
비단으로 덮은 궁전이
지고의 아름다운 전당이 되기를 바라나이다
장식 술이 달린 휘장에서 지내시는 우리 주군께서
확실히 천하를 지배하시기를 기원하나이다

---

7 몽골의 전통 혼례 가운데 흥미로운 풍습의 하나는 신부 측, 신랑 측 사람들이 서로 재치를 겨루는 말 경합을 벌이는 것인데, 이것은 기분을 전환하며 즐기는 일종의 언어 놀이로, 두 가계 사람들이 자신의 언어적 재치와 능력을 드러냄으로써 자기 가문을 과시하는 행위이다(이안나, 『몽골인의 생활과 풍속』, 첫눈에, 2005, 163쪽).

8 몽골인들은 노란 버터를 최상의 음식이라 여기고, 신성한 대상에 버터를 바르며, 가장 귀한 것을 바치는 의례를 행하며 축원하는 풍속이 있다.

용무늬 장식의 비단으로 내실 벽채를 장식한 궁은
화려하고 아름다운 궁전이 되기를 바라나이다
게르 안에서 편안히 지내시는 우리 주군께서
뛰어난 대왕의 보좌에 오르길 바라나이다
천창에 계신 게르 궁의 수호신께
맑디맑은 성수를 뿌려 올리나이다
궁 안에 거하시는 권세 있는 주군을
장애 없이 복을 누리게 해 주소서
궁의 상석에 거하시는 자리의 주인들께
모두 성수를 뿌려 올리나이다
네 발 달린 두 보좌를
오래오래 견고히 하여 주소서

그러자 홍기라드 사람들은 모두 크게 놀랐다. 보랄은 멩릭이 예리하고 뛰어난 재담가인 것을 보고 그의 기를 꺾고, 베데국의 오만함을 좀 꺾으려고 마음먹었다. 그리고 두 나라 신하가 백단향 향을 피워 천지에 제의를 드리고, 태조와 신부를 천신께 절하게 하고, 큰 게르 궁으로 인도했다. 앞선 신하가 활을 쥐고 게르 궁의 덮개문을 열고, 두 사람을 용 문양의 휘장 안에 들어가게 하고, 서로 황금 술잔을 기울이게 했다.

이렇게 해서 양측의 대신들이 9수[9]를 온전히 갖춘 큰 혼인잔치를 베

9 몽골인들은 전통적으로 3수와 9수를 존숭하는 수 신앙이 있다. 국가적인 규모의 행사나 혼인잔치에는 9수에 맞추어 모든 것을 준비했다. 이와 함께 특히 흰 것을 귀히 여기는 습속이 있으며 가장 존귀한 선물은 흰 말 8필에 흰 낙타 1필이 중심이 된다.

풀었다. 토르곤 샤르는 데이 세첸에게 아홉 가지 흰 것으로 답례를 하고 보낸 뒤, 휘장을 여는 아침이 되자 양측의 신하들이 별처럼 무수히 모여들었다. 보랄은 멩릭의 기를 꺾으리라 마음을 단단히 먹고 용 문양이 있는 큰 휘장에 아홉 개 끈을 맸다. 그리고 많은 사람들 앞에서 자신의 재능을 드러내며, 무리 가운데서 뽑혀 나와 높고 유려한 목소리로 축사를 했다.

용 문양의 비단 휘장을 치고
장식 술과 끈을 잘 묶었나이다
길일과 길시에 풀어
아름다운 행복이
우리 두 가문에 있기를 기원하나이다!

그리고 휘장 끈을 아래서 위로 모두 묶었다. 멩릭이 앞으로 급히 나와 곧 풀자고 하자 보랄이 손으로 막았다.

"잠깐 기다리시오. 끈을 풀고 싶으면 반드시 나와 같이 축사를 하고 나서 풀도록 합시다!"

그러자 멩릭은 서서 아주 천천히 유려한 고음으로 축사했다.

진한 술과 초유로 축사할 때
시방세계에 그 명성이 널리 메아리치기를 바라나이다
후손들이 번창하고

신민인 우리에게 영원한 방패가 되어 주소서!

그렇게 축사한 뒤 9개 장식끈을 먼저 풀 때 양편에서 한 번씩 축사를 했다.

하늘 가득히 수호신들이 음우해 주시길 바라며
만인 중에 명성이 자자하기를 바라나이다
친인척을 보살피시길 바라며
나라와 백성이 바다를 넘어 가득하길 바라나이다
칸께서 황족들과 함께 더불어 화목하기를 바라나이다
백성들에게 높이 들림받기를 바라나이다
먼 타지에서도 원하는 자가 되기를 바라나이다
만인을 위한 칸이 되시기를 바라나이다
아홉 가지 바람을 이렇게 마치나이다

멜릭이 축원을 하고 아래서 위로 올라가며 끈을 모두 풀자, 보랄은 곧이어 또 아래서 위로 끈을 묶으며 축원했다.

일반 백성들을 어루만져 먹이시고
시종들을 양육하고 훈육하소서
모든 시종을 공평히 돌보시고
필요한 신민들을 힘써 키우소서
재량 있는 신하들을 적합하게 사용하시고

중신들의 진언을 들으소서
태어난 자손들을 훌륭하게 가르치시고
인연이 된 부인에게 길운이 있을 것이니
한없이 자애로운 어머니의 은혜에 보답하소서.

이렇게 한 소절을 말하고, 장식끈을 모두 단단히 매듭지었다. 멩릭이 조금도 대수롭게 여기지 않고 또 자신만만하게 앞으로 나와 또 아래서 위로 끈을 풀며 축원했다.

부처님처럼 모든 중생에게 들림받기를 바라나이다
지고의 천신처럼 만인을 지배하시고
자석처럼 권력이 견고해지기를 바라나이다
수미산처럼 위엄을 쌓아 올리시고
젖 바다처럼 은혜가 가득하기를 바라나이다
보이지 않게 멀리 계셔도 영지靈芝처럼 향기를 발하시고
해와 달처럼 빛이 가득하시며
나뭇잎과 꽃같이 자손들이 번성하기를 바라나이다
소나무와 측백나무처럼 오래오래 장수하소서!

멩릭이 축원하고 또 풀기를 마쳤다. 홍호탄의 멩릭이 9가지로 축원하는 것을 보고, 후이스 보랄이 다시 매듭을 묶을 생각으로 축원을 하겠다고 하자, 태조는 용 문양의 비단 휘장 안에서 멩릭에게 그의 말을 받아들이지 말라고 헛기침을 했다.

그때 잘라이드의 모홀리가 커다란 게르 궁 밖에서 태조와 부인의 흰 비단과 갈색 말고삐를 묶은 짐 실은 말을 잡고 서서 한참을 기다리고 있었다. 그들은 일이 성가시게 되는 것이 편치 않았기 때문에 태조가 헛기침을 하는 소리를 듣자마자 매우 기뻐하며 큰 소리로 꾸짖어 말했다.

"평민인 그대가 그 정도의 평범한 말로 계속 경쟁을 하였소. 그대의 여러 축원대로 주군께서 나오시면 오신 모든 일이 뜻대로 이루어질 것이오. 고귀한 주군께서 떠나시는 것을 지체케 하지 마시오! 이렇게 수천의 신민들이 주군과 부인을 기다리고 서 있습니다. 보석 같은 주군의 귀한 옥체를 모시고 나오십시오. 모두가 평안히 돌아갈 때가 되었습니다!"

모홀리가 밖에서 무릎을 꿇고 고하자, 태조가 기뻐하며 마음이 가벼워져 용포 소매로 금시조를 수놓은 휘장을 걷고 나왔다. 두 집안 양측의 많은 신하들이 절을 하고 나자, 태조가 보랄을 눈여겨 유심히 보니 표범 같은 머리에 호랑이 가슴을 하고, 얼굴은 누렇고 머리털은 은회색이며, 키가 크고 어깨가 떡 벌어진 것이 정말 호랑이 같이 늠름했다. 태조가 두 신하를 크게 칭찬하며, 두 사람에게 똑같이 상을 내렸다. 그러자 데이 세첸이 휘장을 걷고 의례가 끝났다는 보랄의 말을 듣고, 딸을 전송하기 위해 오자 태조는 신부 부르트겔진과 함께 예를 갖추어 절했다. 그리고 아홉 가지 귀금속을 박아 만든 덮개 씌운 수레를 얹은 말의 은 등자를 밟고 떠날 때가 되자, 데이 세첸이 딸의 손을 잡고 당부하며 말했다.

"양측 사람들이 휘장의 장식끈을 아홉 번 묶고, 아홉 번 풀고, 아홉 번 축원했으니 나 또한 너에게 아홉 가지를 가르쳐 당부하려 한다. 마음에 새겨 힘써 행하며 살아가도록 하거라. 먼저 바느질하기를 힘쓰거라! 둘째, 먹고 마시는 것을 정결히 하거라! 셋째, 매사에 심사숙고하고, 신중하거라! 넷째, 행동을 조심하고, 말수를 적게 하거라! 다섯째는 몸가짐을 바르게 하고, 마음을 굳건히 해야 하느니라! 여섯째, 노래를 부르거나 흥얼거리지 말거라! 일곱째, 인색하고 가혹하게 처신하지 않도록 힘쓰거라! 여덟째, 시부모님과 그곳 사람들을 힘써 받들고 존중하거라! 아홉째, 게으르지 않도록 애쓰거라! 이 아홉 가지 가운데 하나라도 잘못하면 아홉 나라의 말과 글을 배우기에 힘쓴 데이 세첸이란 칭호를 가진 우리 딸이 아닐 것이다!"[원주] 이 9가지 말을 포함하는 교훈이 오늘날까지 북쪽의 티브추라는 지역에도 있어왔다고 한다

신부 부르트겔진은 아버지의 말씀을 하나하나 마음에 새기고, 눈물을 흘리며 등자에 발을 딛고 수레에 앉았다. 수행 대신이 터키석 구슬 장식의 주렴을 내려뜨리고, 멩릭은 다섯 개의 방패를 등에 지고 앞에 섰다. 그때 태조는 육례를 마치고[원주] 육례라 함은 정혼을 하고, 신랑이 신부집에 하닥을 올리고, 술을 마시게 하고, 예물을 보내는 날을 정하고, 술을 올리며 신부를 청하고, 혼례를 치르고 며느리를 맞는 이것이 몽골 혼례의 여섯 가지 예법이다 태조가 부르트겔진 주순 부인을 맞아 데리고 갈 때, 데이 세첸이 몸소 앞서 9가호의 사람들과 혼인잔치에 참여한 999명의 사람을 데리고, 베데국을 향해 바다 물결이 치듯이 나아갔다.

그때 케레이트국의 케 왕 토릴은 베데국의 태조가 다시 강성해졌다는 소문을 듣고, 초대하기도 전에 앞서서 혼인잔치에 갔다. 태조가 도착하기 전에 우겔룬 어머니는 운두르 세첸, 우넨 투르에게 혼례잔치를 위한 많은 좌석을 준비하게 하고, 사방에서 온 하객들 자리에 양과 소, 차와 비계를 나누어서 가져다 놓게 했다. 오리안한의 자르치오다이는 눈썰미가 좋은 아들 젤메를 데리고 혼인 잔치에 와서 예법대로 우겔룬 어머니에게 절하며 고했다.

"예전에 어린 주군께서 오요의 델룬 볼독에서 태어나셨을 때 제가 요람을 만들어 올려드렸습니다. 그때 이 아이가 세 살이 되어 아이를 데리고 와 바치자, 우진 어머니께서 아이가 아직 어리다 하시며 돌려보내셨습니다. 그동안 저는 이 아이를 데리고 다니며, 남쪽 금나라, 송나라, 서하, 요나라 등 여러 지역에서 장사를 하며 지냈습니다. 그새 아이가 스무 살이 가까워지고 성인이 되었습니다. 아들은 몇 나라 문자를 습득하고, 말을 배웠습니다. 군사 지식을 배우고, 화약에 대한 것을 깨우쳤습니다. 이제 작은 주군 앞에서 안장을 얹고 등자를 디디고, 멍에를 잡고 채찍을 돌릴 수 있게 되었습니다. 북쪽 러시아에도 가서 몇번 장사를 했고, 무슨 일이든 모두 어느 정도 해보았습니다. 원정, 집단 사냥 등 그 어떤 일이든 모두 힘을 바칠 수 있을 것입니다. 존귀하신 우진 어머니께서 이 아이를 돌보아 주십시오. 아들을 받아주시어 이곳에 남게 해 주십시오!"

우겔룬 부인과 우진 어머니가 젤메를 보니 키가 훤칠하고, 허리가 날렵했다. 얼굴은 백옥 같고, 입술은 단사처럼 붉디붉었다. 높고 위엄 있는 아름다운 두 눈썹, 반짝이는 맑디맑은 눈, 또 한시대 대왕을 보필할 만한 대신의 상이었기 때문에 매우 흡족해하며 자르치오다이에게 "그때 나는 아이를 보살피는 것이 어렵다고 생각했습니다. 이제 이렇게 잘 자라서 훈육을 잘 받고, 또 우리 아들에게 도움을 주도록 하면, 우리 모자에게 더할 나위 없이 기쁜 일이 될 것입니다"라고 하며 젤메를 곁에 남아있도록 했다. 사물을 예리하게 살피는 자르치오다이가 말했다.

"아들의 운명은 보잘것없습니다. 제 생각에 어린 주군과 어려서 함께 놀며, 어린 주군을 받들고 따르면서 성장하면 좋겠다고 여겼던 것입니다. 생각지 않게 남쪽과 북쪽으로 장사를 하러 다니며, 주군의 고통과 고난을 함께 하지 못했습니다. 그렇지만 그런 기회를 얻어 중국, 티베트, 탕구트, 위구르, 러시아, 솔롱고스고려의 말을 모두 조금씩은 알게 되어 주군께 작은 힘을 바칠 수 있게 되었습니다."

그러자 우겔룬 우진이 기뻐하며 자르치오다이를 칭찬했다. 친인척들이 가까이 오고 있다는 말을 듣고, 곧 자르치오다이와 젤메 부자는 태조의 두 작은 동생인 오이트-오칙, 오란-가촉을 따라 먼저 그들을 맞으려고 앞서서 갔다. 그 뒤를 이어 우겔룬 우진의 두 동생인 올호노드의 우르루게 노욘과 리데르 세첸이 태조의 두 형제인 부호 벨구테이와 하브트 하사르를 데리고 가서 일행을 영접했다. 세 번째 영접단으로 케레이트의 케 왕이 많은 부족의 수령들을 이끌고 일행을 영접하고, 데이 세첸을 비롯해 9가호의 친지 사돈들을 영접해 술과 고기를 대접했다. 호랑이 가죽으로 된 커다란 장막에 손님들을 모시고, 먼지를 털고 연회를 베풀었다.

먼저 통로의 문과 문지방에 축원하고, 화로에 제의를 드리고, 우겔룬 우진 어머니에게 예를 다해 절을 올릴 때 안팎으로 호르와 초르, 태평소, 피리, 가야금 소리가 울려 퍼졌다. 아홉 마리 말에 실은 짐바리가 문을 덮고, 두 시종이 게르 궁의 외벽 끈을 둘렀다. 백단형의 향 연기가 아래로 퍼져 내리고, 사람마다 금사로 수놓은 비단옷을 입고, 성대한 잔치를 벌였다[원주] 금사로 짠 질 좋은 비단과 용을 수놓은 값비싼 비단옷은 서부 티베트와 북몽골에서 사용하기 때문에 이처럼 풍부하게 나온다. 그해 잔자 활불이 돌론 호수에서 축하연을 벌일 때 상당히 많은 지역의 몽골인들이 모였는데, 부자들과 왕공 대부분은 말할 것도 없고 커다란 수레를 끄는 사람도 바지를 입지 않고 용무늬가 있는 비단 델을 입었다.

우겔룬 우진은 며느리 부르트겔진 주순이 신중하고, 부드러운 기품과 아름답고 빛나는 위엄을 갖추고 있음을 보고 흡족히 여겼다. 태조와 며느리에게 무릎을 함께 꿇게 하고 축복하고 술을 따라주면서 보니, 진정으로 두 사람은 천상의 배필이요, 천신과 같은 위엄이 가득했다. 그때 부르트겔진은 매우 자애롭고, 지혜로워 온 나라에 칭송이 자자했으며, 많은 이가 그녀를 지혜로운 주순 부인이라고 불렀다. 나중에 태조가 황제의 보위에 오르게 되었을 때, 원나라의 역사서에 그녀를 '광헌황후光獻皇后'라 했다. 우겔룬 우진'우진'이란 '할머니'라는 옛 몽골어이다.을 '태창태후'[10]라 했으며 덕이 출중한 태후라고 했다.

당시 사방에서 태조의 드높은 명성을 듣고 작은 나라와 군소 부족들

10 그녀의 시호는 '선의황후(宣懿皇后)'.

이 상당히 많이 잔치에 모여들었기 때문에, 마유주와 타락, 가축의 젖, 버터, 소와 양, 암소, 암말의 삶은 의례용 고기와 차, 잠비zambaa[11] 등을 수레 수레에 실어, 헤를렌 강가의 대영지에 날랐다. 그리고 사흘 동안의 큰 혼인 잔치를 벌일 때 태조는 "케 왕께서는 예전에 나의 아버님과 의형제를 맺고 지내셨다. 이제 또 가장 먼저 와서 결혼 잔치를 준비하고 기다리셨다"라고 하며 자신이 입던 짧은 갈색 담비 외투 중 가장 좋은 것은 골라 최고의 선물로 여기며 케 왕에게 입게 하고, 그를 잔치의 앞자리에 앉혀 데이 세첸을 대접하게 했다. 잔치 자리에서 황금 용기를 사용하자 케 왕은 매우 기뻐하며 술을 올리며 축사했다.

갈색 담비 외투의 보답으로

흩어진 나라를 하나로 만들어 주겠네

검은 수달 외투의 보답으로

떠나간 자들을 모아 나라를 하나로 합하여 주겠네

한편 우겔룬 어머니가 자신의 베데국에 처음부터 술을 엄격히 금하게 했기 때문에 잔치 자리에 술을 내오지 않았다[원주] 북방 지역에서는 어떤 사건이든 모두 술에서 비롯되었기 때문에 이렇게 술을 금하도록 했다. 이런 연유로 솔다스부의 토르곤 샤르, 홍기라드의 보랄이 잔치자리에 흥겨움이 없는 것을 보고, 태조에게 술을 내어 주십사 고했다.

11 '참바'라고도 하는데, 쌀보리를 볶아 가루로 만든 티베트 음식.

성대한 이 잔치 모임에
세상의 진미가 모두 갖추어져 있어도
흥을 돋우는 데 도움이 되는 좋은 술이 없다면
잔치가 한낱 평이해져
최고의 잔치 분위기를 잃게 할 것입니다

그러자 잘라이드드의 모홀리가 그 말을 받아,

약조했던 말을 잊게 하고
자만과 오만이
넘쳐 혼란케 하니
술은 필요치 않습니다
뭔가 도움이 되는 것을 이야기합시다

라고 하자 주르치드드의 초 메르겐이 이를 맞받아 말했다.

예로부터 성수는
귀한 모임의 행복
이것을 만약 금한다 해도
이렇게 큰 잔칫날만은
쓰는 것이 옳습니다

이때 아르롤드드의 보가르지는 태조가 부인을 맞는다는 소식을 듣고,

결혼을 축하하기 위해 그때 잔치에 와 있었기 때문에 곧이어 말했다.

맛을 볼 때는
황금의 즙 같지만
입에서 나올 때는
사자가 일어선 것 같네
이치와 지혜를 잊게 하고
가져온 것을 다 없애고
신체의 정기와 체력을 약하게 한다네
단단히 논의한 말을 누설케 하니
술에 빠지지 말고
바람직한 정사를 논합시다, 우리
술에 맛 들이지 말고
다른 일을 논의합시다, 우리

그러자 오리안한의 젤메가 방금 왔기 때문에 이 기회에 자신의 박학다식함을 드러내 보리라 생각하고 큰 소리로 말했다.

독주의 힘이라 해도
주군에게 법이 없겠습니까?
과실주의 힘이라 해도
성군에게 다스려지지 않겠습니까?

술과 과실주를 마시며

망아지처럼 행복을 누립시다

전에도 후에도 없이 크게 취해 봅시다

잘 때까지 일어날 때까지 술잔을 나눕시다!

그러자 베수드의 조르가다이가 목을 풀며 말했다.

마실 것이 없으면 친지와의 즐거움도 없고

사내대장부로 태어난 이 육신에 행복이 없네

술이 없으면 모든 일에 흥이 없고

사랑하며 지내는 벗에게 행복이 없네

그가 말을 마치기도 전에 오이라트의 하르 히루가 몸을 일으키며 말했다.

잔치에 모인 모두가 마시면 행복이요

원근에서 들으면 즐거운 바람이요

자리에서 나누는 말에 장식이요

맹렬한 전투에서는 용기를 북돋아 주는데

어찌 마시지 않겠는가

세 사람이 연이어 술을 칭송하며 술을 금하자는 사람이 없게 되자, 데이 세첸을 따라온 후이스 보랄이 "우리로 인해 보르지기드의 금주령을 어기는 것은 옳지 않습니다"라고 상기시키며 서둘러 말했다.

책임져야 할 말을 지체시키지 않습니까?
좋은 사람들을 그릇되이 인도하지 않습니까?
속의 말을 발설해 내지 않습니까?
맑은 정신을 탁하게 만들지 않습니까?
술의 이로운 점은 드물고
서로 으르렁대며 반목시키는 일이 많습니다
보르지기드의 신중하고 좋은 법을
짧은 생각으로 어기지 맙시다!

그러자 시리 호톡이 기분이 좋지 않아 큰 목소리로 말했다.

우리 성주께서 내리신 복과 풍요로운 은혜로
고니와 기러기처럼 목소리를 하나로 하여
야생나귀처럼 서로 힘을 합해
모인 사람 모두가 즐거이 마시는 것이 마땅합니다!

이처럼 많은 대신들이 여전히 입씨름을 그치지 않자 문 옆에서 그릇을 나르는 한 고아 소년이 큰 목소리로 차갑게 웃으며 서 있는 것을 태조가 보고, 그 아이를 자기 곁에 불러오게 했다.

"너는 무슨 연유로 그리 냉소하고 있는 것이냐?"

그러자 고아 소년이 고했다.

어르신들 가운데 속해 있었으면 하고 바랐나이다, 제가
생각한 견해를 말씀드리고자 하나이다, 제가
대신의 반열 가운데 있었으면 하고 바랐나이다, 제가
잘 분별해 말씀드리고자 하나이다, 제가

태조가 "그래, 할 말이 있으면 말해 보거라. 하고 싶은 말이 있으면 다 말해 보거라!"라고 하자, 고아 소년이 그 은혜에 절하고 제 능력껏 술의 해악과 유익을 분별해 말했다.

미련하게 과음을 하면 병이요
적당히 마시면 약입니다
잔치 모임에 마시면 행복이요
마구 폭음하면 어리석은 일입니다
늘상 마시면 독이요
기일을 두고 절주하면 지혜로움이요
이유 있을 때 마시면 기쁨이요
술독에 빠지도록 마시면 해악입니다

그러자 태조가 크게 기뻐하며 소년의 말을 옳게 여기며 말했다.

"아이의 말이 진실로 옳도다. 술이라는 것은 조금 마시면 마음을 즐겁게 하는 것이요, 늘 마시게 되면 생명을 해치는 일이 많도다!"

태조는 소년의 고향과 이름을 묻자, 아이가 무릎을 꿇고 고했다.

"소자는 바야고드의 열세 살 된 고아 소치[원주] 소치라는 이름은 어려서부터 사람들을 모두 깜짝 놀라게 할 만한 말을 하곤 했기 때문에 그 부모가 아이의 이름을 '소치'[12]라고 지어 주었다라고 하자 태조가 말할 수 없이 기뻐하며 예복과 모자를 선물로 하사했다. 그리고 여러 신하 가운데 아이 이름의 의미를 구별해 알 수 있도록 '오요트 세첸'[13]이라고 이름을 바꾸어 주고, 자기 옆에서 일하며 지내게 했다. 아이는 또 위구르 문자에 능했기 때문에 태조는 자신의 모든 행동거지를 기록하는 직책을 맡기고, 기록에 사용하는 붉은 주사 붓을 하사했다.

태조는 일어나 진영으로 가서, 어머니 우겔룬 우진이 계신 내궁으로 들어가 어머니께 술을 내려 줄 연유를 고했다. 우겔룬 우진은 여전히 마음에 드는 좋은 며느리가 집안에 들어온 것을 크게 기뻐하고 있었기 때문에 태조의 청을 수락하고, 차와 술을 함께 책임지는 슈헤르라는 신하를 불러 지시를 내려, 여러 가지 술을 종류대로 몇 수레에 실어서 대연회장에 보내게 했다.

그러자 연회장에 참석한 몇천 명의 손님들이 기뻐했다. 호수와 바다처럼 풍부한 술과 산처럼 쌓인 고기와 음식 등 다섯 가지 맑은 것, 일곱 가지 부드러운 것, 아홉 가지 온전한 것을 갖춘 큰 잔치를 배설하고 혼인 잔치를 했다. 말달리기, 씨름, 활쏘기 경기를 하고 지혜로운 말 경합이 벌어졌다. 마두금과 초르,[14] 가야금, 피리 등의 악기가 연주되

12 '놀라운', '깜짝 놀랄 만한'의 뜻.
13 이 이름은 '지혜로운 자'라는 의미.
14 몽골의 전통악기로 관악기의 일종.

고, 새의 날갯짓을 하며 씨름선수가 입장했다. 이로써 즐겁고 흥겨운 잔치가 무르익어가니, 그 정경은 말로 다 표현할 수 없는 장관을 이루었다.

데이 세첸도 잔치를 크게 즐거워하며 칭찬했다. 북쪽 지역의 평범한 자, 조심성이 없고 성질 급한 자, 경박한 아첨꾼, 그리고 많은 부족들이 이때 다시 찾은 베데국의 위엄을 보고 손뼉을 치고 즐거워했으며, 다시 베데국에 기울어져 추종하는 부족들이 상당히 많아졌다. 데이 세첸이 잔치 자리에 모인 사람들을 눈여겨 살펴보니, 그 모임에 모인 젊은 사람들 가운데 빼어난 풍모를 지닌 사람들이 많았다. 많은 부족민을 보니 젊은이들 모두가 사위 태조를 마음 깊이 존경하는 듯했다. 또 눈을 돌려 사위인 태조를 보니 신성한 천신 같고, 옥 바위처럼 얼굴빛이 온 나라를 비추고, 눈의 위엄은 사람들 모두를 위협할 만했다. 진정 만인의 무리 가운데서 빛이 퍼지고, 많은 사람 가운데 붉은빛을 반짝였다. 참으로 타고난 천자의 복된 모습을 숨길 수 없자, 데이 세첸은 속으로 참을 수 없이 흐뭇해했다. 자신도 아직 불혹의 나이가 되지 않았기 때문에 분명 이 군신君臣들이 좋은 때를 펼치는 것을 볼 수 있을 거라고 생각하며 진심으로 기뻐했다.

또 천천히 사위에게 저항하는 자들이 있나 하고 가만히 살펴보니 앞자리에 앉은 케 왕이라는 자가 있는데, 그는 누런 얼굴에 수염이 성기고, 세모난 눈에 눈동자가 누르스름한 듬직함이 없는 사람이었다. 심지어 그의 아들은 금나라에서 새로 공의 칭호를 내렸는데, 얄고[15]라는 이름의 오만하고 포악한 사람이었다. 태조의 위광을 매우 못 마땅하게 여기며 질시하고, 시비를 걸 상이었다. 그의 생김새는 땅다람쥐 머리에 눈은 두더지 같고, 여우 걸음걸이에 눈빛은 늑대 같았다. 또 고르로드에서 온 자모하[16]라는 자는 키가 작고 다리가 길며, 얼굴이 누르스름하고 고르지 못한 이에, 뱀 눈의 도적 같은 눈초리를 하고 있었다. 또 원래부터 도둑의 뿌리를 둔 라이하드 부족의 세첸부흐라는 자는 올빼미 머리에 눈은 부엉이, 입가는 늑대 같고, 개구리의 장골을 한 아주 막되 먹은 인간이었다. 또 하르가이 부족의 메게진 세르라는 자는 돼지 같은 등골에, 낙타 다리를 한 매우 혐오스런 인물이었다. 또 마일즈 부족의 수령인 운두르 세첸의 형인 우니를 대신해 정황을 살피러 온 토도라는 자는 토끼 머리, 뱀 눈에 곰의 목, 소의 콧망울을 한 상당히 이상한 특징을 갖고 있었다. 밤이 되어 데이 세첸은 태조에게 와서 자신이 살핀 한 사람 한 사람에 대해 모두 고하며, 그들을 잘 경계하라고

15 『몽골비사』에는 '셍굼(Sengüm)'으로 등장한다. 진짜 이름은 '닐하(Nilkha)'라고 한다. 그는 한때 테무진과 형제처럼 지내다가 마침내 그에게서 멀어져 테무진의 주된 적대자가 된다(Л.Жамсран бусад, *Монголын түүхийн бага нэвтэрхий толь* III, Орбис, 2000, p.30).

16 자모하는 칭기스 칸의 어린 시절 의형제. 1172년에 자모하는 수노루의 복사뼈를 테무진에게 주고, 테무진은 주조한 복사뼈를 주고 오논강 위에서 복사뼈를 가지고 놀며 의형제가 되었다. 1173년 봄 자모하는 소리 나는 화살(효시)을 주고, 테무진은 노간주나무로 만든 고두리살을 자모하에게 주어 두 번째 의형제를 맺는다. 1180년 테무진은 메르기드의 톡그타오 베히에게서 전리품으로 얻은 황금으로 된 허리띠를 자모하에게 주고, 자모하는 오와스 메르게드의 다이르 우순에게서 전리품으로 얻은 황금으로 된 허리띠를 테무진에게 주어 세 번 의형제를 맺었다. 그러나 1181년에 테무진과 헤어져 이동한 이후 칭기스 칸에 대항해 싸우는 적이 되었다. 1204년 나이만을 멸망시키는 전투가 있을 때 붙잡혀 칭기스 칸에게 보내졌으며, 칭기스 칸은 자모하의 원대로 피를 흘리지 않게 하여 죽였다(Х.Лхагвасүрэн бусад, *Чингэс хааны нэвтэрхий толь,* Чинэс Хаан дээд сургууль, 2004, p.67). 이 저서에서는 자모하와 칭기스 칸이 어려서(11살) 의형제를 맺는 부분이 나타나지 않으며, 성장한 후에 자모하를 등장시키는데, 그의 형상을 매우 부정적으로 묘사하고 있다. 이러한 내용은 『몽골비사』 116절, 117절에 언급되어 있다.

했다[원주] 이 때에 이질치, 치칠지, 미질지라는 세 부족이 있었다.

다음 날 호수와 바다처럼 성대하고 풍성한 잔치를 벌일 때, 베수드의 조르가다이가 소리치며 나와 무릎을 꿇고 고했다.

"일찍이 제가 타이치오드와 함께 주군께서 타신 붉은 말의 목을 쏘아 쓰러뜨린 것을 주군께서는 분명히 알고 계십니다. 그런데 지금 저를 어찌 이처럼 용서하시는 것입니까?"

태조가 잔잔한 미소를 지었다.

"원수이면서 나를 보러 온 것은 사내대장부라 할 수 있소. '사내대장부를 가지와 싹같이 형제처럼 여기며 사랑하라! 마음으로 존중하라.' 했거늘 어찌 증오하며 원한을 생각하겠소?"

조르가다이는 울며 고했다.

"주군께서는 진정 제 운명의 주인이십니다!"

그리고 절하며 태조에게 투항하자, 술을 논했던 모든 사람들이 태조에게 다가가 크게 우러르며 절을 올렸다. 그렇게 조르가다이는 화살촉으로 태조의 짓붉은 준마를 쏘아 죽이고, 분개한 원수를 두려워하지 않는 화살촉처럼 활을 쏘고 와서 투항한 자였다. 그렇기 때문에 태조는 조르가다이라는 이름을 바꾸어 제브[17]라고 이름하고, 그에게 군대를 지휘하는 책임을 맡겼다. 이렇게 많은 이들이 질서 있게 움직였으며, 천지의 부모, 일월日月이 모이고, 왕과 왕비가 만나 인연을 이룬 이 길일에 만물이 피어나는 듯했다.

---

17 제브는 '화살촉'을 뜻한다. 제브는 칭기스 칸의 충성된 맹장으로 '사구(四狗)'의 한 사람.

이튿날에도 호수같이 풍부한 술, 산같이 많은 고기와 음식으로 잔치를 벌이고 있을 때, 첫 번째 날 초대되어 온 라이하드 부족의 도적의 자식인 세첸부호라는 자가 있었는데, 그에게는 두 어머니가 있었다. 큰어머니는 호친 부인이요, 작은어머니는 야보하이로 갓 스무 살이 된 여인이었다. 야보하이는 아름답고 또 술을 잘했기 때문에 잔치자리에 술을 나누어주는 사람이 야보하이에게 두 가죽자루의 술을 주고, 큰어머니는 술을 마시지 못한다고 하여 그녀에게는 한 자루의 술을 주었다. 그러자 호친 부인이 시기심이 생겨 우겔룬 우진 곁에 있다가 화를 내며 나와서, 잔치에 술을 나누어주는 가신을 찾아 따지듯 말했다.

"당신은 무슨 이유로 야보하이와 친하게 지내며 나를 멸시하는 것이오?"라고 하며 슈헤르를 긁어댔다. 또 야보하이를 붙잡고 때리며 데리고 간 것을 슈헤르가 태조에게 고하자, 태조는 설풋이 미소를 지으며 말했다.

"무지하고 못된 여인을 무어 그리 대단하게 여길 일이 있겠소?"

태조는 그 일을 그대로 넘겼다. 사흘째 되는 날 또 세첸부호의 말잡이가 부호 벨구테이의 표범 힘줄로 된 말의 뱃대끈을 훔쳐 가지고 가다가 붙잡혔다. 벨구테이가 그에게 몇 마디 훈계를 하고, 무릎을 꿇린 것을 갑자기 세첸부호가 보고는 수치스럽게 만든다며 화를 냈다.

세첸부호가 벨구테이를 욕하자, 벨구테이가 "우리 형님이 당신을 귀히 대접하고, 인척과 의형제와 나란히 앉혀 잔치를 벌이는데, 당신은 어째서 이렇게 부끄러운 줄도 모르고 성질을 부리십니까? 어제도 당신의 두 어머니가 말다툼을 벌여 우리 잔치의 흥을 깼습니다. 오늘 일로 말하자면 당신 말잡이가 또 술에 취해 내 말의 뱃대끈을 도둑질했소이다. 이렇게 체면을 지키지 않는 사람들이 도대체 어디 있단 말입니까?"라고 했다.

세첸부흐가 크게 화를 내며 취중에 검을 빼 들고 덤벼들었다. 벨구테이가 급히 몸을 웅크려 피할 때 등에 칼을 맞아 피가 흘렀다. 벨구테이의 아랫사람이 보고, 큰소리를 지르며 마유주 젓는 막대와 고기를 차려놓은 탁자, 나무 막대와 무쇠 투구를 잡고 마구 때리기 시작했다. 세첸부흐가 검을 휘두르며 난동을 부리자, 벨구테이가 큰 소리로 아랫사람을 꾸짖었다.

"자네는 어찌 우리 형님의 큰 잔치에 소동 일으킬 일을 찾는 것인가? 내 상처가 그리 크게 중하지는 않네."

그러자 도적의 자식들인 라이하드 부족 사람들이 모두 무기를 꺼내 들고 돌격해 왔다. 양편에 난리가 일어나자, 태조는 세첸부흐가 벨구테이의 등을 찔렀다는 말을 듣고 천둥처럼 진노해 탁자를 치며 큰 목소리로 질타했다.

"예의범절도 모르는 막 돼먹은 종 세첸부흐를 내리쳐 쓰러뜨려 잡아 오라!"

태조의 말이 떨어지기 무섭게 모훌리와 보가르지, 보랄, 출론이 동시에 손을 빠르게 움직여 무기를 들고 달려갔다. 이 한 번의 상황이 모름지기 어떻게 될지 알고자 한다면 필자인 내가 푸른 불등을 멀리하고 침상의 흰 휘장 안에서 하룻밤 편히 쉰 다음, 붉은 태양이 떠오르기 전 어머니께 문안 인사를 드리고, 검은 먹을 적셔 청사를 연이어 쓴 것을 독자 제위들은 다음 장에서 보게 될 것이다.

술로 아름다운 운율의 시 정취를 더했는데
맹렬히 싸우는 분노가 아, 또 이에서 일어났네

【평언】

인간 삶에는 어머니에게서 태어나고, 성인이 되고, 마지막 죽음의 세 가지 일생의례가 있다. 또 남자의 육신이 성장하는 것을 작은 인간됨이라 하고, 몸을 귀하게 하는 것을 큰 인간됨이라고 한다. 작은 인간됨이라는 것은 씨를 뿌리고 닦을 때처럼 뿌리를 내리는 것을 추구하고, 큰 인간됨은 베고 거두는 시기처럼 효를 행하는 것을 중시한다. 이 세 가지 일생의례와 두 가지 인간됨은 인간 된 자의 중대사이기 때문에 모름지기 사방의 많은 나라에서 이를 의미화하고, 관례화하여 중시했다.

번거롭게 하는 이런 공연한 말에 웃음이 난다. 그런데 이 저서의 이전 장에서 태조가 태어날 때 우겔룬 어머니가 축사한 것과 이 장에서 부인을 들일 때 많은 이의 축사 후에 모두가 따르듯 하나로 연합되었다. 이로써 축사와 축복이라는 것이 헛된 말이 아니며, 성가신 군말이라 할 수 없다는 것을 알았다. 비록 평민들의 경우 그 말들이 이루어지지 못할 테지만, 황제 군주의 경우라면 참으로 진정한 예조가 된다.

비유하자면 인간이 어머니 배에서 잉태될 때 오행이 갖추어지고, 곧 신체가 이루어져 사람이 되듯 이 장에서도 다섯 가지 중심 맥이 있다.

그 다섯 가지는 다음과 같다. 태조가 고난에 던져졌을 때 토르곤 샤르의 아들 촐론은 군신의 별을 만났기에 결심을 하고 태조를 따랐다. 오르골이 비록 수색해려 했지만 태조는 또 쉽게 잡히지 않고 필사적으로 위기에서 빠져나갔다. 이것은 군신君臣은 태어나고 죽어도 결코 떨어질 수 없는 인연이라는 것을 말해준다.

또 고대 주나라의 문왕文王과 목왕穆王[18]에게 모두 여덟 마리 명마가 있었다는 것을 듣고 놀랐다. 이제 이 장에 여덟 마리 담황색 준마라는 것이 나오는데, 성군과 덕이 있는 군주가 나타나면 반드시 준마가 군주를 따라 나타나는 것을 알았다. 이것이 그 두 번째 이야기 맥이다. 특별히 여덟 마리 준마와 두 동생을 찾으러 다니다가 큰 소에 대해 논하고, 사려 깊은 보가르지를 자기편으로 받아들였다. 첫 장에서 신력을 가진 불굴의 용사 모홀리를 제압하고 따르게 했다면, 두 번째 장에서는 소의 비유로 대단한 힘을 가진 보가르지로 하여금 태조를 우러르게 했다. 실로 천자의 현철함은 중요한 때에 부시의 불이 곧바로 뿜어져 나오듯 어떤 것을 필요로 할 때 그 지혜가 나타나는데, 이것이 세 번째 맥이다.

특히 베데국이 다시 강성해진 것을 보자 케 왕을 비롯해 작은 부족들이 또 아첨하기 위해 모여든다. 조르가다이가 우직하게 와서, 태조

---

18 목왕(穆王, ?~?) : 주(周)나라 제5대 왕. 그는 특별한 말(목왕팔준, 穆王八駿)을 타고 다녔다고 하는데, 그것은 흙을 밟지 않을 정도로 빠른 절지(絶地), 새를 추월하는 번우(翻羽), 하룻밤에 5천 킬로미터를 달리는 분소(奔霄), 자신의 그림자를 추월하는 월영(越影), 날개가 있는 협익(挾翼) 등 8마리의 말이다. 목왕은 이 말을 몰아 이민족을 토벌했다고 한다(https://ko.wikipedia.org/wiki/주_목왕).

의 넓은 자애로움을 많은 사람에게 믿게 할 때 태조의 작은 훈육에 하늘에서 예조를 보이고, 단 한 사람으로 인해 만인의 마음을 움직이게 하여, 다수의 힘을 결집시킨 이것이 네 번째 이야기 맥이다.

또 아홉 나라의 아홉 언어를 아는 현자 데이 세첸이 케 왕을 위시해 그의 아들 신공 얄고 또 자모하, 세첸부흐, 메게진 세르, 토도 등의 부정적인 성질을 살피고, 태조에게 은밀히 일깨워 말한 것은 나라의 흥성함의 까닭으로, 여러 천신들이오다르사드 북극성을 지키고 협력하기 위해 인척이 되어 수호하는 것인 바 이것이 다섯 번째 이야기 맥이다. 이 다섯 가지 근간은 곧 대원제국 시작의 오행의 맥이라 할 수 있다.

독자 제위께서는 몽매한 몽골에 무슨 대단한 것이 있겠는가 하고 얕잡지 말라. 고대 제 환공桓公이 자신에게 활을 쏜 관중을 후에 찾아 따르게 하고, 존귀하게 들어 쓴 것은 매우 놀라운 일이다. 이제 이 장에서 태조가 자신의 말을 쏜 조르가다이로 하여금 자신을 따르게 하고, 제브라고 이름을 지어준 이 부분에서 고대 패도覇道와 왕도王道를 구분했던 것에 탄복했다. 그것은 무엇인가? 왕도라는 것은 마음으로부터 우러난 관대한 인의를 말하며, 마음을 왜곡시켜 그 이익을 구하는 잘못된 인의를 패도라 했다.

그렇게 태조는 제브를 용서한 관대한 인의가 진실로 마음으로부터 우러난 것이기에 왕도이며, 제환공이 관중을 자기편으로 끌어들인 것은 이익을 얻기 위한 것이기에 패도라 할 수 있다. 이렇듯 왕도라는 것은 매우 진실하며 매우 관대한 것이기에 많은 사람이 존귀하게 여기고, 9경의 신하들이 한 사람 제브에게 크게 감동하여 따랐던 것이다.

그렇기에 한마디 말에 나라가 망하고, 한마디 말에 나라가 흥한다는 것이 이것이다. 훗날 독자 제위가 우매한 몽골이라고 그릇되이 지나쳐 버린다면 참으로 안타까운 일이 될 것이다!

제3장

헤를렌 강가에서 신중한 지략가 모홀리가 처음 군대를 지휘했네 탈라고이산에서 성군 태조는 단 한 발의 화살로 호랑이를 쏘았네

송나라 효종 순희 6년, 금나라 5대 황제 세종 대정 19년, 기해년己亥年, 태조의 나이 18세 되던 해였다.

지략가 전군 총사령관[1] 모홀리는 3차에 걸친 공격으로

타이치오드의 병사들을 정벌했네.

무적無敵의 하르 히루는 늑대 같은 마법의 곤봉으로

1 여기서 '총사령관'이라고 번역한 칭호는 '조논(жонон)'으로 '조농', '지농' 등으로 이르기도 한다. 이 칭호는 나라의 권력을 가진 귀족으로 원나라시대 이후 칸의 친족이나 자제에게 붙여진 칭호이다. 원래 중국의 친왕(親王) 또는 진왕(晉王)에서 유래했다고 보기도 하며, 몽골어로 부칸(副汗)의 의미를 지닌다. 15세기 동몽골의 6만호(조르간 투멘)를 동서 3만호로 나누었는데, 좌만호의 경우 칸이, 동만호는 조논이 지배했다. 칸의 권력이 약화되던 시대부터 칸과 조논은 거의 동일한 권력을 갖게 되었다(https://ko.wikipedia.org/wiki/조논)(Л.Жамсран бусад, *Монголын түүхийн бага нэвтэрхий толь* I, Орбис, 1998, p.190).
한편 칭기스 칸이 몽골 제국을 건립할 때 모홀리(무칼리)를 전군(全軍) 조논으로 임명한 바 있는데, 청사의 앞쪽 부분에 모홀리는 조논 모홀리로 많이 쓰이고 있음을 볼 수 있다. 모홀리의 경우 '조논'은 전군의 '최고통수권자', '총사령관', '대원수'의 의미가 있다. 그는 뒤에 원수, 대원수로도 불리기 때문에 조논은 총사령관으로 번역했다.

메게진 세르를 무차별 내리쳤네.

신기의 명사수 초 메르겐은 단 한 발의 화살로

반역자 홀진을 쏘았네.

인연 있는 장군 보가르지가 적대자 토티살을

우연히 만나 그를 생포했네.

라이하드 부족의 도적의 자식인 세첸부흐가 잔치 자리에서 소동을 일으키자, 모훌리는 앞서 큰 소리로 일갈하며 그를 붙잡기 위해 많은 사람을 데리고 달려갔다. 그러자 세첸부흐가 상황이 심상치 않게 돌아가는 것을 보고, 검을 들고 돌리며 말 위로 펄쩍 뛰어 오르더니 라이하드 부족을 모두 데리고 도둑처럼 달아났다. 그들은 세친 오스 쪽의 자신들의 부족 영지로 도주했다.

한편 태조는 자신의 아우가 상처를 입었다는 말을 듣고, 천둥처럼 진노하며 재빨리 체첸부흐를 잡아 오라고 벼락이 떨어지듯 크게 소리치며, 자신이 직접 그자를 추격하겠다고 했다. 그때 오리안한의 젤메가 자신의 두 겨드랑이에 두 여인네를 끼고 왔다. 태조가 보니 한 사람은 세첸부흐의 작은어머니 야보하이였고, 다른 한 여자는 그의 모친인 호르친[2]이었다. 태조는 그들을 질책하며 지하 감옥에 가두게 했지만, 여전히 분을 삭이지 못했다.

"누가 내 대신 앞서가서 개망나니 종놈 세첸부흐를 잡아오겠소?"

---

2 앞에서는 호친이라고 함.

그러자 숄드의 토르곤 샤르의 아들 촐론이 당당한 걸음걸이로 급히 나왔다.

"소신이 가고자 하나이다."

그렇게 해서 촐론은 상비군 500명을 질서 있게 대동해 북을 치며 막 떠나려고 할 때, 부호 벨구테이가 군대의 나팔소리, 북소리를 듣고 급히 사람을 의지하고 와서 형 태조를 막았다.

"형님, 지금은 천하의 대업을 이루어야 할 때입니다. 저의 이 대수롭지 않은 상처 때문에 대군을 이끌고 전쟁을 일으키려 하십니까? 저를 더 가까이 여겨 비호하시면서 어찌 만인의 마음을 기쁘게 하며 신뢰로 이끌 수 있겠습니까! 그리고 또 아우 저의 상처는 그리 심각하지 않으며, 무슨 일이 있어도 죽음에 이르지는 않습니다. 형님께서는 대군을 동원해 그자를 추격해 싸움을 일으키는 것을 멈추심이 옳을 줄 압니다!"

벨구테이가 세첸부흐를 추격하는 것을 막아서자 태조를 비롯해 놀라지 않는 사람이 없었다. 이에 태조는 분함을 어느 정도 누그러뜨리고, 아우 벨구테이를 크게 칭찬했다. 그리고 징을 쳐 촐론의 병사들을 모아들이고 출격을 멈추게 했다.

그때 사흘 동안의 혼례잔치를 마치고, 우두머리 사돈인 데이 세첸을 비롯해 9*9 81명의 사돈들에게 9*9수로 선물하고, 잔치에 참여한 많은 이에게 선물을 주어 떠나보낼 때가 되었다. 데이 세첸은 잔치 자리에서 태조가 자주 보랄을 칭찬하자, 태조가 보랄을 마음에 들어하고 흡족히 여기는 것을 알고, 곧 보랄을 불러 데리고 와서 술을 따라주며 태조에게 예를 다해 절하게 했다. 그리고 태조를 보필하며 힘을 바치라고 하자 태조가 크게 기뻐하며, 데이 세첸에게 술을 올려 깊은 감사를 표했다. 보랄에게도 술을 내리고 자신이 탔던 말과 안장, 멍에를 상으로 하사하자, 후이스 보랄이 다리를 구부려 무릎을 꿇고 존중의 예를 다해 절하며 고했다.

> 푸른 하늘에서 천명을 받고
> 인간 세상을 지배하시는 복되신
> 주군께서 하사하신
> 준마의 보답으로
> 강한 적의 진영에 이르러
> 굳게 닫힌 것을 뚫고 맞서겠나이다!
> 인간으로 태어난 이 육신을 던져 목숨이 다할 때까지
> 이르는 곳마다 선봉에 서겠나이다, 제가!

그렇게 해서 보랄은 태조 곁에 남아 그를 따랐다[원주] 이 같은 이야기를 사가들은 잘 기록하지 않았다. 후에 그는 서역에서 전사했다. 그렇게 해서 많은 사돈 측 사람들이 길을 떠날 때 아르로드 씨족의 라호 바얀의 아들 보가르지 역시 태조에게 와서 이별의 예를 행하자 태조는 그의 팔을 잡고 물었다.

"그대가 전에 했던 말이 있지 않은가? 이제 나와 함께 있지 않고 어디로 가겠다고 하는가?"

보가르지가 무릎을 꿇고 고했다.

"소신이 집에서 나올 때 저의 아버님께서 집에 계시지 않았나이다. 제가 지금 돌아가 아버님께 연유를 자세히 말씀드리고 집안 식구를 데리고 와서, 주군의 말 앞, 수레 뒤에서 분투하고 지내며 힘을 바치겠나이다!"

그러자 태조는 할 수 없이 허락하고 팔을 놓자, 보가르지는 예를 갖추고 길을 떠났다. 그로부터 1, 2년 동안 베데국은 나라의 힘을 기르며 성장했다. 한편 태조의 크나큰 명성이 더해지고 널리 퍼지면서, 그 위상이 날로 높아져 갔다. 모홀리와 보가르지, 보랄, 촐론 등은 모두 아내를 얻고 가정을 이루었다. 그 사이 또 태조의 가까운 친척 숙부인 금나라의 거용관 관문 밖에 사는 샌 부흐 왕의 딸 게겐 타르하이를 젤메와 맺어주고, 젤메를 보르지기드의 사위로 삼았다. 샌 부흐 왕의 둘째 아들 잠발은 멀리서 찾아와 서로 돕고 지냈다. 수년간 베데국 옛 지역에서 편안한 마음으로 사람들과 가깝게 지내며 여전히 군대를 훈련시키고 있을 때, 케 왕 토릴의 형 일루 하르는 마일즈 부족의 군주인 우니를 죽이고, 부족을 점령한 토도와 연합하여 기회를 틈타 케레이트부를 공격해 케 왕 일가를 모두 흩어지게 했다.

그런 상황을 태조가 듣고 운두르 세첸, 우넨 투르 등에게 사방으로 길을 나누어 병사를 내어주고, 서하국에서 케 왕을 맞아 데리고 오게 했다. 또 금나라 성 밖에 어느 중국인 대부호의 집에서 가축을 돌보고 있는 케 왕의 친동생 샌-오한트와 태조의 친척 동생인 잠발에게 사람을 보내 데리고 오게 하여 자신의 나라에서 지내게 했다. 이렇게 케 왕의 일가를 모두 함께 지내게 하여, 예전에 부친 예수헤이 바타르가 케 왕과 잘 지냈던 우호적인 관계를 실천했다.

계속해서 일루 하르는 나이만과 마일즈 부족의 토도 등에게 아부해 군사를 연합하여 또 케 왕을 포위하자, 태조는 또 하브트 하사르와 부흐 벨구테이에게 5천 명의 병사를 내어주고, 샌 부흐 왕의 수하인 사란 부르흐, 샌 뎀트 두 귀족 가문의 장군을 보내 마일즈 부족인 토도의 지역을 공격하여 제압하고, 상당량의 전리품을 얻고 케 왕을 구해냈다. 마일즈 부족에게서 얻은 전리품을 모두 케 왕에게 주고, 그의 케레이트 부족의 굶주림을 해결하도록 했다. 그런 다음 태조는 몸소 병사들을 이끌고 나가 케 왕과 합세하여, 그의 나라가 다른 부족에 점령되어 흩어진 것을 모아 정리해 줄 때 뜻밖에 베데국의 3대에 걸친 옛 원수인 타이치오드부와 또 새로운 원수인 타타르부에서 트집을 잡아 군대를 준비하는 일이 생겼다.

또 사모라는 작은 부족의 수장 이름은 토티살이고, 그의 외아들의 이름은 바르탄인데, 몇 년 전 태조의 여덟 마리 준마를 도둑질한 도둑은 바트탄의 친구들이었다. 바르탄은 보가르지의 긴 검 아래 죽고, 그를 추종했던 한 사람이 달아나 토티살에게 가서 울면서 상황을 고하자, 토티살은 너무도 괴로워하며 슬픔을 견디지 못하고 기절하고 말았다. 그는 원수 갚을 생각을 했다. 사모 부족이 비록 작은 부족이지만 자기 아들이 죽임을 당했는데, 어찌 원한을 품지 않을 수 있겠는가? 그렇게 몇 년 동안 원한을 품고 여전히 어쩔 도리가 없이 지내고 있을 때 태조는 케레이트의 흩어진 속민들을 모아들이고 있었다. 타타르와 타이치오드 부족은 원래 보르지기드와 3대째 철천지 원수였기 때문에 토티살은 타이치오드부를 찾아가 도움을 간청했다. 그것은 타이치오드의 군주인 칠게르 부흐와 타하르, 또 타하르의 두 아들 타르고다이와 탈보타이 등의 생각과 정확히 부합하는 일이었다. 그들이 태조의 장수들을 대적하는 어려움과 모홀리의 책략을 경계하며, 군대를 더하는 방법을 상의하고 있을 때 오르골이 크게 기뻐하며 무리를 헤치고 나와 말했다.

"듣자니 우리 타타르부의 군주인 초로브가 죽고, 그의 수하인 메게진 세르와 메게진 술 형제 가운데 형인 메게진 세르가 타타르부를 지배하고 있다고 합니다. 그는 원래 나와 사이가 상당히 좋습니다. 주군께서 제게 10여 명의 기병을 내어주라 명하시면, 소신이 가서 우리 타타르 병사 1만 명을 데리고 올 것입니다. 그러면 사모는 타이치오드부와 3만 병사로 보르지기드 부족을 반드시 섬멸할 수 있을 것입니다!"

그러자 칠게르 부흐는 타하르 등과 매우 흡족해하며 즉시 오로골에게 10여 명이 넘는 기병을 데리고 가도록 하여 보냈다. 오르골이 도중에 홍기라드부를 지나가기 때문에 홍기라드의 군주 데이 세첸이 그 내막을 탐지해 알고 크게 놀라, 태조에게 소식을 알리기 위해 큰아들 아즈나이 메르겐에게 서둘러 말을 질주해 달려가게 했다. 오래지 않아 아즈나이 메르겐이 베데국에 이르러 태조에게 절하고 자신이 온 이유를 세세히 고하자, 태조는 정중히 감사를 표하고 잔치를 벌여 존중의 예를 다해 대접했다.

태조가 밤에 불등 아래서 아직 차를 마시며 적을 맞설 방법을 궁리하고 있을 때, 객실 궁의 오요트 세첸이 일을 고하는 신호용 나무를 치며 들어와 고했다.

"밖에 자라이드의 모홀리 장군이 와서 주군께 인사를 올리겠다며 기다리고 있습니다."

태조는 갑자기 마음이 가벼워지며 반가운 마음이 들었다.

"모홀리 장군이 온 것에는 무슨 이유가 있음이 분명하니, 서둘러 들라 하시오!"

모홀리가 들어와 무릎을 꿇고 절하자 태조는 보좌 옆으로 가까이 자리를 내어주며 앉게 했다. 그러자 모홀리는 은혜에 절하고, 호랑이가죽 깔개에 무릎을 꿇고 태조 쪽을 향해 한쪽 무릎을 손으로 감싸 안고 반듯하게 앉았다. 태조가 몸을 돌려 모홀리를 향해 즐거운 얼굴로 미소 지으며 말했다.

사려 깊으신 대신 그대가
밝지 않는 밤에
다급히 온 것을
생각하면 분명 중요한 말이 있을 것이오
지체 말고 찬찬히 고하시오
좋고 나쁜 것을 숨기지 마시구려!

그러자 모홀리가 앉았던 자리에서 무릎을 꿇고 고했다.

아둔한 신하 모홀리가

나서기 좋아하는 타이치오드에 대해 들으니
사모가 타타르와 연합하여
느닷없이 3만 병사를 이끌고
싸우기 위해 온다고 합니다
신중히 맞서 싸워 그들을 돌려보낼
좋은 계책을 말씀드리기 위해 왔나이다
깊이 혜량하여 주시기 바라나이다, 주군이시여!

그리고 이렇게 고했다.

"요즘 들으니 타이치오드와 사모, 타타르 세 부가 연합하여 3만 병력을 이끌고 공격해 오고 있다고 합니다. 주군이시여, 이를 맞아 싸우시겠습니까 아니면 피하시겠습니까?"

태조는 얼굴에 미소를 띠며 말했다.

"적이 쳐들어오면 그에 대항하여 맞서는 것은 정해진 이치이거늘 도망치는 법이 있겠소?"

그러자 모홀리가 "싸움이 일어나면 우리 베데국에 투구를 씌울 수 있는 남자의 수가 어림잡아 늙은이와 빈약한 병사를 포함해도 2만 명이 되지 않습니다. 타이치오드와 타타르, 사모 세 부족은 모두 우리와 철천지원수로 원한을 품고 있는 부족들이고, 더구나 타이치오드의 군대는 매우 호전적입니다. 우리 군대는 2만에 미치지 못하고, 노인과 빈약한 병사로 3만 이상의 독을 품은 군대를 대적할 때 신성하신 주군께서는 어떤 가능성을 갖고 해결하면 될지 확신하는 바가 있으십니까?"라고 했다. 태조는 그 말에 잠시 마음이 가벼워져 기쁜 마음으로 말했다.

"나는 평소에 먹을 것, 입을 것을 나 혼자 독차지하지 않았소. 반드시 배고프고 추위에 떠는 백성, 신민들에게 나누어 주었소. 많은 이들이 나의 은혜를 신봉해 왔기에 그것을 믿고 싸운다면 가능하지 않겠소?"

"그것은 한 가지 방법이긴 하지만 첫째, 그것은 작은 은혜에 속하며 또 둘째, 전체에 미치지 못하는 믿음이라면 가능치 않습니다."

"나는 보통 때에 조상 열조의 수호신에게 진정한 마음으로 기도하오. 천상의 수호신께서 내가 고한 기도를 받아들인 것을 믿고 싸운다면 가능하지 않겠소?"

"이 두 번째는 가능할 수 있지만, 첫째는 보통의 믿음이고 둘째, 또 사람들의 마음을 하나로 뭉치게 할 수 없는 믿음이라면 가능치 않습니다."

태조가 또 말하기를 "나는 평상시 속국의 송사와 곤장을 치거나 죽이는 일에는 반드시 내 자신의 마음에 비추어 심판을 했소. 다른 사람을 부당하게 대하지 않은 것을 믿고 싸우면 되지 않겠소?"라고 했다.

그러자 모훌리가 "벌주어 때리고 죽이는 것을 자신에게 비추어 돌이켜 보는 것은 주군과 수행원들의 개별적인 일입니다. 이 세 가지가 합해진다면 그때 비로소 믿고 싸울 수 있을 것입니다. 그런데 가죽으로 된 북과 구리 바라라는 것은 적군 측에서 보면 다른 사람들의 귀와 눈을 두렵게 할 수 있고, 아군 측에서는 자신의 병사 수가 많아 명령을 서로 들을 수 없기 때문에 그것으로 신호를 삼을 수 있습니다. 수호기와 깃발이라는 것은 적군 측에서 생각하면 다른 이의 눈을 두렵게 할 수 있고, 아군 측에서는 자신의 병사의 수가 많아 진군하고 퇴각하는 것이 서로 보이지 않기 때문에 눈에 보이는 표식으로 삼을 수 있습니다. 그렇기에 이런 것들을 상당한 정도로 준비하지 않으면 아니 될 것입니다"라고 했다.

그러자 태조는 가축을 돌보며 자기 마음대로 지냈던 모홀리에게 이 정도의 지략과 먼 것을 내다보는 능력이 있음을 알고 깜짝 놀라며 말할 수 없이 기뻐했다. 또 그에게 군대를 공격할 전략을 묻자 모홀리가 고했다.

"그에 대해서는 상황에 맞춰 적을 맞아 변화시키는 것이 중요한데, 적과 맞선 연후에 방법을 뒤집어 변화시킬 때도 있습니다. 먼저 일정한 방법을 정하고 나면, 그것을 드러내서는 안 됩니다."

태조는 크게 기뻐하며 그를 칭찬했다. 모홀리의 말에 따라 한밤중에 아내 부르트겔진 주순이 여자 시종들을 데리고 끈과 피륙, 펠트, 가죽, 각종 비단으로 수호기, 깃발, 보개를 만들고, 오리안한의 젤메는 앞뒤로 달리며, 몇 수레의 북과 바라를 준비했다. 태조는 친히 병사들을 점검하여 노인과 약한 병사들을 모두 구별해 내고, 신체가 강건한 젊은이와 용사 1만 3천 명 정도를 선별하여 13개 군단으로 편성했다. 그리고 부호 벨구테이, 하브트 하사르, 오란 가촉, 오이트 오칙, 토르곤 샤르, 초 메르겐, 시리 호톡, 하르 히루, 젤메, 보랄, 제브, 촐론, 멩릭 이 열세 사람에게 각각 한 군단씩을 지휘하게 했다. 모홀리만은 높은 동산의 호랑이가죽 장막에 남아있게 하고, 태조는 조상 전래의 법령집과 진주를 박은 화살촉을 손수 가져와 그에게 건네며 전군을 통솔하는 총사령관에 봉했다.

그렇게 수호기와 북과 바라가 일시에 모두 갖추어졌기 때문에 모홀리는 체구가 작은 병사에게 갈고리와 방패를, 장애가 있는 병사들에게는 쇠뇌와 활을 잡게 했다. 건장한 병사들에게는 수호기를, 장수들에게는 북과 바라를 잡게 했다. 그리고 헤를렌 강가에서 사흘 동안 군사훈련을 하고 나자, 정말 타이치오드 등이 3만의 병력을 이끌고 와서 헤를렌강 건너편 강가에 설영했다.

태조가 말을 타고 높은 언덕에 올라가 살펴보니 세 부족의 군사력이 막강했기 때문에 언덕에서 내려와 자신의 병사들에게 명을 내리고, 군대를 되돌려 25리를 퇴각하여 설영했다. 토르곤 샤르와 초 메르겐은 모홀리가 갑자기 총사령관으로 추대되어 많은 이 가운데 높이 되자, 모홀리를 어리다고 대수롭지 않게 여기며 모홀리 곁에 와서 물었다.

"적군의 수는 3만이요, 우리 병사는 그 반에도 미치지 못하니 맞서 싸울 수 없는 것이 분명하오. 또 주군께서 적군을 보시고 25리를 퇴각하여 설영하신 것을 어떻게 생각하시오? 총사령관께서는 그 이유를 파악하셨소?"

모홀리가 웃으며 "이것은 실제로 우리의 복되신 주군의 전략적인 생각이십니다. 위엄 있는 주군께서 위엄을 보이시려는 전략입니다. 그것은 미리 말할 수 없고, 때가 되면 저절로 알게 될 것입니다"라고 하자 토르곤 샤르가 기분이 좋지 않아 돌아갔다. 그때 태조는 모호리의 진영에서 어떤 일이 있는지 보게 하려고 오요트 세첸을 보냈다. 오요트 세첸이 돌아가 토르곤 샤르가 와서 물었던 것과 모홀리가 대답한 것을 모두 태조에게 고하자 태조가 기뻐했다.

"모홀리가 내 심중을 알았도다!"

그리고 또 무슨 일이 있는지 들어보라고 보냈다. 오요트 세첸이 가서 보니 모홀리가 보랄을 불러 지시했다.

"그대는 1천 명의 병사를 데리고 한밤중에 은밀히 헤를렌강을 건너 건너편 강가에 매복해 있도록 하시오. 내일 신시가 다할 때쯤 만약 타이치오드가 패해 강을 반쯤 건너면, 그대는 병사들을 데리고 일렬횡대로 그들을 맞아 돌격해 그들의 말과 투구를 빼앗도록 하시오. 이것은 주군을 위해 충성을 다하는 중요한 일이오. 그대 이외에 다른 누구도 이 일을 감당할 수 없소."

보랄은 명령을 기꺼이 받들고 갔다. 모홀리가 또 촐론과 제브를 불러 명했다.

"그대 두 사람은 2천 명의 병사를 지휘하여 한밤중에 강을 건너고, 여기서 30리 끝 타르왁 사구에 매복해 있도록 하시오. 내일 해가 질 때, 만약 세 부족의 군대가 패하면 반드시 그곳으로 도망쳐 들어갈 것이오. 대패하면 그곳으로 피하지 못하고 지나갈 것이오. 그럴 때 그대들은 그들과 맞서 싸우지 말고, 또 추격해 위협하지 마시오! 중간쯤 지나갈 때 급습해 적군을 베어 죽이고 돌아오시오!"

두 사람은 그의 명을 받들고 갔다. 그때 토르곤 샤르와 초 메르겐은 여전히 우리 병사의 수가 적다며 걱정하고 있는데, 이제 또 3천 명의 병사를 보냈다고 하자 크게 두려워하며, 모홀리 가까이 가서 함께 병사를 보낸 이유를 묻자 모홀리가 웃으며 말했다.

"제게 뜻하는 바가 있습니다. 어르신들께서는 마음을 편히 하시고, 우리 군신들이 적을 누르는 것을 보십시오."

그러자 그 두 사람은 마음속으로 냉소하며 돌아갔다. 이러한 일의 정황을 오요트 세첸이 돌아가 태조에게 낱낱이 고하자, 태조는 손바닥을 이마에 대고 기도했다.

"천부시여, 이같이 탁월한 사람을 낳게 하시고, 저를 돕게 하시니 제가 무슨 걱정할 일이 있겠습니까?"

또 낮에 세 부족의 군대는 태조의 병사들이 퇴각하는 것을 보고 크게 오만해졌다. 오르골과 토티살이 앞으로 들어가 칠게르 부호, 타하르, 메게진 세르탄을 이끌고, 강을 건너 25리 길을 돌격해 들어갔다. 베데국의 병영 앞에 이르러 대열을 정렬하고 진시에서 오시까지 싸우자고 욕설을 해댔다. 그러나 모홀리는 병사들을 단단히 지키고, 미동도 하지 않고 아무 소리도 내지 않았다.

태조가 몇 번 재촉하고 나서야 모홀리는 병사들을 배불리 먹이고, 미시未時가 시작되자 비로소 대군을 이끌고 나가 대오를 정렬했다. 세 부족의 병사들이 기다리다가 지쳐서 곧바로 대군을 이끌고 공격해 들어가자, 모홀리가 나무를 쳐 신호를 보내자마자 대군 가운데 쇠뇌와 활을 쥔 병사들 모두가 밖으로 활을 쏘아댔다. 그러자 적군이 그 화살촉에 맞아 무수히 죽고 상처를 입었다. 태조의 병사들은 땅에 발을 쇠덫처럼 견고히 붙이고 서서 미동도 하지 않았다. 태조의 어린 시절 그가 울며 붙잡았지만 그를 버리고 떠나갔던 홀진이 타이치오드의 병사들 앞에서 말을 타고 가는 것을 보고, 태조의 눈에서 불같이 분노가 타올랐다. 태조가 즉시 공격하려고 하자, 모홀리가 급히 나와 이를 제지했다.

"지금 공격해서는 아니 됩니다."

그리고 타이치오드의 군대가 세 번 공격해 온 연후에 모홀리는 높고 큰 수레 위에 올라가 고개를 들어 상황을 살펴보고, 이제 싸울 때가 되었다며 말에서 내려 중앙의 큰 북을 힘껏 두드리며 큰 소리로 일갈하자, 사방팔방에서 10개 군단의 군대 북과 바라 소리가 일제히 울려 퍼졌다. 수많은 병사들이 일제히 함성을 지르며 돌격해 들어가자, 한 사람이 열 사람에 필적할 만한 기세였다. 세 부족의 군대는 대패하고, 공격해 들어가면서 서로 짓밟아 죽은 자가 헤아릴 수 없이 많았다.

태조가 한 필의 말로 군대 앞으로 나가 선두에서 지휘하여 홀진을 죽이려고 달려가자, 홀진은 그를 보고 간이 오그라지도록 두려움에 떨며 서둘러 말을 되돌려 달아났다. 한편 하브트 하사르, 부흐 벨구테이가 양편에서 적군을 베어 죽이며 공격해 들어가자, 세 부족의 병사들이 검과 창을 종횡으로 마구 버려두고 정신없이 도망쳤다. 한편 하르히루가 돌격해 들어가는 바로 그때 메게진 세르와 딱 마주치자 마법의 늑대 곤봉으로 일격을 가했다. 메게진 세르는 오른쪽 어깨에 곤봉을 맞고, 말 위에서 몇 번 비틀거리더니 안장 받침대를 껴안고 달아났다. 시리 호탁이 곧장 대군을 급히 추격하려고 하자, 모홀리가 순간 호통을 치며 멈추게 했다.

"잠시 추격을 멈추시오!"

모홀리가 말에서 내리더니, 타이치오드의 말 발자국과 수레바퀴가 굴러간 자취를 자세히 살펴보았다. 또 큰 수레에 올라가 타이치오드의 수호기와 말발굽에서 일어나는 흙먼지를 보더니 "이제 추격해도 좋소"라고 했다. 이에 대군을 움직이자 수많은 병사들이 적을 뒤쫓아 민첩하게 공격해 들어갔다. 마치 산이 무너지고, 강물이 쏟아져 내리듯 죽임을 당한 세 부족 병사들의 뼈가 초원에 그득했다.

헤를렌강에 도착해 바야흐로 강의 중간을 건너갈 때쯤 강 상류에서 바라와 북 치는 소리가 울리고 보랄이 1천 명의 용맹스런 병사를 이끌고 내려오자, 헤를렌강이 붉은 핏빛으로 물들었다. 태조가 또 홀진을 찾아 강가에 이르자 홀진이 건너편 강가로 올라가고 있었다. 태조가 마음이 매우 조급해져 돌아보니, 초 메르겐이 말을 달려오고 있었다. 태조는 급히 초 메르겐을 향해 손가락으로 홀진을 가르키며 "즉시 저 자를 쏘라!"고 명했다. 초 메르겐이 활을 힘껏 당겨 그를 겨냥해 쏘자, 활이 홀진의 견갑골 사이에 정통으로 맞아 홀진이 말에서 굴러떨어졌다. 그러자 보랄의 수하 병사가 달려가 그를 붙잡아 포박했다. 타이치오드의 병사 가운데 물에서 흩어지고, 싸움에서 죽은 자들이 수도 없이 많았으며, 그 반수 이상이 상처를 입고 달아나 전세가 불투명해지자 타하르와 칠게르 부호는 등자 아래서 가슴을 치며 탄식했다.

"이 모든 것이 토티살 그 한 놈의 말을 들어 한 부족이 모두 망할 지경이 되었도다!"

그 말이 끝나기도 전에 또 갑자기 바라와 북소리가 천둥처럼 요란히 울려 퍼지더니, 제브와 촐론이 양편에서 큰 소리를 지르며 돌격해 왔다. 그러자 세 부족의 병사들이 혼비백산하여 대혼란이 일어났다. 촐론이 또 적군의 병사들에게 일러 말하기를 "항복해 들어온 병사들의 목숨을 살려주겠다"라고 큰 소리로 공포하자, 세 부족의 병사들 가운데 무기를 버리고, 무릎을 꿇고 항복한 자의 수가 9천 명이 넘었다.

오로골은 타하르를 이끌고 길을 찾아 달아났고, 메게진 세르와 칠게르 부호는 틈을 살펴 그곳을 빠져나가 도주했다. 토티살은 타하르와 칠게르 부호가 방금 전에 했던 말을 그 수하 병사에게서 들었지만 그를 감히 따라가지 못하고, 혼자서 있는 힘을 다해 말을 달려 다른 방향으로 달아났다. 그렇게 달려가다 큰 구렁에 이르자 그제서야 겨우 말을 멈추고 잠시 쉬면서 안장을 고치려 했다.

그때 또 세 명의 말 탄 사람이 달려오고 있는 것이 보였다. 달밤인데 꽤 어두웠기 때문에 토티살은 달 반대편으로 몸을 구부리고 보니, 앞에 오는 사람은 큰 키에 얼굴이 네모나고, 원숭이 같은 어깨에 곰의 목을 하고 있었다. 그 뒤에 두 수행원이 따라오고 있었는데, 그들 뒤에는 상당히 많은 낙타에 짐 싣는 수레가 멈추어 서 있었다. 그 정경을 보면 이동하는 사람들 같았다. 그러자 그 키 큰 사람이 토티살 가까이 다가와 그가 허둥지둥 서두르는 모습을 보고 꾸짖듯이 물었다.

"그대는 무얼 하는 사람이오? 무슨 일로 지금 이같이 서둘러 달려가며 말을 지치게 하는 것이오?"

그러자 토티살이 그를 여행객으로 여겨, 그의 숙소에 들어가 하룻밤을 지내겠다고 했다. 그리고 일의 연유를 사실대로 말하면서 말을 미처 끝내지 못하고 있을 때 그 큰 사내는 그의 말이 끝나는 것을 기다리지 않고, 큰 소리로 일갈하며 원숭이 같은 어깨를 펴고, 토티살의 허리띠를 당겨 끌어내더니 그를 포박하게 했다. 이 사람은 아르로드의 보가르지인데, 그해 집으로 돌아가 서둘러 '고'[3]라는 이름의 아내를 얻고, 아들 하나를 낳았다. 아이를 낳을 때 구름에 떠 흔들리는 꿈을 꾸어 아이에게 '울렌치르비'[4]라는 이름을 지어 주었다. 그리고 외아들로서 자식된 도리를 하기 위해 자기 아들을 부모님에게 남기고, 아내를 데리고 태조를 따르기 위해 자신의 게르 등 생활에 필요한 것들을 챙겨 가지고 가던 중에 토티살을 만났던 것이다.

한편 모홀리는 징을 치고 병사들을 모았다. 또 아침에 태조가 장막에서 나간 뒤 보랄은 홀진을 붙잡아 포박해 떠밀며 데리고 왔다. 태조가 홀진을 보고 욕설을 퍼부었다.

"예전에 내가 어렸을 때 종 된 네가 날 멸시하며 내 손을 뿌리치고 배반하고 가더니, 이제 또 적이 되어 돌아왔구나. 내가 너를 어찌 잊겠느냐?"

홀로된 홀진이 머리를 땅에서 떼지 않고 절하며 고했다.

"종 된 제가 그때는 주군께서 어찌하여도 이처럼 될 거라고는 꿈에도 생각지 못하였기에 돌아섰습니다. 배반한 일에 대해 주군이라면 분명 원수를 갚을 거라고 두려워하며, 죽임을 당할 것으로 생각해 왔습니다. 이제 이미 붙잡혔으니 주군께서 크나큰 자비를 베푸시어 목숨을

---

3 '아름답다'는 의미의 이름.
4 '울(울렌)'은 몽골어로 '구름'이란 뜻.

살려주실 것을 간절히 바라나이다. 주군이시여, 옛 종의 좋은 점을 생각하시고, 잘못을 용서해 주십시오!"

태조를 비롯해 그곳에 있던 측근의 사람들이 모두 웃었다. 태조가 은근히 미소를 띠더니, 이같이 자신의 주인을 배반한 자들이 또 저런 말을 한다며 크게 진노했다.

"이 종을 즉시 끌어내어 난도질하여 베어 죽이고, 만인에게 보이라!"

태조는 멩릭에게 명을 내리고, 훌진을 밀어서 내보내자 그가 또 고개를 돌려 "목숨만 살려 주십시오. 종 된 제가 다시는 배반하지 않겠습니다!"라고 했다. 그때 검과 도끼를 쥔 병사가 훌진의 입과 코를 사정없이 곤봉으로 때리며 끌고 나갔다. 그러자 곧 오요트 세첸이 들어와 무릎을 꿇고 고했다.

"밖에 아를로드의 보가르지가 토티살을 생포해 왔습니다."

태조가 기뻐하며 들이라고 했다. 보가르지가 들어와 절하고, 토티살을 잡은 연유를 고했다. 그리고 그를 데려와 무릎을 꿇리자, 태조가 보가르지를 크게 칭찬하고 잔치를 베풀어 주었다. 태조는 토티살의 죄를 묻게 하고, 법에 따라 그를 베어 죽이고, 그의 머리를 쳐서 도막을 내 훌진의 머리와 함께 나란히 높은 걸대에 쇠막대로 박아 많은 이들에게 보게 했다. 이번 전쟁에서 얻은 전리품은 말과 낙타가 2만 3천 마리 이상이 되었고, 무기, 갑옷, 투구가 수레 100대가 넘었다. 또 항복해 온 병사의 수가 9천200명 가량 되었다.

한편 토르곤 샤르와 초 메르겐, 쉬르 호톡, 젤메가 모두 모훌리에게 주군께서 군대를 퇴각시켜 설영한 것과 북을 즉시 두드리지 않고, 또 적군을 즉시 추격하지 않는 이유에 대해 물었다.

그러자 모홀리가 말하기를 "여러 아형들께서는 잘 생각해 보십시오. 소같이 힘센 어리석은 사내와 조심성이 있고 지략 있는 사람 둘이 씨름을 하면 어리석은 사람이 분명 실수를 할 것입니다. 그밖에 적의 군사력이 아직은 강하기 때문에 우리 주군께서 그에 기가 죽고 약함을 보여, 적을 들뜨게 하고 오만함을 더하게 한 것입니다. 모든 사람은 오만이 과하면 곧 주의를 기울이지 않게 되어 그 적을 이길 수가 있게 되는데, 이것이 승리의 한 가지 전략입니다. 병사들의 사기를 생각해 보면, 이른 아침에 사기가 오르고, 낮에는 사기가 떨어지며, 해가 지는 저녁의 사기는 약해집니다. 음식을 배불리 먹으면 사기가 높아지는 법, 그래서 나는 그들 병사들이 사기가 떨어지고 약해지는 것을 기다리면서, 우리 병사들을 배불리 먹여 사기를 충천하게 만들고 나서 비로소 출정을 시켰습니다. 이것이 적을 이길 수 있었던 두 번째 전략입니다.

또 싸울 때는 반드시 군대의 호전성을 가장 우선적인 것으로 삼습니다. 북은 처음 치자마자 병사들의 사기가 모두 고무됩니다. 그렇게 민첩하게 앞으로 돌진해 들어가 다시 북을 치면 병사들의 사기가 더욱 맹렬해집니다. 세 번을 치면 병사의 사기는 완전히 끝이 나는 데 이르게 됩니다. 그들 병사는 우리에게 세 번 공격해 왔기에 맹렬한 사기는 이미 끝이 났던 것입니다. 우리의 병사는 북을 한 번 치면 사기가 처음 불타오르는 때이기에 그런 불타오르는 사기로, 그들이 이미 사기가 떨어진 때에 밀고 들어가면 분명 이길 수 있는데, 이것이 승리할 수 있었던 세 번째 전략입니다.

또 한 번 승리한 후 곧 빠르게 추격해서 적을 죽여야 하지만 추격하지 않는 것은 타이치오드는 큰 부족이기 때문입니다. 큰 부족을 얕잡아 보아서는 아니 됩니다. 만약 그들의 매복한 병사가 있는가를 알려면, 그들 병사들의 발자국과 말 발자국을 보아 모두 짝짝이가 아니라면 반드시 군단이나 무리가 일정한 대열을 이루고 있는 것입니다. 그래서 말에서 내려 적군 병사들의 발자국과 말의 발자취를 살펴보니 정말 발자국들이 모두 짝짝이로 매우 혼란스럽고 무질서하게 되어 있었습니다. 또 큰 수레에 올라 그들의 수호기와 말발굽에서 일어나는 먼지를 살피자 부대가 서로 뒤섞여 혼란이 일어나고, 부대의 대열이 고르지 않았습니다. 그렇기에 진정 적군은 패했으며 매복한 군사가 없다는 것을 분명히 알고, 단번에 추격함으로써 비로소 모든 것을 얻고 승리할 수 있었던 것입니다. 이것은 곧 쉬면서 어렵지 않게 맞서는 전략이며, 적은 수로 많은 병사를 이기는 계략이라 할 수 있습니다"라고 하자 많은 신하들이 용사 모흘리의 지혜로움에 크게 놀라며, 그제서야 탄복하고 그를 따랐다.

일 년 사이에 사방의 많은 부족들이 귀순해 들어왔다. 잘라이드, 가치곤, 하르가이, 게렐테이, 치마드의 고르와드, 토르고드, 바르가에서 오욘고, 타라고에서 호르츠 바이르, 실다드에서 찬드간 세첸, 고르로드에서 자모하를 비롯해 10개 이상의 부족이 투항해 오자, 태조는 기뻐하며 그들을 격려해 자신이 타는 준마와 자신이 입던 옷가지, 자신이 키우는 가축과 먹고 마시는 차, 버터를 상으로 나누어 주었다.

이처럼 많은 이의 궁핍함과 어려움을 크게 회복시켜 주었으며, 그 자비로움으로 태조의 명성이 더욱 자자해졌다. 사방에서 태조에 대해 모두가 말하기를, "베데국의 군주, 신성한 자손 테무진은 자신이 입던 옷을 다른 사람에게 벗어 주어 입게 했으며, 타던 말을 다른 이에게 주어 타게 했다. 진정 남풍이 불어 얼음을 녹이고 구름을 걷게 했다. 태양이 나타난 것처럼 진실로 그는 진정한 천자요, 북극성과 같은 자이다"라고 했다. 이처럼 태조의 명성이 오환烏桓[5]의 북쪽 지역에 널리 퍼졌다.

한편 도적의 자식들인 라이하드 부족의 세첸부흐는 태조에게서 어머니와 할머니또는 아내를 빼앗기 위해 가서 싸우겠다고 했지만, 힘이 미치지 못했기 때문에 몸을 결박당한 채 검은 죄수복을 입고 기어들어와 땅에 머리를 조아리고 울며 죽을죄를 지었다고 무릎을 꿇고 구부리고 있었다. 태조는 어두운 얼굴로 세첸부흐를 편치 않게 바라보더니 큰 소리로 질타했다.

"내가 너를 보니 생김새는 올빼미 같고, 눈매는 반역할 상이요, 배신하고 뒤집기를 잘하고, 요리조리 놀리는 주둥이로 해악을 일으키는 자처럼 참으로 신뢰할 수 없는 인간이로다. 오늘 찾아와 따르다가, 부인과 할머니를 끌어내 데리고 가게 되면 내일 곧바로 배신하고 변하는 아첨하는 놈이 바로 네 놈일 것이다."

---

5 고대 부족명으로 동호(東胡)족의 한 지류. 진(秦) 말 동호족이 흉노에 멸망한 후 일부가 오환산에 옮겼으므로 명칭이 붙여졌다. 한 무제(武帝)가 흉노를 격파한 후 한에 부속되었으며, 이때 봉작을 받아 변방 수비를 맡았다. 후에 한족 및 선비족에 융합되었다(이병갑, 『중국역사사전』, 학민사, 2006, 309쪽).

그러자 세첸부호가 머리를 땅에 박으며 고했다.

아버님처럼 자비로우신 주군께서 만약 저의
어머니와 아내를 다시 풀어 주시고
이 종의 목숨을 살려 주신다면
이후로 부끄러운 종 세첸부흐 제가
개과천선하여 죽을 때까지 충성을 다하며 살겠나이다
대항하는 적을 만나면
선봉이 되어 진격해 들어가겠나이다, 제가
사냥감을 사냥할 때면
주군의 가슴 섶이 되어
사냥감을 몰아드리겠나이다, 제가
대적하는 적을 만나면
주군을 엄호하는 자가 되어,
함께 공격해 들어가겠나이다, 제가
바위틈에 사냥감을 사냥할 때면
주군의 소맷자락이 되어
사냥감을 일으켜 세우겠나이다
사나운 적을 만나면
주군의 성이 되어
가장 먼저 공격해 들어가겠나이다, 제가
험한 곳에서 사냥을 할 때면

주군의 누울 자리를 챙기며
구렁말을 끌겠나이다, 제가
못된 적을 만나면
큰 수레가 되어
그 자취를 쫓아가겠나이다, 제가
성산에서 사냥할 때
파수꾼이 되어
산천의 큰사슴을 몰아드리겠나이다, 제가
평화로운 나라에서 신의를 잃지 않는다면
이 몸이 부서지도록 충성을 다하겠나이다
제가 한 모든 말에 약속을 지키지 못한다면
제 검은 머리를 베십시오!

세첸부흐가 이렇듯 맹세하자, 태조는 그의 긴 맹세에 웃음이 나와 가볍게 미소를 지었다.

"마음 깊은 곳에 올바름이 없다면, 주둥이에서 아무리 멋진 말을 한들 무슨 소용이 있겠는가? 만약 간교한 잔악함에서 돌아서지 않으면 약속대로 분명 죽음을 면치 못할 것이다."

태조는 찬드간 세첸을 불러 야보하이와 호르친 두 부인을 지하 감방에서 끌어내 데려다 주었다.

한편 타이치오드의 수장 타하르는 일시에 대패하고, 난군들에게 심한 상처를 입고 돌아가 몇 달이 지나지 않아 또 상처를 입어 죽고 말았다. 그러자 그의 아들 타르고다이와 탈보타이 두 사람 가운데 타르고다이는 칠게르 부호와 함께 타이치오드를 지배하고 전횡을 일삼았다. 그러자 그 방계인 졸라이 부족의 수장 유럴이라는 자가 마음이 변해 태조 가까이 지내면서 투항하려고 생각했다. 그는 태조의 인간됨을 알아보기 위해 달라드라는 곳에서 연합하여 대규모 사냥을 하자고 초대하기 위해 사람을 보냈다. 그러자 태조가 곧바로 가겠다고 답하자 보랄이 나와 막으며 말했다.

"졸라이는 타이치오드부의 근친으로 원래 우리와는 연합하지 않았었고, 지금은 새로운 원수가 되었습니다. 주군께서는 가벼이 가셔서는 아니 됩니다."

그러자 태조가 "내가 온 자의 낯빛을 살피니, 다른 것은 없는 듯하였소. 그뿐 아니라 늑대 무리에 들어가지 않으면 늑대 새끼를 잡기 어려우니 괜찮소. 내가 가서 알아보리다!"라고 하자 토르곤 샤르가 앞으로 나와 고했다.

"주군께서 가시겠다면 가십시오. 그러나 신중하고 용맹한 자를 데리고 가지 않으면 아니 될 것입니다."

모훌리가 "옳은 말씀입니다"라고 하며, 보가르지, 보랄, 젤메, 제브, 초 메르겐, 시리 호톡 여섯 명의 대신을 데리고 가게 했으며, 300명의 병사를 선발해 보냈다.

며칠을 가서 달라드라는 곳에 이르자, 졸라이 부족의 수장 유럴이 그곳에 와서 사흘을 지내고 있었다. 태조 일행이 이르자, 그가 기뻐하며 절했다. 함께 며칠 동안 사냥을 할 때 태조가 그의 벗들에게 음식과 마실 것을 마음껏 먹게 했다. 그때는 아직 한겨울이었는데 졸라이 부족 사람들이 옷을 얇게 입은 것을 보고, 태조가 보랄을 시켜 20마리 낙타에 실어 털옷을 가져오도록 보냈다. 그해 베데국에서는 양이 새끼를 많이 낳아 양이 번성했기 때문에 보랄은 그에 더해 10마리 총 30마리 낙타에 털옷을 실어 가져올 때, 낙타 발에서 일어나는 먼지로 붉은 태양이 가려져 누런 모래가 빛 없는 하늘을 온통 뒤덮었다. 혹한의 때였기에 태조는 유럴을 따르던 4백 명 이상의 병사들 모두에게 옷을 나누어 주었다. 졸라이 부족 사람들이 지르는 기쁨의 환호성 소리에 산천이 진동했다.

하루는 사냥을 하다가 바위 협곡의 어두운 골짜기로 들어갔다. 유럴이 갑자기 한 마리 호랑이를 보고 두려움에 소리를 질렀는데, 호랑이는 으르렁대며 사람을 보아도 피하지 않았다. 당혹스러웠는지 한 번 이를 갈며 포효했다. 바람이 울부짖고 좁은 골짜기 안에서 이마가 희고, 몸집이 큰 호랑이가 땅에 엎드려 흙을 파대며 다가왔다. 그 포효하는 소리에 산과 바위가 진동하고, 마른 나뭇잎이 흔들거리며 우수수 떨어졌다. 유럴은 호랑이의 포효소리를 듣자마자 급히 말머리를 돌려 도망쳤다. 그러자 호랑이가 쏜살같이 달려들어 눈 깜짝할 사이에 유럴의 말꼬리를 물려고 하는 순간, 태조가 그것을 보고 산등성이에서 황갈색 말을 타고 날듯이 급히 달려 내려와, 호랑이의 옆구리 쪽을 향해 달려 들어갔다. 그리고 호랑이의 붉은 겨드랑이를 겨냥해 황금 깃털이 달린 화살을 쏘자 호랑이가 쓰러졌다. 졸라이 부족 사람들이 모여들어 자신의 주군이 쏘았다고 착각하고, 호랑이를 매고 갔다.

그때 유럴은 있었던 일을 사실대로 말하지 않고 도리어 얼굴에 오만한 표정을 드러내자, 여섯 대신이 모두 분노하여 호랑이를 빼앗아 오겠다고 했다. 그러자 태조가 머리를 흔들어 제지하고, 그들 부족을 향해 그 수장인 유럴의 탁월한 능력을 대단히 여기며 크게 칭송했다. 보가르지가 주군의 생각을 간파하고, 다음 날 또 사냥감을 막아 졸라이 부족 쪽으로 몰아주자, 졸라이 부족의 병사들이 아주 많은 사냥감을 사냥하며 크게 기뻐했다. 열흘 동안의 사냥을 마치고, 태조가 돌아갈 때 유럴은 졸라이 부족의 400명이 넘는 병사를 데리고 길가에서 무릎을 꿇고 눈물을 떨구며 말했다.

"타이치오드는 비록 우리의 형제 나라이지만 늘 우리 재물과 가축을 빼앗고, 무례하게 우리를 괴롭혀 왔나이다. 그는 나라를 다스리려는 마음이 조금도 없는 듯합니다. 우리가 볼 때 세상을 지배할 군주는 그대밖에 다른 이가 없나이다. 우리가 돌아간 뒤 부족 사람들을 다 데리고 곧 가서 주군 그대에게 힘을 바치겠나이다!"

그러자 태조가 좋은 말로 다독여 그와 헤어졌다. 태조가 하루 거리를 달려 자신의 영지로 돌아가던 중 산 안쪽으로 물의 흐름을 따라가면서 살펴보니, 지형이 매우 험하고 가파른 골짜기였기 때문에 여섯 대신에게 "거칠고 험한 길을 조심하고, 험준한 바위가 있는 산을 경계해야 한다고 하지 않았소? 만약 여기서 적이나 도둑을 만나면 어찌하겠소? 이곳의 물이 맞지 않아 몸이 좋지 않소"라고 했다.

보가르지가 전통에서 화살을 뽑아, 자신의 회색말을 몰아 빠르게 주군 앞으로 가서 주군을 칭송하며 이렇게 노래했다.

권세 있는 천자께서 계시는데
힘센 적을 어찌 두려워하겠나이까, 우리가
이들 모든 신하가 있는데
교활한 도둑을 어찌 두려워하겠나이까, 주군이시여
새끼 고니처럼 한데 뒤엉기지 않겠나이다
거짓말쟁이 못된 인간의 말을 따르지 않겠나이다, 우리가
난리를 일으키는 적에 목숨을 걸고 싸우겠나이다
뒤로 물러서지 않고 죽을힘을 다해 싸우겠나이다, 우리가
주군께서 앞서가시는데
사악한 적을 어찌 두려워하겠나이까, 우리가
모두 함께 하나로 가는데
간악한 도둑을 어찌 두려워하겠나이까, 우리가
얼룩 원앙새끼처럼 허둥대며 당황치 않겠나이다
버릇없는 못된 인간의 말을 듣지 않겠나이다, 우리가
싸울 적을 만나면 목숨을 바치겠나이다
온 마음을 다해 충성을 다하겠나이다

이렇게 노래하며 갈 때 갑자기 산의 구렁에서 나팔소리가 나더니, 저편 둔덕에서 검은 콘도르 수호기가 세워졌다. 그러자 곧 사방에서 구렁에 매복해 있던 2, 3백 명의 병사들이 함성을 지르며 나와, 태조와 신하들을 가운데 두고 둥글게 에워싸 포위했다. 보가르지가 말을 타고 질주해 들어가서 큰 소리로 외쳐 물었다.

"신성한 주군께서 여기 계시다. 무례한 그대들은 어떠한 자들인가?"

상대편 적군의 선두에 선 사람이 호통을 치며 말했다.

"이름이 있는 자라면 이름을 말하고, 이름이 없는 자라면 우리가 그 목숨을 처단할 것이다!"

보가르지가 분노가 솟구쳐 소리쳤다.

"이름이 없는 그대는 여우인가 토끼인가? 그리 이름이 없으면서 부끄러움도 없는 그대는 무슨 이유로 우리를 막아서는 것이더냐?"

"우리에게 훌륭한 이름이 있다! 우리는 어부이자, 타르박 사냥꾼이다!"

그가 말을 마치기 전에 곁에서 시리 호톡이 위엄이 가득 찬 목소리로 외쳤다.

"그대들에게 무슨 좋은 말을 묻겠는가? 분명 타타르의 메게진 세르가 아니더냐?"

시리 호톡은 반달 모양의 작은 도끼를 돌리며 주변에 있는 자들을 베어나갔다. 보가르지는 타타르라는 말을 듣자마자 눈이 붉어지면서, 큰 검을 전광석화처럼 사정없이 휘둘렀다. 제브와 젤메는 동시에 날듯이 말을 달려, 창과 검을 춤추듯이 움직여 공격하기 시작했다. 시리 호톡은 고성을 지르고 긴 장대 도끼를 흔들며 메게진 세르를 베기 위해 달려들자, 그 옆에서 오르골이 나와 그를 맞아 싸웠다.

그때 태조는 심히 지쳐 있었기 때문에 초 메르겐과 후이스 보랄이 곁에 있었다. 메게진 세르가 태조의 용사들을 보고 서둘러 "활을 쏘라!"고 명하자, 사방에서 메뚜기가 날듯이 활을 쏘아댔다. 보랄이 서둘러 말에서 내려 갈색 안장 밑 깔개를 꺼내 가지고 다시 민첩하게 말에 올라타 태조 앞에서 보호막이 되어 그것을 잡고 서 있었다. 초 메르겐이 화살이 날아다니는 난리통에 공연히 추춤거리고 있자, 보가르지가 앞으로 달려나가 싸우면서 뒤를 보고 초 메르겐을 불렀다.

"후이! 초 메르겐, 주군 앞에서 이렇듯 힘을 바치지 않고 땅굴에서 나온 들쥐처럼 어찌 몸을 사리며 버둥대고 있는 것이오?"

그러자 초 메르겐이 크게 부끄러워하며 서둘러 활과 화살을 꺼내 적편을 향해 무수히 활을 쏘자 비껴가 적중되지 않는 것이 없었다. 진정으로 초 메르겐이라는 이름을 욕되게 하지 않았다. 타타르의 정예군과 저항군이 또 활을 쏘기 시작하는 것을 보고, 힘을 더하여 더 많은 활을 쏘며 접전할 때, 한 개 화살이 정확히 보랄의 머리에 맞아 보랄이 말에서 떨어졌다.

이 일이 어떻게 될지 알고자 한다면 여명이 밝아 저자인 나의 게르에 빛을 비춘 연후에 다음 장에서 연이어 보게 될 것이다.

【평언】

저술가 타이지인 나는 원래 성격이 제멋대로인지라 생활에 도움이 되지 않는 일에 애쓰는 성향이 있다. 어려서 그림 그리는 일에 몰두할 때 화부[6]에게 말하기를 "그림 그리는 것을 배울 때 세 가지 길이 있습니다. 첫째, 마음에서 우러나와 그리는 것. 둘째, 스승을 따라 화법대

6 '화가'의 뜻으로 생각됨.

로 그리는 것. 셋째, 구체적인 사물을 대상으로 똑같이 그리는 것. 이 세 가지 가운데 자기 생각에서 떠오른 대로 그리는 것이 가장 좋다고 할 수 있습니다"라고 했다.

이 장을 보면 비록 하나의 서사이지만 그 내용을 구분해 본다면 그 안에 전체 아홉 단락이 있으며, 그 자체에서 생겨난 아홉 가지 큰 규범이 있다. 남쪽 지역의 경우 배우고 따라야 할 규범이 있기에, 고대 군자들은 마음에서 자연히 떠오른 것을 표현하지 않았다. 다만, 북방 지역에서는 원래 본질적인 것이 아닌 것이 없기에 진정한 본질에서 비롯된 아홉 가지 놀라운 것이 있는데, 그것은 무엇일까? 간략히 말하면 다음과 같다.

태조의 타고난 지성과 성인의 현철함은 하늘같이 높다. 태조가 신구新舊의 신하를 자애롭게 돌보는 사랑의 마음은 대지처럼 두텁다. 벨구테이, 보랄, 모홀리, 유럴은 경외하고 신뢰할 수 있는 참된 주군을 얻은 것이다.

태조가 케 왕을 도와 세 번 힘을 더해 준 것은 모두 아버지를 따랐던 일이다. 태조가 다른 사람에게 좋은 말과 먹을 것, 입을 것을 나누어준 은 인이다. 벨구테이, 보랄, 모홀리가 자신들의 생각을 고한 것은 의義요, 유럴이 태조의 성품을 알아보고 투항한 것은 예禮이다. 데이 세첸이 보랄을 태조에게 내어준 것은 지智요, 보가르지가 자신이 말한 대로 와서 투항한 것은 신信이다.

그렇게 해서 하늘과 땅, 군주와 아버지, 인, 의, 예, 지, 신 이 아홉 가지가 자연히 경이로움을 이룬 것이다. 이것은 간략하게 언급한 요지이다. 만일 계속되는 사건을 구분해 보면 첫 번째 부분은 벨구테이가 태조의 행동을 제지한 것, 두 번째는 보랄이 가서 절한 것, 세 번째 부분은 케 왕을 구한 것, 네 번째는 모홀리가 의논한 것, 다섯 번째 부분은 적을 제압한 것, 여섯 번째 모홀리가 전략을 설명한 것, 일곱 번째 많은 부족들이 와서 투항한 것, 여덟 번째 세첸부흐를 질책하고 용서한 것, 아홉 번째 부분은 졸라이 부족과 사냥을 하고 투항시킨 일이다.

이 아홉 부분에 또 아홉 가지의 깊은 의미의 차이가 있다. 부흐 벨구테이는 용사의 으뜸이요, 강직한 자로 상처를 견디고 형을 설득한 것은 고대 초패왕이 장한章邯[7]을 투항시킨 것과 장의덕이 양원을 존숭한 것 이상의 일이다. 보가르지가 절하며 태조를 따른 것은 관운장의 의자義子 관평關平[8]에 못지않다.

태조가 케 왕의 나라를 건재하게 만들어준 것은 춘추시대 다섯 명의 호전적인 장수의 우두머리 정환공鄭桓公[9]보다 더한 일이다. 모홀리가 태조와 상의하고 물은 것은 관중이 제나라에 새롭게 재상으로 들어간 것보다 흥미롭다. 적을 누르고 타이치오드에 승리한 것은 손무자가 월국

---

7 장한(章邯, ?~기원전 205) : 진(秦)나라의 장군. 진이세(秦二世) 3년(기원전 207)에 거록 전투에서 항우(項羽)에게 패한 뒤 투항했다. 그런 뒤 옹왕(雍王)에 봉해졌다. 초한 전쟁 대 유방을 공격하다 패하자 자살했다(임종욱, 『중국역대인명사전』, 이회, 2010, 1542쪽).

8 관평(關平, ?~219) : 삼국시대 촉나라 사람. 관우의 친아들로 평생 관우를 따라 행동했다. 『삼국지연의』에서는 수양아들로 나오지만, 정사 『삼국지』에는 그런 기록이 없다(임종욱, 앞의 책, 139쪽). 여기서도 『삼국지연의』에 따라 의자로 언급하고 있다.

9 정환공(鄭桓公, ?~기원전 771) : 서주 말기 정나라의 국군(國君). 숙부 주유왕(周幽王) 때 유왕이 실덕하자 제후들이 여럿 반란을 일으켰다. 그러자 주유왕은 가마에 타고 피난길에 올랐지만 결국 견융의 기마부대에 잡혀 여산에서 죽임을 당했다. 정환공은 이대 주유왕의 가마를 지키다 함께 살해되었다(임종욱, 앞의 책, 1636쪽).

을 공격한 것보다 손쉽고 강력한 것이었다. 모홀리가 설명한 내용은 제갈량이 동쪽의 오국에 말로써 공격한 것보다 공훈이 있고, 증거가 있는 것이다.

또 많은 부족이 와서 투항한 것은 주나라 문왕의 고사와 맞먹는 일일 것이다. 세첸부호를 질책하고 용서한 것은 제갈무후가 맹화를 놓아준 뜻과 유사하다. 태조가 졸라이 부족과 사냥을 하러 가서 사냥감을 후하게 사용한 것은 한나라 군왕과 유비가 동오국에서 송부인을 취했던 일보다 더 나은 일이 아닌가? 이러한 사건에 대한 그들 기록에는 또 모두 문체를 다듬고, 의미를 장식하는 서정시가 들어간다.

이 저서의 이러한 모든 것은 말로 다 기록할 수 없는 실제 사건들이며, 그 사람들의 언행은 모두 진실된 본성과 마음에서 우러나온 것이라 할 수 있다. 우리가 배우고 본받는 데 털끝만치도 흠이 없다고 할 수 있다. 예의범절, 염치와 사단四端,[10] 오상五常[11]은 원래 교훈이 아닌 자연스러운 것으로 행할 수 있다. 그것은 고대 춘추시대 자신의 여동생을 부인으로 취하고, 며느리를 부인으로 취한 제나라 양공[12]과 초평왕[13]보다 훨씬 나은 것과 같다.

---

10 측은지심(惻隱之心), 수오지심(羞惡之心), 사양지심(辭讓之心), 시비지심(是非之心)을 이름.

11 '인의예지신'의 다섯 가지 덕목을 이름.

12 제 양공(?~기원전 686) : 춘추시대 제나라 국군. 이름은 제아. 양공은 자신의 누이이자 노환공의 부인인 문강과 사통하다가 환공을 살해했다(임종욱, 앞의 책, 1644쪽).

13 초평왕(?~기원전 516) : 춘추시대 초나라의 국군. 그는 백성들과 제후들이 반란을 일으킬까 두려워 백성들에게 혜정(惠政)을 베풀고, 이웃나라와도 우호 관계를 맺었다. 2년에 태자 건(建)의 아내를 진(秦)나라에서 받아들였는데, 그녀가 미인인 것을 보고 자신이 차지했다. 그것도 왕후가 아닌 후궁으로 취한 것인데, 이로 인해 나라가 위기에 처하기도 했다(위의 책, 1907쪽).

이렇게 고대 『대학』에 언급된 것을 보면 “군자는 반드시 뜻을 정성스럽게 한다”라고 했다.

제4장

산천의 협곡에서 세 번 원수를 추격했네 눈보라가 몰아칠 때 두 번의 계략을 사용했네

송나라 효종 순희 7년, 금나라 세종 대정 20년, 태조의 나이 19세가 되던 해, 큰아들 주치를 낳았다. 그 해는 경자년庚子年이었다.

지혜로운 대신 젤메는 타타르 군대의 콘도르 수호기를 빼앗았네
자애로우신 태조는 여섯 대신의 공훈과 분투를 치하했네
충성스러운 제브, 촐론 두 장군이 메게진 세르의 머리를 베었네
더러운 도적 라이하드 부족은 제 죽음을 자초하며 반역을 도모했네

한편 그 산에 매복했다가 공격해 온 적은 다른 사람이 아니라 바로 메르겐 세르였다. 타이치오드의 타하르가 죽고, 그의 아들 타르고다이와 칠게르 부호가 나라를 다스리면서 타타르의 오로골을 기용하지 않자, 오르골은 곧바로 달아나 메게진 세르와 가까이 지내기 위해 그에게로 갔다. 그리고 태조가 달라드라는 곳으로 사냥을 하기 위해 갔다는 소식을 듣고, 예전의 원한을 잊지 않고 메게진 세르를 부추켜 공격할 계획을 세웠다. 오르골은 자갈 한의 북쪽, 잘람 한 지역 남쪽의 험한 협곡 지형을 보고, 태조가 틀림없이 이 길로 지나갈 것을 알았다.

그래서 잘 선별된 250명의 건장한 병사들을 선발하여, 메게진 세르와 가서 그곳에서 기다리며 매복해 있었다.

그때 태조와 신하들을 둥그렇게 포위하고, 반드시 일거에 끝장내 버리겠다며 사정없이 화살을 쏘게 할 때 보랄이 머리에 화살을 맞고 말에서 떨어졌다. 다행히 급소는 맞지 않았기 때문에 다시 벌떡 일어나 검을 짚고 휘청거리고 있을 때, 보가르지가 뒤를 돌아다보며 큰 소리로 외쳤다.

"아뿔싸, 보랄, 장군께서는 손이 있으면서 어찌 다른 사람이 쏜 한 발의 화살에 맞아 쓰러진단 말이오? 뿔에 받힌 새끼염소처럼 힘없이 쓰러지는 것은 무슨 까닭이오? 주군 앞에서 이리 하면서 힘을 바치겠다는 것이오?"

보랄은 이를 꽉 물고 박힌 화살을 힘껏 뽑아 던져 버리고, 자신의 점박이 회색말 왼편으로 날쌔게 올라타 갈색 안장깔개를 힘껏 움켜잡았다. 그리고 방패를 놓치지 않고 꽉 쥐고, 그 무엇에도 개의치 않고 늠름하게 서서 돌아서지 않은 채 태조를 막고 서 있었다. 초 메르겐은 자신의 전통에 있는 활을 계속 쏘아대다가 화살이 떨어지자 병사의 화살로 활을 쏘았다. 그러자 태조가 자신의 전통에 있는 황금 깃털이 달린 붉은 화살을 뽑아주면서 채찍으로 가리켜 말했다.

"저 회색말을 타고 시리 호톡과 싸우는 자는 나의 아버님을 독살한 자로, 내가 절치부심하는 원수 오르골이다. 재빨리 그를 쏘라!"

초 메르겐이 "예!" 하고 돌진해 들어가 활을 힘껏 당겨 오르골의 목 가장자리로 활을 쏘아 말에서 떨어뜨리자, 시리 호톡이 손잡이가 긴 반달형 도끼로 그의 오른쪽 어깨를 힘껏 내리쳐 그를 생포했다. 젤메가 보니 타타르 병사가 검은 콘도르 수호기를 지키고 있는 쪽을 막고 싸우고 있었기 때문에 화살이 수도 없이 많이 날아들었다. 그러자 태조의 붉은 차양을 다른 쪽으로 피하게 하고, 젤메는 말을 질주해 샤르고원으로 올라가 깃대를 잡고 신호를 보내던 적군의 병사를 베어 말에서 떨어뜨렸다. 그리고 검은 콘도르 깃을 단 수호기를 빼앗아 위쪽을 아래로 하여 거꾸로 꽂자, 타타르 병사가 자신들의 표장을 잃고 어찌할 바를 몰라 큰 혼란이 일어났다.

이때를 틈타 베이수드의 제브가 또 분기탱천하여 메게진 세르를 찾아 달려가자, 메게진 세르는 전에 자기에게 상처를 입혔던 자였기 때문에 크게 두려워했다. 그는 머리 없는 오르골의 한쪽 팔을 주워, 그것을 그의 유골 삼아 가지고 도망쳤다. 그때 돌연히 빈 땅에 벼락이 떨어지고, 푸른 연기가 일면서 어두운 구름 가운데 예수헤이 바타르 신령이 나타났다. 그러자 양편의 많은 사람들이 모두 그 모습을 쳐다보고 대경실색했다.

태조가 황급히 말에서 내려 손으로 오로골의 피를 뿌리며 절하자, 예수헤이 바타르 신령이 홀연히 사라졌다. 이에 타타르부의 군주가 달아나고, 수호기가 쓰러지고 벼락신을 보자 병사들은 이미 싸울 마음이 없어져, 정신없이 사방으로 흩어져 달아났다. 그때 태조가 말하기를 "내가 보니 적군 5, 60명 정도의 사상자가 난 것 같소. 적군의 사기는 이미 떨어졌고, 주변 정황을 살펴보면 아무리 해도 매복해 있는 병사는 없는 듯하오"라고 했다. 여섯 대신은 적을 추격하자는 뜻이 일치하자, 여섯 명 모두가 민첩하게 공격해 들어가며 적을 추격했다. 차지트 차간 탈이라는 곳으로 달려가 양의 무리에 호랑이가 들어간 것처럼 수많은 병사를 마구 살육했다. 타타르 병사들이 지쳐 행동이 느려지고, 병마도 천천히 갔기 때문에 달아날 수가 없게 되자 또 100명 이상의 병사들이 죽임을 당했다. 그러자 메게진 세르는 싸움에서 크게 패해 자신의 부족으로 감히 들어가지 못하고, 남쪽 금나라로 숨어 들어가 길을 찾으며 갔다.

한편 베데국은 병사들을 모아들였다. 이번 전투에서 노획한 군마 100여 필, 질 좋은 갑옷과 투구 50벌 이상 그리고 무기 두 수레를 모아 가지고, 군신들이 웃고 즐거워하며 나라로 돌아가다가 20리를 채 가지 않았을 때, 버드나무 숲에서 갑자기 또 한 무리의 병사들이 쏟아져 나왔다. 초 메르겐이 그 무리를 보고 크게 놀라며, "아!" 하고 외마디 소리를 질렀다.

그때 많은 사람들이 자세히 보니, 선두에서 병사들을 이끌던 두 신하가 말에서 뛰어내렸다. 태조가 보니 그 두 사람은 모홀리와 촐론이었다. 그것은 모홀리가 토르곤 샤르와 논의하여, 이 장소가 위험한 것을 의심하여 주군을 맞기 위해 군사를 대동하고 온 것이었다. 군신들이 함께 모여 보르한 갈돈에 이르자, 태조가 말에서 내려 많은 신하들을 거느리고 아버지 예수헤이 바타르의 묘 앞으로 걸어갔다. 그곳에서 대제를 올리며, 제단 앞에 아버지에게 독을 먹인 원수 타타르의 오로골을 묶어놓고, 귀에 술을 부었다. 그리고 무릎을 꿇고 황금잔에 술을 자주 자주 채우고 절하며, 오로골을 베어 도막을 내고 고했다.

신성하신 아버님을 독살한 타타르부의
반역자 종 오로골을 견딜 수 없는 마음으로 이를 악물고 추격해
단단히 결박해 데려왔나이다
서로 싸우고 공격하는 전쟁의 적이지만
특별히 은혜로우신 아버님 영전에 그 종으로 제의를 올리나이다
그의 간과 심장을 꺼내 드리니 맛보시고
진정한 용사 신령께서 흔쾌히 여기시고 평안하소서

태조가 오르골의 가슴을 벌려 그 심장을 꺼내 제의를 올리자, 오르골이 그제야 죽었다. 그런 다음 그의 머리를 베었다. 그날 태조는 가슴 속에 깊이 맺힌 원한을 씻고, 비로소 이마를 펴고 낯빛이 밝아졌다. 산에서 내려와 보르한 갈돈산의 남쪽 면에서 군사들이 대오를 짓고 있는 곳에 이르러, 태조는 또 말에서 내려 축원했다.

보르한 갈돈 산신의 힘으로
담황색 말을 타고
사슴의 발자취를 좇고
버드나무로 집을 삼아
패망케 할 적을 제압하고
나의 생명을 구해 내신
산신께 절을 올리나이다!

태조는 허리띠를 목에 걸고 모자를 손에 들고, 무릎에 손을 올리고 절하며, "용맹함으로 군주가 되는 것은 아니요, 천부께서 군주의 운명을 주셨나이다. 사악한 적을 제압해 주시고, 원수에게서 저를 지켜 주셨나이다!"라고 하며 아홉 번 절하고 제의를 드렸다. 그리고 서쪽 흰 게르 궁으로 가서, 진영의 문 위에 커다란 호랑이가죽 전통을 걸고, 그 위에 5색의 비단을 활과 화살에 연결해 묶어 놓았다. 많은 신하들이 와서 태조를 맞으며, 겹경사의 예에 따라 밖으로 적을 무찔러 원수를 갚고, 집안에는 아들이 태어나 계승자를 얻게 되었다고 절하며 경하했다.

태조가 말하기를 "아들을 얻은 것이 무슨 큰일이겠소. 나라의 힘을 더하는 신하가 중요하오!"라고 했다. 그리고 어머니 부르테 우진에게 절하고 돌아 나와, 많은 신하들과 기쁨의 잔치를 벌일 때 토르곤 샤르와 모홀리로부터 시작해 차례로 손수 술을 따라주고, 이번 사냥에 따라간 의로 맺어진 여섯 대신에 이르기까지 한 사람 한 사람을 칭송했다.

여덟 마리 담황색 준마를 추격할 때
태양이 비쳐올 무렵 서로 만나 인사를 나누었네
우호적으로 이야기하며 힘을 더한
부드러운 용사 보가르지 대신이여
가까운 주변을 다닐 때는 얼룩 수소 같고
사투를 벌여 적을 공격할 때는 목숨을 아끼지 않는 자
벗하여 지낼 때는 느긋한 검은 소 같고

숙적을 공격해 들어갈 때는 매처럼 공격적인 자
웃고 즐길 때는 한창 힘 좋은 벌 같고
발 빠르게 움직이는 적을 만나면 송골매처럼 쫓는 자
보가르지여!

그를 이렇듯 찬미하며 손수 술을 따라주고, 다음 보랄을 칭송했다.

쏘는 화살에 방패막이가 되고
사정없이 날아오는 화살촉에 차양이 되었네
머리에 화살을 맞아도
안장깔개를 놓치지 않고
의지함 없이 적에 맞서는 자
진정한 용사 보랄이여!

또 보랄에게 손수 술을 따라 주고, 곧 시리 호톡을 칭송했다.

메게진 세르를 알아보고
타타르부의 간계를 간파했네
도적놈 오로골의 팔을 벤
용맹한 사자 같은 시리 호톡이여!

그리고 시리 호톡에게 손수 술을 따라주고, 곧 초 메르겐을 칭송했다.

명령을 굳건히 준수하며
여유를 잃지 않고
힘센 병사의 입술이 아래로
뒤집어지도록 활을 쏘고
난적의 턱 아래 모자 끈이 아래로
흔들거리도록 활을 쏘는 자
대적하는 적군의 수를
절반으로 만들고
대항하는 적의 사기를
잠잠하게 만드는
주르치드의 훌륭한 초 메르겐이여!

그리고 손수 술을 따라 주었다. 또 젤메를 칭송했다.

잘 도망치는 영양을 숨어 기다리고
오만한 적에 선봉이 되어 맞서고
잠도 자지 않고
슬퍼하는 마음도 없이
나라 앞에 충정을 다하는
인척 오리안한의 멋진 젤메여!

이렇게 칭송하고 또 손수 옥잔에 술을 따라 주었다. 그 다음으로 제브를 칭송했다.

수 많은 적을 제압하고
전리품을 거두어들이는 자
딱 벌어진 멋진 몸매에
힘든 일을 마다하지 않고
깔개 한 조각, 부서진 전통 한 조각도 잃어버리지 않는
진정 마음에 드는 용사 훌륭한 제브여!

제브를 칭송하고 또 손수 술을 따라 주었다. 이렇게 여섯 대신들을 칭송하기를 마치고, 각각의 대신들에게 포상을 내렸다.

또 절치부심했던 원수 오로골을 생포했을 때 큰아들을 얻게 되었다고 하여, 그리고 표적을 삼고 이를 갈았던 적을 제압했을 때 태어났기 때문에 아이에게 '주치'[1]라는 이름을 지어 주었다. 또 이러한 경사에 사냥에 따라갔거나 전사한 병사들의 처자들에게 후한 상을 내렸다. 이 해는 태조가 19세 되던 해로 경자년이었다. 또 남송의 11대 황제 송 효종 순희 7년, 또 금나라 5대 황제 세종 완안옹의 대정 20년이었다.

1 메르키트 종족이 칭기스 칸의 아내 부르테 푸진을 약탈해 갔다가 메르키트가 옹 칸과 평화를 맺었기 때문에 그녀를 옹 칸에게 보냈다고 한다. 그때 그녀는 임신을 하고 있었는데, 칭기스 칸이 옹 칸에게 그녀를 돌려달라고 하자 그녀가 칭기스 칸에게 가는 도중 아이가 갑자기 태어났기 때문에 이름을 '주치'라 했다고 한다(라시드 앗 딘, 김호동 역, 『칭기스 칸 기』, 사계절, 2003, 113쪽). 주치(Жүчи, Жөчи)는 조치(Жочи)라고 부르기도 한다. 어떤 경우에는 집에서 태어나지 않고 다른 곳에서 태어나 '손님'의 예대로 왔다고 하여 '조치'라고 했다고 말한다.

이때 금나라가 남쪽 중원 일대를 점령하고, 옛 송나라가 남쪽 지역으로 천도했다. 한편 이 당시 타이치오드의 칠게르 부호와 타르고다이 등이 하층민들을 무자비하게 괴롭히고 힘들게 하자, 속민들이 열 스물씩 모여 서로 상의해 말하기를 "졸라이 부족에게서 들으니 베데국의 군주 테무진은 자신이 입었던 옷을 벗어 사람들에게 입게 하고, 타던 말을 다른 이에게 타게 하고, 자신의 능력을 다른 이를 위해 쓰고, 자신이 사냥한 사냥감을 다른 사람들이 잡은 것으로 공을 돌린다고 합니다. 두루 갖춘 출중함은 구름이 걷히고 태양이 떠오른 것 같고, 그의 대단한 걸출함은 남풍에 얼음이 녹는 것 같다고 합니다. 그는 진실로 무궁한 백천신의 아들이니, 우리 모두 그에게 투항하면 진정한 주인을 얻게 되어 영원히 복락을 누리게 될 것입니다!"라고 했다.

그렇게 해서 하룻밤 사이에 베데국에 귀순해 온 자가 2만 명 이상이 되자 태조의 위세가 더욱 진동하고, 군사들의 기세는 더욱 굳건해졌다. 한편 타이치오드의 위세가 더욱 약해지자, 태조에게 투항해 온 많은 부족들이 모두 모여 상의하기를, 태조를 칸으로 추대하자고 했다. 고르로드의 자모하가 이를 고하자 태조는 마음이 편치 않았다.

"한 번 적을 격퇴했다고 곧 이유 없이 높은 칭호를 올리겠다는 하니 사람을 어찌 이리 가볍고 얄팍하게 보는 것이오?"

태조가 크게 질책하자 이것을 케레이트국의 케 왕이 듣고, "나의 의형제의 아들을 칸으로 추대한다면, 그대들은 모두 그 말에 따라야 할 것이오"라고 마땅치 않게 말하며 사람들을 보냈다. 이에 많은 사람이 케 왕에게 남모르는 시기심이 있음을 알았다.

이제 메게진 세르에 대해 말해 보자. 한편 메게진 세르는 친동생 메게진 술과 250명 정도밖에 남지 않은 병사들을 데리고, 감히 자신의 지역으로 되돌아갈 수가 없어 곧바로 금나라로 잠입해 들어갔다. 자주 금나라가 언급되는데, 모르는 사람들은 매우 어려울지도 모르겠다. 금나라에 대해 이야기하자면, 금이라는 나라는 원래 주르치드여진라고 한다. 여진국이라고 하며 지낼 때 늘상 옛 요나라에 조공을 바쳤다. 그에 대한 한 일화가 있는데, 요나라 군주가 혼동강[2] 강가에 이르러 그물망으로 물고기를 잡으며 낚시를 즐기고 있을 때, 천 리 반경 안에 사는 사람들과 부족의 수장들이 모두 그를 배알하러 갔다. 그때 물고기를 잡아 연회를 베풀었는데, 요나라 군주가 많은 부족의 수장들을 차례로 자리에서 일어나 춤추게 하고, 씨름선수처럼 날갯짓하게 했다. 여진국의 수장인 아골타에 이르자, 아골타가 곧바로 춤추지 못한다며 딱 멈추어 서서 꼼짝도 하지 않고 빤히 바라보았다. 요나라 군주가 다시 반복해서 좋은 말로 타일러 말해도 아골타는 여전히 춤출 수 없다고 불응하며 멈춰 서있다가 나가 버렸다. 그러자 그 뒤에서 요나라 군주가 추밀사 관원 소봉선蕭奉先을 향해 "아골타는 용기와 담력이 보통이 아니다. 변경의 일을 구실 삼아 주살함이 옳을 것이다. 그렇지 않으면 필시 후환이 있을 것이다"라고 했다.

그러자 소봉선이 고하기를 "그자는 야만적이고, 예의범절을 알지 못하는 자입니다. 또 분명히 드러난 잘못이나 죄가 없는데 이유 없이 죽

2 흑룡강(黑龍江) 혹은 흑수(黑水)라고 한다.

이면 먼 나라를 품는 도리에 저해가 됩니다. 정말 다른 생각이 있다 해도 그저 자그마한 한 부족일 뿐인데, 그가 무엇을 할 수 있겠습니까!"라고 했다.

그렇게 아골타가 돌아간 후에 요나라의 군주가 자신을 의심하는 것을 알고, 마음이 편치 않았다. 요나라 군주는 또 주색에 빠져 정사를 돌보지 않고 아골타를 업신여기며 전쟁을 일으키자, 아골타는 이전에 주위의 가까운 친척들 가운데서 사람들을 규합한 뒤, 여진국의 절도사 우네수가 죽자 곧 그 자리를 차지했다. 요나라 군주가 아희포를 시켜 왜 상喪을 알리지 않았냐고 묻자, 아골타가 "상을 당했으면 조문하러 오지 않고, 어찌 도리어 잘못을 트집 잡으려 하는 것입니까?"라고 하며 즉시 요나라에서 돌아섰다.

그런 뒤 아골타는 영강주寧江州를 점령하고 힘이 강성해져, 송나라 8대 황제 휘종 조길趙佶 정화政和 5년 정월에 자칭 황제라 칭했다. 요나라는 쇠의 견고함을 중시하여 나라명을 삼았다. 쇠는 비록 견고하지만 결국 마지막에 녹슬어 사라지고, 다만 금이라면 녹슬지 않고 사라지지 않는다. 또 금색인 흰색을 '완안完顔'이라 하고, 색 가운데 흰색을 귀하게 여겨 나라 이름을 '대금大金'이라 했다. 또 연호를 수국收國이라 하여 그 원년으로 삼고, 자신의 이름 아골타를 '완안민完顔旻'이라 했다. 자신의 동생 오걸매吳乞買를 도통都統에 봉하고, 사하이를 고륭희古隆喜라는 지위에 봉했다. 그 나라 말에 존귀한 자를 '도통'이라 했으며, 보좌관을 '고륭희'라고 했다. 일반 속민에게는 원래 공적인 부역은 없었으나, 남자나 젊은이가 일정한 나이가 되면 모두 병사로 징집했다. 평소에는 사냥하고, 물고기를 잡으며 생활했다.

가을이 되자 포고령을 내려 기병과 보병의 무기, 건조 시킨 식량 등 필요한 군수용품을 모두 각자 준비하게 했다. 군대가 출병할 때 부대의 우두머리를 천호千戶라 했다. 천호라는 것은 중국 군대의 '천총千總, '장군'의 의미'이라 한 것과 같다. 금나라는 요나라와 송나라 사이의 지역을 침범하여 대국이 되었다.

태조 아골타가 타계한 뒤 그의 아우 오걸매[3]가 황제의 자리에 즉위했다. 그는 조카인 술과 신하 와리보와 니아모호를 기용했다. 그때 송나라 휘종과 흠종 두 황제를 금나라 땅 오국성으로 잡아갔다.[4] 금나라를 '진Jin'이라 하는데, 이것은 금나라의 중국식 명칭으로 황금의 '금金'을 뜻하는 글자이다. 그렇게 해서 금나라의 태조 아골타 완안민이 8년 동안 통치를 하고 타계하자, 그의 동생 오걸매에게 황제의 보위를 잇게 하고, 금태종이라고 했다.

완안성完顏晟은 곧 송나라의 휘종과 흠종 황제의 두 팔을 뒤로 결박하고, 사방에 목책을 두른 함거檻車 안에 구리로 된 온돌에 황제들을 세우

---

3 오걸매 : 금나라 2대 황제 태종 완안성(1075~1135). 본명은 오걸두였는데 오걸성(오걸성)으로 고쳤다. 여진족 이름은 오걸매이다. 금조 아골타의 친동생으로 천보(天輔) 7년(1123) 형을 이어 황제가 되었다. 재위 3년에 요나라의 천조제를 포로로 잡고 요나라를 멸망시켰다. 같은 해 송나라의 변경을 함락시켰다(임종욱, 『중국역대인명사전』, 이회, 2010, 180쪽).

4 1126년 정강의 변. 금(金)이 북송을 멸망시킨 사건. 정강(靖康) 원년에 금의 군대가 2차로 침입해 동경을 함락시키고, 이듬해 송에서 투항한 관료 장방창(張邦昌)을 황제로 내세워 국호를 초(楚)라 했다. 금의 군대는 북송의 휘종과 흠종, 종실, 후비 등 3천 명을 포로로 삼고 각종 재물을 약탈하여 본국으로 돌아갔다(이병갑, 『중국역사사전』, 학민사, 2006, 432쪽).

고, 몸에 갖가지 종과 의례용 작은 북, 피리, 소리 나는 것들을 달아놓았다. 그리고 맨발로 서 있게 하고, 그 아래 불을 지폈다. 승전을 기념하는 대향연이 벌어지는 곳에 여덟 명의 병사들이 황제들을 가둬 둔 수레를 가져다 놓았다. 금나라 군신들이 그 뜨거움을 참지 못하고 발을 동동 구르며 펄떡펄떡 뛰자 몸에서 수많은 북과 종소리가 울렸다. 금나라 군신들은 그 소리를 듣고, 잔치의 오락거리로 삼으며 깔깔대고 웃었다.

여기서 금나라 명칭과 발음을 자세히 살피는 것이 좋을 듯하다. 나중에 원나라 태종 우게데이 영문황제英文皇帝는 금나라를 멸망시키고, 그 황실 종족의 자제들을 요동의 동쪽 압록강 주변에 살게 한 적이 있다. 이 압록강은 오늘날 길림과 흑룡강 지역 일대에 있다. 금나라 명칭을 자세히 살펴보는 것이 좋겠다고 한 것은 이러한 이유에서이다. 금태종 완안성은 연호를 천회天會라 하고, 13년을 통치하다가 임종을 맞았다. 그러자 금희종 완안단完顔亶이 즉위하여 연호를 예전대로 천회라 하고, 3년을 통치하다 연호를 천권天眷으로 바꾸었다. 그리고 3년이 지난 뒤 이어서 황통皇統이라고 바꾸고, 8년을 지내면서 총 14년을 보위에 있다가 해릉왕海陵王 완안량完顔亮에게 살해되면서 정권을 빼앗겼다. 완안량은 연호를 천덕天德이라 하고, 4년이 지나 또 연호를 바꾸어 정원貞元이라 했으며, 다시 정륭正隆이라 하여 5년의 재위 기간 동안 3번 연호를 바꾸었다. 완안량은 총 12년 동안 통치를 하다가 세종에게 제거되었다. 다음 금세종 완안옹完顔雍이 즉위했는데, 연호를 대정大定이라 했다.

태조 테무진은 이 대정 2년에 태어났다. 그리고 20년이 지난해는 경자년 세종 완안옹의 대정 20년이었다. 금나라가 처음 건국한 이래 다섯 명의 황제가 즉위하여 총 66년 동안 통치가 이어졌는데, 이때에 이르러 금나라 정권이 대송국과 차이가 없게 되었다. 그 당시 현재 북경시를 중도中都라 이르고, 사방에 4개의 수도가 있었다.

한편 타타르의 메게진 세르와 메게진 술 형제는 금나라로 숨어들어 갔다. 바로 그때 송나라 효종 황제가 금나라 세종 완안옹에게 존중의 예로 수십 수레의 금은보화를 생일선물을 보냈는데, 그 수레가 가까이 다가오고 있었다. 그 두 사람은 마침 그 상황을 만나게 되자 마음이 동했다. 그들을 따르던 수백 명의 사람들이 일제히 함성을 지르고 야생풀을 말듯이 재물을 모두 빼앗아갔다. 그리고 송나라에서 온 사신 조충을 죽이자 수하 병사들이 황급히 도망치는 바로 그때 좌승상 완안수가 이 사건과 마주하게 되었다. 그는 군사를 이끌고 북쪽 변경을 살피기 위해 가는 길이었다. 완안수는 즉시 명령을 내려 메게진 세르와 메게진 술을 추격하게 했다. 병사들이 추격해 오자 메게진 세르의 동생 메게진 술은 상황이 어렵게 돌아가고 있음을 느끼고, 서둘러 형 메게진 세르와 헤어져 상인으로 가장해 협소한 길을 통해 금나라로 들어갔다.

형 메게진 세르는 재물을 탐해 말머리를 돌려 북쪽으로 달려갈 때, 멀리 베데국의 정탐꾼이 그 소식을 듣고 서둘러 질주해 가서 모훌리에게 알리자, 모훌리가 크게 칭찬하며 정탐꾼에게 후한 상을 하사했다. 그리고 태조에게 고한 후 1만 명의 상비군을 이끄는 한편 라이하드 부족의 세첸부호와 세첸다이조 형제에게 부족의 병사들을 징집하게 하고, 뒤를 따르며 지원하라고 명하고 질주해 갔다.

태조는 중군을 지키고, 모홀리는 선봉으로 오논강 상류를 거슬러 올라가 메게진 세르와 금나라 군대를 맞아 싸우기 위해 가다가 때마침 메게진 세르와 마주쳤다. 그는 자기 부족으로 돌아가 약탈해 얻은 재물로 많은 부족민의 마음을 산 뒤 곧 타타르부의 모든 병사들을 이끌고, 금나라의 완안수와 죽음을 불사하는 전투를 벌여 크게 패했다. 그러자 말머리를 돌려 타이치오드부 쪽을 향해 도망치며 질주해 가고 있을 때 태조의 군사와 마주쳤던 것이다. 양편의 병사들이 서로 반대쪽에 대오를 이루고 대치하고 서 있자, 태조가 대오 앞에 나와 메게진 세르를 향해 큰 소리를 욕설을 퍼부으며 말했다.

"원래 우리 두 나라는 원수지간이 아니었는데, 문제를 일으키고 남쪽으로 도망쳤던 파렴치한 도둑놈이 오늘 또 내 손에 걸려들었구나."

그러자 메게진 세르가 크게 두려워하며 감히 말을 하지 못하고 삼지창을 돌리며 태조를 향해 공격해 오자, 태조 뒤에서 제브와 촐론이 동시에 나와 그를 맞아 열 번을 채 맞붙어 싸우지 않았을 때 금나라의 좌승상 완안수의 대군이 추격해 왔다. 메게진 세르가 경악하여 손발을 버둥거리는 틈을 타 촐론이 단번에 창을 휘둘러 그를 말에서 떨어뜨리자, 제브가 즉시 그 머리를 베어 버렸다. 태조가 두 장군이 승리한 것을 보고 채찍으로 지시를 내렸다. 총사령관 모홀리가 큰 수호기를 한 번 흔들어 신호를 보내자 대군이 일시에 돌격해 들어갔다. 타타르 부족은 앞뒤로 모두 적의 공격에 직면하자 크게 두려움에 떨었다. 그들은 무기를 버리고 말에서 내려 달려가서 머리를 조아려 절하며 베데국에 투항했다.

금나라 병사들은 베데국의 병력이 매우 강한 것을 보고, 감히 병사들의 물건을 빼앗지 못했다. 좌승상 완안수가 앞으로 나아가 말 위에서 몸을 일으키더니, 허리를 구부려 태조를 향해 절하자 태조가 모홀리에게 메게진 세르의 머리를 들려서 보냈다.

"이 메게진 세르는 그대 나라에 죄를 범한 자이니, 그 머리를 그대가 가져가시오. 타타르부는 내 지경 내에 있으니 전리품은 내가 모아 가는 것이 옳을 것이오."

그러자 완안수가 메게진 세르의 머리를 받았다. 양편에서 바라를 치자 그는 병사들을 데리고 돌아갔다. 이로써 타타르부의 중심 갈래는 베데국에 속하게 되었다.

그때 서하 가까이 나이만이라는 나라가 있었는데, 날로 쇠약해져 가는 요나라를 침략하며 지내고 있었다. 요나라는 그 당시 부처님의 가르침에 크게 미혹되어 여자들은 모두 머리를 삭발하고, 불경을 외며 신앙생활을 했다. 승려들은 모든 일에 전횡을 일삼아 나라가 쇠약해질 대로 쇠약해지고, 마지막 종착지에 다다르고 있었다. 나라의 군주인 야율직로고耶律直魯古 역시 승려들을 거느리고 가서 늘 사냥에 빠져 있었다. 실제로 국정에는 힘쓰지 않고 목에는 불경과 부처를 매달고, 손에는 창과 방패를 쥐고 사람을 마구 죽이며 지냈다.

한편 나이만의 이전 군주에게서 태어난 두 아들이 있었는데, 큰아들은 볼로, 둘째 아들은 볼로이라고 했다. 볼로는 아둔하고 어리석었으며, 볼로이는 지혜로운 용사였기 때문에 왕위를 볼로이에게 계승하게 했다. 볼로이는 매우 현명하고 예리했기 때문에 8천 군사를 매복시키고, 요나라 군주 야율직로고가 사냥하러 가는 것을 기다렸다가 승려와 비구니를 모두 사로잡고, 성에 들어가 왕위를 차지했다. 야율직로고를 태상황이라 부르고, 깊은 별궁에 유폐시키자 야율직로고는 승려들이 축복한 목에 건 부적을 지키고, 장수를 기원하는 노랗고 붉은 여러 색깔의 끈을 허리에 묶고, 스스로 목을 매 목숨을 끊었다. 이로써 옛 요나라는 멸망했다.

그때 나이만의 볼로이는 스스로 타이얀 칸이라고 칭하고, 형 볼로를 옛 나이만에 왕으로 추대해 그의 계속되는 질시와 증오심을 없애고자 했다. 이에 볼로 왕은 또 자주 상서를 올리고, 베데국의 서북쪽 변경을 공격해 빼앗았다. 그러자 태조는 많은 부족을 모아 나이만이 침략해 올 때 맞서 싸우리라 마음먹고, 처음으로 세첸부흐의 군대에 통보했으나 오지 않았다. 그러자 태조가 이르기를, "누가 그를 부르러 가겠소?"라고 하자 많은 무리 가운데서 한 사람이 앞으로 나왔다.

"신이 가기를 청하옵니다."

태조가 보니 그는 실다드의 찬드간 세첸이었다.

"그 세첸부흐라는 자는 늑대, 부엉이와 같은 인간이오. 말할 때는 비록 나를 따르겠다고 했으나 진심은 아니었소. 첫 번째 통보에 오지 않은 것은 곧 배반할 태도인 것이 분명하오. 그런데 그대는 술을 좋아하고 패기가 있는 사람이라 일을 지체시키지 않을까 걱정되오. 그를 좋은 말로 고분고분 데리고 오면 되는 것이오. 무슨 일이 있어도 그의 궁에서 화를 내서는 아니 되오."

그러자 찬드간 세첸이 고했다.

"신이 원래 세첸부흐와 잘 지냈습니다. 그것은 차치하고 나라의 대사를 어린아이들의 놀이와 같이 여기겠습니까? 신이 간다면 술을 한 잔도 마시지 않을 것입니다!"

그는 서한을 가지고 곧 길을 떠났다. 찬드간 세첸은 20명의 기병을 데리고 라이하드 부족을 향해 갔다. 한편 세첸부흐가 그 소식을 듣자마자 태조의 명령으로 온 것이 분명하다는 것을 알고 그를 맞아들였다. 그리고 그를 대면하자 곧 사람들에게 명했다.

"옛 술친구가 왔구려. 어서 술상을 준비해 내오도록 하라."

그리고 찬드간 세첸에게 "그대 주량이 많이 늘었겠지요?" 하고 물었다. 그러자 찬드간 세첸이 "이제 나는 술을 마시지 않소. 이번에 온 것은 다른 할 말이 있기 때문이오"라고 했다.

세첸부흐가 이르기를 "이전에 그대와 만나면 밤이 새도록 웃으며 즐거이 지냈는데, 몇 년이 흘러 이제야 만나 인사를 나누게 되었는데, 술을 마시지 않으면 되겠소? 비록 금주를 한다 해도 오늘 하루는 잠시 마시며 즐거이 지내는 것이 마땅할 듯싶소. 형과 아우가 오늘 이렇게 만났으니, 예전에 친하게 지냈던 일들에 대해 담소를 나누되, 다른 정치적인 일에 대해 언급해서는 아니 되오"라고 하며 큰 소리로 술을 준비하게 하고, 거드름을 피우며 앉아서 잔 가득 좋은 술과 과실주를 면전에 내어놓았다.

찬드간 세첸은 처음 그 소리를 듣자마자 곧바로 침을 꿀꺽 삼켰다. 이제 잔 안에 유리구슬같이 맑고, 청옥과 마노같이 빛나는 것을 보고 마시지 않겠다고 마음은 먹었지만, 술을 마시지 않으면 세첸부호와 또 대화를 할 수 없었기 때문에 곧 잔을 들고 홀짝거리듯 조금 맛을 보자 입술과 이 사이로 옥의 즙이요, 감로수처럼 흘러 들어가 목구멍으로 술술 넘어가는 것이 조금도 막힘이 없었다. 그때 찬드간 세첸은 술을 마시지 않겠다는 금기를 이미 망각하고 첫째, 술이 없구나. 둘째, 그만 마시지 않겠다. 셋째, 성에 차지 않는다며 계속 마시다가 둘이 모두 술에 취해 버렸다.

찬드간 세첸이 술을 마시는 사이 몇 번이나 태조가 보낸 이유를 말하려고 했지만, 그때마다 세첸부호는 매번 다른 말로 방해를 하며 그대로 넘어가게 했다. 찬드간 세첸이 보니, 세첸부호의 붉은 두 눈 중 하나는 불처럼 붉어지고, 다른 하나는 피와 같이 붉어졌기 때문에 이제 말하지 않으면 안 될 것 같다고 생각하고 막 태조가 보낸 이유를 말하며 두 마디 말을 하려 하자, 세첸부호가 갑자기 질책했다.

"'내가 처음부터 다른 말은 해서는 아니 된다'고 하지 않았소? 그대는 어찌 감히 나의 규정을 어기고 다른 말을 하는 것이오? 내가 평상시 인육을 먹는 것을 그대는 알지 못한단 말이오? 만약 또 그 베데국에 아첨하는 말을 꺼내면, 내 이제 그대의 살코기를 삶아서 술안주로 삼을 것이오!"

그러자 찬드간 세첸이 처음에 말을 하지 못하게 했을 때는 그저 어느 정도 화가 나긴 했었다. 그런데 세 잔의 술이 뱃속에 들어간 상태에서 이제 또 이같이 잔인한 말을 해대자 한 덩어리 분노의 불이 마음속에서 치밀어 올라 분을 쏟아내듯 말했다.

"그대는 어찌 이리도 예의가 없단 말이오? 우리 주군께서 그대의 어머니와 부인을 해치지 않으신 은혜를 어찌 생각지 않는 것이오?"

그러자 세첸부흐가 큰 은잔을 탁자 위에 "쾅!" 소리가 나도록 내리치며, 위엄에 찬 목소리로 질책했다.

"우리 어머니와 아내는 비록 붙잡혔지만, 그들을 결코 범접할 수 없다. 그대같이 인간의 종으로 지내게 하지는 않을 것이다!"

그러자 찬드간 세첸이 욕설을 퍼부으며 말했다.

"우리는 비록 종이지만 성군을 따랐소. 우리가 당신의 라이하드와 같은 대대로 더러운 도적의 자식이겠는가? 양과 염소 무리에 누워 도둑질하는 부정하고 못된 짐승이겠는가? 우리가!"

그러자 세첸부흐가 갑자기 벌떡 일어나 크게 소리쳤다.

"이 종을 즉시 데리고 나가 숨을 끊어 그 살코기를 삶아 오라!"

아래 병사들이 즉시 찬드간 세첸을 결박하고, 옷을 잡아채 벌거벗기고 밀어내 끌고 갈 때, 세첸부흐는 또 따라온 병사들을 하나도 남기지 말고 모조리 죽이라고 명했다. 그때 날이 어두워져 불등 켤 시간이 되어, 세첸부흐는 몹시 취해서 탁자를 베고 잠이 들었다. 그러자 그 밑에 있는 측근 신하 볼리라는 자가 찬드간 세첸을 몰래 게르로 데리고 가 물었다.

"우리 주군께서는 매우 예의가 없소. 자신의 작은어머니 야보하이를 비롯해 더럽히지 않은 하층민의 여인네와 딸들이 없습니다. 제가 보니 끝내 그대의 군주에게 붙잡힐 것 같소이다. 내가 지금 당신을 놓아주겠소. 훗날 우리 가족의 목숨을 구해줄 수 있겠소?"

찬드간 세첸이 그의 말을 전적으로 받아들이고 자기 코를 가리키자, 볼리는 즉시 오랏줄을 풀고 그에게 다른 옷을 주어 입게 했다. 그리고 또 다른 말을 내어주자 찬드간 세첸이 세 번 절하고, 그 은혜에 고마움을 표했다. 찬드간 세첸이 말에 올라 연속해서 몇 번 채찍을 가하고, 어두운 밤 험한 길을 생각지 않고 날듯이 자신의 나라를 향해 달려갔다. 이것은 진실로

아래로 잉어가 빠져나갈 수 있게 되자
머리를 젓고 꼬리를 흔들며 가서
이제 다시 돌아오지 않을 것이라네

이윽고 세첸부흐가 잠에서 깨어나 "사람고기!" 하고 외치자, 볼리가 곧 찬드간 세첸을 따라왔던 수행원의 육탕을 가져가 꾀를 써서 상황을 무마했다. 북쪽 지역에서는 특별히 고기를 통째로 삶기 때문에 가짜 찬드간 세첸의 머리 모양이 모두 문드러지고 난 연후라 살필 곳이 없었기 때문에 겨우 속이고 넘어갈 수 있었다.

한편 찬드간 세첸은 주야로 말을 달려 베데국으로 돌아갔다. 그리고 태조의 궁에 들어가 절하고, 주군의 신성한 명령을 어김으로 이 목숨이 끊어질 지경이 되었었다고 하며 있었던 일을 낱낱이 고하자 태조가 천둥처럼 역정을 냈다.

"세첸부흐의 무례함이 도를 넘었도다. 예전에는 그의 아내들이 나의 시종을 패더니, 계속해서 또 나의 아우 벨구테이의 등을 베었다. 이제

또 나의 찬드간 세첸을 삶아서 먹는다며 수행원을 죽였다. 내 어찌 그 자의 목숨을 살려둘 수 있겠느냐?"

그리고 곧 큰 북을 울리게 하고, 많은 장군과 병사를 정렬시켰다.

여기서 이야기를 잠시 멈추고 금나라를 살펴보자. 금나라 좌승상 완안수는 타지에서 1년을 지내고 자기 나라로 돌아와 베데국이 매우 강성해진 것을 고하자, 세종은 베데국이 계략에 포섭되도록 천천히 방안을 강구해 고하라는 명령을 내렸다. 또 이전 황제 완안량은 그 이전 황제 희종을 살해하고 정권을 찬탈했다. 그의 정륭正隆[5] 5년 이전의 태후를 죽였다 하여 8월에 완안량을 강등시켜 완전히 힘없는 서민으로 만들고, 능묘와 의장을 모두 부숴 버렸다. 이때는 금나라 5대 황제 세종 완안옹 대정 21년, 송나라 11대 황제 효종 조신趙昚 순희 8년이었다. 이해 태조 테무진은 20살이었다.

태조가 명하기를 "모훌리 장군은 초 메르겐과 시리 호톡, 하르 히루, 제브 네 장군과 1만 명의 정예군을 이끌고 서로西路로 들어가시오! 토르곤 샤르는 멩릭, 우넨 투르, 운두르 세첸, 오욘고, 오요트 세첸 네 아우와 1만 명의 병사로 나라를 지키시오!"라고 하여 이들을 나라에 남게 했다. 그리고 몸소 보가르지와 보랄, 촐론, 젤메와 정예군 1만 명의 병사들을 이끌고, 동로東路로 진격했다.

그리고 곧바로 포탄을 쏘게 하여 양 부대가 함께 출격했다. 그때는

5 정륭(正隆, 1156~1161) : 해릉왕 완안량 때 세 번째 연호. 완안량은 28세에 당숙인 금희종을 살해하고 왕위를 찬탈한다. 완안량 역시 정륭 5년 살해당한다. 금세종은 해릉왕의 사후 제위를 박탈했으며, 다시 해릉서인으로 강등시켰다(https://ko.wikipedia.org/wiki/정륭).

아직 한겨울이었기 때문에 어느 날 밤 북풍이 몰아치자, 만 리에 어두운 구름이 뒤덮였다. 그런데 갑작스레 기분 좋게 따스해지더니, 또 갑자기 거위 깃털 같은 큰 함박눈이 펄펄 내리기 시작했다. 그때 태조의 병사들은 라이하드 변경에 이르러 설영하고 진을 치고 있었다.

한편 세첸부흐는 찬드간 세첸의 육탕肉湯이라고 여기며 사람고기를 배불리 먹었다. 그런데 다음 날 아침에 술이 깨고 소스라치게 놀랐다. 태조의 군대가 진격해 오고 있음이 분명하다는 것을 알고, 아우인 세첸타이조에게 5천 명의 병사를 내어 주어 서로의 변경을 수비하도록 보내고, 자신은 7천 명의 병사들을 이끌고 동로東路 변경에서 접전하기 위해 주둔하면서 먼저 대비하고 있었다. 세첸타이조가 병사들을 이끌고 서로의 변경에 다다랐을 때 그곳에는 앞서 어떤 상인이 100대가 넘는 수레에 가죽과 벽돌차, 버터, 옷감을 싣고 산 아래서 야영을 하고 있었다. 세첸타이조가 사람을 보내 우두머리가 되는 두 사람을 불러오게 하고, 물건 값을 묻자 아주 싸다고 하여 속으로 기뻐했다. 그리고 북을 덮는 가죽과 깃발을 만드는 천을 사겠다고 하면서, 그 두 상인을 향해 말했다.

"내가 당신네 물건을 상당량 사겠소. 이제 병사들이 움직일 때가 되어 돈을 더 많이 가져오지 못했소. 당신들은 잠시 야영지로 돌아가서 떠나지 말고 계시오. 우리의 이 병사들은 대국의 병사들이니 당신들은 장사에 대해 걱정할 필요 없소. 내 적을 무찌른 연후에 곧 거래를 하겠소."

그러자 두 상인이 그 말을 수락하고 돌아갔다. 그날 저녁 모홀리의 대군이 그곳에 이르렀다. 양편의 군대는 5리 거리를 두고 멀리 진을 쳤다. 다음 날 양편의 병사들이 맞서서 대오를 이룬 뒤 모홀리가 큰 소리로 욕설을 퍼부으며 말했다.

"신의를 저버리고, 은혜를 잊어버린 도둑놈의 새끼들이 이제 하늘 병사가 진격해 오면 죽는다는 것을 모른단 말이더냐?"

세첸타이조가 아무 말도 하지 않고 병사들에게 신호를 보냈다. 병사들이 돌진해 들어가자 모홀리가 쇠몽둥이로 상대를 향해 가리켰다. 그러자 대군이 몰려 들어가 양편 병사들이 서로 접전하며 일시에 큰 싸움이 벌어졌다. 바로 그때 제브가 세첸타이조와 마주 싸우게 되었지만 제대로 맞서지 못하고 안절부절못하고 있을 때, 갑자기 모홀리가 쇠몽둥이를 돌리며 돌격해 들어와 성난 용처럼 이리저리 마구 흔들며 내리쳤다. 세첸타이조는 오른편 어깨에 몽둥이를 정통으로 맞고 온몸이 꺼져내려 손에 잡고 있던 검을 놓치고, 그곳을 빠져나가 도주했다. 소수의 병사로 많은 수의 병사와 싸우는 것이 어려웠기 때문에 병사들이 또 자신의 군주를 따라 흩어져 달아났다. 모홀리의 군대가 크게 승리를 거두고, 죽임을 당한 라이하드 병사들의 시체가 초원에 가득했다. 흰 눈에 붉게 물든 피가 마치 모란꽃이 떨어진 것 같았다.

그때 눈이 계속 와서 사방의 산과 초원이 모두 희디희어 동서를 구분하기 어렵게 되자, 모홀리는 승전의 여세를 몰아 달아나는 병사들을 죽이며 추격해 갔다. 세첸타이조는 홀로 병사들 앞에서 달아나 자신의 진영에 이르고 보니, 진영은 이미 베데국의 군대에 점령되어 있었다. 베데국의 수호기를 꽂고 바라를 울리자마자 진영 가운데서 일군의 병사들이 쏟아져 나왔다. 세첸타이조가 크게 놀라 충격을 받고 말을 되돌려 달아나려 할 때 내린 눈이 귓바퀴와 갑옷의 가슴팍에 가득 했다. 그곳을 빠져나가 전날 만난 상인의 야영지로 들어가니 마침 그날 상인이 있어 그와 마주쳤다. 그러자 상인은 큰 도끼를 흔들며 세첸타이조의 머리에 일격을 가해 두 조각으로 만들어 버렸다. 그 상인들은 다름 아니라 모홀리가 보낸 자들이었다. 모홀리는 군대가 진격하자마자 시리 호톡, 하르 히루에게 200명의 병사를 내어주고 상인으로 가장하게 하여, 한밤중에 진군해 라이하드 변경에 들어가게 했던 것이다. 차와 버터, 피륙, 가죽 등 수레에 실은 것들은 모두 병사의 갑옷과 투구, 무기였다.

그때 시리 호톡이 신호를 받고, 하르 히루는 군사를 이끌고 먼저 세첸타이조의 진영을 점령하고, 시리 호톡은 그를 맞아서 죽였다. 라이하드 패잔병의 반 이상이 투항하자, 모홀리는 즉시 북을 쳐 병사를 멈춰 세우지 않고, 곧장 세첸부흐의 서부 진영으로 공격해 들어갔다.

한편 태조의 병사들은 많은 눈이 내린 다음 날 세첸부흐의 병사를 맞아 싸웠다. 그때 세첸부흐가 태조를 보니 키가 9척이요, 어깨너비가 4뼘이요, 앞쪽으로 열 걸음 너머에서 위엄과 광채가 빛나 얼굴을 곧바로 바라볼 수가 없었다. 옥같이 희고 커다란 얼굴은 태양이 떠오른 듯하고, 커다란 별같이 반짝이는 눈은 번개와도 같았다. 또 누에 같은 두 눈썹은 모든 사람을 위협하고, 사자 같은 커다란 포효 소리는 사람들의 머릿속을 진동시켰다. 몸에 황금 갑옷을 입고 투구를 쓰고, 사나운 황갈색 용마를 탔다. 손에 뱀 꼬리 모양의 쇠창을 쥐고, 허리에 쇠로 된 신궁을 차고, 병사들의 대열 앞에서 얼룩 황갈색 말을 타고 질주하는 모습은 진정 천신처럼 놀랍도록 위풍당당했기 때문에 세첸부호는 감히 나서서 대적하지 못한 채 공연히 대열 가운데서 소리를 지르며 욕설을 퍼부었다.

그러자 보랄과 촐론이 크게 분노해 꾸짖으며, 라이하드의 병사들의 대열로 진격해 세첸부호를 찾아 죽이려고 공격해 들어갔다. 그러자 세첸부호는 혼비백산하여 두세 번 교전하다가 황급히 달아났다. 보랄과 촐론이 멈추지 않고 추격해 갈 때 뒤에서 또 베데국의 대군이 일제히 돌격해 들어갔다.

그때 바람이 세차게 불고 눈과 함께 바람이 휘몰아치기 시작했기 때문에 몇 걸음 거리에서 곧 사람의 모습이 보이지 않았다. 그 틈을 타서 세첸부호는 즉시 채찍을 휘둘러 말을 뛰어오르게 해 빠르게 질주하자마자 자취 없이 사라져 버렸다. 보랄과 촐론은 그가 어디로 갔는지 찾지 못하고 미심쩍어하고 있을 때, 뒤에서 병사들이 돌격해 들어왔다. 그러자 보랄이 큰 소리로 외쳤다.

"일의 정황이 의심스럽게 되었으니, 병사들은 앞으로 돌격해 들어가지 말라!"

그러나 아무리 외쳐도 대군이 이미 밀고 공격해 들어갔기 때문에 한 번에 멈춰 세울 수가 없었다. 그때 갑자기 천지가 진동하는 듯한 엄청나게 큰 소리가 나며, 앞선 병사들이 어떤 곳에 밀리면서 모조리 세첸부호가 파놓은 구덩이 속으로 떨어졌다. 그 위에 연속해서 떨어진 말과 병사의 수가 헤아릴 수 없이 많았다. 촐론이 또 미처 주의하지 못한 채 병사와 말이 있는 구덩이에 떨어지려 하자, 크게 놀라며 몸을 쭉 뻗어 발을 단단히 딛고 건너편 모서리로 뛰어올라 사방을 보니, 오직 병사와 말들이 지르는 비명 소리만이 귀에 들렸다. 눈보라가 세차게 몰아치고, 바다가 들끓듯 엄청난 양의 눈이 흩날려 눈을 뜰 수조차 없었다. 또 그곳을 다시 보니 세첸부흐가 부드러운 모래흙을 2, 30장, 너비가 2장 넘는 깊은 구덩이를 판 뒤 그 위에 나무를 걸쳐놓고, 대나무와 풀로 구덩이를 덮어놓은 것이 보였다. 또 그 위에 눈이 내리자 어느 곳이나 마찬가지로 희디흰 눈으로 덮여 보였기에 태조의 병사들이 이에 속아 구덩이로 떨어졌던 것이다.

그러자 세첸부흐는 곧바로 매복해 있던 병사들을 일제히 나오게 해 다시 돌격해 들어갈 때, 갑자기 군대의 북소리가 크게 울렸다. 승리를 거둔 모홀리의 1개 군단의 병사들이 뒤에서 일제히 진격해 와 세첸부흐를 가운데 두고 둥글게 포위했다.

그때 태조의 병사들 사이에서 큰 혼란이 일어나 군신이 서로 신경을 쓰지 못하는 상황이 되었다. 보가르지와 젤메가 후방에서 정탐하며 갈 때 전방의 병사들이 큰 혼란에 빠져 대군이 멈추어 서 있는 것을 보고, 보가르지가 채찍을 치며 중군中軍이 있는 곳으로 말을 빠르게 달려가 보니, 태조가 없었다. 서둘러 전군에 가 보니, 보랄이 아직 라이하드의 뒤를 쫓아가 적군을 죽이며 몇백 명의 병사와 함께 살육전을 벌이고 있었다. 라이하드의 병사들이 구덩이에 떨어진 병사들 위에서 비 오듯 활을 쏘아댔다. 보가르지가 큰 소리로 물었다.

"보랄 형님, 주군을 보셨습니까?"

보랄이 적과 싸우면서 말했다.

"분명 저쪽 군대에 들어가셨을 것이네."

보가르지가 곧바로 말을 날듯이 달려 큰 검들이 난무하는 건너편 군대를 향해 피로 뒤덮인 길을 뚫고 들어갈 때 구덩이가 사람으로 가득했기 때문에 말을 달려 구덩이를 뛰어넘어 양편 병사들이 맞붙어 싸우는 싸움터로 뚫고 들어갔다. 태조를 찾으며 가다가 반대편에서 다가오는 한 장군을 만나 창검을 부딪치자 불꽃을 일으키며 번쩍였다. 그가 고성을 지르며 물었다.

"존형께서는 어디로 가십니까?"

보가르지는 상대의 말투로 그가 누군지 알고 물었는데, 그 사람은 다름 아닌 제브였다. 주군에 대해 묻자 제브가 "우리는 여기서 세첸부흐를 막으며 싸우고 있소. 군주께서는 이곳에 오시지 않으셨소!"라고 했다.

보가르지는 또 길을 뚫고 싸우며 다시 뒤로 달려갔다. 겨울 낮이 매우 짧은 데다 또 구름이 어둡게 끼고, 많은 눈이 내리고 있었다. 폭풍이 심하게 불면서 또 저녁해가 기울고 있었다. 구름이 잔뜩 끼어 어둠이 내리기 시작하자 보가르지는 몹시 초조해지기 시작했다. 또 말을 달려 구렁을 넘어가자 자신의 병사들 가운데서 주군께서 어디 계시냐는 절규가 연이어 들리며, 사방에서 외치는 소리가 하늘을 찌르고, 사람 머리는 말발굽 아래서 구른다. 태조가 어디로 갔는지 알고자 한다면 다음 장에서 이를 곧 보게 될 것이다.

【평언】

이 장에서는 태조가 성인의 현철함을 타고 났으며, 천자가 분명함을 드러낸다. 고대 상나라시대 서백후西伯侯가 희창왕[6]이 되기 전 상나라에 부름을 받고 갔다. 그런데 도중에 연산燕山으로 지나가는데, 산 밑에 이르러 태양이 밝디밝게 떠 있었다. 그때 문왕은 대나무와 흙으로 지은 회당에 대오를 멈추고, 비를 피할 거라고 했다. 심복이 그 이유를 묻자 문왕이 말하기를 "오늘 을사일, 기묘시에 분명 폭풍우가 몰아치며, 천둥과 번개가 칠 것이다. 이곳에서 세상을 정복할 인걸이 나타날 것이다"라고 했다. 오래지 않아 정말 검은 구름이 드리우고 폭우가 사납게 쏟아지고, 바람이 불고 엄청난 굉음으로 천둥이 울렸다. 그때 서백후는 옛 무덤에서 뇌진자雷震子[7]를 얻었다. 이러한 일에 놀라움을 금치 못하면서, 앞장에서 태조가 협곡을 보자 곧 도적이 있다는 것을 알았는데, 이를 통해 진실로 성인께서는 모름지기 모든 일에 앞서 상황을 꿰뚫어 보는 모종의 밝고 분명한 지각 능력이 있음을 알았다.

그 하나의 예로, 고대 삼국시대 유비가 위나라에 추격을 당해 죽음에 이르렀을 때 적로的盧[8]가 단계강을 날듯이 뛰어 넘어간 것을 천우신

---

6 희창은 문왕(文王, ?~?)을 이른다. 상나라 때 사람으로 주(周)나라 초대 임금. 성은 희(嬉)씨이고 이름은 창(昌)이다. 무왕의 아버지, 계력의 아들이다. 상주(商紂) 때 주변의 여러 부족을 멸하고 서백(西伯)이라 했다(임종욱, 앞의 책, 484쪽).

7 뇌진자는 『봉신연의』에 나오는 가공인물로 희창이 연산에서 주운 100번째 아들이다. 연산에 도착했을 때 갑자기 하늘에서 천둥 번개가 치고 장성(將星)이 떨어졌는데, 장성이 이 아이인 것을 알고, 아이의 이름을 뇌진자라 짓고 아들로 삼았다(https://ko.wikipedia.org/wiki/뇌진자).

8 적로(的盧)는 말의 일종으로 유안(楡雁)이라고도 한다. 이마에 흰 무늬가 있으며, 흰 무늬가 입 안으로 들어가 이빨에 이르고, 눈 밑에 눈물주머니가 있는 것이 특징이다. 노비가 타면 객사하고, 주인이 타면 사형을 당해 흉마로 알려져 있다. 중국 삼국시대의 군웅

조라 생각했다. 그런데 이 장에서도 태조 역시 험한 협곡에서 포위되자 여섯 대신이 있는 힘을 다해 끌어낸 것은 천신과 수호신이 천자를 지키는 것이 분명하다는 것을 알게 해준다. 또 한 가지. 아버지와 형의 원수를 통쾌하게 갚을 수 있었던 주나라 무왕 희발姬發인데, 그는 곧 몽골의 태조 테무진이라 할 수 있다. 이외에 아버지의 원수를 그토록 통쾌히 갚을 자가 몇이나 있었을까?

또 한 가지. 보가르지가 앞으로 나가며 싸우고, 뒤를 돌아보며 살폈던 것은 매우 충성된 태도이지만, 젤메가 수도 없이 많은 화살촉을 뚫고 검은 콘도르 깃이 달린 수호기를 든 병사를 베지 않았다면, 비록 초패왕 항우라 해도 어찌 태조를 구해 낼 수 있었겠는가! 이것은 젤메의 상황 판단이 매우 시의적절하고, 현명했으며 명철하고 충직했음을 말해준다. 이처럼 충신들이 분투함으로써 그의 자손인 네 호쇼[9]의 부마들은 대대로 성조 칭기스 칸의 명으로 황족의 자손과 동등한 대우를 받고 살아갔다. 만대 불변이라고 하는 것이 이것이다.

또 한 가지. 오래전 유비가 당양當陽에서 조조 군에 의해 대패했을 때 조운趙雲[10]이 그의 아들을 가슴에 품고 온다. 그러자 유비는 부인들에 대해 전혀 묻지도 않고, 자기 아들을 내던지며 조운의 손을 잡고 울었

인 유비(劉備)와 동진(東晉)의 유량(庾亮)이 타고 다닌 것으로 유명하다(https://ko.wikipedia.org/wiki/적로).

9 행정지역의 단위. 기(旗).

10 조운(趙雲, ?~229) : 삼국시대 촉나라 상산 진정 사람. 자는 자룡(子龍), 이름은 운(雲)이다. 유비가 피난길에 당양현 장판에서 조조군의 습격을 받고 도주할 때, 조운은 유비의 어린 아들 아두와 그의 아내 미부인을 구출한다(임종욱, 앞의 책, 1692쪽). 그러자 유비가 자기 아들 아두를 던지면서 "하마터면 훌륭하고 용맹한 장수를 잃을 뻔했다"고 하자 조운이 크게 감동했다는 일화가 있다(https://ko.wikipedia.org/wiki/조운_(촉한)).

는데, 이는 거짓된 속임수가 아닐까 생각했었다. 그런데 이 장에서 태조가 큰아들을 갖게 되었는데 전혀 대수롭지 않게 여기고, 앞서 여섯 충신을 칭송하고 잔치를 벌였던 것은 나라를 세운 군주 모두의 마음이 그러하기에 이처럼 존숭과 숭앙을 받는 것이라 할 수 있다.

또 한 가지. 메게진 세르가 금나라 군대를 추격해 다가오고 있다는 것을 듣자, 태조가 곧바로 군대를 맞아들인 것은 메게진 세르를 생각했던 것이 아니라 금나라를 의심했던 것이다. 한 가지는 나이만에 맞서기 위해 세첸부흐를 오라고 알릴 때 그가 오지 않자, 조용히 타이르며 설득하라고 한 것은 만대에 변치 않는 성군의 지극한 자애로움이다. 또 찬드간 세첸의 조심스러움이 없음을 태조가 미리 일깨우고 경계한 것은 성군의 지극한 현철함이라 할 수 있다.

또 한 가지. 세첸부흐를 공격하기 위해 군대가 출발할 때 모름지기 세 가지 잘못을 헤아려 말한 것은 실제로 전체를 지배하는 큰 규율을 따르는 의로운 군대였기 때문이다. 또 한 가지는 모홀리가 상인의 계략을 사용한 것은 실제로 대군이 퇴각하는 용병술이었다. 한 가지. 대설은 비록 계절에 따른 것이지만, 폭풍은 하늘이 태조를 지키기 위해 불게 했던 것 같다. 다만 눈과 폭풍이 아니었다면 구덩이로 떨어진 태조를 라이하드의 군대가 어찌 그냥 놓아 주었겠는가? 독자 제위께서 자세히 살펴 생각하고, 다시 곰곰이 숙고하는 것이 바람직할 것이다. 이러한 것은 모두 하늘의 뜻이요, 성인을 지키는 큰 의미로 생각하면 좋을 것이다.

제5장

폭군과 반역자는 자기 나라에 적이요 지혜로운 사내와 아름다운 여인은 말 위에서 인연을 맺네

송나라 효종 순희 9년, 금나라 세종 대정 22년. 태조의 나이 21세 되던 임인년壬寅年. 이해 태조는 둘째 아들 차가타이를 낳았는데, 후에 회회국호톤국의 칸으로 추대되었다.

하늘이 내린 천자 태조가 심한 상처를 입고
많은 눈 위에 누워있을 때
충성스러운 네 명의 장수들이 모전毛氈으로 눈을 가려주며
태조에게서 한 발자국도 떨어지지 않았네
인간 말종 도적의 새끼 세첸부흐가 술에 취해
사람을 때리고 치며 난장판을 만들자
반역자 볼리가 검을 휘둘러 그 머리를 베어 버렸네

한편 보가르지가 라이하드의 활과 화살을 쥐고 있는 병사들 뒤로 공격해 들어가 병사들을 죽이며 흩어지게 하고, 자신의 병사들 가운데로 들어갔다. 원래 태조가 구렁 가에 와서 정신없이 날아오는 화살에 어

깨를 맞았다. 그러자 태조가 크게 분노하며 앞으로 돌진해 들어가다 또 구렁에 빠지고 말았다. 곧바로 말에서 떨어지자 그 옆에 담황색 말이 서 있었는데, 말이 갈기와 꼬리로 화살을 막으며 주변을 돌고 있었다. 그때 보가르지가 그 말을 알아보고, 서둘러 말을 달려 구렁으로 들어가 태조를 도와 구렁 밖으로 꺼내 올리자, 황갈색 말이 또 뒤따라 뛰어올라 구렁에서 나왔다. 보가르지가 태조를 부축해 말에 태웠다. 자신의 말이 혼란스런 병사들 속으로 섞여 들어갔기 때문에 자신은 걸어서 태조를 보필해 가고 있었다.

그때 젤메가 창을 돌리며 주군을 찾으러 다니다가 태조와 보가르지를 만났다. 젤메는 서둘러 무질서한 난군 가운데 들어가 한 마리 약한 말에 고삐를 채워 데리고 왔다. 그 말은 보가르지가 탈 사슴 같은 회색 말이었기 때문에 보가르지는 매우 기뻐하며 말에 뛰어올라 탔다. 그리고 태조를 부축하고 진영으로 돌아왔다. 그때 진영은 이미 라이하드의 병사들에게 패해 많은 것이 파괴되어 있었기 때문에 주인 없는 커다란 수레를 밀어서 가져와 수레에 쌓인 눈을 털고 태조를 눕혔다. 태조는 화살에 맞은 상처로 피가 뭉쳐 참을 수 없는 고통을 느끼는 가운데 정신이 혼미해져 갔다. 젤메가 화살촉이 박혔던 자리에 입을 대고 피를 빨아내고, 보가르지는 델 섶을 찢어 상처를 동여맸다. 태조가 첫날 소고기를 먹고는 여전히 피가 흘러 목이 마르다고 하니, 젤메가 보가르지로 하여금 태조를 보살피게 하고, 자신은 창을 들고 말을 타고 가축의 젖과 타락을 구하기 위해 갔다.

그때 세체부호의 군대가 모훌리의 병사들에게 대패하여 위아래 사람들이 서로 지켜주지 못하게 되자, 몇몇 병사들은 자신의 진영을 버리고 도망쳤다. 그러자 젤메가 곧바로 그들 진영에 들어가 짐수레 가운데서 질 좋은 고기와 타락이 담긴 뚜껑 있는 항아리를 발견하고 크게 기뻐하며, 그것을 가지고 말을 달려 진영으로 돌아왔다. 모훌리의 군대는 큰 승리를 거두고, 또 날이 어두워졌기 때문에 진을 치고 군사들을 모아 태조를 찾아다니다가 태조 곁으로 가자 많은 병사들이 함께 모여들었다. 젤메가 타락을 올리자, 태조가 스스로 한 잔을 먹고는 마음이 매우 상쾌해졌다고 했다. 그때 비록 폭풍이 멈추기는 했지만 눈이 아직도 멈추지 않고 내리고 있었고, 수레에 덮개가 없었기 때문에 모훌리와 보가르지, 보랄, 제브는 커다란 게르 궁의 모전을 잡고, 태조의 몸에 눈이 닿지 않도록 가렸다. 그리고 걸음을 옮기거나 손을 바꾸지 않고 태조가 수레 위에서 새벽까지 편안히 잠을 잘 수 있도록 세심하게 신경을 썼다『자치통감강목』에 이 네 사람에 대한 부분을 자세히 언급하며, '사걸(四杰)' 즉 '네 명의 용맹한 장수'라고 했다.

다음 날 아침이 될 때까지 하룻밤 사이에 넓은 진영을 다시 정비한 연후에 많은 병사를 먹이고, 태조를 진영의 게르 궁으로 모셨다. 이때 눈이 멈추고 한기가 더욱 심해졌다. 모훌리는 주군에게 상처를 입혔다며, 이를 갈면서 반드시 원수를 갚고야 말겠다고 다짐했다. 세첸부흐를 추격하면 그리 멀리 가지는 않았을 것이니, 먹을거리를 준비하고 옷을 두툼하게 입혀 병사들을 재촉해 뒤쫓아가겠다고 했다. 또 군주의 상처가 좀 가벼워졌다고 하자 보랄이 말했다.

"날씨가 몹시 추워 물이 얼었고, 또 눈이 한 자 넘게 내렸습니다. 내년 봄에 섬멸하는 것이 어떠하시겠습니까?"

그러자 모홀리가 "병사를 일으켜 싸우는 병법은 바람과 불처럼 빠르게 하는 것이 바람직하오. 내가 그렇게 한밤중에 주군의 명으로 가서, 세첸타이조의 병사들을 멸했소. 이제 승리의 여세를 몰아 끝장이 날 때까지 없애 버리지 않으면 그들이 내년에 또 방법을 찾아 힘을 회복하게 될 것이오"라고 했다.

태조는 모홀리의 말이 맞다고 수긍했다. 그리고 곧 모홀리에게 1만 8천 명의 병사를 내어주고, 몸소 아픈 몸을 견디며 나아가 많은 병사에게 명했다.

"내가 상처를 심하게 입은 일에 대해 그대들은 반드시 원수를 갚고 돌아오라!"

수많은 병사들이 그 명을 받들어 민첩하게 "예!" 하고 외치는 소리가 산과 초원을 진동시켰다. 그때 태조는 2천 명의 수비병을 남겨 세친 오스의 북쪽 연안에 주둔시키고, 모홀리의 병사들이 승리하고 돌아오는 것을 기다렸다.

모홀리는 즉시 북을 치며 대군을 이끌고, 세첸부흐의 자취를 쫓아 추격하며 갈 때 세첸부흐의 병사는 타라이트 초원으로 돌아와 진을 치고 있었다. 그때 모홀리는 북을 한 번 울리고 진격해 들어가 적을 세 겹으로 포위했다. 그러자 세첸부흐는 뒤로 물러나며 일시에 대패했다. 세첸부흐가 병사를 점호해 보니 3분의 1은 죽고, 또 3분의 1은 태조에게 투항하고, 남은 3분의 1은 모두 상처를 심하게 입었기 때문에 마음이 심히 근심스럽고 힘들어지자 병사들을 퇴각시키고, 진영으로 돌아와 밤새 취하도록 술을 마셨다. 그리고 병사를 이끌고 가서 제대로 힘을 쓰지 못했다며 볼리를 죽이려 했다. 그 순간 작은엄마 야보하이가 억지로 제지하여 할 수 없이 죽이지는 않고, 곤장 40대를 사정없이 내리쳤다.

모홀리의 병사들이 진격해 올 때 세첸부호는 또 술에 취해 깨어나지 못하고 깊은 잠 속에 빠져 있었다. 볼리는 매우 분개하며 이를 갈았다. 일반 병사들의 마음을 떠보니, 그들도 마찬가지로 모두 추위에 참을 수 없이 서러움을 느끼며 고통스러워했기 때문에 즉시 그의 친척 10여 명과 상의한 뒤 그들을 데리고 곧바로 날카로운 무기를 들고 세첸부호가 잠들어 있는 몽골 게르로 들어갔다. 세첸부호는 이불 속에서 북과 바라, 포탄 소리, 크게 외치는 소리를 듣고 비로소 몸을 일으켜 그 연유를 물으려 하자, 볼리가 검을 쥐고 안색이 변해 들어와 있는 것이 보였다. 세천부호가 급히 일어나더니 달려가 검을 쥐자 볼리가 빠르게 앞으로 돌진하여 일격을 가해 세첸부호의 오른팔 어깨를 베어 떨어뜨렸다.

그때 모홀리의 대군이 세첸부호의 진영을 파괴하며 진격해 들어가자, 수많은 병사들이 아우성을 치며 사방으로 흩어져 달아났다. 그때 세첸부호의 손발이 또 꿈틀대며 움직이자 볼리가 일이 긴박해졌음을 감지하고, 다시 한 번 검을 내리쳐 세첸부호의 목을 베고, 서둘러 나가 무릎을 꿇어 절하며 모홀리에게 투항했다. 모홀리는 세첸부호의 처자들을 잡아 모아들이게 하고, 병사를 모두 점호하여 투항케 했다. 또 볼리를 인도하여 데리고 와 태조에게 절하게 하자 태조는 세첸부호의 머리를 박살내게 하고, 볼리를 자신의 군주를 죽이고 신의를 저버린 자라 하여 말에 포박하게 했다.

그리고 대승리를 거둔 축하의 예법대로 징을 치고 대군이 돌아갈 때 황금빛 태양이 눈 위에 비치고, 눈이 초원의 버드나무 숲에 온통 소복이 내려앉아 산과 초원을 모두 옥으로 새겨 은회색 빛의 세상으로 만들어 놓은 듯 경치가 비할 데 없이 아름다웠다.

한편 태조의 상처가 상당히 호전되었다. 많은 병사들은 크게 승리하고, 또 꽤 많은 전리품을 얻은 것을 기뻐했다. 말발굽에 옥 조각과 자기 부스러기를 밟으며 나라에 돌아갈 때 등자를 치고 서로 크게 노래하며, 멍에를 당기고 챙그렁 소리가 나도록 질주했다. 눈 속에서 사냥감을 추격해 사냥하고, 호숫가에서 물고기, 오리를 잡으면서 돌아갈 때 메르게드부를 지나쳐 가게 되었다. 메르게드의 군주 마그나그트는 자신의 부족 병사를 이끌고 길에서 횡으로 대열을 짓고 있었다. 보가르지가 병사들 앞에 가서 큰 소리로 꾸짖어 말했다.

"일개 좀도둑들이 대군을 맞아 죽음을 자초하는 것이더냐?"

그러자 메르게드의 군주 마그나그트가 "테무진이란 이름을 가진 자가 천자라고 들었다. 내가 특별히 오늘 그 얼굴을 보고자 한다"라고 하자, 병사 가운데서 붉은 차양이 움직이더니 두 개 기가 올려졌다. 또 대열의 깃발이 열리자 태조의 모습이 드러났다. 양편에서 모훌리와 보가르지 두 사람이 선두에 서서 많은 신하들을 이끌고 제비 날개처럼 일정하게 대열을 이루고 섰다.

그때 하브트 하사르가 나라 사람들을 대신해 안부를 고하고, 식량과

약을 가져와 또 태조 곁에 있었다. 마그나그트는 천신 같은 태조의 신성한 위엄과 광채를 보고 크게 놀라 탄복하며 큰 소리로 말했다.

"신령의 아들 테무진의 타고난 상은 천자가 확실한 듯하나 무예가 어떠한지 알지 못하니, 내가 이제 100보 거리에 붉은 태양을 그린 깃발 하나를 꽂아놓겠소. 그대가 화살 한 대로 깃발을 맞히면, 내가 속한 부족을 모두 이끌고 귀순하고자 하오!"

그러자 태조가 크게 웃으며, "100보 거리의 표적을 쏜다는 것은 병사들에게 일반적으로 가르치는 바요, 늘상 하는 일이오. 나뿐 아니라 내 아래 신하들도 모두 쏠 수 있소"라고 하자 마그나그트는 즉시 거리를 재서 붉은 태양을 그린 깃발을 꽂게 했다. 태조는 초 메르겐에게 나와서 쏘라고 하자 초 메르겐이 마음속으로 하늘을 향해 기도했다.

"하늘이 은혜를 내리시어, 만약 저의 주군께서 세상을 통치하고 지배하실 복록이 있으시다면 한 개 화살로 즉시 태양 표적을 맞추어, 한 부족을 복속시킬 수 있기를 바라나이다!"

그리고 곧 "내가 활을 쏘는 것을 보라!" 하고 말을 타고 빠르게 달려 나와 붉은 표범가죽 전통에서 활과 화살을 빼 들었다. 왼쪽 손을 줌통에 댈 때 태산을 밀듯이 하고, 오른손으로 당길 때는 어린아이를 안듯이 활을 펼쳐 당기자 활이 둥근 달 모양이 되었다. 활을 당겨 화살이 시위에서 나갈 때 날아가는 별처럼 쏘아 정확히 깃발 가운데 붉은 태양의 중심에 적중시켰다. 그러자 양편 병사들이 모두 함성을 지르고 환호하며 바라와 북을 치고, 나각螺角을 불었다. 이 모든 소리가 함께 어우러져 울려 퍼졌다. 그때 메르겐 골의 따스한 샘물의 수증기가 피어오르는 곳에서 겨울을 난 두 마리 오리가 날아가자, 하브트 하사르가 크게 기뻐하며 말을 타고 빠르게 달려가며 말했다.

"초 메르겐이 움직이지 않는 것을 쏘아 맞춘 것이 뭐 그리 놀랍단 말이오? 내가 날아가는 것을 쏘아 맞추는 것을 보시오!"

많은 사람들이 사방을 자세히 보니, 많은 눈이 내린 뒤라 맑은 하늘을 가르며 두 마리 오리가 사선으로 날아가는 것이 보였다. 마그나그트가 손가락으로 그 오리를 가리키며 "즉시 저 오리를 쏘시오!"라고 하자, 하브트 하사르가 활과 화살을 미리 준비해 왔기 때문에 곧바로 물었다.

"갈색 수오리를 쏠까요, 암오리를 쏠까요?"

마그나그트가 암오리가 날아가는 것을 보니 서둘러 나는 것이 안정적이지 않았기 때문에 곧바로 "수오리를 쏘시오!"라고 외쳤다. 그러자 하브트 하사르가 화살 하나를 꺼내 시위에 화살을 메기고, 다른 살 하나를 약지에 끼우고 위를 향해 쏘아 화살을 날려 보냈다. 화살이 수오리 목을 관통해 떨어질 때, 하브트 하사르는 다른 화살 하나를 시위에 메기며 "내가 두 개 화살로 두 마리 오리를 쏘는 것을 보시오!"라는 말이 끝나기도 전에 창공에 남은 또 한 마리의 암오리가 화살촉에 맞아 땅에 떨어졌다. 양편의 군사들이 일제히 함성을 지르고 칭송하는 소리, 북과 바라를 두드리는 소리로 산천과 초원이 진동했다. 이에 메르게드의 군주 마그나그트는 크게 탄복하며, 서둘러 말에서 뛰어내려 땅에 무릎을 꿇고 큰 소리로 외쳤다.

"권세 있는 천자시여, 무예가 출중한 군주의 영웅호걸들이 이처럼 많은데, 천하를 지배하는 데 무슨 어려움이 있겠나이까? 지극히 평범한 마그나그트 저는 안장을 채우고, 채찍을 들기를 원하나이다!"

마그나그트는 그 자리에서 부족민 전체를 이끌고 가 태조에게 절하고 귀순했는데, 그 사람 수가 8천이 넘었다. 이에 태조가 크게 기뻐하며 좋은 말로 권고했다. 보가르지와 모호리에게 마그나그트를 부축해 일으키게 하고, 큰 향연을 베풀어 격려하고 상을 하사했다.

그리고 며칠이 지나 보르한 갈돈에 이르렀을 때 세첸 주순 부르트 겔진 부인에게서 또 한 사내아이가 태어났다. 그러자 태조는 먼저 병사들의 공로를 치하하며 잔치를 베풀고, 공로의 경중에 따라 포상을 내려 위로했다. 그때 많은 무리 가운데서 찬드간 세첸이 나와 라이하드의 볼리의 목숨을 살려줄 것을 간청했다. 무릎을 꿇고 고개 숙여 말했다.

"라이하드의 볼리는 비록 자신의 군주에게 불충했지만, 하늘의 때를 알고 우리에게 도움을 준 것은 분명하다 하지 않을 수 없습니다. 이 사람이 아니었다면 소신의 생명은 이미 세첸부호의 솥 안에서 탕이 되고, 국자 안에 고깃국이 되었을 것입니다!"

태조는 그의 말을 받아들이고, 볼리를 포박한 끈을 풀어주게 하여 남은 부족민들을 하나로 묶어 부족민을 다스리는 부수령으로 삼았다. 그리고 찬드간 세첸에게 세첸부호의 여자와 자식을 종으로 삼도록 내어주자, 세첸부호의 하인들은 가축, 재산을 모두 가지고 찬드간 세첸을 따라갔다. 또 상해를 입은 병사들에게 상을 내리고, 적의 전리물을 둘로 나누어, 한쪽 몫을 장병들에게 상으로 하사해 기쁨이 넘치게 했다. 그런 연후에 비로소 태조는 내궁인 흰 게르에 들어가 쉬었다.

이번 출정은 하얀 눈이 내리는 때였고, 흰 눈에 하얀 발자국을 내고 싸운 병사들에게 두 나라가 투항했을 때 둘째 아들이 태어났다. 또 태어난 아이의 얼굴이 매우 희고 사랑스러웠다. 태조는 아이가 태어날 때 흰 발자국을 내며 병사들이 전투에서 승리를 거두고, 아이의 얼굴과 신체가 매우 희고 빼어난 기운이 있었기 때문에 아이의 이름을 차가타이라고 지어 주었다. 또 젤메의 아버지 자르치오다이 현자에게 아이의 관상을 보게 하자, 훗날 서쪽 하늘을 흔들 지도자이자 새로운 군주가 될 천복을 지닌 상이라고 했다. 후에 정말 서부의 많은 회회족들에게 군왕으로 추대되었다. 그의 후손들은 청나라에 투항하지 않았기 때문에 왕공 세가의 역사서에 기록되지 않았다.

한편 케레이트국의 케 왕은 태조가 승리했다는 소식을 듣고 경사에 합류하여 절하기 위해 몸소 왕림하자 태조가 크게 기뻐하며 연회를 베풀어 극진히 대접했다. 또 라이하드의 전리품으로 자신이 거두어들인 속민들과 말, 낙타, 양, 물건의 반을 나누어 케 왕에게 내어주며 말했다.

"이전에 저의 아버님께서 케 왕을 친형제처럼 여기시고 도우며 지내셨습니다. 제가 칸을 잊지 않는 것은 실제로 제가 저의 아버님을 잊지 않는 이유에서입니다!"

케 왕은 태조가 준 물건을 가지고 자기 지역으로 돌아가 부족민들에게 전리품을 보여주며 우쭐댔다. 그해는 임인년 송나라 효종 황제 순희 9년이었으며, 금나라 대정 22년이었고, 태조가 21세 되던 해였다.

한편 케 왕의 큰아들 얄고는 금나라에서 새로운 공公의 작위를 내려 주었기 때문에 북쪽 사람들은 모두 그를 신공이라고 불렀다. 신공 얄고는 성격이 매우 오만하고 고압적이었다. 태조가 메르게드 사람들을 모아들였다는 것을 듣고, 시기하는 마음이 생겨 반년을 참고 지내다가 다음 해 병사들을 이끌고 진격하여 메르게드의 좌익군을 막고, 메르게드의 좌익의 군주 토도에 속한 부족을 공격해 빼앗았다. 그러자 우익의 마그나그트가 듣고 좌익을 지원하고, 또 태조에게 사신을 보내 사정을 알렸다.

그때 태조는 모훌리, 촐론, 보가르지, 보랄 네 장수가 그 누구보다 먼저 자신을 따랐으며, 그 공훈이 탁월하고, 모두가 장정 1천 명에 맞먹는 영웅적인 힘을 갖고 있었다. 이 세 가지 면에서 언제든 그 어떤 자보다 뛰어나다고 칭송하며 큰 향연을 베풀어 주었다. 또 네 귀퉁이에 대진영을 세우고, 4만 명을 동원하여 푸른색, 붉은색, 노란색, 검은색 수호기를 세우게 했다. 그리고 모훌리, 촐론, 보가르지, 보랄을 네 준마사준라 하고, 네 가지 색의 큰 기旗를 그들에게 넘겨주었다.

그때 케레이트가 메르게드를 침공했다는 소식을 듣고, 네 장군과 상의하며 대책을 논의할 때 많은 사람들 가운데 한 사람이 케 왕을 이기면 될 것이라며 거들먹거리며 걸어 나왔다. 태조가 그를 보니, 다리가 길고, 상체가 작고, 얼굴은 좀 누렇고, 수염은 푸르고, 성격이 매우 사나우며, 두 눈의 눈빛 속에는 마음속의 간사함이 드러나 있었다. 늑대의 눈빛과 여우 걸음걸이를 하고 있었는데, 그는 귀순해오자마자 태조를 칸으로 추대하자고 했던 고르로드 오돈치르의 아들 자모하였다.

태조가 그에게 케 왕을 정벌하여 승리해야 할 필요성을 묻자 자모하가 말하기를, "케 왕은 비록 예전에 선친 주군과 친분이 있었지만, 그것은 그의 숙부가 일으킨[1] 난리를 평정시켜 준 은혜가 있었기 때문입니다. 그러나 후에 주군께서 타이치오드에 압박을 받고, 타타르에 분탕질을 당해 고통을 겪을 때 그가 도움이 되었다는 것을 전혀 들은 적이 없습니다. 그해 주순 부인과의 혼인 잔치에 와서 갈색 담비 외투를 입고, 모든 이의 상석에 앉았습니다. 그 후 주군께서 출정할 때 조금의 힘이 된 일이 없었는데, 주군께서는 그의 동생 일루 하르를 서하국에서 데려오게 하시고, 모든 것을 온전하게 해 주셨습니다. 지역을 내어주고, 백성들을 모아 줌으로 안팎으로 안정을 이루게 해 주었습니다. 그러나 그는 후에도 손톱만큼의 도움이 된 것이 없습니다. 이제 또 정벌해서 얻은 라이하드의 전리품을 그 또한 나누어 가져가고는 신뢰하는 태도가 없고, 이제 또 메르게드가 우리 편에 귀순해 온 것을 모르지 않을 것입니다. 분명 알고 있으면서 그들을 공격한 것은 곧 우리를 공격한 것과 같다고 할 수 있습니다. 이와 같은 어려운 시기에는 돕지 않고, 행복을 향유하는 것에만 함께 하면서, 은혜를 생각지 않고 원수로 갚는 자를 공격하지 않으면 누구를 공격하겠습니까?"라고 하자 태조가 일러 말했다.

"그가 내게 도움을 주지 않은 것은 내가 그를 찾지 않은 까닭이요. 그뿐 아니라 우리에게 귀순해 온 자들은 메르게드의 우익이지, 메르게

1 본문에는 그의 숙부가 난리를 평정해 준 것으로 되어 있으나, 내용상 숙부가 일으킨 난리를 평정시켜 준 것.

드의 좌익이 아니오. 세상이라는 것은 한 사람의 세상이 아니고, 세상 사람들의 세상이오! 메르게드를 공격한 것을 우리가 어떻게 나쁘다고 말할 수 있겠소? 특별히 우호와 의리로써 상대를 따르게 하면 나뭇잎과 꽃처럼 영원히 따르고 번성할 것이며, 군사와 전쟁으로 따르게 하면 피와 물처럼 영원히 두 개의 색으로 대립하게 될 것이오!"

그러자 자모하가 큰 소리로 외쳤다.

"그것은 그렇다 해도 우리가 라이하드의 전리품 가운데 그에게 절반을 나누어 주었는데, 그는 메르게드의 전리품을 3등분하여 그 하나도 우리에게 주지 않았습니다. 어찌 그랬을까요? 천하가 한 사람의 천하가 아니라면 주군께서 저에게 1만의 병사를 내어 주십시오! 제가 메르게드의 좌익을 빼앗아 저의 것으로 삼고자 하나이다!"

태조가 그의 성격과 신하로서의 무례함을 보고 꾸짖었다.

"공연히 생트집을 잡아 물의를 일으키면 두 나라의 옛 정의情誼를 해치게 될 것이오!"

자모하는 태조가 화난 것을 보고, 황급히 앞으로 나와 무릎을 꿇고 고했다.

은혜로우신 주군께서는 분을 발하지 마소서
기다리시면 천천히 알게 될 것입니다
산을 의지해 지내겠나이다, 제가
말치기 목동을 평안히 지내게 하겠나이다, 제가
강을 의지해 지내겠나이다, 제가

홀로 이 몸을 먹여 살리겠나이다, 제가!

그러자 태조가 매우 화가 치밀었기 때문에 "여러 말 필요 없소. 순리대로 하시오!"라고 꾸짖어 돌려보내고, 흰 게르 궁에 들어가 앉아 어머니께 있었던 일들의 정황을 고하자, 부르트겔진 주순 세첸 부인이 듣고 지나가는 말로 태조에게 말했다.

"고르고드 자모하의 그 말들은 주군인 당신에게 싫증이 나서, 배반하고 떠나려고 하는 말일 것입니다. 그를 가까이 두어서는 아니 됩니다. 가까웠던 모든 것을 별거 아닌 것처럼 삼키고, 만난 사람을 무는 자입니다. 시간이 지나면 주군인 당신이 눈에 보이지 않게 될 것이며, 머지않아 적이 되어 올 것입니다!"

그러자 태조가 "나 또한 그리 의심하지만 죄 없는 자에게 죄를 덮어씌울 수는 없소. 잘못한 것이 없는데 잘못했다고 비방하는 것은 사나이가 할 일이 아니오!"라고 했다.

당초에 자모하가 오자마자 태조를 칸으로 추대하자고 했을 때 태조가 한 번 화를 내며 질책을 했었다. 이에 대해 자모하는 곧바로 불쾌히 여겼다. 이제 또 걸출한 네 장군을 중히 여기고, 자기 말은 받아들이지 않는 것을 알고 수치심이 증오가 되어, 자기 부족으로 돌아가 배반할 것을 준비했다. 그리고 보름이 되지 않아 모든 부족민을 이끌고 다른 쪽으로 달아났다.

최근 두 해 동안 케레이트의 케 왕은 과도하게 전리품을 얻고, 더욱 득의만만해졌다. 그 아들 신공 얄고 또한 야심이 커지고, 제멋대로 성질을 부리며 윗사람에게 여러 가지로 무례하게 굴었다. 케 왕이 작은 동생 일루 하르와 불화하자, 샤고는 일루 하르를 죽이려고 했다. 그러자 일루 하르가 크게 분노하며 이들에게서 돌아서서 나이만의 타이얀 칸 볼로이 아래로 들어갔다. 일루 하르가 절하고 울면서 자신의 괴로움을 낱낱이 고했다. 그때 타이얀 칸은 아직 위세가 등등하고, 북쪽 천하를 지배하고자 하는 마음이 있었기 때문에 즉시 고대 오적五賊의 예를 좇아 나라 전체의 병사를 이끌고, 파죽지세로 케레이트국을 향해 돌격해 들어갔다.

케 왕과 신공 부자는 군대를 지휘하여 그들을 맞아 싸웠지만, 나이만의 대원수 곡설오에게 대패하여 갑옷이 반도 남지 않았다. 처자를 겨우 데리고 나와서, 부자가 서로 헤어져 도망쳤다. 케 왕은 도중에 식량이 떨어져 굶주림에 시달리자 스스로 낙타의 봉을 쳐서 피를 끓여 먹고, 여자와 아이들은 양과 염소젖을 짜서 마시며 베데국으로 들어가 태조 곁으로 갔다. 그때 타이얀 칸 볼로이는 케레이트를 통째로 빼앗아 부족을 모두 케 왕의 동생 일루 하르에게 다스리도록 했다. 또 일년에 받을 공물을 정하고 대군을 이끌고 자국으로 돌아갔다.

태조는 케 왕의 잘못을 일체 언급하지 않았다. 또 지역과 속민, 가축을 내어주고, 톨 강가 갈로트산의 남쪽 면에서 동생 하브트 하사르와 함께 지내도록 했다. 신공 샤고는 도망쳐 군대를 요청하기 위해 거란국으로 갔다. 케 왕은 여자와 아이들을 데리고 잠시 베데국에서 지내고 있었는데, 이것은 모두 태조의 배려에 따른 것으로 태조는 하사르에게 케 왕을 보살피도록 했다.

한편 고르로드의 자모하는 베데국을 배반하고 떠난 뒤 재물과 가축을 크게 내어 많은 부족들을 규합했다. 하타긴, 살지오드, 아카릭, 타이치오드, 오이라트, 고르로손, 고르로드, 살지다이, 사모르칸 이 아홉 부족[2]을 모이도록 해 연회를 베풀 때 오이라트의 호드간 베히와 고르로손의 찬드간 차간[3]이라는 자가 둘이서 먼저 상의하여 우르군강과 겐강 사이에 있는 대초지의 아고 소고타이[4]라는 곳에서 자모하를 대칸으로 추대하여 절하고, 곧바로 병사들을 내어 베데국을 약탈하자고 할 때 태조가 이 소식을 듣고 부르트겔진 부인을 칭송했다.

부인이면서 우환을 예지하고
아내이면서 반역할 것을 미리 알았네
모든 이가 올린 '세첸'[5]이란 칭호가 공연한 것이 아니었네
뭇사람들이 올린 '지략 있다'는 이름이 괜한 것이 아니었네!

태조는 곧 병사를 선발하여, 케 왕에게 그 병사들을 이끌고 지원 공격을 하고 오라고 했다. 그때 얄고는 거란에서 5천 명의 병사를 빌려 왔기 때문에 곧바로 태조가 내어준 병사와 합쳐 1만 병력을 갖추고,

---

2 아홉 부족의 장을 모이게 한다는 의미로 볼 수 있다.
3 본문에서는 '찬드간 차간'이 '찬닥 차간'으로도 쓰였는데, 모두 '찬드간 차간'으로 통일했다. '찬드간 차간'은 '흰토끼처럼 흰'이라는 뜻이다.
4 **[몽골 현대문 역주]** 『몽골비사』에는 이곳의 지명을 '아고 노고'라고 했다.『몽골비사』 141절을 보면 '아고 오담 노가(агуу удам нуга)'라 하여 대명사가 아닌 일반 명사 '드넓은 습지'로 되어 있으며, 이곳에서 자모하를 '구르 왕'으로 추대하는 것으로 언급하고 있다 (Ш.Бира бусад, *Монголын нууц товчоо*, Мөнхийн Үсэг, 2005, p.52).
5 지혜롭고, 현명하다는 뜻의 칭호.

태조의 3만 군대와 함께 총 4만 병력으로 자모하의 진영인 아고 소고타이를 포위했다. 자모하는 이를 맞아 싸우면 분명 승산이 없을 거라고 생각했다. 여러 부족의 대신들이 누런 용 장식의 궁전에 모여 대책을 논의할 때 오이라트의 호드간 베히가 나와서 말했다.

"제가 볼 때 케 왕은 가루다의 외모에 닭의 심장을 가진 자로 작은 이익을 보면 대의를 망각하는 자입니다. 제게 털 좋은 준마와 황금 그리고 질 좋은 비단을 주십시오. 소신이 밤에 그의 진영으로 가서 이익과 해를 구별해 말할 것입니다. 그렇게 해서 그의 병사가 돌아가면, 적이 이를 의아해하며 분명 우리와 싸우지 않고 돌아갈 것입니다. 적이 돌아가면 우리가 1, 2년 동안 말을 먹이고, 군사를 훈련시켜 강하게 된 연후에 그와 싸우면 승리는 어렵지 않을 것입니다."

자모하가 그의 말을 옳게 여기고, 질 좋은 흰 가죽옷 네 벌, 명마 네 필, 색깔 고운 비단 네 필, 순금 100량[6]을 내어 주었다. 그날 밤 호드간 베히는 케 왕의 숙소로 문안차 가서 자모하의 선물을 올리고 조용히 말했다.

"베데와 케레이트는 대국입니다. 두 나라가 연합하여 우리 작은 나라를 포위한 것은 우리나라가 망할 것이요, 조석지간 그리될 것이라는 것을 알 수 있는 일입니다. 군대를 조직해 다른 나라를 공격해 취하는 것은 자신에게 이익이 되기 때문입니다. 우리나라가 망하는 것이 왕께 이익이 되는 일입니까?"

---

6 1량은 37.5g 정도의 무게.

그러자 케 왕이 "베데국은 우리와 형제지간의 나라요, 그의 적이 곧 나의 적이오. 이익이 되고 되지 않는 것을 생각지 않소"라고 했다.

"베데국이 왕과 잘 지낸다고 해도 우리나라도 왕과 원한이 없지 않습니까? 그뿐 아니라 우리나라와 케레이트는 흰 날개를 가진 새끼새라고 할 수 있지 않습니까? 베데국의 테무진은 창공을 나는 커다란 기러기와 같습니다. 흰 날개를 가진 새끼새는 여름, 겨울 가리지 않고 북쪽에서 지냅니다. 기러기라 하면 추울 때 따뜻한 곳을 찾아 남쪽으로 날아갑니다. 테무진의 야망을 보지 못하셨습니까? 또 우리나라가 망해 왕께 유익이 있다면, 우리가 또 와서 공연히 도움을 청하지 않겠지요. 이제 저희 나라가 있기에 테무진은 왕을 존중하고 친구로 끌어들이며 지내고 있는 것입니다. 만약 그의 적이 모두 망해 끝이 나면 왕을 또 종으로 삼는 일을 돌이키지 않을 것입니다. 우리나라가 패망하는 것이 왕께 무슨 유익이 되겠습니까? 왜 원한이 없는 나라를 패망시키고, 원한을 품고 오만방자하게 구는 나라에 힘을 더하려고 하시는 것입니까? 우리나라를 패망시키는 것이 왕께 조금도 도움이 되지 않으니, 돌아가시는 것이 낫지 않겠습니까?

만약 돌아간다면 왕께 우리나라에서 해마다 예법대로 공물을 바치도록 하겠습니다. 자신이 얻어야 할 것을 왜 다른 이에게 얻게 하면서, 또 다른 이에게 이끌리는 것은 대체 무엇 때문이란 말입니까? 왕께서 잘 살펴 생각해 보시기를 바랍니다. 테무진이 몇 년 사이 타타르를 평정하고, 사모를 흩어지게 하고, 졸라이를 잠식하고, 치마드를 공략했습니다. 하치오드를 거두어들이고, 토르고드를 평정시키고, 라이하드를 제압했으며, 메르게드를 속였습니다. 왕께서 그가 많은 크고 작은 부족들을 얼마나 점령할지 헤아려 보십시오. 이제 남은 우리 이 몇몇 부족이 만약 또 그에게 정복된다면, 케레이트는 혼자서 어떻게 그에게서 벗어날 수 있겠습니까? 왕께서 우리의 조공을 받으시고 일가를 이루어 화친한다면 우리 주군께서는 무슨 일이 있어도 절대 테무진과 같이 무게 잡고 앉아서 좌시하지는 않을 것입니다. 어떠한 일이 있어도 나이만으로부터 왕의 나라를 빼앗아 찾아줄 것입니다. 저희 나라가 패망하지 않는다면 왕께 유익이 되는 것은 이것입니다. 왕께서는 깊이 혜량해 주시기 바랍니다!"

그러자 케 왕은 금과 비단, 준마 등을 보고, 또 이러한 말들을 듣고, 마음이 멍해져 고개를 떨구고 아무 말도 하지 않고 있자, 아들 얄고가 즉시 곁에서 큰 소리로 말했다.

"베데국의 군주는 사람을 너무 얕보고 짓밟습니다. 호드간 베히의 말은 매우 지당합니다!"

이에 케 왕이 마음을 다져 먹고, 선물을 받아들이고, 즉시 그날 밤 호드간 베히와 맹약을 하고 몸이 아프다는 핑계를 대고 군대를 퇴각시켰다. 모홀리는 케 왕이 자신이 한 말을 저버리고, 몰래 군대를 되돌린 것을 보고 크게 분노해 추격해서 죽여 버리겠다고 하자 태조가 제지했다.

"그리 해서는 아니 되오! 케 왕이란 자는 우리 아버님과 의형제로 지냈고, 그의 잘못이 드러나지 않았는데 추격해 죽인다면 자애롭지 못한 일이 될 것이오. 더구나 자모하가 중간에서 이간질한 것이 사실이라면 우리끼리 서로 죽이라고 한 짓일 테니, 계략을 알면서도 그의 계략에 말려들면 현명한 처사가 아닐 것이오. 또 우리가 그를 추격할 때 만약 적이 우리 말 뒤에 올라타 병사를 죽인다면 우리 병사들은 혼란에 빠질 것이오. 평화로운 상황을 혼란스럽게 하면 병사들의 사기가 떨어지고, 용맹함을 잃게 될 것이오. 자애로움이 없고, 현명하지 못하고 용맹함을 잃는 것은 우리가 가야 할 길은 아니오. 자모하를 잡고 잡지 않는 것이 무어 그리 중요한 일이겠소! 우리는 돌아갈 것이오."

그러자 모흘리가 절하며 고했다.

"종의 지략이 주군의 백에 하나에도 미치지 못하나이다."

그리고 곧 대군이 회군하자, 자모하의 포위되었던 것이 풀렸다. 한편 케 왕은 톨 강 상류로 이동해 숙영하면서 아들 얄고와 신하 폴고다이에게 1만 병사를 내어주고, 나이만 부족을 공격하여 원수를 갚으라고 명했다.

그때 북쪽 궁에서 딸 솔롱고가 아버지에게 문안을 드리러 왔다. 원래 케 왕은 첫째 부인에게서 딸 하나를 두었는데, 올해 그녀는 열다섯 살이 되었다. 그녀가 태어날 때 하늘의 비와 구름이 걷히고, 궁에 터키석과 산호 같은 무지개가 뜨는 일이 있었다. 그럴 때 그녀를 낳았기 때문에 이름을 솔롱고[7]라고 했다. 타고난 자태가 달처럼 밝고 꽃처럼 어여뻤으며, 무지개처럼 곱고 옥처럼 정결했다. 북쪽 지역이지만 비교할 수 없이 곱게 태어났으며, 사막 지역인데도 참으로 아름다운 모습으로 태어났다. 어려서부터 지혜가 남다르고, 성장하여 자색은 더욱 수려해

---

7 '무지개'란 뜻.

지고, 총명함은 타의 추종을 불허했다. 무예 또한 매우 날렵하고 예리했다. 평상시에 무술을 연마할 때는 검이 춤추듯 하고, 용이 자기 몸을 감는듯했다. 또 그녀는 오라버니를 따라 멀리 사냥을 가곤 했다. 북쪽 지역의 여자들이 말을 달리고 활을 쏘고, 사냥하는 것은 일상적인 일이었지만, 솔롱고는 무예에 매우 탁월했고, 아래 많은 여종들에게 싸우고 적을 죽이는 법을 가르쳤다. 어머니를 일찍 여의고, 지금의 케 왕이 얻은 작은 부인인 나란토야라는 계모 손에서 성장했기 때문에 아버지는 딸을 매우 어여삐 여기며 그 마음을 어루만졌다. 작은부인 나란토야에게서 사내아이가 태어나 이름을 토사호라고 지어 주었는데, 아직은 어렸다.

솔롱고는 오빠가 나이만에 출정한다는 소식을 듣고, 아버지에게 문안을 드리러 와서 고했다.

"나이만부는 큰 나라이고, 오라버니의 성격은 또 매우 호전적입니다. 만약 죽임을 당한다면 나라를 잃는 것보다 더 큰 후회를 하게 될 것입니다. 소녀가 수하에 2, 30명의 여자 병사들을 이끌고 북쪽을 정탐토록 하겠습니다! 만일 우리가 포위된다면 오히려 분명 작은 도움이 될 수도 있을 것입니다."

그러자 케 왕이 "여자가 출정하는 일은 예로부터 있었던 일이었지만 너는 나이가 어리고, 피가 묽고 아직 신체가 단단하지 못하니 내 마음이 편치 않구나"라고 했다. 그때 얄고가 거들며 말했다.

"동생이 가는 것은 우리에게 서로 의지가 될 것입니다. 아버님, 마음을 놓으십시오!"

그리고 얄고는 폴고다이에게 3천 명의 병사를 내어주고, 이를 전위부대로 삼았다. 자신은 6천 명의 병사를 이끌고 중간 병력을 맡고, 솔롱고에게는 1천 명의 병사를 지휘하도록 하여 후방을 이끌게 했다. 이렇게 해서 대군은 나이만 국을 향해 진군했다.

한편 나이만의 타이얀 칸 볼로이는 대단한 사내였다. 나이가 오십이 지났지만 체력이 상당히 좋았다. 그의 아래 두 개 부족과 3만 이상의 정예군이 있었다. 그의 큰아들 이름은 알탄샤, 작은아들 이름은 뭉군톨, 그리고 하나 있는 딸의 이름은 하스토야라고 했는데, 모두가 진주, 수정처럼 귀하디 귀하게 태어났다. 알탄샤는 올해 열다섯인데, 이 아이가 태어날 때 어머니는 금으로 만든 양의 복사뼈를 삼키는 꿈을 꾸었기 때문에 이름을 알탄샤[8]라고 지어 주었다. 얼굴은 해와 같았고, 눈은 별, 눈썹은 산 같았으며, 입술은 붉은 단사와도 같았다. 북쪽 지역에는 전통적으로 현자가 많았는데, 북쪽 지역에서 비할 데 없이 출중하게 태어났다. 어려서부터 매사에 세심하고, 많은 사람 가운데 단연 탁월했으며, 성장한 후에는 위엄과 광채가 더욱 빛났다. 검과 창을 배워 쓰는 솜씨는 신령처럼 날렵했고, 활을 쏘고 사냥하는 숙련된 실력은 바람처럼 빨랐다. 부모가 아내를 얻어준다고 하자 알탄샤는 "일생의 대사는 비록 부모님께서 아시는 일이긴 하지만 저 또한 스스로 택하고자 합니다!"라고 하여 무예를 계속 익혔다. 그는 정탐꾼의 소식을 듣고 아버지에게 고했다.

8 황금 샤가이. 샤가이는 가축의 복사뼈를 이른다.

"얄고가 호랑이의 담력으로 우리와 일전을 하기 위해 온다고 하니, 제가 앞서 2천 명의 병사를 이끌고 가서 진영을 세우기 전에 맹렬히 일전을 벌여 그의 기세를 꺾어놓겠나이다."

그러자 타이얀 칸이 "네가 나이가 어려 혈기에 사로잡혀 가벼이 행동하려 드는구나. 이는 훗날 장군이 되고, 군주가 될 자의 태도는 아닌 것 같구나. 반드시 백전백승을 생각하는 것이 옳다. 내게 그자를 제압할 계략이 있다!"라고 했다.

그리고 많은 신하를 불러 모아 좌익의 장군 천부장에게 "2천 명의 정예군을 내어줄 것이니 항가이 산 남쪽 30리 거리에 있는 큰 구렁에 숨어, 진영에서 쏘는 포성을 듣고 얄고의 전위병들을 맞아 싸우시오! 우익의 장군은 또 2천 명의 병사를 이끌고, 구렁의 북쪽 버드나무 숲에 매복하고 있다가 대포 소리를 들으면 곧 얄고의 중군을 맞아 싸우시오! 알탄샤는 3천 명의 병사를 이끌고 큰 구렁 앞 물가에 있는 언덕 아래 매복해 있다가, 얄고의 군사가 패한 후에 도망을 치거든 그의 북쪽 정찰병들을 대적하도록 하라! 또한 그들의 군량과 물품을 빼앗도록 하라. 나는 몸소 대군을 통솔하여 곡설오와 훌소브츠 두 사람을 거느리고 나라를 지키겠다!"라고 했다.

두 신하가 알탄샤를 따라가 각각의 병사를 통솔하고 갔다. 한편 얄고가 대군을 이끌고 곧바로 항가이 산의 대 진영 앞에 이르자 전위대 폴고다이가 먼저 진을 치고 나이만의 대 영지를 보니, 고랑이 깊고 성이 높았으며, 나무로 엮어 진영을 높이 세우고 문을 단단히 봉쇄하고 있었다. 그때 나이만 병사들이 나와 대적하지 않자 어쩔 수 없이 병사들로 하여금 그들을 부끄럽게 하며 욕설을 퍼붓고 있을 때 얄고의 병사들이 계속 뒤이어 가서, 곧바로 삽과 도끼로 고랑에 흙을 가득 채워 넣었다. 그리고 갈고리와 방패를 잡은 병사들이 방책을 보고 무너뜨리는데, 갑자기 진영 가운데서 북과 바라를 치자 병사들이 비 오듯 쇠뇌를 쏘아댔다. 얄고 편의 상당히 많은 수의 병사들이 사상을 입은 뒤 퇴각했다. 얼마 후 또 공격을 하면 성안에서 이전과 마찬가지로 활을 쏘아댔기 때문에 얄고의 병사들은 하루 종일 공격하려고 분투했다. 한편 병사들은 멀리서 왔기 때문에 매우 지쳐 있었다.

그날 밤 타이얀 칸이 몸소 병사들을 통솔하여 말의 방울을 풀고, 대장군 홀소브츠와 또 대원수 곡설오 등을 데리고, 병사들의 입에 나무를 물리고 몰래 진영에서 나갈 때 케레이트의 병사들은 아직 달게 자고 있었다. 그때 북과 바라가 갑자기 울리고, 큰 함성소리가 진동하며 일제히 전투가 시작되자 한 사람이 열 사람을 감당하며 쳐들어 갔다. 그때 얄고가 깜짝 놀라 꿈에서 깨어나 서둘러 갑옷을 입고 말을 탈 때 나이만의 많은 병사들이 산이 무너지고, 바닷물이 밀려가듯 일제히 공격해 들어갔다. 케레이트 군대는 대혼란에 빠졌다. 그들 모두 방금 잠에서 깨어나 말에 안장을 얹고, 갑옷을 미처 입지 못하고 있는 상황에서 나이만 병사들은 수박을 쪼개고, 풀을 베듯이 적군을 죽이며 진격했다. 얄고가 대패하고 도망치려고 하자 갑자기 대포 소리가 나더니 구렁 숲에 매복해 있던 병사들이 일제히 나왔다. 전장에서 일어나는 불빛이 하늘에 닿고, 아우성 소리가 초원에 가득했다.

서쪽 편에서 메델트가 돌격해 오자, 얄고가 서둘러 그들을 맞아 싸웠다. 또 동쪽 편에서 망가탄이 돌격해 오자 폴고다이가 그를 맞아 살육전을 벌였다. 네 사람이 계속해서 격렬하게 싸우고 있을 때, 뒤에서 타이얀 칸과 곡설오, 홀소브츠 등이 이끄는 병사들이 세 갈래 길로 달려왔다. 그러자 얄고는 이길 수 없는 상황임을 깨닫고, 허세를 부리며 창을 한 번 휘두르고는 곧바로 창을 휘두른 쪽으로 병사들을 데리고 도망쳤다. 10리를 가지 못해 많은 병사들이 숨을 제대로 쉬지 못하고 있을 때 큰 언덕 아래서 갑자기 나팔 소리가 나더니 나이 어린 잘 생긴 젊은 장수가 또 두 명의 젊은 장수를 데리고 옆쪽 측면에서 돌격해 들어왔다. 전위대 폴고다이는 그들이 어리다고 얕잡고 대검으로 공격해 들어갔다.

그러자 알탄샤가 날카로운 창을 한 번 휘둘러 폴고다이의 왼쪽 허벅지를 정통으로 찔렀다. 폴고다이는 심한 고통을 느꼈지만, 말에서 떨어지지 않고 겨우겨우 매달려 있었다. 얄고가 알탄샤를 맞아 싸우자 그때를 틈타 폴고다이는 목숨을 부지하고 도망쳤다. 알탄샤의 위세가 더욱 등등해지며, 창 쓰는 솜씨가 바람과 불보다 더 빨랐기 때문에 얄고는 또 뒤에 있는 병사들이 추격해 오는 것을 두려워하며, 틈을 찾아 곧바로 달아났다.

알탄샤가 피 튀기며 맹렬히 싸우다가 날이 밝아지자 주위를 돌아보니 가장 마지막 일개 소대가 있었는데, 유리 수정처럼 아름다운 처자가 그 선두에 서 있었다. 그녀는 2, 30명의 건장한 여성 병사들을 이끌고 날듯이 공격해 들어왔다. 그때는 중춘이었기 때문에 날이 추웠다. 그 처자는 머리에 당겨 묶은 진주 장식의 모자를 쓰고 있었다. 그것은 검은 물감을 들인 담비 모자였는데, 세 개 공작의 깃을 꽂고, 뒤쪽으로 두 개 긴 술 장식이 있는 비단 리본이 날리고 있었다. 몸에는 황금 고리가 있는 갑옷 위에 무늬를 수놓은 비단옷을 겹쳐 입었다. 앞쪽에는 붉은 표범가죽 자락을 허리에 매고, 꽃무늬가 있는 천이 무릎 아래로 날리며 펄럭였다. 얼굴은 새로 핀 연꽃 같고, 몸은 봄바람의 어린 버드나무 같았다. 눈은 자애로운 빛이 가득하고, 단사같이 붉은 입술은 옥같이 하얀 이를 머금고 있었다. 손에는 긴 대가 있는 날카로운 창을 쥐고, 다리에는 산호가 박힌 군화를 신었는데, 진정 사람 마음을 취하게 하고, 속이 에이는 듯 했다. 알탄샤가 그녀를 보고 서둘러 창을 거두고 웃으며 물었다.

"그대는 어떤 사람이오?"

갑자기 솔롱고가 눈을 들어 그 작은 장군을 보니 눈썹은 순결한 푸른 산 같고, 눈은 밝디밝은 샘물 같았다. 붉은 입술에 하얀 이, 몸매는 호리호리하고, 허리는 가늘었다. 은으로 된 갑옷과 투구를 쓰고, 머리에 타조 꼬리를 꽂았는데, 행동거지가 특히 마음에 들었다. 사람들이 그를 보면 웃고 싶고 즐거운 마음이 들게 한다. 솔롱고는 그가 자기에게 묻는 것을 보고, 갑자기 마음이 움직여 맑고 고운 뻐꾸기 같은 소리로 그의 물음을 되물었다.

"그대는 누구시오? 왜 나에 대해 묻는 것이오?"

그러자 알탄샤가 "나이만 국의 군주 타이얀 칸의 우호적인 창잡이 알탄샤라고 하오. 그대는 이름이 무엇이오?"

솔롱고는 아직 나이가 어렸기 때문에 그가 묻는 물음에 곧 대답했다.

"케레이트부의 자애로우신 케 왕 군주의 외동딸이자 명사수 솔롱고라고 하오."

그러자 알탄샤는 속으로 당황해하며, '이 여인은 화장으로 꾸미지 않았는데도 너무나 아름답도다! 우리 북쪽 지역에도 이런 미색을 갖고 태어난 자가 있단 말인가? 아, 나는 그녀를 차마 죽일 수 없다. 그녀를 한 번 부끄럽게 해서 놓아주도록 하자!'라고 생각하고 솔롱고를 향해 말했다.

"내가 생각하니 그대의 부친은 한 나라의 일개 왕이면서 수하에 전쟁에 나갈 신하가 없다 하여 딸을 내어놓고, 사내를 선택하게 하는 것 아니오?"

솔롱고가 그 말에 눈썹을 치켜세웠다.

"나의 생각에는 당신 부친은 한 나라의 칸이면서, 적에 대항할 사람이 없어 개새끼를 풀어놓고 다른 사람 앞에서 짖게 하는 것 같소."

양편의 병사들이 모두 웃었다. 알탄샤는 오기가 치밀어 올라 창을 비틀어 잡고 찌르려고 달려오자, 솔롱고가 즉시 반월창을 돌리며 그와 맞섰다. 한 쌍의 준수한 남아와 아름다운 소저가 서로 맞붙어 싸웠다. 20번 이상 교전을 해도 승패가 가려지지 않았다. 알탄샤가 보니 솔롱고가 사용하는 창은 번개와 같고, 바람과 비도 가를 수 있을 정도여서 알탄샤는 마음속으로 깜짝 놀랐다. '세상에 이렇게 훌륭한 무예 실력이 있는 여인이 있단 말인가? 아, 그런데 일이 잘못되면 아니 되니 내 잠시 그녀의 지혜를 시험해 보리라!' 하고 창을 들어 올려 몇 번을 돌리다가 곧바로 말머리를 돌려 달아났다.

솔롱고가 날듯이 추격해 갈 때 갑자기 활의 시위 소리가 들렸다. 그녀는 눈이 예리했기 때문에 오른팔을 뻗어 날아가는 화살을 잡고 보니, 화살촉이 없는 화살이었다. 깃털 사이에 금가루가 든 단사로 일곱 개 별이 그려져 있었다. 솔롱고는 그것을 보고 갑자기 자기도 모르게 마음이 움직였다. 그녀는 설레는 마음으로 살짝 웃고는 화살을 전통에 끼워 넣고, 눈썹을 찡그리자 한 가지 생각이 떠올랐다. 창을 안장 받침대에 횡으로 꽂고 비단 주머니 속에서 작은 공 모양의 장식물을 꺼내 보고 있을 때, 알탄샤가 여전히 미소 짓는 얼굴로 다가와서 즉시 활을 당겨 툭 소리를 내며 화살을 보냈다. 알탄샤가 분명 회답으로 활을 쏜 것이라며 여전히 조심하는데, 창을 쥔 오른손 뒤쪽에 두 개 공 모양의 것을 정확히 맞추자, 그녀는 손에 있던 창을 간신히 놓치지 않고 있었다. 알탄샤가 그 공 모양의 것을 가지고 오게 해서 보니, 위에는 금색으로 옥새가 찍혀 있었다. 알탄샤의 마음이 갑자기 심하게 동요되어 고삐를 당겨 말을 멈춰 세웠다. 솔롱고를 좀 더 자세히 응시하니, 그 아름다움이 더하자 어찌할 바를 몰랐다. 솔롱고는 알탄샤가 움직이지 않는 것을 보고, 정색을 하고 그를 응시하며 아무 소리도 내지 않았다. 갑자기 둘은 그대로 멈추어 서서 서로를 응시했다. 그런 상태로 반시간이 지나자 곁에 있던 한 나이든 여자 병사가 참지 못하고 말했다.

"저 어린 장군을 공격하려면 공격하든가, 돌아가려면 돌아가든가 하지 않고 쓸데없이 이렇게 우리를 막아서는 것은 무슨 이유입니까?"

그러자 알탄샤가 말했다.

"내가 보니 그대의 아가씨는 분명 열대여섯 살을 넘지 않는 나이로 나와 동갑인 듯하오!"

솔롱고는 즉시 말을 움직여 가려고 하자, 알탄샤가 또 큰 소리로 말했다.

"당신들의 아가씨는 남자를 구하시오?"

그 여자가 "아니오!"라고 하자 솔롱고가 돌아가 그 여자 병사를 바라보자 여자가 곧 입을 다물었다. 그때 알탄샤의 한 수하 장수가 말했다.

"그렇다면 우리 두 나라가 인척 관계를 맺는 것이 날마다 이처럼 싸우는 것보다 낫지 않겠소?"

그 말이 채 끝나기도 전에 솔롱고가 즉시 병사들을 되돌려 다투어 가려 하자, 알탄샤가 창을 횡으로 잡고 가는 길을 가로막으며 말했다.

"그대와 내가 인연이 있기에 교전하는 사이에 연인이 되어 차마 서로 싸우지 못하였소. 다만 이번에 헤어지면 언제 만날 수 있을지 모르니, 낭자께서는 기념될 만한 것을 하나 남겨 주시는 것이 좋겠소!"

그러자 솔롱고는 알탄샤를 또 한 번 지극한 눈으로 바라보았다.

"제 공을 받지 않으셨습니까? 그것이 곧 선물이 되기를 바랍니다."

그렇게 말하고 그녀는 말을 빠르게 질주해 달려갔다. 알탄샤는 뒤에서 그녀가 멀리 가는 모습을 바라보며 가슴이 절여오는 것을 느꼈다. 솔롱고가 머리를 돌려 다정하게 바라보는 것을 보고, 서둘러 말을 질주하여 뒤쫓아가서 "난 이생에서 평생 당신 이외에 다른 사람과 인연을 맺지 않을 것이오. 만약 이 말을 어긴다면 이 화살처럼 될 것이오!"라고 하며 전통에서 화살 하나를 꺼내 안장 받침대에다 눌러 꺾어 그 반을 솔롱고에게 주었다. 솔롱고는 그의 마음이 진심이었음을 알고 갑자기 마음이 울컥하고, 콧망울이 시큰해졌다. 눈에는 눈물이 가득 고여 먹먹한 콧소리로 말했다.

"그대 화살이 나의 전통에 있고, 언젠가 화살촉이 닳고 뭉툭해져도 내 마음은 변하지 않을 것입니다. 말은 여기서 끝내겠습니다. 낭군께서 좋을 대로 하십시오!"

그러고는 손으로 얼굴을 가리고 날듯이 달려갔다. 알탄샤는 등자 가운데로 발을 받치고 길게 한숨을 쉬면서 솔롱고가 멀리 가는 것을 바라보다가 말을 되돌려 힘없이 북쪽으로 향했다. 이것은 진정 장수의 용맹스러운 기백은 짧고, 여인과의 정분은 길다고 한 것과 같은데, 서로 갈망하며 서로 만날 그 날을 어찌 알겠는가! 이는 참으로 끝내기 힘든 일이다.

한편 얄고가 대패하고, 상해를 입은 병사를 점검해 보니 7천 명 이상 남은 병사들 가운데 그 반이 또 상처를 입었기 때문에 서둘러 톨강으로 돌아갔다. 케 왕이 그 상황을 보고 분노가 치밀어 쓰디쓰게 신음하고 있을 때 갑자기 또 하늘을 진동시키며 포탄 소리가 울려 퍼졌다. 바라와 북소리가 일시에 나고, 많은 병사들이 "이번에는 무슨 일이 있어도 케 왕을 빠져나가게 하지 말라!"고 소리쳤다. 그러자 케 왕 부자는 얼굴이 흙빛처럼 변했다. 또 어느 쪽에서 적군이 쳐들어올지 알 수 없었다. 이에 대한 것은 천천히 다음 장에서 보게 될 것이다.

【평언】

이 장에서는 처음에 라이하드의 세첸부흐의 사건, 중간에 고르로드의 자모하의 사건, 마지막에 케레이트와 나이만의 사건이 전개된다. 이 세 가지 사건 가운데 가장 먼저 네 명의 맹장의 용맹함과 충의를 보여준다. 낮에는 목숨을 걸고 싸우고, 밤에는 발을 옮기지도 않고 모전을 들고 서서 주군을 돌보았다. 비록 고대 24명의 지극한 효자가 부모를 극진히 봉양했지만 이보다 더하지 않고, 비록 촉나라의 군왕 유비의 다섯 호장이라도 이보다 더하지는 않았을 것이다.

중간 부분에는 태조가 자모하의 싸움을 북돋우는 말을 받아들이지 않았으며, 세첸 부인이 자모하의 말하는 투를 듣고 자모하가 적이 될 것을 미리 알았던 것은 진정 천부와 지모의 현철함에서 비롯된 것이다. 또 태조가 자모하를 포위한 것과 케 왕의 소인배적인 모습이 희화화되듯 드러난다. 『대학』에 "군자는 어진 이를 어질게 대하고, 친한 이를 친하게 대하며, 소인은 즐거움만을 즐기고, 그 이익만을 탐한다"라고 한 것과 쌍을 이룬다. 또 케레이트를 추격하려고 하자 태조가 자애롭고 지혜로운 용사의 태도를 지키며 분을 삼킨 것은 진정 성군과 용사라는 두 단어를 훼손하지 않은 것이다.

특히 케레이트를 멸하는 정황이 이 한 장에 드러나 있다. 케 왕은 편향적이며 줏대가 없고, 그 아들은 고집스러우니 어찌 대사를 이룰 수 있겠는가! 아버지 아닌 아버지, 자식 아닌 자식이 어찌 나라를 오래 존립시킬 수 있겠는가! 만약 나이만에 태조가 이처럼 우호적이었다면, 타이얀 칸은 무슨 일이 있어도 케 왕처럼 우의를 저버리지는 않았을 것이다. 케 왕이 소인이라면 타이얀은 군자요, 케 왕이 몽매하다면 타이얀은 밝고 명확하다. 케 왕이 무기력하다면 타이얀은 용맹스럽다.

케 왕은 그 딸에게 응석을 부리게 하고, 사냥에서 마음대로 행하게 하는 이것이 올바른 처사일까? 타이얀 칸은 아들을 가르치고, 지략을 일러주며 몸으로 경험하는 것을 보여 주었다. 후에 케레이트와 나이만이 모두 베데국에 점령되었지만, 그들 간에는 수치스럽고 수치스럽지 않은 차이가 있다. 또 당나라의 주찬이 단확을 잡아먹은 일이나 이 장의 세첸부흐가 찬드간을 맛보았다고 한 것은 상당히 짐승적인데, 인육을 먹는 사람들은 고대로부터 있어 왔다.

마지막 부분에 아름다운 여인과 지혜로운 사내인 솔롱고와 알탄샤의 한 가지 사건은 비록 중심적인 사건은 아니지만, 인간 세상에 아름다운 여인이 기량 있는 사내의 마음을 염원하는 것을 끊고 멈추게 하는 것은 참으로 어려운 일이기에, 고대 성인 주공周公[9]은 육례六禮를 갖추어 아내 삼는 예를 분명히 했다. 고대부터 정욕을 금했던 가르침은 수천 쪽에 달하지만, 사랑의 서정시 역시 만대에 사라지지 않는다. 고대 많은 역사서를 보면 남녀의 정사로 윤리적인 측면을 무너뜨린 큰 권력가의 아들, 딸들이 적지 않게 나온다.

또한 송나라시대에 등장하는 서태군과 목계영[10] 등 이 북방 요나라

---

9 서주의 왕족, 이름은 단(旦), 서주 왕조를 세운 문왕의 아들이자 무왕의 동생이다. 그는 예악(禮樂)제도를 제정하고, 제후를 봉하는 등 주나라를 강하게 만들었다. 저서에 『주례(周禮)』가 있다(임종욱, 『중국역대인명사전』, 이회, 2010, 1730쪽).

10 서태군과 목계영은 소설 『양장군가지(楊將軍家志)』에 나오는 여주인공. 그들은 북송의 양씨 집안의 시어머니와 며느리로 요나라 침략에 맞서 양씨 집안의 장수들을 인솔하여 전쟁에 나가 전공을 세운 걸출한 인물들이다. 서태군은 남편 양업이 전사한 후 전투에 참전해 공을 세웠고, 목계영 역시 전장터에서 남편 양종보를 잃고 자신이 전장터에 나가 공을 세운다(유리리, 「배역에 따른 중국 경극 의상과 분장의 표현 특성–조씨고아 사랑탐문 목계영괘사 사례를 중심으로」, 서울대 석사논문, 2012 참조).

의 젊고 나이든 두 태후가 어찌 이 솔롱고에 미칠 수 있겠는가! 이것은 무엇인가? 사내와 여인은 모두 혼란한 시대의 권세가이면서 예법을 마음보다 더 중시하여 자신을 이길 수 있었다. 북방은 관습과 의례, 금기, 염치를 중시하지 않는 나라라고 하지만 마음을 극기해 헤어질 수 있었던 것은 마음으로부터 우러난 금기와 염치로 인한 것이 아니겠는가? 그러니 그릇된 남녀에 비유하지 말라. 그들은 실로 사내대장부, 아름다운 여인으로 여길 수 있을 것이다. 그렇기에 성인 공부자孔夫子[11]라도 이를 끊어낼 수 없어 『시경詩經』[12]에 계속해서 여러 장에 남녀의 연정을 시로 표현했던 것이다.

11 공자(公子)를 이름.

12 **[몽골 현대문 역주]** 가장 오래된 중국의 시선집. 전체 305편으로 이루어져 있으며, 풍(風), 아(雅), 송(頌) 3부로 나뉘어진다.

제6장

케레이트의 어리석은 폴고다이는 적에게 오만방자하게 굴다가 겨우 목숨을 구했네 오이라트의 호드간 베히는 고삐를 당기며 군주를 설득했네

송나라 효종 순희 10년, 금나라 세종 대정 23년, 계묘년癸卯年. 이해 태조의 나이 22세였다.

자애로운 태조 성군은 케 왕 토릴을 여섯 번이나 구해 주었네
추악하고 혐오스러운 자모하가 신공 얄고를 닷새 동안 지체시켰네
아름답고 기예가 출중한 솔롱고는 계략을 써 대원수 곡설오를 속였네
정이 가득한 알탄샤는 선물을 주어, 선봉 폴고다이를 돌려보냈네

케 왕이 설영하는 톨강 진영을 포위한 나이만의 군주 타이얀 칸은 얄고의 병사를 크게 대파하고, 승리의 여세를 몰아 대원수 곡설오에게 장군과 병사, 망가탄과 메델트를 함께 내어 주어, 케레이트를 꼬리를 물고 추격해 달려가서 케 왕을 포위했다. 케 왕이 크게 충격을 받고 궁지에 몰린 상황에서 얄고가 말했다.

"이제 자모하에게 병사를 빌리기 위해 가는 수밖에 없습니다."

그러자 솔롱고가 "그럴 필요 없어요. 자모하가 우리에게 귀순하겠다고 한 것은 오고도이 지역이 적에게 포위되어 상황이 다급해지자 계략을 썼던 것이지, 진정으로 우리에게 귀순한 것은 아니었어요. 그러니 이제 베데국에 도움을 청해야 하지 않겠어요? 베데국은 예전에 화친했던 나라이고, 또 그 군주는 매우 관대한 자입니다"라고 하자, 얄고가 "제 생각에는 베데국은 지금 우리와 새로운 갈등 상황에 놓여있기 때문에 무슨 일이 있어도 도와주러 오지 않을 것입니다. 그러니 자모하에게 도움을 청하러 가야하지 않겠어요?"라고 했다.

솔롱고가 말하기를 "제 생각에는 베데국의 군주는 생각이 커 작은 흠을 생각지 않을 것이며 반드시 커다란 정의를 베풀 것입니다"라고 했다. 형과 여동생이 이렇듯 갑론을박을 하고 있을 때 돌연 함성 소리가 더 커지더니 병사가 와서 고했다.

"나이만의 병사들이 진영을 공격하고 있는데, 상황이 매우 다급합니다!"

그 말을 들은 케 왕은 폴고다이를 불러 명했다.

"그대는 포위망을 뚫고 나가 먼저 우르군 강가로 가서 자모하에게 지원군을 청하고 오시오. 만약 병사를 내어 주지 않으면 보르한 갈돈에 가서 테무진에게 도움을 청하시오!"

그러자 솔롱고가 서둘러 그 명을 가로막았다.

"안 됩니다. 만약 먼저 우르군 강가로 갔다가 나중에 보르한 갈돈으로 간다면 첫째, 시간이 하루 늦어지고 둘째, 일이 지체됩니다. 제 생각으로는 오라버니와 폴고다이가 함께 포위망을 뚫고 나가 양편으로 가는 것이 나을 듯싶습니다. 아버님은 호르가, 안도, 갈바 등의 많은 장군을 데리고 나라를 지키십시오."

그러자 얄고가 "아버님은 연세가 드시고, 너는 또 어리니 내가 아버님과 너를 두고 가는 것이 마음이 놓이지 않는다"라고 하자 솔롱고가 웃으며 말했다.

"괜찮아요. 오라버니가 비록 포위망을 뚫고 나가도 적을 멈추게 하지 못할 것이니 빨리 싸워야 합니다. 제가 작은 계략을 써서 잠시 적의 공격을 멈추도록 하겠습니다. 오라버니는 밤이 되는 것을 기다려 숨어 있다가 나가면 위험이 없을 것입니다!"

그리고 삐죽삐죽한 높은 방책 가까이 가서 높은 사다리에 기어 올라가 나이만 병사의 지휘관인 곡설오 쪽을 향해 말했다.

"원래 우리 두 나라는 조금도 깊은 원한이 없는데, 이제 무엇 때문에 이처럼 다급하게 일을 만드는 것이오? 우리 아버님은 늙으셨고, 작은 분노 때문에 많은 사람을 서로 죽게 하는 것을 원치 않소. 그대는 우리에게 5일 정도의 여유를 주고 군사를 뒤로 거두시오. 우리가 모든 일을 정리하고, 당신들의 군주에게 올릴 예물을 준비하고 나가서 귀순하겠소!"

그러자 곡설오가 생각해 보니 이 말이 매우 일리가 있는 말이었기 때문에, "조그만 아가씨, 그대는 거짓된 말을 하지 마시오! 정말 그러하다면 상황을 정확하게 잘 아는 것이라 할 수 있으며, 그대 역시 분명 큰 지위에 올라 행복을 누릴 것이오. 만약 5일 안에 변심하거나 속임수를 써서 시간을 벌려고 한다면 내가 대군을 이끌고 그대 요새를 짓밟아 일체 아무것도 없이 재로 만들어버릴 것이오. 그리고 그대 부자를 모두 죽여 버리고 말 것이오, 알겠소!"라고 하며 징을 치고 병사를 모아서 3리가 되는 곳에 돌아가 진을 쳤다.

그날 밤 얄고와 폴고다이는 준마를 골라 타고 몰래 달려가서, 양 갈래 길 교차로에서 헤어졌다. 얄고는 밤낮으로 달려가 우르군강에 이르러 군대를 요청하자 자모하가 말하기를 "내가 결정할 때까지 기다리시오!"라고 하고, 얄고를 사저에 묵게 한 뒤 여러 신하들을 모아 논의할 때 고르로손의 찬드간 차간과 첸샨이 고했다.

"여기서 병사들이 출병해서 갈 때까지 케레이트가 만일 나이만에게 사로잡힌다면 우리에게 유익이 되지 않습니다. 그렇게 되면 또 대 나이만에 적이 될 것입니다. 만약 병사를 내어주지 않는다면 케레이트가 갑자기 승리했을 때 또 우리가 우호를 맹세했던 것을 저버렸다 하여 틀림없이 베데국과 연합하여 다시 공격해 올 것입니다. 듣자 하니 그들은 또 베데국에 도움을 청하기 위해 갔다고 합니다. 지금의 방법으로는 잠시 여기서 일을 유예시키면서 지체하도록 하고, 정탐꾼에게 말을 달려 베데국의 정황을 살펴보게 하여 그가 온 뒤에 이 문제는 따로 결정하도록 합시다."

그러자 자모하는 그 의견을 받아들였다. 그리고 얄고에게 오늘에서 내일이라고 하다가 내일에서 모래라고 차일피일 미루면서 얄고를 부드러운 말로 오고도이에 있도록 했다.

한편 폴고다이는 밤새 말을 달려 다음 날 정오쯤에 보르한 갈돈에 도착했다. 모홀리가 그를 인도하여 태조에게 인사하게 하자 폴고다이가 절을 올렸다.

“우리 주군께서 태조께 문안을 여쭙고 병사를 요청할 것을 고하라 하셨습니다. 나이만이 자신의 강성함에 자만하여, 우리나라를 빼앗으려고 할 뿐 아니라 또 습격해 와서 대왕께서 베풀어 주신 톨강의 속민과 나라를 둥글게 포위해 조석지간 나라를 강탈하려 하고 있습니다. 종의 주군 한 개인으로 볼 때 무슨 큰 손실이겠습니까? 다만 베풀어 주신 꽤 많은 땅과 신민들이 모두 적의 노획물이 되는 것이 안타까운 일이니 대왕께서 은혜를 베푸시어 네 장군께 병사를 주어 보내시어, 죽을 목숨을 구원해 주시기 바라나이다.”

그리고 여러 번 머리를 조아려 절하며 또 “일단 목숨을 보존한 후에 반드시 군마를 이끌고, 안장을 얹고, 채찍을 들고, 멍에를 물리며 은혜에 보답하겠나이다!”라고 하자 태조가 은근하게 미소를 띠며 말했다.

“그대의 주군이 변덕스러운 것을 생각하면 내가 돕지 않는 것이 마땅한 일이로되, 다만 이전에 이와 입술과 같이 서로 친하게 지냈던 것을 생각하여, 내 무슨 일이 있어도 그대로 내버려 두지는 않을 것이오. 그대는 또 다른 나라에 병사를 청하러 가지 않았소?”

폴고다이가 절하며 자모하에게 간 것을 사실대로 고하자, 태조가 한숨을 내쉬었다.

“자모하가 어떻게 진정 그대들을 구할 수 있단 말이오?”

태조는 그 즉시 네 명의 장수에게 1만 병의 병사를 내어주며 케 왕을 구하라고 명해 출병시켰다. 그때 모홀리가 군대를 지휘하고 나와 세 명의 장군을 향해 말했다.

"옛말에 '가축의 젖을 끓이는 것을 멈추기보다 솥 아래 불을 끄라'고 했소. 용병술은 사람이 방심한 틈을 타서 쳐들어가고, 준비하지 않았을 때 공격하는 것이오. 이제 곡설오가 대군을 이끌고 케레이트에 갔기 때문에 나이만은 텅 비어있을 것이오. 내가 병사를 이끌고 그 나라를 공격하기 위해 간다고 소문을 내면 그는 분명 병사를 데리고 밤을 타서 자기 지역으로 돌아갈 것인데, 그때 반드시 찬가이산을 지나가게 될 것이오. 우리가 그곳에 병사를 매복시켜 기다렸다가 그가 지나갈 때 말 뒤에 올라타 그를 죽이면, 모든 것을 얻고 승리할 것이오. 그리고 또 그의 무거운 짐과 수레를 전리품으로 취할 것이오. 이 전략을 어떻게 생각하시오?"

그러자 촐론, 보가르지, 보랄이 매우 좋은 계략이라고 했다. 촐론과 보랄은 2천 명의 병사를 이끌고 찬가이산에 매복하기 위해 갔다. 모홀리는 6천 명의 병사를 지휘하여 나이만을 향해 떠났다. 보가르지는 2천 명의 병사를 데리고 폴고다이와 톨강으로 향했다. 폴고다이가 앞서 달려가 톨강에 이르렀을 때 막 나흘째 되는 날 새벽이 밝아오고 있었다.

케 왕은 도울 원군이 오고 있다는 것을 듣고 크게 기뻐하며 솔롱고를 향해 "참으로 우리 보배로운 아가씨의 생각에서 일이 벗어나지 않는구나. 어리지만 지략이 치밀하고 작지만 높고 먼 것을 생각하고, 여자이면서 쉽지 않은 일을 적중시키는 지혜를 가지고 있도다. 딸이면서 생각도 할 수 없이 현명한 생각을 하는구나!"라고 하며 딸의 팔을 잡고 칭송하자, 솔롱고는 옥 같은 얼굴을 붉히며 부끄러운 듯 미소 지었다.

한편 닷새째 되는 날 아침에 보가르지의 병사들이 급습하자 곡설오는 원군이 오고 있는 것을 보고, 크게 진노하며 분을 참지 못했다.

"아! 내가 요, 송, 금의 세 대국을 종횡으로 싸우러 다녔을 때조차 한 번도 실수를 한 적이 없는데, 이 보잘것없는 케레이트의 조그만 여자에게 속임을 당했도다!"

그는 크게 고함을 지르며 대군을 정렬해 적을 죽이려고 공격해 들어갔다. 곡설오는 원래 요나라의 대장군이었는데, 간신의 모함으로 수인을 가두는 함거에 실려 나라에서 참수를 하려고 끌고 가고 있을 때 도중에 타이얀 칸이 빼돌려 데리고 갔다. 그의 아들 곡사례 역시 훌륭한 장수로 태어났다.

곡설오는 대노하여 포성을 울리고, 케 왕의 주둔지를 초토화시키기 위해 공격해 들어가자, 보가르지가 크게 일갈해 꾸짖으며 병사를 이끌고 적을 맞아 싸웠다. 하루 종일 싸웠지만 어느 편도 승패를 가리지 못하자 양편에서 서로 징을 치며 병사들을 모아 퇴각했다. 처음에 곡설오는 모홀리가 병사를 이끌고 자기 나라를 빼앗기 위해 갔다는 말을 듣고, 분명 속임수일 것이라고 생각하여 대책을 세우지 않았다. 이레째 되는 날 멀리 정황을 살피는 정탐꾼이 아들 곡사례와 함께 와서 직접 눈으로 본 것을 말하자 그제서야 비로소 크게 놀라 당황했다. 아무리 생각해도 보가르지를 자기 뜻대로 대적할 수 없는 데다 솔롱고 역시 호르가, 안도, 폴고다이, 갈자 등을 이끌고 소속 병사들을 질서 있게 지휘하며, 보가르지를 도와 매우 기민하게 싸웠기 때문에 이들을 이길 수 없다는 것을 깨닫고, 그날 밤 몰래 메델트와 먕가탄 두 사람에게 2천 명의 병사를 내어 주어 돌아가는 길의 양쪽 버드나무 덤불숲에 매복하게 했다. 자신은 뒤쪽에서 정찰대가 되어 대군을 이끌고 천천히 퇴각했다.

한편 고르고드 자모하는 태조가 병사들을 내주었다는 것을 암암리에 듣고, 비로소 얄고에게 1천 명의 노약한 병사들을 주어 보냈다. 얄고는 천병天兵을 얻은 것 이상으로 기뻐하며 주야로 말을 몰아 톨 강가에 이르자, 8일째가 되어 날이 저물고 있었다. 그때 나이만의 병사들은 이미 그곳에서 퇴각하고 없었다. 얄고는 크게 참담해 하며 데리고 온 병사들을 먹이고, 곧바로 추격하겠다며 보가르지를 재촉해 보내려 했다.

그러자 보가르지가 말하기를 "곡설오는 옛 요나라의 이름난 대장군이었고, 용맹함과 병법을 모두 갖춘 인물이오. 그가 그대 나라를 멸하지 않고 병사들을 데리고 가자 한 것을 보면 생각이 깊고, 먼 것을 내다볼 줄 아는 자로 큰 성공을 이룰 사람으로, 어찌 되었든 그는 쉽게 돌아가지는 않을 것이오. 우리 주군께서 그대들이 공격을 받고 포위된 것을 구하라 하셨소. 반드시 나이만의 군사가 다 사라질 때까지 죽이라고 하시지는 않았소. 나이만이 이미 패했고 병사들 역시 이미 퇴각했소. 적이 돌아가고 어려움이 제거되었다면 내가 온 목적은 이룬 것이오. 나는 달아나는 병사 뒤를 추격하지 않을 것이오"라고 하며 움직이려 하지 않았다.

얄고는 화가 치밀어 "보가르지는 필요 없어, 겁쟁이. 남이 해주는 것이나 얻어먹는 게으른 놈"이라고 멸시하듯 말했다. 그리고 다른 이의 병사들과 1천9백 명의 병사를 통솔하여 몸소 공격하러 가겠다고 했다. 솔룽고가 아무리 말려도 말을 듣지 않고, 얄고는 나이만의 군대를 추격해 갔다. 그런데 30리를 채 가지 못했을 때 버드나무 덤불숲 속에서 포성이 울리더니, 숲 양쪽에서 압박을 가하며 먕가탄과 수렐혝, 메델트, 홀소브츠, 이데르 도보의 매복한 병사들이 나와 얄고의 병사들을 살육했다. 그때 곡설오가 또 그곳에 남아서 기다리고 있었기 때문에 대군을 되돌려 적병들을 죽이며 왔다.

이로써 얄고는 대패하고 대군에 포위되어 자신의 머리와 꼬리를 지킬 수 없게 되었다. 거의 죽임을 당할 순간에 처하자 초조함에 어찌할 줄을 모르고 있을 때 갑자기 또 함성 소리가 더해지며, 포위했던 병사들이 사방으로 흩어졌다. 그러자 보가르지가 수하 병사들을 이끌고, 솔룽고를 데리고 큰 소리를 외치며 공격해 오고 있었다. 어리석은 폴고다이는 얄고를 따라왔기 때문에 보가르지가 온 것을 보고 기백이 살아나 적군을 사정없이 베었다. 또 얄고를 엄호하며 곡설오와 싸우기 위해 공격해 들어갔다. 곡설오는 냉소를 지으며 곧바로 몽둥이로 그를 쳐서 말에서 떨어뜨리자 나이만 병사가 생포해 잡아갔다. 보가르지는 폴고다이가 말에서 떨어진 것을 보고 재빨리 공격해 들어가 메델트를 향해 일갈하며 그를 베어 말에서 떨어뜨렸다. 또 위세를 부리는 얄고를 필두로 하여 일제히 공격해 들어갈 때, 곡설오는 보가르지 장군이 쉽지 않은 상대임을 알고 있었기 때문에 추격해 들어가지 않고 곧바로 병사들을 모아 퇴각했다.

얄고는 몇몇 난적에 의해 몸에 상처를 입고, 자기 병사의 수를 헤아려 보니 7백 명 이상이 상해를 입었기 때문에 크게 참담함을 느끼며, 자신의 생명을 구해 준 보가르지에게 감사의 절을 했다. 보가르지는 분명 매복한 병사들에게 해를 당할 거라는 사실을 말했었다. 솔롱고는 다시 반복해서 추격하지 말 것을 간곡히 말했지만 자기 말을 듣지 않고 떠난 오빠 얄고의 뒤를 쫓아 보가르지와 함께 와서 그를 구했다. 이에 케 왕이 보가르지의 병사들에게 후한 상을 내리고, 5백 냥의 백은을 보가르지에게 내어주자 보가르지가 말했다.

"제가 온 것은 주군의 명에 따른 것이지, 다른 뜻은 없습니다. 왕께서는 저희 주군의 은혜를 생각하시는 것이 합당할 것입니다. 저에게 무슨 공훈이 있겠습니까?"

그는 머리털 하나도 받지 않고 병사들을 이끌고 회군했다.

한편 나이만의 병사들이 찬가이산에 이르렀을 때 생각지 않게 매복해 있던 촐론과 보랄의 숨어있는 복병들을 만나 일시에 큰 싸움이 벌여져 패하고, 수레와 물품, 말과 낙타를 모두 빼앗기고 서둘러 자기 나라로 달려 들어가자, 국경 안은 아무 일도 없이 조용했다. 알고 보니 모홀리가 거짓으로 나이만을 공격해 싸운다, 모두 약탈한다고 크게 소문을 내고, 몰래 케 왕이 빼앗았던 옛 케레이트로 진격해 가서 북을 두드리자마자 곧바로 케레이트부를 모두 점령했다. 타이얀 칸이 보낸 케 왕의 동생 케레이트의 군주인 일루 하르는 난군에 의해 죽임을 당했다. 그렇게 해서 또 머리털 하나도 빠뜨리지 않고 모두 몰수해가지고 네 장군이 차례로 돌아왔다. 그런 뒤 태조를 알현하고 각각의 사건을 보고했다.

계속해서 케 왕 부자가 서로 논의해 얄고를 데리고 가서, 생명을 구해준 태조의 은혜에 감사의 절을 하게 했다. 얄고는 눈에 눈물을 짜내며 머리를 조아려 고했다.

진실한 군주 그대의
자비로운 마음을 알지 못하고
변덕스럽게 굴며 도망치곤 했나이다, 제가
보살펴 주시는 군주 그대의
사랑의 마음을 알지 못하고
부딪치며 지냈나이다, 그릇된 제가
이후로 의형제 그대가
선한 것을 베풀어주고
악한 것을 막아 주면
몽매한 제가 영원히 따르며
형님 되신 군주의 바라가 울리는 대로 함께 춤추며
징 소리와 함께 뛰겠나이다, 약한 제가
어떤 적에도 주군 그대의
옷섶의
쌈지 끈처럼 지내겠나이다, 제가
격렬한 전투에서 그대의
옷깃의 방패막이요,
예리한 화살처럼 분투하겠나이다, 제가

독사가 물어도 둘은 변치 말고
입으로 의논하며 방법을 모색합시다, 우리가
시기하는 자가 부추켜도 그 계략에 넘어가지 않고
말로 논의하며 방법을 찾겠나이다, 제가

이렇듯 맹세하자 태조가 갑자기 라이하드의 세첸부흐가 했던 맹세를 떠올리며 웃었다. 그리고 잔치를 베풀어 그들을 귀히 대접하고, 케 왕의 일가에게 예전의 케레이트국을 온전히 다스리게 하고, 돌아가는 길을 호송케 했다. 그리고 중요한 모든 국정을 케 왕에게 다시 맡기고, 결정권을 가진 군주로 삼자 케 왕은 태조의 무한한 은혜를 생각하며 몇 번이나 자신이 잘못하며 지냈던 일을 후회했다. 또 온 힘을 다해 나라를 바로잡음으로써 사회 기강이 개선되고, 나라의 힘이 빠르게 회복되었다. 이것은 정묘년의 일이다. 송나라 효종 순희 10년, 금나라 세종 대정 23년, 태조가 22세 되던 해였다.

한편 곡설오는 폴고다이를 생포해 병사를 이끌고 나라로 돌아가 타이얀 칸을 알현하고, 병사들에게 해를 입힌 죄를 달게 받겠노라며 고개 숙여 고하자 타이얀 칸이 말하기를, "두 나라 군대가 서로 싸울 때 승리하고 패배하는 것은 병가지상사이니, 괘념치 마시오!"라고 하며 죄를 면해 주었다.

그리고 폴고다이를 포박하여 데려오게 했는데, 폴고다이는 신경도 쓰지 않고 몸을 흔들거리며 서서, 무릎을 꿇으라 해도 꿇지 않자 타이얀 칸이 한참 웃었다.

"너의 군대는 패했고, 너는 붙잡혀 온 전리품 종이요, 나는 한 지역의 대왕인데, 너는 무슨 이유로 무릎을 꿇지 않는 것이냐?"

폴고다이는 당당하게 서서 눈썹을 치켜세우고 우레와 같은 소리로 말했다.

"패해 붙잡혔으니 나를 죽이면 끝나는 일이오. 당신은 당신 나라에서 대왕이지 속한 곳이 없는 나에게 무슨 상관이 있겠소?"

그러자 타이얀 칸이 크게 진노하며 "저자를 끌어내 죽이라!"고 명했다. 그를 끌어내려고 하자 곁에 있던 아들 알탄샤가 급히 앞으로 달려나와 무릎을 꿇고 간청했다.

"케레이트는 원래 우리와 서로 불화하지 않았었는데, 우리가 일루하르의 말을 듣고 그의 나라를 빼앗았습니다. 그러자 그 나라는 비로소 우리를 침략해 왔습니다. 이번에 우리 군대에 해를 입힌 것은 베데국입니다. 케레이트부가 아닙니다. 이제 일루 하르도 죽임을 당하고, 케레이트는 한때 그의 것이었습니다. 이 무식하고 어리석은 사내를 죽여서 우리에게 유익이 되는 일이 아무것도 없고, 도리어 부왕을 성급하고 속이 좁은 자라 할 것입니다. 그러니 그의 목숨을 살려 주어 북쪽으로 보내 그의 나라에 돌아가게 하고, 한편 달래고 한편 군사로 위협하며 위엄과 은혜를 함께 보이면 케레이트부는 마침내 공물을 바치지 않을 수 없을 것입니다."

타이얀 칸이 생각해 보니 아들의 말이 매우 지당했기 때문에 아들이 어린 나이에 문무를 아울러 갖춘 것에 뿌듯함을 느끼고 기뻐하며, 죽이려던 폴고다이를 풀어 주었다. 그러자 폴고다이는 알탄샤가 자신의 목숨을 구해준 것에 더 오기를 부릴 수 없었다. 그 은혜에 감사하며 절을 하려고 오자, 알탄샤가 솔롱고를 매우 연모하고 있었기 때문에 폴고다이에게 며칠 동안 상처를 치료받게 하고, 선봉장인 이데르 도보로 하여금 그를 보살피게 하면서 건강을 회복하게 해 주었다. 그리고 그를 불러들여 말하기를 "내가 그대의 케레이트국과 화친하여 인척 관계를 맺고자 하오. 그대가 돌아가면 그대의 주군인 케 왕께 잘 말씀을 드려 주시오. 내가 그대의 솔롱고 아가씨에게 보낼 선물이 있소. 대단한 물건은 아니오. 이것은 또한 우리가 화친하여 잘 지내길 바란다는 의미가 있소"라고 했다.

알탄샤는 은과 말, 식량을 상으로 내리고, 솔롱고에게 전할 선물을 그의 옷 안섶에 묶어 주었다. 폴고다이가 보니, 금 조각 하나와 오색의 비단 주머니 윗부분을 잘 꿰맨 것이었다. 폴고다이는 선물을 받은 뒤 알탄샤에게 절하고 헤어져, 말을 타고 돌아가는 도중 케 왕이 병사를 이끌고 고르로드국을 공격하기 위해 출병했다는 말을 들었기 때문에 케 왕이 분명 솔롱고를 데리고 떠났을 것이라 생각하고, 케레이트에 도착하자마자 그대로 장막을 챙겨가지고 자기 주변의 동료 등과 함께 그 뒤를 쫓아 달려갔다.

그런데 케 왕이 고르로드와 전투를 하는 것에는 다음과 같은 내력이 있다. 원래 케레이트부가 세워졌을 때, 케 왕과 신공 부자는 태조의 은혜를 매우 감사하게 생각하고 있었다. 한편 고르로드국이 이전에 조공을 바치겠다고 맹약했는데 1년이 지나도록 조공을 바치지 않았다. 그건 말할 것도 없고 또 얄고가 병사를 빌리러 갔을 때 4, 5일을 거짓으로 둘러대며 일을 지체시키고, 후에 태조의 군대가 출병한 것을 듣고 그때서야 단 1천 명의 병사를 내어 주었다. 그런 일로 태조의 좋은 점을 생각하고, 자모하의 못된 점을 잊지 못해 얄고는 즉시 병사를 이끌고 공격하러 가겠다고 했다. 그때 케레이트의 옛 신하인 호르가와 안도가 급히 제지하며 말했다.

"아니 됩니다. 고르로드가 비록 잘못은 했지만, 우리가 이유를 말하지도 않고 갑작스럽게 군대를 일으켜 공격하면 잘못은 우리에게 있게 됩니다. 먼저 사신을 보내어 그들이 맹약했던 바를 묻고 조공을 바치도록 알린 후에 만약 그쪽에서 사태를 파악하고 조공을 바치면 전쟁을 일으키는 것을 잠시 멈추고, 진정 약속을 지키지 않고 조공을 바치지 않으면 잘못은 그쪽에 있게 되니, 그때 군대를 일으켜도 늦지 않습니다!"

그러자 케 왕이 그 말을 옳게 여기고, 공물을 재촉하기 위해 병사 5백 명을 이끌게 하고 지휘관 아소리를 고르고드로 보냈다. 아소리가 고르로드에 가서 객사에 머문 뒤, 자모하는 100명의 신하들을 불러모아 명을 내렸다.

"아소리가 이번에 온 것을 듣자하니, 케 왕이 다시 케레이트를 되찾아 젖 한 모금을 먹고 꽤 배가 부르자 더러운 오기가 발동해 이제 나와 싸우러 온 것이오!"

그러자 오이라트의 호드간 베히가 고했다.

"몇 년 전에 우리가 베데국에 포위되었을 때 케레이트가 우리를 베데국에서 벗어나게 해 주었습니다. 그때 병사를 먹이기 위해 해마다 공물을 바치겠노라고 약속을 했습니다. 그런 뒤 2년 가까이 공물을 바치지 않았습니다. 그것을 말하고자 보낸 것이 분명합니다. 대등한 수준의 나라에서 약속을 지키지 않은 채 거짓말쟁이가 될 수는 없습니다. 주군께서는 말씀하신 대로 공물을 보내시어 약속하신 것을 지키도록 하는 것이 옳을 것입니다."

그러자 찬드간 차간이 말을 받아 "공물을 보내서는 아니 됩니다. 그 자들은 우리에게서 1천 명의 병사를 빌려 가서 되돌려 보낸 병사가 7백도 되지 않는데, 공물을 보내는 것은 곧 그들에게 아부하는 일이 될 것입니다. 그뿐 아니라 우리가 원래 그들에게 공물을 바치겠다고 한 것은 그 나라를 베데국에서 멀어지게 하고자 했던 생각에서였습니다. 그럼에도 불구하고 베데국의 군주 테무진은 케레이트가 적으로부터 포위되었을 때 우리보다 먼저 군대를 보내 회복시켜 주었고, 또 잃어버린 케레이트를 되찾아 주었으니, 그들이 연합한 것이 분명하지 않습니까? 우리가 그들에게 공물을 보내주는 것으로 그들을 기쁘게 할 수 없게 된 이상 공물을 보내는 것은 이제 전혀 도움이 되지 않습니다. 어찌 이러한 대국이 그들 군대의 보잘것없는 일반 병사들에게 공물을 내주어야 한단 말입니까?"라고 했다.

그러자 호드간 베히가 말하기를 "그렇게 말할 수는 없습니다. 그해 궁지에 몰려 있을 때 약속한 것이 분명하기 때문에 지금 우리나라가 어느 정도 강성해지자마자 이렇게 행동한다면 매우 부끄러운 일이 되지 않겠습니까? 이전에 약속하고, 이제 그 말을 어기면 다른 나라에 신뢰 없는 나라로 여겨질 것입니다. 인간으로서 신용이 없고 수치심을 모른다면 어찌 대국이라고 할 수 있겠습니까! 그뿐 아니라 공물을 보내는 것으로 케레이트가 기뻐할 것을 알면서 공물을 보내지 않으면 분노할 것이 분명합니다. 케레이트가 분노하면 곧바로 베데국과 연합하여 그해의 고통이 또 눈앞에 닥치지 않겠습니까?"라고 했다.

그러자 찬드간 차간이 말했다.

"그해 우리나라가 막 새로 세워져 병사가 적고 유약했지만, 이제 병사가 증가했고, 병사들의 훈련 또한 끝났습니다. 그들이 공격해 들어오면 즉시 그들을 맞아 싸울 수 있는데, 누가 누구에게 공물을 바쳐야 할지 어찌 알겠습니까! 아형의 의견대로라면 우리가 끝까지 케레이트에게 공물을 바치며 지내야 한다는 말씀입니까?"

그러자 자모하가 "두 나라의 병사가 동시에 쳐들어오면 한쪽에서 맞서 싸우는 것은 어렵소. 병법에 먼저 움직이면 상대를 이길 수 있고, 나중에 움직이면 상대에게 패하게 된다고 했소. 내게 한 가지 생각이 있소"라고 하며, 아소리를 데리고 오라고 사람을 보냈다.

아소리가 들어가 보니, 자모하는 보좌에 앉아 손님을 존중하는 태도가 전혀 보이지 않자 "예전에 그대의 나라가 보르지기드에 패해 거의 흩어지게 되었을 때 우리나라에 피해 들어온 것을 우리 주군께서 가엾이 여겨 병사를 징집해 무례한 한 나라가 무너지고 망하는 것을 구했소. 처음 당신들이 좋지 않게 여겼던 베데국이 우리에게 선의를 베풀고, 좋게 여겼던 그대는 도리어 좋지 않은 것도 보내지 않았기에 우리 주군께서 세심히 살피고 오라고 특별히 나를 보내셨소"라고 했다.

그러자 자모하가 웃으며 말했다.

"나는 그대들이 내게 베푼 선의를 잊지 않았소. 다만 이태 사이에 나라에 재해가 생겨 내가 했던 말을 지킬 수 없었던 것이 사실이오. 그대는 돌아가 왕께 잘 말씀을 드려 주시오. 올해 말쯤 내 몇 해 동안 보내야 했던 공물을 모두 함께 모아서 보낼 터이니 잠시 여유를 주기 바란다고 전하시오!"

그러자 아소리가 하는 수 없이 물러나 나라로 돌아와 케 왕에게 있었던 일을 낱낱이 고했다. 한편 자모하는 케레이트의 사신이 돌아가자마자 여러 신하를 불러 모아 말했다.

"케레이트의 일개 아첨꾼 늙은이를 내가 왜 두려워해야 한단 말이오! 두려운 건 베데국의 군주 테무진이오. 그를 일찍 섬멸하지 않으면 우리는 조만간 모두 그의 솥 안의 물고기가 될 것이오!"

그리고 자기 수하에 있는 하타긴, 살지오드, 아카릭, 오이라트, 고르로손, 고르로드, 살지다이, 사모르한 이 아홉 부족에 나중에 더한 두르워드, 사초가, 토이라는 세 부족의 병사들과 함께 전체 12부족이 알리볼락 아래 모여, 백마와 검은 소를 죽여 피를 마시며 맹세했다. 또 샘물가의 흙을 밟아 무너지게 하고, 나무껍질을 검으로 베어 맹세해 말하기를 "우리 가운데 누가 이 맹약을 저버린다면, 이 물가의 흙처럼 무너져내려 망하리라. 이 나무껍질처럼 다른 이에게 베어지고 말리라!"라고 하자 자모하가 크게 기뻐하며, 그날 호수 바다같이 큰 잔치를 베풀었다.

때는 5월이었기 때문에 날이 무척 더웠고, 북쪽 지역이라 찬바람이 전혀 불지 않았다. 둥글고 붉은 태양이 드넓은 창공 깊은 곳을 선회했다. 위에서는 태양이 불덩이처럼 타고, 지상에는 모래가 모두 뜨겁게 달구어진 듯했다. 또 땅 밑에서 열기가 올라오는 정말 타버릴 것 같은 날이었다. 자모하는 좀 시원한 곳을 찾으면서 숲과 샘의 원천을 찾아 사람들을 모이게 했지만, 북쪽 지역의 숲은 나무가 성기고 또 규모가 작은 데다가 천막이 좁아 사람들이 끼어 있어야 했다. 둘째, 뜨거운 열기에 술이 쉽게 위로 오르기 때문에 고르로드의 타하이라는 사람은 연회 자리에 앉아 있다가 크게 취하여 몸이 심하게 달아오르자 자모하 앞에서 옷을 모두 벗어 상체를 맨몸으로 한 채 예의 없이 굴었다. 그러자 자모하가 크게 진노해 타하이를 눕혀 누르고, 채찍으로 20대를 호되게 치게 하여 벌을 주었다. 타하이는 잔치가 파한 후 비틀거리며 겨우 집으로 돌아가자 집에 딸을 준 사돈 사츠라호가 와 있었다. 사츠라호는 서둘러 나와 그를 맞으며 비틀거리는 이유를 묻자 타하이는 손발을 흔들며 말했다.

"난리를 치며 덤벼든 운이 다한 자모하는 자기 아버지를 죽일 만큼 못된 자입니다. 공연히 소란을 일으키고 베데국으로 출정한답시고 젠체하며 행패를 부리더니, 날 20대나 패지 않겠습니까?"

또 "집안이 망하고, 자손이 끊어져라!" 하고 저주를 퍼붓고는 곧 잠이 들었다.

사츠라호는 이 일에 대해 들으면서 그의 말 속에 흥미로운 내용이 있었기 때문에 저녁에 호드가이에게 상황을 물었다. 호드가이는 자모하가 케레이트가 사람을 보내 공물을 재촉하고 있기 때문에 먼저 군사를 일으켜 베데국을 제거한 후에 케레이트를 맞아 싸울 것이라고 말하자 사츠라호는 크게 놀라 한밤중에 말을 달려 집으로 돌아가서 집주인에게 말했다. 이 사츠라흐라는 자는 치마드의 울후 바얀 집 사람이었다.

다음 날 울후 바얀은 새벽 여명이 밝아오자 곧 일어나, 태조가 있는 보르한 갈돈으로 말을 타고 질주해 가서 총사령관 모홀리의 천막으로 들어가 이를 알렸다. 그러자 모홀리가 그를 인도해 태조에게 절하게 하고, 고르로드의 군사가 쳐들어오려는 상황에 대해 고하자 태조가 울후를 칭찬하며,

> 다른 이가 듣기 전에 먼저 소식을 들을 수 있는
> 밝은 귀를 가진 충직한 신하여
> 보기 전에 일어날 일을 예상하고 고하는
> 진정한 마음을 가진 울후 대신이여
> 놀랄 만한 일을 듣자마자 알림으로
> 잘 성장한 자식들이 번성하길 바라오
> 나라의 큰 사건을 새벽이 밝자마자 알림으로
> 번성하는 자손들이 더욱 홍성하기를 바라오!

라고 축원하고 벨벳, 모전, 투승 등을 상으로 내렸다. 또 자신의 4만 명의 병사들을 선발하고, 한편 케레이트의 케 왕은 소속 병사들을 이끌고 차차르산의 북쪽 편에서 먼저 진을 치고, 적군이 오는 것을 맞으라! 또 한편 메르게드의 마그나트는 병사들을 이끌고 차차르산의 남쪽에 매복하도록 하라. 고르로드의 군대가 서쪽으로 다 지나가기를 기다려 우리 군대가 그들과 맞서 싸운 후에 고르로드 군대의 뒤로 가서 적을

맞아 싸우라는 명령을 내리고 달려가게 했다. 모흘리는 선두, 태조는 중간, 보가르지는 후방 이렇게 세 부대가 출정해 달려가서 차차르산의 서쪽 편에 진을 쳤다.

한편 케레이트의 군주 케 왕과 신공 부자는 고르로드에 간 사신 아소리가 돌아와 보고한 말을 듣고, 자모하가 잔꾀를 부려 은근슬쩍 넘어가려는 생각을 알고 분을 참지 못해 공격할 것을 논의했다. 그때 여식인 솔롱고가 "자모하를 공격할 때 베데국의 군주와 연합하지 않으면 아니 됩니다"라고 하며 태조와 연합할 것을 조언했다. 바로 그때 태조의 전언이 도착하자 크게 기뻐하며, 아들 얄고와 딸 솔롱고와 함께 장병을 이끌고 약속된 장소에 이르러 진을 치고 매복했다.

한편 고르로드의 자모하는 나라의 존망이 이번 결투에 있게 될 것이라며, 나라 전체 12부족의 군대를 모두 하나로 연합하여 점호하니, 전체 병사가 6만 4천 명이 되었다. 자모하는 자신의 위로 누런 수호기와 누런 용이 그려진 보개를 올리게 했다. 또 해 가리개인 일산日傘을 들게 하고, 금나라 황제의 모습을 모방하여 수호기에 제의를 드렸다. 자모하는 대군을 3개 군단으로 조직하고, 호드간 베히에게 우익 승상의 수호기를 들게 하고, 서로西路의 병사들을 지휘하게 했다. 자모하는 앞뒤로 천자天子의 보개와 수호기, 깃발의 대열을 정렬하고 직접 중군을 통솔했다. 수호기와 깃발들이 하늘을 덮고, 무기가 서리발처럼 베데국을 향해 돌진했다. 계속 진군해 이틀이 되었을 때 비로소 차차르산의 동쪽 편에 이르렀다.

그런데 갑자기 북과 바라 소리가 나며, 태조의 전위부대를 지휘하는 선봉장 보랄이 잿빛 말을 타고 위엄에 찬 큰 장검을 쥐고, 한 손은 옆구리에 얹고 쩌렁쩌렁한 목소리로 꾸짖으며 외쳤다.

"어느 곳의 병사더냐? 데리고 가는 자는 누구이며, 지휘관은 누구냐? 싸우러 가는 곳은 어느 곳이냐? 모든 정황을 말하라!"

그러자 고르로드의 군대에 왕의 보개가 흔들리고, 문의 기를 들어 올리자 칸이라 칭하는 자모하가 함께 나와 말했다.

"고르로드의 칸인 내가 대군을 이끌고, 나라를 지키는 베데국의 군주를 잡으러 가고 있다."

보랄이 욕설을 퍼부으며 "정의를 모르는 배신자 도둑놈, 운명의 군주를 알아보지 못하는 눈먼 종놈, 내가 주군의 명으로 쥐새끼 같은 도망자 너를 잡으러 가고 있는데, 아첨꾼 종인 네가 알기라도 하듯이 박살 날 머리를 가져다주러 왔느냐?"라고 하자, 자모하가 분기탱천하여 큰 검을 휘두르며 공격해 들어갔다.

자칭 칸의 명분을 잊고 황급히 공격해 들어오자, 희끗희끗한 머리의 보랄이 그를 맞아 싸웠다. 고르로드의 대군이 일제히 밀고 들어오며 공격하자 보랄은 즉시 큰 장검을 휘두르며 달아났다. 베데국의 병사들이 크게 패해 깃발과 창검을 정신없이 허겁지겁 던져 버리고 줄행랑을 치자, 자모하는 즉시 그 뒤를 쫓았다. 그리고 대오를 움직여 대군을 이끌고 그 뒤를 추격하라고 명할 때 서로西路의 군대 가운데 승상 주브테게와 호드간 베히가 달려와 제지하며 말했다.

"주군께서 어찌하려고 하십니까?"

그러자 자모하는 "타오르는 불을 물로 끄고, 놀라서 달아난 적을 군대로 제압할 것이오. 죽겠다고 찾아온 테무진이 분명 보이는 산에서 사냥을 하고 있고, 엄청난 행운으로 만난 이 기회에 그 뿌리를 뽑아 없애 버리는 것이 마땅한 일일 것이오!"라고 말하고 곧장 말에 채찍에 가하며 앞으로 나가려고 할 때 호드간 베히가 급히 자모하의 말의 고삐를 당겨 잡고 고했다.

"주군께서 추격하셔서는 아니 됩니다. 주군께서는 진정 그가 패해 도망쳤다고 생각하시는 것입니까? 보랄이라는 자는 백전백승의 네 명의 장군 가운데 한 사람으로 이름난 장수이며, 베데국의 군주는 드러나고 감추어진 것을 분명히 아는 비상하고 예지적인 인물입니다. 또 그의 수하에 있는 군대 총사령관 모홀리라는 자는 비교할 수 없이 지략이 뛰어나고, 지혜로운 자로 문무를 겸비한 군계일학의 용맹한 장수입니다. 베데국의 병사가 도망을 칠 때 갑옷과 무기, 깃발을 던져 버리고 간 것은 매우 의심스러운 일입니다! 아, 주군이시여! 산 아래 있는 야생동물이 놀라서 달아나고, 먼 숲의 한 무리 종달새가 떼 지어 날아갑니다. 이것은 군사가 매복해 있는 것이 아니라면 일어날 수 없는 일입니다."

그러자 자모하가 "우리 병사들이 출병하여 열흘이 지나지 않아 이곳에 와서 진을 쳤소. 그들에게 무슨 신령한 귀가 있어 듣고, 병사가 매복해 있는데 그들이 왔단 말이오? 보랄 역시 느닷없이 만나자 놀라서 도망친 것이 분명한데, 그대는 어찌 이렇듯 의심을 하는 것이오?"라고 하자, 승상 주브테게와 호드간 베히가 답답히 여기며 물었다.

"주군이시여, 아버지가 다르지만 한 배에서 태어난 동생 호르즈가 어찌 출병하는 날 즉시 도망쳐 사라졌겠습니까? 의심하지 않을 수 있겠습니까?"

그러자 자모하가 말하기를, "그날 군 진영에 미친 붉은색 암소 한 마리가 돌진해 들어와 나의 궁을 어지럽게 했을 때, 한 여자 점쟁이가 상황을 점쳐 나에게 이런저런 소리를 하길래 내가 화를 내며 매를 쳐 쫓아내자 그녀는 부끄러워하며 도망쳤소. 그가 어떻게 베데국에 가겠소!"라고 하며 둘이 계속 논쟁을 했다.

그때 좌승상 찬드간 차간이 베데국의 보랄의 병사들이 패배한 것을 보고 곧 오만한 마음이 발동하여 추격하자며 열을 올리고 있었는데, 승상 주브테게와 호드간 베히는 주군이 출병하지 못하도록 고삐 줄을 붙잡고 추격하지 말라고 하는 것을 듣고 크게 짜증을 내며 급히 중군을 이끌고 달려가며 큰소리로 외쳤다.

"이번이 베데국을 뿌리채 뽑아 제거할 수 있는 기회요. 손쉽게 그 힘을 무너뜨릴 이런 준비된 기회를 어찌 다시 얻을 수 있겠소? 호드간 아형께서는 어찌 장애가 없는 이때에 일을 어렵게 만들고, 이 좋은 기회에 방해가 되어 자기 본위의 태도를 보이며 막아서는 것이오?"

그러자 그의 말이 자모하의 생각과 딱 맞아 떨어지자, 즉시 호드간 베히에게 말 끈을 놓으라며 한 번 줄을 세게 잡아당겨, 손에 쥐고 있던 줄을 놓게 하여 즉시 대군을 이끌고 날듯이 공격해 들어갔다. 호드간 베히는 말 위에서 발로 등자를 치며 이마를 찌푸리고 하늘을 향해 긴 한숨을 내쉬었다.

"12부족이 순식간에 사로잡히겠구나!"

그는 할 수 없이 그 뒤를 따라 공격해 들어갔다. 이들이 하는 말을 샬지다이, 사모르한, 토즈 세 부족의 수장인 샤하이, 사나토, 토이목 등이 듣고 자신의 병사들을 이끌고 슬그머니 뒤처지다가 도망쳐 부족들의 맹세를 저버렸다. 이들이 도망친 것을 말하지 않으려고 한다.

한편 자모하는 몸소 선두에서 대군을 지휘하여, 산이 무너지고 강물이 출렁이듯 일시에 돌격해 적의 뒤를 추격했다. 차차르산의 서편에 막 이르자 갑자기 포성이 천지를 뒤흔들었다. 자모하는 적잖게 의구심이 들었지만, 이미 돌아갈 수 없는 상황에 직면했기 때문에 앞으로 나갈 수밖에 없었다. 양측 병사들이 동시에 함성을 지르며 교전하며 서로 맞붙어 맹렬히 싸우고 있을 때 또 갑작스럽게 한 발의 포성이 울리며 산이 진동했다. 산의 계곡 앞뒤에서 케레이트와 메르게드 양 부족의 병사들이 일시에 나와 돌격하며 격렬한 싸움을 벌였다. 고르로드 세 군단의 병사들은 정말 상대방의 매복 계략에 빠졌다며 두려움에 떨었다. 병사들은 일제히 소리를 지르며 서로 모여들어 한 덩어리가 되었다. 모훌리가 중군을 이끌고 성처럼 버티고 서서 그들을 맞으며 공격해 들어갔다. 고르로드의 병사들은 삼면으로 모두 적을 맞게 되어 대적할 수 없는 상황에 처하게 되자, 점차 뒤돌아서 도망쳐 흩어지는 사태가 벌어졌다. 그러자 모훌리는 주군의 명을 알렸다.

"노란 보개와 깃발 아래 있는 자가 자모하다. 주군의 명에 따라 자모하를 붙잡는 사람에게 1천 냥의 은을 상으로 내리고, 만호의 수령으로 삼을 것이다."

이를 많은 병사들에게 함성을 지르게 하여 선포하자, 병사들 사이에

서로 주고받는 외침이 마치 강이 소리치고, 바위가 외치는 것 같았다. 이때 좌승상 찬드간 차간은 정말 매복해 있던 적병들이 불시에 나와 자신의 편을 에워싸자 크게 놀라 누런 용을 그린 자모하의 보개와 수호기, 깃발을 모두 땅에 버려두고, 자모하를 인도하여 겹겹이 에워싼 곳에서 필사적으로 싸우며 빠져나갔다.

호드간 베히가 크게 탄식했다.

"이를 어찌한단 말인가, 어찌해!"

그는 가서 황색 깃발을 주워 위쪽으로 받쳐 들었다. 모홀리는 황색기가 내려갔다 다시 올라가는 것을 보고, 병사를 지휘하여 수십 겹으로 적을 포위했다. 찬드간 차간은 자모하를 호위하여 적군에게 에워싸인 곳에서 도망쳐 나와 북쪽으로 달려갔다. 그런데 산 아래 이르렀을 때 케 왕의 후방 수비군인 얄고와 솔롱고의 병사에 의해 가로막혔는데, 동편에서 얄고가, 서편에서 솔롱고의 병사들이 압박해 들어왔다. 자모하와 찬드간 차간은 몸에 몇 군데 상처를 입고, 마음이 편치 않아 어찌할 바를 모르고 갈 때 찬드간 차간은 상처가 매우 심해져 큰 소리로 자모하를 불렀다.

"주군이시여, 빨리 피하십시오. 신하의 죽을 곳은 여기입니다!"

그리고 창을 횡으로 잡고 군주에게 작별을 고하기 전에 얄고가 창을 휘두르며 다가가자, 자모하가 즉시 찬드간 차간의 뒤로 몸을 피해서 10여 명의 기병을 데리고 도망치려고 했다. 그때 솔롱고가 자모하를 공격해 그의 갈비뼈를 한 번 찌르자, 부호 벨구테이가 쫓아와서 앞쪽 편에서 비스듬히 창을 또 한 번 휘둘렀는데, 그 순간 솔롱고가 찌른

창에 닿아 두 개 창이 서로 맞부딪치며 불이 번쩍 일고, 자모하는 달아났다.

솔롱고와 부흐 벨구테이 두 사람의 창에 달린 표범의 꼬리가 서로 매달려 엉겼다 떨어졌다 하는 사이에 자모하는 도망쳐 많은 무리 속으로 사라져 들어가 보이지 않게 되자, 곧바로 몸을 돌려 찬드간 차간을 에워쌌다. 이때 찬드간 차간은 심한 부상을 입어 왼쪽 옆구리에서 창자가 줄줄 새어 나오는 것을 왼손으로 쑤셔 넣고, 또 싸우면서 몸의 기력이 점차 떨어지고, 손이 마비되어 올 때 솔롱고와 부흐 벨구테이는 소대를 지휘하여 그를 포위하면서 다가왔다. 찬드간 차간은 더이상 빠져나갈 수 없다는 것을 알고 검을 빼들고 자신의 목을 베어 자결했다. 그때 얄고가 그 목을 베어서 가져갔다.

한편 황색 수호기 주위로 호위병들이 상당히 많았기 때문에 자모하가 곧바로 붙잡히지 않았다. 모홀리가 즉시 나무를 쳐 화살을 난사하게 하자 쏘는 화살이 마치 깃털이 날리는 듯했다. 고르로드 병사들의 거칠고 가쁜 숨소리가 푸른 구름을 뚫고 들어갔다 흩어져 내리는 것이 마치 가을 낙엽과도 같았다. 베데국의 병사들이 모두 높은 곳을 차지하고, 또 바람이 부는 방향에 서서 화살을 쏘았기 때문에 반대쪽에서 화살을 막을 수가 없었다. 고르로드의 병사들이 두려워 싸우지 못한 채 사방으로 흩어지고, 말에서 떨어지는 것을 안쓰러워 차마 볼 수 없었다. 호드간 베히가 이러한 상황을 바라보다가 견디지 못하고 서둘러 말을 급히 내달아 병사들 앞으로 나아가더니, 오른손으로 투구를 벗어 들고 큰소리로 외쳤다.

"나는 고르로드의 신하 호드간 베히요. 나의 주군께서 비록 달아나 멀리 갔지만 나 한 사람 때문에 많은 병사를 쏘아 죽이지는 마시오!"

그의 말이 끝나기도 전에 화살 하나가 빠르게 날아와 그의 왼쪽 어깨에 박혔다. 호드간 베히가 말에서 떨어지자 오리안한의 젤메가 그를 생포했다. 고르로드의 황색 수호기도 쓰러졌다. 많은 병사들이 지도자가 없어진 것을 보고 도망치지 못하고 모두 무릎을 꿇고 투항했다. 차차르산의 이 한 번의 전투에서 9부족국이 모두 모여들어 투항했다. 태조는 대승을 거두고 징을 쳐 병사들을 모아들였다.

한편 부흐 벨구테이가 자모하를 추격할 때 솔롱고를 바라보다가 또 창을 보니 창의 표범 꼬리가 서로 엉겨 있었다. 솔롱고는 성장하여 16살이 되어, 꽃을 부끄럽게 하고, 달을 창피하게 할 만큼 아름다운 것을 보고, 이 세상에 또 이처럼 아름다운 사람이 있을 수 있을까 의아해하며 그녀를 응시했다. 조금 주춤거리는 사이에 자모하가 도망쳐 빠져나갔다. 부흐 벨구테이가 정신을 차리고 그 뒤에서 추격해 갔지만, 자모하는 자취도 없이 사라져 버렸다.

그때 대군의 징을 치자 또 병사들이 모여들었다. 그 가운데 살지다이, 사모르한과 토오지 세 부족이 뒤에 남아 퇴각하다가 다른 길로 도망쳐, 각기 자기 부족 자기 나라로 돌아갔다. 그리고 두 손을 모아 이마에 대고 "자모하를 따라가다 겨우 목숨을 부지했습니다. 우리가 아닌 누가 베데국의 계략을 알고 싸울 수 있겠습니까! 다른 이의 생각으로 나가 승리하는 것보다 자신의 생각으로 나가 패하는 것이 나을 것입니다. 그러면 잘못된 것이 없을 것입니다"라고 했다.

한편 자모하는 가로막은 병사들을 뚫고 빠져나가 감히 동쪽으로 가지 못하고, 서북쪽 나이만부를 향해 달아나다가 돌아다보니, 서너 명의 기병들이 남아있었다. 그러자 큰소리를 외치며 50리를 달려갔다. 해가 지고 어둠이 내려 밤을 지낼 곳이 없었기 때문에 한 작은 강을 건너갔다. 그때 멀리 모래언덕 남쪽 편에 있는 집터에 게르가 하얗게 보였다. 말을 채찍질하여 인가가 있는 곳 앞에 이르자 게르 안에서 몸집이 큰 한 사내가 나왔다. 자모하가 하룻밤 묵고 갈 것을 부탁하자, 그 몸집 큰 사내가 자모하를 위아래로 한 번 훑어보더니 "먼 길을 재촉해 가는 사람이 어찌 몸에 상처가 있소?" 하고 물었다.

"길에서 강도를 만나 이렇게 되었소."

그 남자는 자모하를 게르 안으로 들어가게 하고, 몇 잔의 술을 주어 마시게 했다. 자모하는 술로 마음이 느긋해져 자리에 누웠다. 그 덩치 큰 사내는 아무 말 없이 깊은 생각에 잠겨 앉아 있다가 갑자기 일어나 밖으로 나갔다. 자모하는 상처가 견딜 수 없이 아파 잠시 졸고 있을 때, 갑자기 위에서 몇 사람이 그를 짓눌러 잡아챘다. 자모하는 소스라치게 놀라 발버둥치고 있을 때 사람들이 벌써 자모하를 포박했다. 독자들은 그의 복록과 고통, 길흉을 다음 장에서 보게 될 것이다.

쇠 구두가 닳도록 찾아도 찾기 어렵던 자모하

그의 업보가 막바지에 이르자 스스로 찾아와 잡히는 것을, 아아!

【평언】

옛 당나라가 처음 세워진 내력을 말하면 다음과 같다. 당 태종 이세민이 태자로 있을 때 외방의 18개 지역 수령이 자신의 각 지역을 다스리며, 이런 왕 저런 황제라고 칭하면서 제멋대로 세상을 어지럽히고 있었다. 그때 소진왕小秦王[1] 이세민李世民이 왕세충[2]을 공격하기 위해 가는데, 두건덕竇建德이 24만 명의 정예군을 이끌고 왕세충을 비호하기 위해 온다. 그러자 소진왕이 8천 명의 병사를 이끌고 몸소 산에 올라가 한눈에 정황을 살핀다. 그리고 산에서 내려오자마자 몇천 명의 병사를 이끌고 두건덕의 24만 병력 앞으로 돌격해 들어가 종횡무진 공격하며, 두건덕의 진영으로 쳐들어가 그를 생포하고, 24만 명의 병사를 모두 투항시킨다. 또 황제에 오른 왕세충을 공격하여 모두 평정한다. 이것은 『강목』에 기록된 사건이다. 역사 저술가인 타이지 인잔나쉬 나는 어렸을 때 『신당서』를 읽고는 좀 과하다고 생각했다. 그런데 『강목』에는 그보다 일이 쉬운 것을 보고, 하늘의 때가 이르면 만 가지가 조금도 힘들지 않다는 것을 알았다. 그때 이세민이 두건덕에게 물었다.

"내가 그대 나라를 침범하지 않았는데, 그대는 어찌 날 찾아와 붙잡혔는가?"

---

1 소진왕은 당 태종 이세민을 이른다.

2 수나라 말기에서 당나라 초기에 활약한 장수. 그는 월왕(越王) 양동을 제위에 앉혔으나 곧 폐위시키고 스스로 황제라 칭하며 정(鄭)나라를 세운다. 그러나 당나라 군대에 압박을 받자 하왕(夏王) 두건덕에게 가세해 줄 것을 청한다. 두건덕이 이세민에게 참패하자 스스로 항복하지만, 장안에 이르러 피살된다(임종욱, 『중국역대인명사전』, 이회, 2010, 1094쪽)(https://ko.wikipedia.org/wiki/왕세충).

그러자 두건덕이 웃으며 "만일 내가 이렇게 찾아오지 않았다면, 왕 그대가 또 힘을 빼면서 군대를 이끌고 오지 않았겠소?"라고 했다.

그밖에 자모하가 스스로 찾아와 자신의 나라를 바쳤을 뿐 아니라, 그 기회에 또 나이만을 이끌고 모두 베데국에 바친 것은 자모하를 볼 때 태조의 적수이지만 이면적인 의미를 생각해 보면 태조에게 양을 추격해 몰아넣는 늑대 같은 자가 아니었겠는가? 독자 제위께서는 이때를 기록해 두기 바란다. 후에 이런 사건이 여러 번 나올 것이다. 특히 자모하의 좌우 두 승상인 찬드간 차간과 호드간 베히에게는 상당한 뜻이 있다. 호드간 베히가 하는 말은 하는 말마다 모두 의미가 있다. 찬드간 차간이 마지막까지 죽을힘을 다해 싸운 것은 충의라 할 수 있다. 호드간 베히를 현자라 한다면 찬드간 차간은 의인이다. 현명하고 의로운 두 신하를 얻고 또 맹약을 했던 장수와 병사 6만 명을 통솔하고 있다가 이처럼 된 것은 마침내 자모하 단 한 사람의 능력이 없었기 때문일 것이다. 이렇게 하늘을 거스르고, 때를 거역한 어리석은 종 자모하가 어찌 대사를 이룰 수 있겠는가!

하나, 케레이트의 왕 칸의 아들은 그처럼 몽매하게 태어나고, 딸은 그토록 지혜로운 능력을 갖고 태어난 것은 음양의 기운이 뒤바뀐 것이 아니겠는가? 그렇게 해서 나라가 마지막에 이를 때까지 좋은 일이 없다는 것을 이 하나에서 알 수 있지 않은가?

둘, 병서兵書에 "얕보았던 적에게 패하고, 무시했던 적대 세력에 무너진다"라고 했다. 나이만의 대원수 곡설오는 사소한 일로 사고를 당하고, 잘 살피지 않음으로써 케레이트의 한 작은 여인 솔롱고에게 깜빡

속은 것은 병법을 거슬렀기 때문이다. 그래서 옛 기록에 군자는 반드시 혼자 있을 때도 삼간다고 했다.

셋, 나이만의 알탄샤를 지략이 있는 자로 여길 수 있는데, 무슨 일로 그렇게 말할 수 있을까? 그것은 케레이트에 대한 원래 의도를 생각하여 위엄과 은혜를 보이며 공물을 바치게 하자고 했던 두 마디에 있다. 비록 여인을 원해서 한 말이지만 여인에 대한 올바른 의미를 찾은 것은 칭찬할 만하다. 또 충분히 가능한 일인데, 만약 인척이 된다면 케레이트가 어찌 나이만의 손아귀에서 빠져나올 수 있겠는가? 그래서 지략을 가진 자라 했다. 한편 케레이트의 폴고다이는 진정 충직하고 용맹한 신하이다.

제7장

한들거리는 버드나무 숲에서 나이팅게일이 소식을 전해 주었네 나이만국에서 홍고르졸의 효심을 알았네

송나라 효종 순희 11년, 금나라 세종 대정 24년, 갑진년甲辰年, 이해 태조의 나이 23세였다.

무지하고 고집스런 얄고가 배반하여 반역한 자모하와 결탁했네.
지혜로운 솔롱고는 알탄샤가 고심하고 보낸 선물에 대해 이야기했네
계략에 속은 곡 원수가 승리를 걸고 대군을 조직했네
앞일을 예측했던 뭉굴즈 대신이 고개를 숙이고 돌아가 긴 한숨을 내쉬었네

자모하는 전투에서 대패하여 몇 명의 기병을 데리고 잘 곳을 찾아 한 유목민 게르 앞에 이르자, 안에서 덩치 큰 한 사내가 나와 물었다.

"어디서 온 사람이오? 무슨 일로 이렇게 가시는 것이오?"

그러자 자모하가 "길을 재촉해 가는 사람입니다. 하룻밤 묵어갈 것을 청하러 왔소"라고 했다. 그 덩치 큰 사내가 자모하의 위아래를 훑어보더니, "길을 재촉하는 사람이 어째서 몸에 상처가 있소?" 하고 물었다.

"길에서 강도를 만나 이렇게 되었소."

그 사내가 그제서야 자모하를 게르로 들어가게 하고, 수레에서 술을 꺼내와 마시게 했다. 자모하는 도중에 많이 지치고 상처가 또 참을 수 없이 아파, 몇 잔의 술을 마시고 마음이 좀 풀어지자 곧 자리에 누웠다. 그 덩치 큰 사내는 아무 말 없이 한참을 생각에 잠겨 앉아 있다가 갑자기 자리에서 일어나 밖으로 나갔다. 자모하가 곧 잠이 들려고 하는데, 갑자기 몸 위에서 어떤 사람이 힘껏 눌러댔다. 자모하는 소스라치게 놀라 발버둥치는데, 그 사람은 이미 자모하를 포박해 버렸다. 그 덩치 큰 사내는 케레이트의 선봉장 폴고다이였다. 나이만에서 목숨을 부지하고 돌아가며 케 왕의 뒤를 쫓아갈 때, 하룻밤 묶을 곳을 찾아다니는 자모하를 만나 마음속으로 크게 의심이 들었다. 그러자 폴고다이 수하의 사람이 자모하를 따라온 병사들에게 술을 먹여 그 연유를 모두 듣고, 폴고다이에게 몰래 신호를 하여 작은 소리로 속삭여 말하자, 폴고다이가 즉시 그의 동료들을 모두 붙잡아 결박했다. 그리고 다음 날 케 왕의 병사가 돌아가는 것을 알고 있었기 때문에 그곳에서 기다리고 있었다.

한편 태조가 대군을 거둘 때 얄고가 와서 찬드간 차간의 머리를 들어 올렸다. 태조는 케 왕과 마그나그트가 전리품으로 얻은 무기와 갑옷, 투구, 병사와 말, 깃발과 북 이러한 것들을 모두 분배해 주고, 잔치를 베풀어 격려하며 노고를 치하한 후 각자 자기 나라로 돌아가게 했다. 그때 젤메가 호드간 베히를 붙잡아 데리고 가자 태조가 인자한 얼굴로 물었다.

“내가 그대에 관해 듣자하니 지략 있는 자라고 하던데, 그대는 자모하를 어떤 사람이라고 여기며 믿고 따랐는가?”

호드간 베히가 말하기를 “나의 주군은 너그럽고, 규율이 분명하며 한 번 신뢰한 것은 다시 의심하지 않고, 의심한 것은 신뢰하지 않소. 조언에 귀를 기울이고, 지략으로 행할 수 있는 자인데, 어찌 멸시하듯 말하는 것이오?”라고 했다.

태조가 이르기를 “그는 원래 나의 신하였소. 내게서 이반하여 간 것은 즉 불의한 일이요, 병사를 이끌고 나의 진영에 깊이 쳐들어온 것은 곧 현명하지 못한 처사인데, 6만의 병사들을 이끌고 와서 이처럼 패했으니, 그를 용사라 할 수 없소. 그런데도 그대가 비난하지 않는 것을 보면 그대는 참으로 의로운 마음을 가진 자라 할 수 있소”라고 하며 죽음을 면케 해주고 포승줄을 풀어 주었다. 호드간 베히는 태조의 밝은 덕에 깊이 감화되어, 그 은혜에 감사하고 태조를 경외하며 절을 올리고 귀순했다.

그때 모홀리가 또 한 사람을 인도해 들어가게 해 태조 앞에 무릎을 꿇려 절하게 했다. 이 사람은 바로 자모하와 아버지가 다르지만 한 배에서 태어난 아로자라는 자였다. 자모하의 아버지 오돈치르라는 자는 병사 가운데 한 여자를 포로로 잡아 그녀를 데리고 지내면서 자모하를 낳았다. 오돈치르가 죽자 자모하의 어머니는 또 볼로가드라는 자에게 시집가서, 이 아로자를 낳았기 때문에 아로자는 자모하를 따라 다니게 되었다. 이제 자모하가 군대를 움직이기 전에 도망쳐 나와 모홀리에게 절하자 모홀리는 그를 정탐꾼이 아닐까 생각하고 몰래 살피게 했다.

병사들이 승리하여 전체 병사를 모아 철수했기 때문에 이제 비로소 그를 데리고 태조에게 가서 절하게 했다. 그때 태조는 아로자에게 묻기를 "그대는 자신이 태어난 곳을 버리고 무슨 생각으로 왜 내게 귀순해 온 것이오?"

아로자가 머리를 조아리며 고했다.

"제가 자모하와 아버지는 다르지만 같은 어머니에게서 태어났나이다. 눕는 곳은 다르지만 한 배에서 태어난 동생이니, 자모하에게서 떠나지 않는 것이 옳은 일일 것입니다. 다만 자모하가 왕위에 앉아 또 이쪽으로 출병하려는 생각을 품던 날 꿈에 한 마리 붉은 암소가 저의 형님 자모하의 궁을 들이받으며 소동을 피우다가 뿔 하나가 부러지고, 또 자모하를 찾아가 들이받아 자모하가 그 자리에서 죽었습니다. 이에 하늘이 탐탁하게 여기시지 않는 것을 알고, 출병하지 말 것을 설득하자 저를 죽도록 팼습니다. 그래서 제가 그곳을 도망쳐 나와 대왕께 귀순하기 위해 가려고 하자 밤에 주군의 군사진영 밖으로 뿔이 하나 부러진 두 살배기 검은 수소 같은 것이 병영 주위를 지키며 큰길을 달려가 한 사람을 들이받아 죽였나이다. 그 뿔 하나가 부러진 검은 수소가 간 후에 제가 그 뿔에 받혀 죽은 사람을 보니 저희 형님 자모하의 정탐꾼의 우두머리 신하인 자라였습니다. 그 몸을 보니 하늘이 벼락을 맞은 것처럼 화약 냄새가 났습니다. 그로 인해 저는 군주께서 확실히 하늘의 아들인 것을 알았습니다.[1] 그렇게 해서 주군의 나라에 온 힘을 다

1 『몽골비사』 121절에 이와 유사한 이야기가 나온다. 여기서는 아로자가 아닌 호르치라는 이름으로 등장한다. 내용을 보면, "호르치가 와서 고하기를 '보돈차르 성조께서 붙잡아

바치고, 주군을 왕위를 오르게 하리라 마음먹고, 어두운 한밤중 도망쳐 나와 뜨거운 입으로 맹세하고 귀순하였나이다!"

그러자 태조는 사랑과 은혜를 베풀고, 고르로드 전체를 지휘케 했다. 그때 귀순한 많은 부족을 모두 치마드의 울후 대신과 바르라스의 오욘고가 총괄하고 있었기 때문에 새로 귀순한 아홉 부족민의 수를 기록해서 홍호탄의 멩릭이 태조에게 고했다.

"아홉 부족 가운데 타이치오드 부족 하나가 우리나라와 3대째 원한 관계에 있는데, 주군의 어린 시절 우리를 줄곧 침략하며 괴롭혔나이다. 그 한 부족민을 모두 죽이는 것이 옳을 듯합니다!"

부흐 벨구테이가 태조 곁에 있었기 때문에 밖으로 나올 때 타이치오드의 칠게르 부흐가 한 마리 말을 타고 병사 가운데서 도망쳐 잘리트 술드[2] 칸의 사르락국으로 갔다. 다만 타이치오드의 타르고다이와 탈보

온 여인에게서 태어난 저는 자모하와 한 배요, 양수도 하나입니다, 우리는. 자모하와 헤어질 수 없는 이유가 있습니다. 박수무당이 와서 제 눈에 보여 주었습니다. 붉은 암소가 와서 자모하를 돌며 게르 수레를 들이받고, 자모하를 들이받아 한쪽 뿔이 부러져 짝짝이가 되었습니다. 암소는 '내 뿔을 내놓아라' 하고 자모하를 향해 울부짖으며 계속 흙을 뿌리고 있었습니다. 뿔이 없는 옅은 붉은빛 수소가 큰 게르 수레를 위로 들어올려 자기에게 채우려고 하며, 테무진의 뒤에서 크게 포효하며 큰길로 갈 때 '천지가 상의하여 테무진을 나라의 군주로 삼기를 바란다.'라고 하며 나라를 운반해 다가오고 있다고 박수무당들이 제 눈에 보여주며 계시해 주었습니다. 테무진 그대가 나라의 군주가 된다면 제가 일러드린 것에 대해 어찌 저를 기쁘게 해 주시겠습니까?"라고 했다. 그러자 테무진이 "진정 그렇게 나라를 다스리게 되면 그대를 만호로 삼겠소"라고 했다(Ш.Бира бусад, *Монгольын нууц товчоо*, Мөнхийн Үсэг, 2005, pp.40~41). 이 기사는 위의 내용과 약간의 차이가 있다.

2 **[몽골 현대문 역주]** 중앙아시아의 호레이즘의 국왕 모하메드는 1218년 칭기스 군대의 공격을 받아 달아나며, 자신의 왕위를 아들 잘랄딘에게 물려줄 것을 유언했다. 그는 칭기스 병사에 저항하여 용맹스러운 전사로 싸웠던 역사가 있다. 인잔나쉬는 작품의 내용에 부합되도록 '잘라딘 술탄'을 '잘리트 술드'라고 문학적인 이름을 사용했다.

다이가 붙잡혀 투항했는데, 두 사람은 서둘러 벨구테이를 길에서 맞이하며 물었다.

"안에서 우리에 대해 무어라고 합니까?"

그러자 벨구테이가 가볍게 입에서 나오는 대로 "당신네 타이치오드는 이전에 어린 시절의 우리 형님을 붙잡아 쇠사슬에 묶고, 수갑을 채우며 심하게 괴롭혔기 때문에 이제 당신들을 몰살시킬 거라 하고 있소. 당신들은 앞으로 다시는 사람을 괴롭히고 억압하지 못할 것이오".

그 말을 들은 타르고다이와 탈보다이 형제가 겁에 질려 독약을 먹고 죽자, 타이치오드 부족민들 대부분이 미친 듯이 서로를 공격하며 큰 난리가 날 정도로 소동을 일으켰다. 그러자 모훌리가 서둘러 태조에게 상황을 고했다. 태조가 그들에게 죽음을 면하게 해주라는 지시를 내리자 타이치오드는 그제서야 안심을 하고 잠잠해졌다. 태조가 그 사연을 듣고 한숨을 내쉬었다.

"부호 벨구테이의 신체는 강건하나 마음의 심지는 단단하지 못하고, 등은 단단하지만 입이 무겁지 않소. 이후 대의회에 부호 벨구테이를 참여시키지 마시오!"

그렇게 해서 케 왕 부자가 전리품을 가지고 돌아갈 때 폴고다이가 길에서 그들을 영접하고 생포한 자모하를 바쳤다. 케레이트에 돌아온 뒤 케 왕은 자모하에게 자신이 한 말을 지키지 않았다며 죽여 버리겠다고 하자 자모하가 머리를 조아리며 간청했다.

"신하인 제가 말을 지키지 않은 것이 아니고, 힘이 미치지 못한 때문입니다. 사신 아로리에게 분명히 말했습니다!"

그러자 케레이트의 대신 안도가 "그도 그럴 테지. 그대는 베데국이 우리에게 도움을 주었다는 것을 알면서 무슨 이유로 베데국에 출병한 것이오?"라고 따져 묻자 자모하가 또 머리를 조아리며 말했다.

"소신은 이전에 호드간 베히를 통해 알려드린 바가 있습니다. 베데국의 군주는 비록 표면적으로 우리와 우호 관계에 있지만, 종국에는 우리를 합병할 마음을 품고 있습니다. 신이 그러한 그를 멸하여 공을 세우고, 왕 단 한 사람만을 북쪽 지역을 다스리게 하겠다고 했습니다."

얄고는 자모하가 한 이 말을 듣고 자기 뜻과 크게 부합했기 때문에, 서둘러 앞으로 나아가 무릎을 꿇고 아버지 케 왕에게 간청했다.

"소자가 볼 때 자모하는 쓸 만한 인물입니다. 부왕께서 그의 목숨을 살려주셔서 아들인 제게 넘겨주십시오!"

그러자 케 왕은 아들의 말에 따라 자모하의 목숨을 살려주게 하고, 얄고 수하로 내어 주었다. 그러자 안도는 기분이 좋지 않아 밖으로 나가 호로가와 폴고다이, 갈바, 아소리 등에게 말했다.

"우리 케레이트가 망한다면 분명 자모하 한 사람 때문에 망할 것이오!"

이것은 진실로

> 달무리가 지면 반드시 바람이 불고 비가 온다는 것을
> 대소 신료들이 생각한 즉 앞서 사태를 파악한 것이라 할 것이다

솔롱고는 오빠가 부왕에게 간청하여 자모하를 데리고 간 것을 보고,

마음속으로 슬퍼하며 '베데국의 군주를 어찌 만날까?' 하고 답답하게 생각하다가 갑자기 또 길게 한숨을 내쉬었다. 나이만에서 군대를 거두어 철수한 뒤 꽃이 핀 아침, 달빛 가득한 저녁이 되면 오랫동안 바람을 맞으며 알탄샤의 그림자를 기다리며 쓸쓸함에 젖어 그를 애타게 그리워했다. 그날 말 위에서 있었던 한 가지 아름다운 사건, 부드러운 정경을 잊을 수가 없었다. 어느 날 케 왕이 더위를 피해 버드나무 숲 깊은 곳에서 지낼 때 여름영지의 온갖 새들이 아름다운 운율로 지저귀고 또 나이팅게일이 아름답게 노래했다. 그녀는 또 감상에 젖어 들면서 갑자기 나이만의 알탄샤를 그리워했다. 그리고 몸을 기울여 빛이 반짝이는 투명한 호숫물에 자신의 얼굴을 비쳐 보고, 또 알탄샤의 멋졌던 행동거지를 그리워하며, 수려한 그의 모습을 갈망하며 긴 한숨을 내쉰다. 솔롱고는 많은 시녀들을 데리고 천천히 낮은 목소리로 노래했다.

아름답게 자라는 수양버들,
호숫가의 아름다운 정경
젊고 부드러운 육신
나이팅게일
먼 숲속의 아름다운 정경
순수한 용모
산천의 아름다움, 아!

그녀는 이렇게 노래하며 자신의 게르에 와서 그늘진 시원한 난간에 앉아 가느다란 초르[3]를 잡고 연주했다. 그때 밖에서 병사들을 따라온 적지 않은 여인들과 선봉장 폴고다이의 아내 오란후가 금사, 은사로 수놓은 비단 주머니를 들고 웃으면서 들어와 솔롱고를 향해 말했다.

"아가씨, 무슨 일로 이렇게 슬프게 초르를 부시며 긴 한숨을 쉬십니까? 제게 울적한 마음을 해소시켜 줄 좋은 것 한 가지가 있어요!"

그런 뒤 비단 주머니를 솔롱고에게 주었다. 솔롱고는 주머니를 받아 들고, 열어보지 않고 잠깐 주머니를 손에 쥐고 물었다.

"여기에 무엇이 있나요? 어떻게 나의 울적한 마음을 풀어줄 수 있다는 거죠?"

"아가씨, 들어보셔요! 웃음이 나지 않나요? 나이만 병사가 저희 남편 선봉장 폴고다이를 붙잡아 가서 죽이려고 하자 올봄 전투에서 만난 그 훌륭한 젊은이가 남편의 목숨을 살려주게 했답니다. 그리고 며칠 동안이나 돌봐 주어 상처를 낫게 해주고, 식량과 은, 말을 내주었대요. 그리고 아가씨에게 안부를 묻고 '이 선물을 잘 전해 달라! 이것은 두 나라의 우호를 축원하는 상징이요, 부끄러운 것이 아니다.'라고 했답니다. 그이가 군대 일로 주군의 뒤를 쫓아가서 위아래로 공격하다가 이것을 깜빡 잊어 버렸는데, 어제 제가 남편의 옷을 바꾸어 주고 보니 안섶에 이 비단 주머니가 있지 뭐예요. 이게 뭐냐고 남편에게 물었더니 갑자기 기억이 떠올라, '매우 중요한 것인데 서둘러 아가씨에게 가져다 드리라'고 했습니다. 자신은 병영 일에 정신이 없고 시간이 지체

3 몽골의 전통적인 관악기. 피리와 유사함.

돼 곧바로 가져다드릴 여유가 없었다고 했습니다. 아가씨, 열어보세요. 꽤 무거운데 안에 무엇이 들었을까요?"

솔롱고가 깜짝 놀랐지만 한편 기쁘고, 다른 한편 무엇이 들었는지 호기심이 생기면서 두려운 마음이 들기도 했다. 주머니를 열어 그 안에 있는 것을 꺼내 보니, 활을 쏠 때 엄지손가락에 끼는 금으로 된 깍지가 작은 종이에 싸여 있었는데, 금빛에 눈이 부셨다. 솔롱고의 마음이 시선을 따라 움직였다. 또다시 보니 금 깍지 위에 오색의 새털과 비단실이 묶여 있었다. 솔롱고는 그것을 손에서 떼지 않고 보다가 갑자기 그 의미를 깨닫고, 저도 모르게 마음의 흐름에 따라 눈의 눈물이 흘러내렸다. 오란후는 그 의미를 깨닫지 못했다.

"그 멋진 귀공자 젊은이가 재미있네, 우리 아가씨가 활 쏘고 사냥할 때 좋다 하여 황금 깍지를 보냈네. 그런데 왜 그런 오색의 비단실을 묶어서 보내셨을까요?"

그러자 솔롱고가 길게 한숨을 쉬었다.

"오란후는 이 선물의 의미를 잘 이해하지 못할 거예요. 그가 의도하는 바는 매우 깊고, 또 생각은 아주 멀죠! 이것을 보면, 비록 두 가지이지만 그 자신과 나를 함께 넣어서 네 가지 색의 단추가 있는 수수께끼를 만들어 보낸 거예요!"

오란후는 깜짝 놀라며 그 이유를 묻었다.

"이 황금 깍지의 '알탄'이라는 것은 그의 이름이요, 깍지라는 것은 '반드시'라는 단어죠.[4] 또 오색은 무지개의 색 즉, 제 이름 '솔롱고'라는 제 이름이 아니겠어요? 실을 깍지에 묶은 것은 '알탄은 반드시 솔롱고와 묶여 있다'라는 네 가지 단어가 되는 셈이죠. 아! 그의 생각은 어찌 이리도 깊을까! 아, 부왕께서 그와 혼인을 맺어주실까?"라고 하며 눈에 눈물을 글썽이더니, 눈물이 그녀가 말하는 대로 흘러내렸다.

오란후는 그 말을 듣고, 이 한 쌍의 젊은이들의 지혜와 생각이 이처럼 하나가 되는 것을 보고 놀라움을 금치 못했다. 그리고 그들 둘을 위해 가슴 아파하며, 한편 벗이 되어 한숨을 쉬며 그 눈에 눈물을 닦아줄 때 갑자기 시녀가 들어와 케 왕께서 솔롱고를 부른다고 했다. 솔롱고는 서둘러 주머니를 거두고 앞 궁전으로 갔다. 들어가 보니, 차차르산 전투에서 부흐 벨구테이가 천하일색의 솔롱고를 보고, 그녀를 아내로 삼고자 청혼하고 싶다고 우겔룬 우진에게 아뢴 것을 태조가 듣고, 홍호탄의 멩릭 그리고 특별한 것을 꽂은 수행원인 아르가손의 호르골즈 두 사람을 중매인으로 삼아 솔롱고에게 청혼하려고 보내 그곳에 와 있었다.

그러자 케 왕은 그들을 잠시 다른 거처에 머물게 하고, 어머니 없이 편부 슬하에 자란 딸 솔롱고에게 의사를 물어보리라 불렀던 것이다. 솔롱고가 부왕에게 가서 예를 갖추고 앉자 케 왕이 말하기를 "사내아이가 성장하면 아내를 얻고, 여아가 성장하면 시집을 가는 것은 예로부터 정해진 예법이다. 얘야, 너도 이제 곧 성인이 되어 시집갈 일을 상의할 때가 되었다. 이제 베데국의 군주 테무진이 아우 벨구테이에게 너를 부인 삼아줄 것을 청하고자 중매인을 보내왔다. 내 생각에는 베

4 황금은 몽골어로 '알트', '알탄'이며, '깍지'는 '에르히브치', '반드시'는 '에르호비쉬' 두 단어의 발음을 유사한 의미로 전환하여 사용했다는 뜻이다.

데국이라 하면 우리에게 여섯 번 정도 큰 은혜를 베푼 나라다. 또 왕족인 키야드 종족이기 때문에 인척 관계를 맺기에 매우 적합한 존귀한 집안이다. 다만 너의 생모가 일찍 죽고, 계모 손에서 자랐기에 이 애비가 묻는다. 너는 생각 없는 사람이 아니니, 네 생각에 맞는지 맞지 않는지 이 애비에게 한 마디 해주는 것이 좋을 듯싶구나"라고 했다.

그러자 솔롱고는 아무 말도 하지 않고 반 시간 정도 아래쪽을 주시하며 시간을 끌며 생각하다가 비로소 말했다.

"소녀의 일은 원래 아버님이 알아서 하실 것이오나 다만 이 일은 일생의 대사이기에 신중히 생각하지 않으면 아니 될 것으로 아옵니다. 오늘 아버님께서 저를 어머니 없는 딸이라고 가엾게 여기지 않고 묻지 않으셨다면 고할 수가 없었을 것입니다. 이제 한 번 이처럼 자비롭게 여식인 저의 진심을 물으시기에 고하지 않을 수 없습니다. 저번에 제가 오라버니를 따라 나이만을 공격하러 갔을 때 타이얀 칸의 아들 알탄샤가 여식인 제게 화살을 쏘았는데 제가 맞고 보니, 그것은 화살촉을 뺀 촉 없는 화살로 쏜 것이었습니다. 이제 또 폴고다이의 상처를 돌봐주게 하여 낫게 해서 돌려보내 줄 때도 황금 깍지를 보내 주어, 두 나라가 우호적으로 잘 지내기를 바란다고 했습니다. 저는 또 곧 성인이 됩니다. 이같이 깊은 속뜻을 가지고 보낸 물건을 부모님께 고하지 않고 받으면 비난과 수치스러움에서 어찌 벗어날 수 있겠어요? 옛 속언에 '소금은 녹을 때까지, 사람은 끝날 때까지'라고 했습니다. 이제 어느 쪽을 선택할 것인지 부왕의 뜻대로 하소서. 소녀의 말은 여기서 마치겠나이다!"

솔롱고는 그 황금 깍지를 보다가 엄지손가락에 끼고, 손가락 관절을 구부려보며 자신이 지내는 뒤쪽 편 장막으로 갔다. 이에 케 왕은 이런 저런 사연을 듣고 몹시 화가 났다. 딸이 하는 말마다 의미가 분명하고, 또 모두 이치에 맞는다 하여 마음대로 하도록 내버려 두면 또 집안의 법도가 해이해지고, 다른 나라에 조롱감이 될 것이 두려워 이리저리 망설이며 생각하고 있을 때 밖에서 아들 신공 얄고가 국경을 순시하고 돌아와 아버지에게 문안 인사를 드리기 위해 들어왔다. 케 왕은 국경의 일을 몇 가지 묻고, 곧 베데국에서 멩릭이 청혼하기 위해 온 일을 말하자 신공이, "베데국은 비록 훌륭하지만 벨구테이의 태생이 비루하여 우리 동생에게는 어울리지 않습니다. 그뿐 아니라 나이 또한 매우 많고, 베데국의 군주가 자신을 특별히 떠받들어 그의 인척들을 모두 아랫것들처럼 봅니다. 우리가 그보다 아랫사람이 아닌데, 어찌 유독 그의 밑에 가서 그들의 왼편에 앉아야 합니까?"라고 했다.

케 왕이란 자가 원래 줏대가 없어 아들의 말을 듣고는 아무 말 없이 우두커니 앉아 있자, 성미 급한 얄고가 시무룩해져 궁을 나와서 청혼하기 위해 온 멩릭과 호르골즈 어른을 향해 "제 여동생은 편부 슬하에서 자라난 데다 또 아버님의 외동딸이기 때문에 어리광을 많이 부립니다. 부왕에게 귀염을 받으며 눈에 넣어도 아프지 않을 보배로 아버님의 마음을 차지했지요. 제 여동생의 나이가 올 열다섯밖에 되지 않아 아직 어립니다. 게다가 지금은 사방에서 전란이 일어나고 있고, 나라에 일이 많아 친지들에게 번거로운 일이 많은 때입니다. 좀 더 천천히 시간을 두고 말씀해 주셨으면 합니다"라고 하며 듣기 좋은 말로 이유를 들면서, 청혼을 받아들일 수 없는 이유를 애써 지어서 말하고 중매자로 온 그들을 돌려보냈다.

한편 태조는 케 왕이 승낙을 하지 않는 것을 알고 노여워했다.

"나의 아우들이 그들보다 좋은 가문의 사돈을 얻지 못한단 말인가? 허락지 않는다면 그만두라고 하라!"

부흐 벨구테이는 소원했던 것이 허사가 되자, 자신에게 솔롱고를 데려다주지 않는다고 좋지 않은 생각을 품고 동생 하브트 하사르를 향해 말했다.

"우리 형님께서 지나치게 성질을 부리고, 너무 강하게 밀어붙이고 계시는군. 벨구테이 나는 힘을 다해, 하사르는 맹렬하게 못된 적군을 막아 나라를 지켜내고, 거센 저항을 잠잠하게 했다. 작금 오방의 나라들을 권력 아래 모아들일 때 우리 두 사람 이외에 다른 누가 힘을 바치겠는가!"라고 하며 여전히 불평을 토로했다.

그때 보니 한 마른 노인이 등짐과 화살을 메고 집집이 장사를 하기 위해 멀리서 푸른 풀을 밟고 오자, 벨구테이가 그에게 가서 소뼈로 만든 긴 화살을 잡고 말했다.

"영감, 당신의 이 화살로 차로린 하린가이[원주] 이 두 단어의 의미는 파악되지 않았다. 잘못된 단어일까 생각해도 또 그 잘못된 것을 바르게 찾기 어렵기 때문에 감히 마음대로 고치지 못하고 옛 전기나 역사서에 나오는 대로 썼다. 아니면 어떤 한 작은 야생동물, 조류의 이름일지도 모른다. 확실한 것은 고어라는 점이다. 아니면 메뚜기를 쏘아 잡는다고 비하한 말인가 등등 사람마다 이견을 보인다[5] 활을

---

5 **[몽골 현대문 역주]** 인잔나쉬는 『청사』를 저술할 때 이용한 10가지 종류의 문헌을 '요목'에 언급했다. 그들 역사서 가운데 이름이 언급되지 않은 『황금 약사』, 롭산단잔의

『황금사』와 사강 세첸의 『몽골원류』에는 군주 칭기스가 하사르, 벨구테이 등의 오만함을 보이지 않게 제압하려고, 화살을 잡은 한 쇠약한 노인으로 변해 두 아우를 만나 그들의 기를 꺾은 일에 대한 이야기가 있다. 인잔나쉬는 칭기스가 쇠약한 노인으로 변한 것을 변화시켜 그 약한 노인이 하사르와 벨구테이 등과 대화를 나눈 것을 거의 그대로 포함시켰다. 이 부분에 『몽골원류』를 이용한 것을 보면 분명하다. 인잔나쉬가 강조해 기록한 두 단어는 『몽골원류』에서는 몽골 현대문자인 킬릴로 전사하면 '치초고니 하랑가(chichuguliny kharangga)'라고 썼다. 『몽골원류』의 많은 이본을 비교해서 출간한 체. 나산발지르, 후흐-운두르 등의 저서와 새롭게 발견된 한 이본을 보면 원본의 단어를 또 '치차고린, 치치고란, 치치고린' 등으로 쓰고 있다. 오늘날 출간되어 나오고 있는 많은 몽골어 사전에 이러한 표기 형태를 가진 단어들, 이런 단어의 형태론과 음운론적 특징에 따라 그에 맞게 변할 수 있는 유사한 형태의 단어를 만나지 못했다. 그렇기에 우리는 약 240여 년 전 그때 『몽골원류』의 만주 번역서에서 위의 단어를 어떻게 번역했는지를 확인해 보았다.

이 기회에 이 번역에 대해 간략히 언급하면, 1766년 만주 건륭제(1735~1796)가 칭기스칸과 몽골인들의 원전, 역사를 언급한 역사서가 있다면 가져오게 하라는 명령을 내림으로 친왕 첸군자브는 『몽골원류』의 한 부를 황제에게 올렸다. 이것을 같은 해 만주와 중국어로 번역한 만주 번역본을 그 당시 외무부의 우측 부관리였던 울렘즈라는 몽골인이 여름 3달 동안 번역을 끝냈다. 울렘즈는 『세종실록』(세종 : 청나라 5대 황제 옹정제(1722~1735))을 몽골어로 번역하는 것 이외에 1770년 병으로 인해 공무에서 떠나 지내게 된 이후 불교 경전을 주로 번역했다고 한다. 실제로 어떠어떠한 작품을 번역했는지는 분명하지 않다. 그는 산스크리트어에 능통한 사람이었다는 것을 옛 기록에서 찾아볼 수 있으며, 몽골, 만주어뿐 아니라 중국, 티베트어를 잘 알고 있었다는 것은 의심의 여지가 없다. 울렘즈는 위에 나오는 '치초고린의 하랑가'라는 단어를 '도요새를 쏘는 둥근 모양의 활'이라는 의미의 단어로 번역했다. 여기서 '하랑가'를 '둥근 모양의 활'이라고 한 것은 원래 뜻에 매우 가까운 번역이며, 한편 '초촉고린'을 '초찰' 즉, 도요새라고 한 것은 조금은 적당하지 않은 듯한 생각이 든다. 그것은 음운론의 면에서 이들 단어가 이러한 형태로 변했을 가능성이 적기 때문이다. 우리 생각으로 '치치고린' 등으로 기록한 단어는 '치출'이라는 일종의 들쥐의 명칭이 아닐까 생각한다. 'и' 모음의 영향으로 원래 거센 모음을 가진 단어(양성모음)가 음성모음을 가진 것으로 발음이 변하는 현상을 몽골어에서 볼 수 있다. 예를 들어, 치락- 치렉, 니고르-누르(얼굴), 쉬담-쉬뎀(몽둥이) 등. 이밖에 치차골리, 치치골리 등으로 말했던 단어가 오늘날 '치출'이 되었을 것이다. 울렘즈는 도요새의 명칭으로 볼 수밖에 없다는 결론에 이르고, 몽골사전에 '치출'이라는 단어가 없었다는 것 등은 북쪽 지방의 이 단어가 내몽골인들의 방언에서 사용되었든가 아니면 그렇지 않았던 것과 관련이 있다. 사간 세첸은 오르도스 사람이지만 북쪽 지역(외몽골) 사람이 쓴 원전을 가지고 이 단어를 쓴 것일지도 모른다. 이렇게 보면, '치차골린의 하랑가'라는 단어는 도요새를 쏘는 새총 같은 어린아이들의 활(둥근 모양의 활)을 언급했던 것이라 할 수 있다.

만들지 않고 무엇을 만드시오?"

그러자 노인은 코를 씰룩대며 멸시하듯 웃었다.

"당신 두 젊은이는 사람 없는 곳에서 제 분수도 모르고, 감당하지도 못하면서 주제 넘는 말을 하고 있군!"라고 하면서 화살을 뽑아 주자, 벨구테이가 차갑게 웃으며 노인을 흘겨보았다. 그리고 노인이 주는 화살을 받아서 발에 걸어 힘껏 시위를 메기려고 땀이 흐르도록 힘을 쓰다가, 결국 손발이 저리고 힘이 미치지 않아 시위를 당기지 못했다. 벨구테이는 구릿빛 얼굴이 시퍼래지도록 부끄러움을 느끼며, 노인에게 활을 되돌려주자 비쩍 마른 노인이 웃음을 참지 못하고, 두 손으로 활을 초승달처럼 구부리고 입으로 시위를 당겨 주었다. 하사르가 그것을 받아서 온 힘을 다해 당겼지만, 시위에서 활을 뗄 수가 없었다.

그때는 아직 더운 여름이었기 때문에 태조는 높은 언덕 사방이 트인 장막에서 더위를 피해 앉아 있다가 높은 곳에서 아래를 내려다보니 벨구테이와 하사르가 돌 모래가 있는 푸른 풀밭에서 한 노인과 만나 활을 당겨도 활을 이기지 못하고 있는 듯했다. 태조는 속으로 어린 아우들이 장수에게 비웃음을 당하지는 않겠지 생각하며 그곳으로 천천히 걸어가자, 그 노인이 태조를 보고 크게 놀라 큰 소리로 외쳤다.

"아! 이분의 용모는 참으로 온화하고 기상이 가득하시며, 위엄을 온전히 갖춤으로 기운이 안정되고, 득실에 있어 분을 발하지 않고, 희로喜怒에 안색의 흐트러짐이 없는 진정 시방세계를 손바닥에 쥐고 태어나신 참으로 대단한 권세와 복을 지닌 인물이십니다!"

그러자 태조는 노인의 말을 조금도 대수롭게 여기지 않고, 한 봇짐의 활에 모두 시위를 메기고 활을 두 개씩 잡고 꺾어지도록 힘껏 당겨 버리자, 그 비쩍 마른 노인이 참을 수 없이 기뻐하며 웃었다. 그리고 벨구테이와 하사르를 향해 "어떠한가, 어떠한가! 나는 할 말이 없구려! 진정 천자가 아닌 자는 내 활을 당길 수 없소. 이분은 진정 하늘의 아들이오! 자신들을 대단하게 생각하며 말 많은 당신 두 사람은 앞으로 말을 많이 하지 말고 말을 삼키고, 자만에 찬 말을 하기보다 말없이 입을 다무는 것이 좋겠소!"라고 했다.

그렇게 말하고 호탕하게 웃으며 부러진 활을 거두고 회오리바람처럼 가 버리자, 태조가 노인의 뒤에서 큰 소리로 그의 이름과 고향을 물었다. 노인은 뒤를 돌아보며 머리를 저었다. 그리고 손으로 땅을 가리키고, 눈을 들어 하늘을 보면서 다리를 들어 올리자마자 바람처럼 사라졌다.

태조는 그 노인의 모습을 보고, 어찌해도 범상한 인물은 아니었기에 가까이 있던 공작새 깃털을 꽂은 호위병 아르가손 호르골즈에게 빨리 그 노인을 뒤쫓아가 데리고 오라고 보내고, 흰 게르 궁으로 돌아왔다. 그러자 아르가손 호르골즈는 주군의 명령대로 노인을 추격하여 볼독의 서쪽 편으로 달려갔다. 벨구테이와 하사르 역시 크게 놀라 조용히 테르궁 볼독의 동쪽 편으로 뒤쫓아가서 노인이 가는 곳에 거의 이르렀다. 그러자 노인은 갑자기 서두르며 돌자마자 한 푸른 간자 야생마를 탄 백발노인으로 변해 부러진 활에 황금 깃털 화살을 메겨 델룬 볼독산의 한쪽 바위를 부서지도록 쏘아 불이 일어나는 사이로 갑자기 사라졌다. 하사르와 벨구테이는 크게 놀라며 궁으로 돌아왔다. 서쪽 편으로 추격했던 호르골즈 역시 뒤쫓아갔지만, 그 노인은 델룬 볼독을 돌자마자 자취도 없이 사라졌다. 호르골즈가 사방을 살펴보았으나 마지막 끝나는 길에 아무도 가는 사람이 없었기 때문에 할 수 없이 천천히 말을 돌려 자신의 게르로 말을 달려 돌아왔다. 그리고 주군에게 고할 말을 생각하며 독주를 마시다가 술에 취해 공무를 뒤로 하고, 허물없이 지내던 이웃의 알탄 호르기라는 아가씨와 서로 희롱하다가 동침을 했다.

한편 태조는 등잔불이 다 타도록 기다려도 호르골즈가 돌아오지 않자, 모홀리와 보가르지에게 명을 내려 다음 날 아침 일찍 그를 잡아오도록 하여 죄를 물을 것이라고 하고 내궁으로 들어가 잠이 들었다. 다음 날 아침 모홀리와 보가르지가 사람을 시켜 호르골즈를 붙잡아 데리고 오게 하자 주군께서 게르 궁의 잠자리에서 일어나지 않으므로 보가르지가 국사를 다스리는 대궁전 앞에 무릎을 꿇고 큰 소리로 고했다.

밝디밝은 궁에 햇빛이 비치나이다
죄인이 밖에 대령해 있나이다
빛나는 옥체를 일으키시어
성지를 내려 주십시오
옥같이 흰 궁전에 해가 솟았나이다
죄인이 밖에 대령해 있나이다
문을 활짝 여시어
귀한 명을 내려 주소서!

태조가 곧 일어나 명을 내리는 바깥 사자 가죽으로 된 의자에 앉자 아르가손 호르골즈가 양 겨드랑이에 두 개의 빈 술병을 끼고 와서 무릎을 꿇고 꽝 소리가 나도록 머리를 땅에 박고 고했다.

주군의 명을 받들어 있는 힘을 다해 뒤쫓아
노인 그를 찾아 달려갔나이다, 제가
남쪽 볼독을 지나자마자
노인의 종적을 찾을 수 없었나이다
천상계의 신령인가
널리 지혜를 가르치기 위해 오셨나
지하계의 신령인가?
기꺼이 나라를 도우시러 오셨나 생각하였나이다.

그러자 태조가 낯빛이 어두워지며 "나태함에 맛이 들리고, 게으름에 일을 건성으로 하다가 교묘한 말로 지껄이러 온 것이더냐?"라고 꾸짖자 호르골즈가 크게 두려워하며 아무 말도 하지 못하고 고개를 숙이고 계속 몸을 떨자, 모훌리가 태조를 더 분노케 하지 말라고 호르골즈를 향해 가만히 입으로 신호를 보냈다. 그러자 호르골즈가 순간 그 의미를 깨닫고 연달아 몇 번을 머리를 바닥에 치며 고했다.

70가지 언어를 아는 작은 종달새가
짹짹거리며 노래할 때

힘센 새가 공격해 오자
노랫소리는 끊어지고 종달새는 숨었나이다
은혜로우신 주군께서 진노하실 때
심장이 오그라들고 혼이 떠났나이다, 제가
열 살 때부터 주군을 따랐나이다, 제가
어떤 그릇된 행동도 보이지 않았나이다
술에 빠져 잘못한 것은 사실이나
지금껏 딴마음을 품은 적이 없나이다, 제가
스무 살이 될 때까지 주군을 따랐나이다, 종 된 제가
태만한 모든 행동을 보였나이다, 제가
술에 빠져 실수한 것은 사실이나
지금껏 악한 마음을 품은 적이 없나이다, 제가
두 개 빈 술병에 해를 입었나이다, 제가
이제도 앞으로도 술을 탐하지 않고 힘쓰겠나이다, 제가

라고 하며 두 손으로 두 개의 빈 술병을 위로 들어 올리며 고했다.

천부께서 점지하심으로 이 세상에 태어나신
현철하신 권세의 주군이시여, 용서해 주십시오!
이렇게 단지에 든 것에
얼이 빠져 잘못을 저지른 것을 고하나이다, 용서해 주십시오!

그러자 태조는 미소를 지으며 큰 소리로 "잘난 입으로 잘못을 고하는 아르가손, 잘난 주둥이로 용서를 구하는 호르골즈로다"라고 하며 죄를 용서해 주었다. 그때 벨구테이와 하사르가 모두 태조의 곁에 있었기 때문에 어제의 그 노인의 용모와 신통력을 눈으로 본 데다가 오늘 호르골즈의 이러한 말에서 진정 하늘의 신령이 자신들을 응징하려 했다며 두려움과 놀라움, 경외의 마음으로, 오이트 오치르, 오란 가축 아우들을 데리고 형 태조에게 무릎을 꿇었다. 그리고 있었던 일을 사실대로 빠짐없이 고하고 태조를 진정으로 우러르며, 이후 진실로 충성을 다하고 부정적인 마음을 완전히 씻어 버렸다[원주] 갑진년의 일이 여기서 끝나고 오래지 않아 가을 추수를 하고, 겨울에 저장하고 또 봄이 되었다. 이해는 을사년이었다.

송나라 효종 순희 12년, 금나라 세종 대정 25년이 여기서 시작되었다. 태조는 이해 스물네 살이었다. 이해 세첵그렉그트 호숫가에서 지내고 있을 때 지혜로운 주순 왕비에게서 또 한 여아가 태어났다. 그때는 온갖 꽃이 활짝 피어날 시기였고, 세첵그렉그트 호숫가에서 태어났다고 하여 세첸 세첵그렉이라고 이름 지어 주었다. 후에 화 공주로 봉해졌다[원주] 이 공주는 젤메의 아들 지브흐 체첵에게 시집갔다.

한편 나이만의 곡설오는 여전히 베데국에 앙갚음하려는 생각을 하고 있었는데, 멀리 있는 정탐꾼에게서 베데국과 케레이트 두 나라 사이에 인척 관계를 맺으려 하고 있다는 소식을 듣고, 그 이튿날 아침 조정에 나가 타이얀 칸을 알현하고 고했다.

"듣자니 베데국과 케레이트 두 나라가 서로 인척 관계를 맺기 위해 말이 오가고 있다고 합니다. 만약 그렇게 되면 나라의 힘이 매우 강성해지기 때문에 베데국을 선제공격할 수 없게 됩니다. 베데국이 우리를 또 괴롭혔던 원한이 있으니, 이를 제거하지 않으면 아니 될 것입니다."

그러자 타이얀 칸이 "베데국의 군주와 대신들은 일대의 영웅호걸이라 만일 가벼이 공격했다가 패하여 수습할 수 없게 되면 위험이 더 커지지 않겠는가?"라고 했다.

알탄샤는 그 두 나라가 인척 관계를 맺는다는 말을 듣고 곧 솔롱고를 더욱 그리워하며 마음속에 불이 일어나는 것 같아 다급히 나와 말했다.

"만약 베데국을 지금 무너뜨리지 못하면 훗날 북쪽 지역을 혼자 지배하려는 생각을 하고 있기 때문에 언젠가 우리를 그대로 가만둘 리 없습니다. 지금은 가을이라 말이 살지고, 활이 단단해지는 때이니 이 기회를 놓쳐서는 아니 될 것입니다."

그러자 나라의 간의대부 뭉굴즈가 나와 고했다.

"베데국의 군주는 현명하고 대신들은 예리하며, 장군들은 민첩하고, 군대는 강합니다. 요 몇 년 동안에 계속해서 많은 부족을 규합하면서 그 위세가 막강해졌습니다. 고르로드를 무너뜨리기 전에도 갑옷을 입은 병사들이 4만이었다고 합니다. 지금은 얼마나 더 많아졌는지 모릅니다. 제 생각으로는 우리 병사들을 정돈해도 변경을 확실히 지키지는 못할 듯합니다!"

그때 나이만이 위구르에서 모셔온 타이얀 칸의 사부이자 국가의 문서와 인장을 아울러 관장하는 우익 대신 다다통가가 앞으로 나와 고하기를 "베데국의 군주는 사람들의 선봉이 되었습니다! 그 수하의 대신들도 모두 영웅호걸들로 가벼이 침범해서는 아니 됩니다"라고 하자, 대원수 곡설오가 좌익의 대장군 홀소브츠와 함께 나와 크게 노여워하며 고성을 질렀다.

"그대들은 모두 타인의 위엄은 높이고, 자신의 용기는 꺾으면서 잠시 안이하게 지낼 것을 생각하고, 나라를 위해 멀고 길게 생각하는 것에는 조금도 힘쓰지 않고 있소. 베데국의 군주가 북쪽 지역을 정복하려는 생각이 있을 뿐 아니라 남쪽 나라를 마침내 모두 모아들이려는 상황이라는 것을 누가 모른단 말이오? 만약 이때를 기회 삼아 그 나라를 제거하지 않으면, 머지않아 날개와 깃이 다 뽑힌 후에는 참으로 대적하기 어려울 것이오."

그러자 뭉굴즈가 말하기를 "듣자 하니 베데국이 케레이트국에 청혼을 하기 위해 갔다고 합니다. 제가 보기에는 케 왕의 아들 신공 얄고의 성격이 오만하고 생각이 건방져 어떻게 해도 그들과 성혼하지는 않을 것입니다. 혼사가 이루어지지 않으면 두 나라 사이가 나빠지는 것은 명약관화한 일입니다. 그들의 관계가 소원해지는 것을 기다렸다가 우리가 중간에서 그들 가운데 어느 쪽이 이기고 지는지를 살펴본 연후에 어부지리로 이익을 취하면 좋지 않겠습니까? 이제 병사들을 지치게 하면서 많은 병력을 움직여 승리하면 그만이지만, 만약 패한다면 이제 어찌합니까?"라고 하자 곡설오가 무시하듯 냉소를 지었다.

"귀하신 두 대신의 말씀은 장님에게 따르라 하고, 벙어리에게 잘 들으라 하는 것과 다름없소. 만약 두 나라가 이미 혼사가 성립되었다면 또 어찌하겠소? 그들 병사가 4만이라 하면 우리 병사는 또 5만이 넘소. 나라 안에 성인이 된 젊은이들을 모아 뽑으면 6만에 이르지 않습니까? 무얼 그리 걱정한 일이 있겠소? 나는 이번에 군사를 동원하여 만약 승리하지 못한다면 내 목을 베어 군왕 앞에 머리를 올려드리게 하고, 벌을 달게 받을 것이오!"라고 노발대발하며 말을 끝내자 곁에서 대장군 홀소브츠가 또 편을 들었다.

"비단옷을 입고, 황금과 옥 장식을 차고, 꽃과 달구경을 하며 행복해 하고, 시와 술로 풍류를 즐기는 한가한 문관 대신들은 오직 하루를 지내는 데 힘쓰고 앞날의 먼 것을 생각지 않으니, 우리 대원수께서 하시는 이러한 말씀을 나는 제3자로서 보장하겠소. 만약 군대가 이기고 돌아오면 귀하신 두 분 대신들은 어떻게 하실 겁니까?"

뭉굴즈와 다다통가가 동시에 "베데국의 군주 테무진이란 자는 북극성[6]에 감응하여 태어날 때 흰빛이 자미궁에서 내렸기에 그와 싸우기보다 그와 화친하는 것이 낫다고 한 것이오. 분명 이기고 지는 것을 누가 장담할 수 있겠소!"라고 하자 곡설오가 크게 소리쳤다.

"이번에 나는 분명 이길 것을 내 머리를 걸고 확신하는데 지금 무슨 말을 하는 겁니까?"

그러자 타이얀 칸이 그의 마음이 진정인 것을 보고, 아들 태자 알탄

---

6 **[몽골 현대문 역주]** 북극성에 대해 『호린 나임트 사전』에 언급한 것은 다음과 같다. "정북쪽 하늘에 늘 움직이지 않고 보이는 한 별을 북극성(황금 막대기)이라고 한다. 또 지고신인 호르마스트 천신의 중심 궁전을 북극성이라고 한다고 했다. 『논어』에는 덕으로 치리하면, 비유해서 말해 북극성과 마찬가지로 하늘에 있는 많은 별들이 모여든다고 했다"라고 사서(四書)에서 먼저 인용하여 설명했다. 인잔나쉬는 동방의 고대 기록 문화에 통달한 인물이기 때문에 군주 성조 칭기스 칸을 북극성에 비유한 것에는 반드시 이유가 있다. 북쪽에 흔들림 없이 견고한 칭기스 칸은 북극성처럼 빛나고, 그것으로 세상의 많은 나라가 별처럼 모여들었다고 보았다.

샤도 거듭 요구하자 이번에 이들의 용기를 시험해 보겠다고 마음먹었다. 그래서 아들 알탄샤를 부대장으로 임명하고, "열흘 안에 대군의 반을 데리고 떠나라. 나는 대장군 훌소브츠를 데리고 나라를 지키겠다"라고 명을 내렸다.

그러자 대의회를 주관하는 대신 뭉굴즈가 다달통가를 향해 긴 한숨을 쉬면서 "높은 산이 말을 힘들게 하고, 분노가 나라를 망하게 하는구려. 곡설오가 장수이긴 하나 지모가 부족하여 분명 때를 거스르고 있소. 이제 우리 모두를 나라의 뒤를 따라 죽게 하는구려!"라고 하자 다다통가 역시 슬퍼하며 "과거 한나라시대 방덕龐德이라는 자가 관을 짜 가지고 다니며 관운장과 싸웠던 것과 같은 상황이 되었소!"라고 했다. 이는 진실로

> 문인, 학사들은 문을 나가지 않고
> 전殿 안에서 지내도
> 돌아가는 정황을 보자마자 일의 추세를 추측해 알 수 있네

한편 곡설오는 명을 받자마자 포고령을 내려 병사를 징집할 때 한 흥미롭고 놀라운 처녀를 이끌어냈다. 이 여자의 이름은 홍고르졸인데, 그 아버지 톨 노인은 100인의 병사를 책임지는 수장이었다. 나중에 얻은 아내인 누드멜에게서 아들 하나가 있는데, 이름은 게게레흐인데, 아직 강보에 있는 어린 아기였다. 엄마가 없는 홍고르졸은 태어나면서 눈썹이 많고, 눈이 맑고 얼굴은 희고 둥글며, 입술은 붉었다. 또 몸매

가 늘씬하고, 목소리는 맑고 낭랑했는데, 어려서부터 다른 아이들과는 사뭇 달랐다. 그녀가 태어날 때 그 부모가 어두운 게르에서 더듬거리고 있는데 갑자기 밖에서 별 같은 불등佛燈이 "훽!" 하고 게르로 들어오는 꿈을 꾸고 그녀를 낳았기 때문에 이름을 홍고르졸[7]이라고 지어 주었다.

처음에 아버지는 아들이 없을 때였기 때문에 그녀를 아들처럼 데리고 다니며 말을 달리게 하고, 검 다루는 법과 사냥감을 향해 활을 쏘고, 돌을 던져 맞추는 것을 가르쳤다. 좀 더 크자 2년 동안 위구르 문자를 가르치고, 바느질을 가르치자 홍고르졸은 또 바느질에 숙련된 기술을 보여 주었다. 아버지가 멀리 사냥을 가면 따라다니곤 했다. 그때 북쪽 지역에 몽골 문자가 아직 없었기 때문에 모두 위구르 문자를 사용했는데, 홍고르졸은 그 문자를 어느 정도 알았다. 그렇게 또 성장하여 열여섯의 나이가 되어 옥같이 고운 사내아이처럼 자랐다. 북쪽 지역에서는 여인의 바느질 솜씨를 중시하지 않고, 활 쏘고 사냥하는 것을 으뜸으로 여기며 힘썼기 때문에 홍고르졸은 아버지를 따라 밖으로 멀리 다니며 지냈다. 아버지는 딸이 많이 성장한 것을 보고, 시집보내는 일을 이야기하면 딸은 전혀 응하지 않았다.

하루는 아버지가 딸의 계모인 누드멜에게 가서 "이제 우리 타이얀 칸 주군의 병사가 베데국의 군주와 싸울 것이라 하오. 나는 병사의 갑옷과 100인의 병사를 책임지는 자이기 때문에 분명 이 전투에서 벗어

7 엷은 황갈색 불등(佛燈)이란 의미.

날 수 없을 것이오. 이제 떠나야 할 시간이 가까웠소"라고 했다.

그러자 누드멜이 "당신은 이제 나이를 많이 먹었어요. 어떻게 적과 싸우러 떠날 수 있단 말인가요? 은자 몇십 냥을 쓰면 공무에서 벗어날 수 있지 않겠어요?"라고 했다.

"모두 그렇게 돈을 써서 빠져나가면 병사의 갑옷은 어디서 나온단 말이오? 그리고 은자는 또 어디서 얻는단 말이오?"

"당신은 늙어서 전장에 나가는 것은 무리예요. 그뿐 아니라 집안 식구는 누가 먹여 살리나요? 처자와 어린 아들, 다 큰딸은 이제 누구를 의지하고 산단 말인가요?"

그러자 톨 노인이 "괴로워하고, 슬퍼해도 도움이 되지 않소. 그때가 되면 다시 이야기합시다"라고 했다. 며칠이 지나지 않아 군대 징집 명령이 눈송이같이 줄줄이 내려왔다. 톨 노인에게도 가서 이름을 등록하라고 하자 할 수 없이 많은 병사의 무리를 따라갔다. 생각지 않게 군대 일이 신속하게 진행되었기 때문에 곧 식량을 보내고, 사흘 안에 출정한다 하여 작별할 때 온 집안이 천만 가지로 괴로워했다. 홍고르졸은 마음속으로 '부모님이 나를 낳아 주시고 키워주셔서 사람을 만드셨다. 내가 비록 여자이지만 나를 사내아이 못지않게 키워 주셨다. 어머니는 은혜를 갚기도 전에 돌아가셨다. 이제 또 나이 드신 아버님이 살아계신데 죽음의 전장으로 출정을 한다고 하신다. 내 위로 오라버니도 없고 밑으로 그렇게 많은 동생도 없다. 아버지가 만약 출정하신다면 젊은 어머니와 어린 동생은 이제 어떻게 살아간단 말인가? 만약 아버님이 돌아가시면 천 명의 병사, 만 마리 군마에 짓밟히게 될 것이다. 그뿐 아니라 나 같은 여아가 한 가족을 어찌 돌보고 먹여 살릴 수 있단 말인가? 이렇게 되면 한 집안이 곧 끝장이 날 것이다. 아, 내가 아버님의 보살핌을 받고 이렇게 컸는데, 눈앞에서 늙은 아버님을 사지로 보내는 것이 나를 낳고 키워 주신 것에 대한 보답이란 말인가!'라고 생각하다가 눈물을 흘리며 또 생각했다. '아니면 내가 남장을 하여 아버지 대신 가서 집안을 구하면 되지 않겠는가? 내 자신만 조심하고 애쓰면 어떻든 사람들이 눈치채지 못할 것이다. 운좋게 몇 달이나 반 년 안에 고향에 살아서 돌아올 수 있다면 낳아 주시고 키워 주신 부모님의 은혜에 보답할 수 있을 것이고, 딸의 몸으로 그저 태어난 것이 되지는 않을 것이다. 하나는 늙으신 아버지께서 전장에 나가 죽음에서 벗어나실 수 있고, 또 하나는 어린 동생이 성장하여 우리 가계가 끊어지지 않을 것이다. 갑작스럽게 또 피비린내 나는 전쟁에 공을 세워 청사에 이름을 남기게 될지도 모른다. 나라의 공을 세운 공훈자의 명부에 누가 특별히 남자의 이름만 남기라고 했던가? 케레이트 왕의 여식은 군대에 나가는데, 나는 관아의 신하의 여식으로 어찌 전쟁에 나갈 수 없단 말인가? 내가 남자의 갑옷을 입고 투구를 쓰면 좀 남성스러운 모습이 되지 않겠는가?' 하고 생각하고 서둘러 집으로 와서 아버지의 갑옷을 입고 투구를 썼다.

홍고르는 중국 여자처럼 발이 작지 않았기 때문에 조금도 어려운 문제가 없었다. 북쪽 지역의 습속 역시 단정한 것을 중시하여 장식하고 치장하는 것을 좋게 여기지 않았다. 집안에 수정거울이 없고, 구리거울도 잘 보이지 않기 때문에 나무 물통 옆에 가서 물에 비친 제 그림자를 한 번 보니, 1백 명 병사의 수장뿐 아니라 1천 명 병사의 선봉 장군이 되어도 됨직할 정도였기 때문에 물에 비친 자신의 모습을 보며 남자처럼 행동을 취해 보는데, 느닷없이 계모가 들어와 화들짝 놀라며 말했다.

"얘가 왜 이런 이상한 짓을 하고 있는 거야, 이 차림새는 대체 무엇이냐?"

그때 아버지가 바깥 양지에서 어린 아들 게게레흐를 안고 울고 있다가, 이 소리를 듣고 밖에서 들어와 딸아이를 보며 웃었다.

"얘야, 왜 이렇게 갑옷을 입고 투구를 쓰고 있는 것이냐?"

"아버지! 제가 오늘 이렇게 갑옷을 입고 투구를 쓴 것은 아버지를 대신해 싸움터에 나가기 위함입니다."

"이렇게 아름다운 모습으로 어찌 싸움터에 나갈 수 있단 말이냐! 그날 이름을 등록한 우리 한 무리의 대원 수가 3천 수백 명이나 되지만, 이처럼 위풍당당한 자가 어디 있겠느냐? 참으로 아까울 따름이로다!"

톨 노인이 이렇게 말할 때 목소리가 흩어지고 눈물이 한없이 쏟아져 내렸다. 홍고르졸은 눈물을 닦으며 "아버지, 왜 아깝다고 하시는 거예요?"라고 했다.

"아까운 것. 딸로 태어난 것이 아깝지. 만약 아들이었다면 늙은 애비가 무엇 때문에 걱정을 하겠느냐! 네가 전장에 나가 공을 세우기를 바라지 않겠느냐!"

"아버지, 어머니 심려하지 마셔요. 소녀 이미 마음을 굳혔습니다. 내일 아버지를 대신해 출정할 것입니다"라고 홍고르가 말하자 부모가 동시에 소리쳤다.

"아, 너는 혼인도 하지 않은 처녀야, 그런 어리석은 말은 하지 말거라!"

"옛날에 적지 않은 여인네들이 난세를 당하면 남장을 하고 도망쳤으며, 능력 있고 지혜로운 여성들이 군대에 나갔던 경우가 상당히 많이 있었습니다! 다만 스스로 조심하고 지내면 어떻든 사람들이 눈치채지 못할 거예요!"

어머니가 그녀의 어깨를 치며 "안 된다. 너는 시집가지 않은 아가씨야. 어찌 수천 수만의 병사들 가운데 끼어서 지낼 수 있단 말이냐!"라고 했다.

"어머니, 아버지, 공연히 완고하게 생각지 마세요. 제 한 몸만 잘 견디면 아버지, 젊으신 어머니, 어린 동생이 평안히 지낼 수 있어요. 충직한 신하와 효성이 지극한 자식이 되는 것이 특별히 남자의 일이라고 누가 그랬나요? 용기가 있다면 일은 곧 이루어질 수 있어요! 어머니, 아버지, 제가 출발할 때 울며 서글퍼하여 함께 가는 다른 사람들에게 들키지 않게 해 주세요! 여아인 제가 어떠한 일이 있어도 부끄러운 행동을 하여 부모님을 실망시켜 드리지 않을 거예요!"라고 하자 아버지, 어머니는 딸이 반드시 떠날 거라는 단호한 의지를 보고, 마음이 너무도 편치 않아 온 집안이 떠나가라 울었다.

하룻밤을 지내고 동편에서 새벽이 밝아오자 "우리는 이제 떠납니다"라고 밖에서 사람이 나무를 치며 소리를 냈다. 톨 노인이 나와 보니 서너 명이 자신과 마찬가지로 관청의 책임자들이었기 때문에 노인은 자신의 여식에 대해 말해야지 하고 있는데 홍고르졸이 벌써 갑옷을 입고 투구를 쓰고, 활과 전통을 메고 나와서 굵은 목소리로 "우리 아버님은 늙으셨습니다. 제가 아버님을 대신해 출병할 것입니다"라고 하자 그 몇 사람들이 홍고르를 보고 웃었다.

"노인의 아들이 참으로 멋지고 패기가 넘치는구려. 신체도 작지 않고!"

홍고르졸이 곧 부모님께 예를 갖추어 "아버지, 어머니 몸조심하십시오!"라는 한마디 말을 남기고, 길잡이를 데리고 말을 끌고 긴 창을 잡고 큰 걸음걸이로 갔다. 부모가 뒤에서 그 모습을 바라보며 한없이 눈물을 흘렸지만 어찌할 수가 없자 게르로 들어갔다.

한편 곡설오는 나라 안에 병사들을 모두 모아 전체 7만 정도를 징집했다. 그 가운데 5만 명을 3개 군단으로 조직하고, 사모와 다람트 두 장군에게 우익의 병사들을 지휘하게 하고, 수렐헥, 먕가탄 두 장군에게 좌익의 병사들을 통솔케 했다. 또 젊은 장군 이데르 도보에게 1천 명의 병사를 내어 주어 전위대의 선봉에 서게 하고, "산을 만나면 길을 만들라! 물을 만나면 다리를 놓으라! 오직 앞으로 전진하는 것만이 가능하며, 뒤로 물러서면 벌을 피할 수 없을 것이다"라고 하며 선두로 보냈다. 중군은 3군의 중심 되는 법이라 하여 큰 기를 세우고, 세 번 포성을 울리니 바다가 밀려가고, 산이 움직이듯 장관을 이루며 병사들이 베데국을 향해 진격했다.

【평언】

이 장은 전체 네 부분으로 이루어져 있다. 첫 번째 부분은 케레이트를 섬멸한 내용이고, 두 번째 부분은 솔롱고가 혼인했다는 것, 세 번째 부분은 베데국을 공고히 한 것이고, 네 번째 부분은 곡 원수가 죽었다는 것이다. 어찌 이러한 것을 알았는가? 한 마디로 설명하는 것을 들어보라. 첫 번째 부분의 케레이트가 망했다고 한 것은 먼저, 케 왕의 줏대 없는 편향적인 성격과 신하들이 걱정스럽게 하는 말은 서로가 갈라질 징표이다. 아버지는 갈팡질팡하고, 아들은 반역하고, 대신들은 떠나가는 상황에서 나라가 자모하 한 사람의 간교한 말에 휘둘리는데 어찌 망한다고 말하지 않을 수 있겠는가? 그렇게 해서 첫 번째 부분에는 케레이트국이 망했다고 한 것이다.

또 두 번째 부분에 솔롱고가 혼인했다고 한 것은 먼저 알탄샤와 솔롱고가 만나 서로 선물을 교환하고 약조하며 사랑을 맹세했다. 둘째, 양편에서 서로를 갈망하며 선물을 보냈다. 셋째, 솔롱고 쪽에서 알탄샤와 만난 내력을 설명하고 아버지 앞에서 깍지를 끼었는데, 이것은 쏜 화살처럼 이미 마음의 결심을 한 것을 보여준 것이니 어찌 다른 이가 이를 틀어지게 할 수 있겠는가? 그렇게 해서 두 번째 부분에 솔롱고가 혼인을 결정했다고 했다.

세 번째 부분에는 첫째, 베데국의 군주가 우애가 있기에 집안이 안정되었다는 것이고, 둘째는 동생들이 따랐기에 집안의 기강이 바로 잡혔다는 것이다. 셋째는 대신들이 분투하고 신하들이 군주를 신뢰했기 때문에 나라가 확립되었다는 것이다. 이렇게 하늘의 수호신이 음우하고, 지상의 군주가 경이로움을 보임으로써 세 번째 부분에 베데국이 공고해졌다고 했다.

네 번째 부분에는 원수 곡설오가 죽었다고 했는데, 이것은 군대가 출병하는 것을 먼저 중심이 되는 군주 타이얀 칸이 원치 않았고 둘째, 좌익 신하 뭉굴즈가 원치 않았으며 셋째, 우익 대신 다다통가가 원치 않았다. 그러자 곡설오가 분노하며 거친 말을 내뱉고 고개를 돌릴 여지없이 단호히 나가자, 곡설오가 죽었다고 했다. 이것은 짧게 요약한 핵심적 내용이다.

특히, 원 태조는 고대 많은 나라를 세운 현철하고 용맹스러운 황제들보다 뛰어난 점이 많다. 간략히 보면, 춘추시대 이래로 진나라 시황제는 자기 한 몸 이외에 다른 것을 얻지 못했다. 한나라 고조는 다른 것을 모두 얻었지만, 아버지와 동생을 얻지 못했다. 위나라 무제[8]는 모든 것을 얻었지만 벗을 얻지 못했다. 촉나라의 소열제昭烈帝[9]는 다른 것은 모두 얻었지만, 자식을 얻지 못했다. 오나라의 태제太帝는 아버지를 얻지 못했다. 진晉나라 무제[10]는 신하를 얻지 못했다. 송나라 무제[11]는 동생을 얻지 못했고, 제齊나라 고제高帝는 형을 얻지 못했다. 양梁나라 무제武帝는 아들을 얻지 못했고, 진秦나라 무제도 아들을 얻지 못했다. 수나라 무제 역시 아들을 얻지 못했고, 당나라 고종의 아들 당 태종은 모든 것을 갖추었지만 형제를 얻지 못했다. 이로써 무제 5대의 후량後

8 '조조(155~220)'를 이름. 한나라 마지막 승상이자 삼국시대 위나라 태조. 아버지 조숭과 동생 조덕이 조조를 찾아가던 중 도겸의 부하에 의해 죽임을 당한다(https://namu.wiki/w/조조).

9 '유비'의 시호.

10 사마염(236~290) : 서진(西晉)의 건립자. 그는 사치스럽고 방탕한 생활을 하여, 그의 사후 곧바로 전국이 분열과 혼란상태에 빠져들었다(이병갑, 『중국역사사전』, 학민사, 2006, 184~185쪽).

11 송 고조 무황제 유유(宋 高祖 武皇帝 劉裕, 363~422) 남조 송나라 초대 황제. 다른 송나라 왕조와 구별하기 위해 유유가 건국한 송나라를 유송(劉宋)이라 하기도 함(임종욱, 『중국역대인명사전』, 이회, 2010, 1323쪽).

梁 태조, 후당後唐 장종, 후진後晉, 후한後漢 고조, 후주後周 태조 모두 53년 동안 무언가를 얻지 못하고 지나갔다. 이들 나라는 송나라에 규합되었지만, 송 태조 역시 자식과 동생을 얻지 못했다. 요나라 태조는 형을, 금나라 태조는 동생을 얻지 못했다. 다만 원나라 태조만이 근본이 있는 부모와 형제, 신하, 자식 손자, 의형제, 하늘의 때와 상당한 영토를 모두 얻었다. 이렇게 공부자가 주나라 문왕에 대해 "근심 없는 문왕이여, 현명한 성인께서 아버지가 되어 나라를 세워주고, 용맹한 성인께서 아들이 되어 이를 받아 발전시켰네. 근심 없는 문왕이여!"라고 했다. 이처럼 모두 갖춘 자는 적고 귀하니 어찌 성인이라 하지 않겠는가? 독자 제위들은 천천히 손가락을 꼽으며 성인의 수를 헤아려 보기 바란다!

제8장

무당 이뎀은 바람을 불러 베데국을 공격했네 현명한 모홀리는 일의 연유를 따져 시리 호톡을 벌했네

송나라 효종 순희 12년, 금나라 세종 대정 25년, 을사년乙巳年. 태조의 나이 24세가 된 해로, 이해 4월 태조는 세첸 세첵그렉 공주를 낳았다. 이것은 앞 장에 나왔다.

강직한 원수 곡설오는 충의가 있고
진실로 충직한 이데르 도보는 참으로 가엾구나
분노에 찬 장군 시리 호톡은 가쁘게 숨을 쉬고
지략이 뛰어난 총사령관 모홀리는 죽이고 살리는 능력이 있네

그때 태조는 나라에 중요한 일이 없었기 때문에 1천 명의 병사를 데리고 대규모 사냥을 나서서, 히식그테 초원에서 숙영하며 늦은 가을 사냥몰이를 하고 있었다. 그런데 베데국 변경의 정탐꾼이 나이만의 군사가 오는 것을 알고, 그 사실을 고하기 위해 날듯이 달려왔다. 태조가 한편 사람을 궁에 달려가게 하여, 토르곤 샤르와 모호리 등 여러 대신에게 대군을 이끌고 질주해 오라고 명해 보냈다. 다른 한편 병사들을

이끌고 산 아래 진을 치고 모르는 척 사냥을 했다. 그런 뒤 사나흘이 되자 나이만의 병사들이 가까이 접근해 왔다. 한편 태조의 대군이 진격해 오고 있다는 소식이 당도했다.

한편 나이만의 선봉 이데르 도보의 병사들이 먼저 당도해서, 태조가 사냥하기 위해 산 아래 나와 있는 것을 보고 크게 기뻐했다.

"하늘이 우리에게 놀라운 공훈을 세우게 해 주셨다!"

이데르 도보는 병사들에게 곧바로 북을 두드리고 나팔을 불게 했다. 그리고 산 위로 싸우러 올라가자, 태조는 나이만 병사들이 산 중간에 오르는 것을 기다렸다가 갑자기 산 위에서 덮쳐 공격해 들어갔다. 나이만 병사들은 태조를 생각지 않고 있었기 때문에 분명 달아났다고 생각하고 주의를 기울이지 않고 산을 향해 올라갔는데, 병사들이 도리어 거꾸로 밀려 내려오는 것을 보고, 나이만 병사들은 혼비백산했다. 말 또한 산 위로 공격해 올라갈 수 없었기 때문에 발이 멈추어 서기도 전에 태조의 병사들이 위에서 돌을 굴리며 바위가 부서지듯 밀고 내려오며 맹공격을 했다.

그러자 나이만 병사들이 접전하지 못한 채 아비규환 속에서 도망치며 산 아래로 질주해 갔다. 이데르 도보는 산등성이에서 태조와 만나 두 번도 맞붙어 대결하지 못한 채 안장의 여러 개 뱃대끈이 끊어지자 안장이 굴러내리고, 이데르 도보가 먼저 말에서 떨어졌다. 그러자 태조가 쇠 창을 그의 등 한가운데 대고 큰 소리로 호통쳤다.

"보잘것없는 네 놈의 목숨은 이제 내 창끝에 있다. 네 놈은 죽고자 하느냐 살고자 하느냐?"

이데르 도보는 거칠게 숨을 쉬며 웃었다.

"죽고 사는 것은 내 뜻에 있는 것이 아니라, 곡 원수의 마음에 있소. 내 생각으로라면 죽기를 바라오."

태조가 "내가 이제 너의 목숨을 살려 보내주마. 너는 내 은혜를 어떻게 갚겠느냐?"라고 하자, 이데르 도보가 땅에 몸을 수그리고 있다가 우렁찬 소리로 크게 웃었다.

"가능하다면 훗날 이대로 병사들을 이끌고 와서 싸우며 은혜를 갚을 것이다!"

그러자 태조가 은근히 미소 지으며 물었다.

"그대 부족의 병사가 지금 얼마나 오고 있는가?"

"5만 6천 명의 병사가 진격해 오고 있소."

"장군으로 여길 만한 자가 몇인가?"

"대장군이 십여 명 있소."

태조가 이데르 도보의 등에 겨누고 있던 창을 거두며 말했다.

"그대는 가서 그대 군대 대장인 설오에게 고하라. 만약 이번에 또 나의 군대에 패한다면 옛 대 요나라와 새로운 나이만 두 나라의 명예를 그대 한 사람이 잃게 할 수 있다고."

"예, 알겠소!"

이데르 도보가 그 말을 수긍하고, 말을 얻어 타고 패잔병들을 데리고 갔다. 다음 날 저녁 해 질 무렵 모홀리의 대군이 진격해 와서 알락그테산의 초원지대에 설영했다. 연이어 나이만 병사들이 진격해 왔다. 곡설오는 지세를 자세히 살피다가 뒤에 산을 의지하고, 강이 막혀있는

험한 지형을 차지하고 숨어서 매복하고 진을 쳤다.

보가르지, 토로곤 샤르는 총사령관 모홀리에게 "만약 나이만의 저 항군이 험한 지형을 점유했다면 우리가 그 진영을 무너뜨리기 어려울 것입니다. 전위부대가 나가 그 지역을 공격해 빼앗으면 어떻겠습니까?"라고 하자, 모홀리가 "험한 진영을 차지하는 것은 확고하게 수비할 때 필요합니다. 공격하고 싸울 때는 도움이 되지 않습니다. 이제 그들 병사가 멀리서 왔기 때문에 빠르게 싸운다면 이길 승산이 있습니다. 방어하고 앉아서 무얼 하겠습니까? 험한 지역을 점령하고 있다 해도 전혀 도움이 되지 않습니다. 싸우지 맙시다!"라고 했다. 태조는 모홀리의 말을 매우 옳게 여기고, 많은 대신들도 그의 지략에 탄복해 마지않았다.

한편 곡설오는 이데르 도보의 병사들이 피해를 입은 것을 보고 크게 분노했다. 또한 군대의 사기를 떨어뜨렸다며, 이데르 도보를 끌어내 죽이라고 하자 태자 알탄샤가 많은 장군을 데리고 와 간곡히 청해 죽음을 면하게 했다. 그 대신 곧바로 그를 땅에 쓰러뜨리고 곤장 40대로 벌을 주었다. 이데르 도보는 몸이 비대하여 배가 땅에 닿아 신음하며, 매를 다 맞고 일어나 바지를 끼어 입으며 "베데국의 군주가 이렇게 말했소. '곡원수가 만약 이번에 또 패하면 혼자서 옛 요 나라와 새로운 나이만 두 나라 모두 명예를 실추시키는 것이 아니겠는가?'라고 했소이다"라고 하자 곡설오가 불같이 진노했다.

그리고 다음 날 알탄샤와 의논했다.

"적군의 기세가 매우 강해 쉽게 공격할 수가 없습니다. 제가 볼 때 그들은 숲이나 마른 대나무 풀숲 가운데서 설영할 것입니다. 그러니 이제 불로 공격하면 곧 접전을 할 수 있을 듯하나, 다만 불로 공격할 때 바람이 없으면 또 힘이 없기 때문에 그것이 걱정입니다."

알탄샤가 "우리 병사로 데리고 온 무당 이뎀은 특별히 비바람을 부릴 수 있기에 데리고 온 것이 아니오? 그를 불러서 상의하여 봅시다"라고 하며 이뎀을 불러오게 해 상황을 말하자 무당 이뎀이 말했다.

"바람을 부르는 것은 비를 부르는 것보다 쉬운 일이오나, 다만 그 방향이 동북풍을 부르는 것이기 때문에 꽤 오래 걸리고, 오늘부터 주문을 외면 내일 미시오후 1~3시에 비로소 바람이 불게 될 것입니다."

곡설오가 "병사들이 멀리서 와서 매우 지쳤기 때문에 잠시 쉬는 것이 좋을 것이오. 그대는 곧 가서 바람을 부르고, 대군을 호도하여 지체케 하지 말라!"라고 하자, 무당 이뎀이 일어나 주술을 행하기 위해 갔다. 그때 곡설오는 또 이데르 도보에게 베데국의 진영에 격문을 주어 보내면서, "내가 여기서 검을 갈면서 기다리고 있다. 담력이 대단하다면, 내일 오시에 머리를 보내라!"라는 말을 전하게 했다. 이데르 도보가 또 태조 앞에 가서 그대로 말하며 서한을 건네주자, 보가르지와 촐론 등이 분개하며 죽여 버리겠다고 이를 갈았다.

그러자 태조가 미소를 지었다.

"곡설오가 이데르 도보에게 분개해 죽여 버리겠다고 하고는 특별히 나로 하여금 그를 죽이게 하려고 보냈다는 생각이 드는구려. 우리가 어찌 그의 생각대로 두 나라 사이의 사신을 죽였다는 소인배의 이름을 들으면서 검을 더럽히겠소!"

이에 모홀리가 크게 놀라고 또 한편 기뻐하며, 이데르 도보에게 말을 상으로 내리고 술과 고기로 후하게 대접하고 돌려보냈다.

그때 모홀리가 자신의 군대를 점호하니 기병이 3만 2천6백 명, 보병이 2만 4천 명의 정예군이 있었다. 태조가 알락그타이 산의 알락그트 산정에 올라 군대를 보니, 크고 작은 차이가 있었으며, 들고나는 데 질서가 있었다. 기병과 보병이 강하고, 대열이 정돈되어 있었다. 태조는 마음속으로 모홀리의 용병술에 크게 놀라며 흡족히 여겼다. 또 보니 저 너머 군 진영 밖에 나이만의 군대 땔감을 자르는 병사 몇 명이 둘러앉아 쉬고 있다가 갑자기 한 사람이 부시를 쳐서 담배를 피우려다 불을 놓쳐 화재가 일어났다. 그때는 마침 차가운 기운이 더해지는 건조한 가을철이었기 때문에 산의 땔감인 풀과 나뭇잎이 모두 타고, 단단한 흰 나뭇잎과 붉은 땔감이 나뭇잎이 4월의 꽃처럼 붉어지더니, 샤락샤락 타는 세찬 소리를 내며 불이 빠르게 번져나갔다.

태조는 갑자기 불의 위험을 생각했다. 그리고 모홀리의 군대를 칭찬하며, 자신이 차고 있던 부시를 풀어 모홀리에게 상으로 차게 했다. 그러자 모홀리가 문득 깨닫는 바가 있어, 주군에게 절하고 산에서 내려오자마자 곧 명을 내리고 순식간에 군 진영을 거두어 강가 모래 터에 설영케 했다. 많은 신하들은 모두 이유를 잘 알지 못했기 때문에 어리둥절하며 크게 놀랐다.

한편 나이만의 곡설오는 태조의 병사들이 갑자기 건조한 풀숲에서 진을 치고 있다가 그곳에서 나와 물가에 주둔하는 것을 보고 크게 의구심을 품었다. 또한 이데르 도보를 죽이지 않았을 뿐 아니라 후한 상을 내려 돌려보낸 것을 보면 분명 그자에게서 무슨 말이 새어 나왔을 것이 분명하다고 의심하고, 이데르 도보를 붙잡아와 온갖 심한 형벌로 고문을 하며 정황을 자백하게 했다. 이데르 도보는 몇 번을 기절해 쓰러졌지만, 억울하다고 소리치며 그의 말을 결코 인정하지 않았다. 그러자 그를 수인을 가두는 함거에 감금하고, 군대가 승리했을 때 따로 처벌하겠노라고 했다[원주] 이 글을 쓰다가 여기에 이르러 한숨을 쉬고 시를 쓰며 탄식했다.

세상에 아첨하는 소인배들이 즐기기는 쉬우나
많은 무리 속에서 용맹하고 충성된 영웅호걸을
가려내기는 진실로 어렵도다
알랑거리는 아첨꾼 소인배들은 늘 모두
좋은 기회를 만나고
뛰어나고 진실된 자는 오히려 부당한 모함을 당하네

한편 모홀리는 병사들을 나누어 3개 군단으로 편성하고, 젤메, 하르히루, 찬드간 세첸 세 사람을 상군을 지휘케 하고, 보랄, 촐론, 제브에게는 하군을 통솔케 하고, 자신은 초 메르겐과 시리 호톡을 데리고 중군을 지휘하여, 다음 날 진시辰時에 3개 군단의 병사들과 함께 식사하고 사시巳時에 나와 정렬했다.

모홀리가 "토르곤 샤르와 이데르 세첸, 하사르, 벨구테이, 오욘고, 오요트 세첸, 울후 노욘, 호르츠 바이리, 사이한 소르탈트, 툭그스촉그트 10명은 내일 주군을 따라 알락그타이 하르산 위로 올라 우리가 싸우는 것을 보시오. 주군께서 전진해 들어가도록 힘쓰시오. 무슨 일이 있어도 주군의 옥체에 상처를 입는 일이 발생해서는 아니 되며, 작은 사고라도 당하면 국법으로 처벌할 것이오"라고 단호히 명을 내린 뒤 각기 나누어 내보내는데, 갑자기 한 사람이 큰소리를 지르며 걸어 나왔다. 그는 웃으며 말하기를,

길일에 성군을 따랐네, 나는
모든 전투에서 낙오된 적이 없었네, 나는
보가르지 나는 15세에 주군을 따르고
돌아올 때 주군과 떨어질까 조심했네, 나는
모든 이를 동등하게 대하는데
보가르지 나를 어찌 버려두고 달리 대하시는가!

라고 하자, 모홀리가 서둘러 자리에서 일어나 웃으며 "내가 장군을 뒤에 남겨둔 것은 실제로 한 가지 중요한 책무를 맡기려 해서요. 내일 만약 곡설오의 군대가 패하면 분명 올란 굼 길로 도망칠 것이오. 올란 굼에 중요한 구렁이 하나가 있는데, 장군께서는 산의 나무를 베어서 건너편 입구를 막고, 양편에 활을 든 병사를 매복시키시오. 그곳에서 기다렸다가 그가 다가오면 선두에 선 장수를 생포하시오"라고 하자 보가르지가 자신의 임무를 받고 갔다.

모홀리가 또 여러 장수를 불러 싸울 전략을 이르면서 "만약 법을 어기는 자는 반드시 법에 따라 처단해야 할 것이오"라고 명했다. 태조는

군대가 모두 조직되었음을 듣고, 모든 신하를 불러들여 법을 선포했다.

“그대들 모두 적을 향해 생명을 바쳐 싸우라. 한 걸음도 물러서지 말라. 만약 적을 누르면 버려진 물건과 모든 것들을 절대 가져서는 안 되며, 전투가 끝난 뒤 모든 것을 그대들에게 거두게 하고, 또 그대들에게 나누어줄 것이니, 누구라도 이 명을 어기면 법으로 처단할 것이다.”

다음 날 하늘이 어둡고 안개가 짙게 끼었다. 양쪽 병사들이 일시에 나가 전투를 벌인 뒤, 나이만의 좌익 군대의 장수 먕가탄과 수렐헥이 태조의 좌익의 병사들과 접전하며 젤메와 맞서 싸웠다. 먕가탄이 수렐헥을 향해 말하기를 “저들 병사들은 매우 유약해 보이니, 먼저 강하게 선제공격을 하면 승리할 수 있을 것이오. 만약 그들의 좌로의 병사들이 패하면 우로의 병사들이 싸우지 않고 패하게 될 것이오”라고 했다.

수렐헥이 곧바로 당당히 나아가 전투를 벌이기도 전에 베데국의 병사를 지휘하는 젤메의 좌로의 병사들이 갑자기 뒤로 퇴각했다. 나이만의 두 장수가 돌진하며 공격하려 하자, 포성이 울리면서 상대 진영 병사들의 대열의 문이 열렸다. 그러자 하르 히루, 찬드간 세첸이 호랑이 가죽으로 만든 델과 모자를 쓰고, 방패막이를 든 600명의 병사를 지휘하고 나타났다. 호랑이 가죽 방패를 든 병사들이 몸을 웅크리자마자 땅으로 계속해서 구르면서 나이만 병사 쪽을 향해 공격해 오자, 나이만 병사의 말들이 갑자기 모두 미친 듯이 날뛰었다. 말 탄 병사들이 고삐를 당겨도 말을 멈출 수가 없자, 뒤로 달려 들어가 자신의 대오를 지나가며 움직이게 했다. 그러자 방패를 든 병사들이 굴러가 말발굽을 베며 병사들을 쓰러뜨리자 병사들이 혼비백산 달아났다.

젤메는 망가탄과 맞붙어 몇 번을 싸우지 않았는데, 젤메가 망가탄을 창으로 찔러 말에서 떨어뜨렸다. 찬드간 세첸은 수렐혝을 활로 쏘아 얼굴에 상처를 입히고, 곧바로 얼굴에 화살을 꽂으면서 도망쳤다. 나이만의 좌로 군대가 크게 패하자 하르 히루는 나이만의 많은 군대 깃발을 빼앗아 병사들 가운데 세우게 했다. 곡설오가 중군의 높은 수레에 올라가 내려다보니, 베데국의 좌로의 군대에 나이만 군기가 꽤 많이 세워져 있었다. 그러자 곡설오가 크게 기뻐했다. 서둘러 우로의 사모와 다람트 장군이 베데국의 좌로에 있는 군대에 크고 붉은 보개가 들려 있는 것을 보고 태조가 있는 것이 분명하다며 신속히 돌격해 들어갔다. 앞쪽 편에서 보랄이 그들을 맞아 싸웠으나 몇 번을 싸우지 못하고, 베데국 병사의 대열 뒤에서 큰 혼란이 일어났다. 보랄은 즉시 말의 기운을 차리게 하고 말머리를 돌려 돌아갈 때, 붉은 보개 역시 뒤로 돌아갔다.

그때는 오시가 지날 무렵이었다. 동북쪽에서 폭풍이 일기 시작하자 사모는 베데국의 병사가 뿔뿔이 흩어지는 것을 보고, 다람트에게 신호를 보내 돌격해 들어갔다. 그런데 갑자기 북소리가 크게 울리면서 모훌리가 중군의 정예군들을 지휘하고 나와 중간 허리 측으로 쳐들어가 사모의 병사들을 사정없이 베며 가운데로 공격해 들어가 적의 대열을 양쪽으로 나누게 했다. 보랄의 양 겨드랑이 쪽에서 촐론과 제브가 달려 나와 공격하자 나이만의 병사들이 감히 그들을 대적하지 못했다. 사모가 촐론의 창에 맞아 그 자리에서 즉사하고, 다람트는 목숨을 보존하고 달아났다. 그렇게 해서 나이만의 좌우로의 병사들이 모두 패하고 말았다.

앞의 정황을 보면 보랄의 병사들이 거짓으로 태조의 보개를 들고, 뒤쪽 병사들은 혼란이 일어난 것처럼 흩어지게 하고 보랄이 돌아간 것은 모두 적을 충동질하는 모홀리의 전략이었다. 사모가 갑자기 공격해 들어오는 것을 보고, 모홀리가 곧바로 큰 수호기를 없애 버리고 초 메르겐, 시리 호톡에게 중군을 지키게 하고, 무슨 일이 있어도 움직이지 말라고 단단히 이르고, 자신은 군대 뒤로 돌아나가 나이만 우로의 병사들을 제압했던 것이다.

곡설오는 좌우로의 병사들이 모두 앞으로 돌격해 들어갈 때 곧바로 중군으로 하여금 북을 치게 하고, 작은 장군 태자 공 알탄샤를 대열 앞으로 나가 위엄을 떨치며 싸우라고 할 때, 초 메르겐은 모홀리의 명령을 따라 먼저 나가 대적하지 않았다. 나이만의 병사 가운데서 전투를 알리는 북이 자주 울리고, 또 알탄샤가 선두에 나가 병사들을 시켜 온갖 말로 상대를 부끄럽게 하며 욕설을 퍼붓게 하자 시리 호톡이 더 이상 참을 수가 없었다. 그런데 사람들에게 보이면 뒤로 가서 하는 말이 '열예닐곱 살된 어린 아가씨네'라고 하자 시리 호톡이 정말 어린아이라고 얕잡고 있으니 한 번 공훈을 세우겠다고 했다. 초 메르겐이 간곡히 설득해도 듣지 않고, 큰 북을 울리라고 일갈을 하며 북을 치게 했다. 그리고 대열의 방패를 잡고, 노궁弩弓을 든 병사들을 멀찍이 비켜서게 하고, 대열의 엄호 깃발을 양편으로 벌려 대오의 문을 열자마자 시리 호톡은 큰 도끼를 휘두르며 앞으로 나갔다.

알탄샤가 그를 맞아 몇 번을 접전하지 않았을 때 천기가 크게 변했다. 알탄샤가 맞서 싸우자마자 곧 곡설오의 계략을 따라 병사들의 대오 쪽으로 달아났다. 이에 시리 호톡이 그가 정말로 패했다고 여기고 추격해 달려가자, 갑자기 나이만의 중군 대오의 문이 열리고, 대포 소리가 천지를 진동시켰다. 곧 불화살과 불창, 화차, 화석이 한꺼번에 쏟아져 나와 천둥 번개가 내리치듯 사방에서 번쩍거렸다. 이로 인해 시리 호톡의 수염과 눈썹이 모두 타 버렸다. 그가 뒤돌아 도망칠 때, 베데국 병사들의 대오의 문이 한 번 부주의하게 열렸기 때문에 병사들이 접전할 수가 없었고, 계속해서 폭풍과 사나운 회오리바람이 불어 흙먼지가 날렸다. 나이만 대군이 함성을 지르며 일제히 돌격해 들어오자 아군 병사들 사이에서 대혼란이 일어났다. 화염이 바람에 날리고, 바람의 힘에 불이 마구 번져 태조의 병사들은 눈을 뜰 수조차 없었다. 머리를 그슬리고 귀를 태우고, 갑옷을 태우고 얼굴이 붉게 달아올랐다. 그러자 바람결을 따라 서로 엉겨 도망쳤다.

나이만부의 동서 양로의 패했던 병사들이 이 기세를 몰아 다시 돌격해 들어가자, 진정 바다가 들끓고 강이 비명을 지르듯 귀신이 곡을 하고 신령이 울부짖었다.

> 살생의 천수天數 500이 다하도록 죽이고
> 그에 상응하여 영웅호걸들이 태어나 큰 공을 세우네

처음에 태조가 산 위에서 자신의 좌우로의 병사들이 승리를 거둔 것을 보고, 모홀리의 책략을 마음속으로 가상히 여길 때 갑자기 적군 가운데서 화염을 쏘아 날아오자, 남아있는 불씨가 공중에 부는 바람으로 베데국의 병사를 거꾸로 패하게 했다. 태조는 병사들이 죽고 거의 끝나가는 것을 보고 크게 놀라 서둘러 말에서 내려 하늘의 향해 큰소리로 고했다.

"천부시여! 어찌 천자인 테무진 저를 이렇듯 막다른 곳에 몰아붙이시는 것입니까!"

태조가 천부를 부르며 큰소리로 외치자마자 말이 끝나기도 전에 텅 빈 하늘에서 갑자기 천둥이 치고, 바람의 힘이 순간 빠르게 움직이더니 알락그타이산의 바윗부리를 부수고, 그 속에서 번갯불이 피어올랐다. 그러더니 나이만 병사들 쪽으로 바람이 내려가며 돌가루가 휘돌아 내리치기 시작했다. 태조는 이 번개의 힘과 천우신조로 큰 북을 두드리게 하고, 자기 아래 있는 한 부대인 평화군을 지휘하여 천둥과 번개처럼 돌격해 내려갔다. 혼자 병사들의 앞에서 내달려 나이만 군대로 공격해 들어갔다. 불이 거꾸로 방향을 틀며 타들어 갈 때 초원에 번진 화재가 산불과 함께 타올라 나이만 병사들의 아래부터 그을리며 태우기 시작했다. 그러자 나이만의 병사들의 옷이 모두 타고 손발이 붉게 달아올랐다. 또 말과 갑옷이 모두 그을리고, 깃발 또한 모두 타 버렸다.

베데국의 많은 장수들은 태조가 혼자서 나이만으로 공격해 들어가는 것을 보았다. 태조의 신변을 보호하는 열 명의 장수들은 혼비백산하여 각자 병사들을 이끌고 죽을힘을 다해 공격해 들어갔다. 모홀리는 서둘러 나팔을 불게 하여 대오를 정렬하고, 또 병사들을 세 군단으로 나누어 추격하며 돌격해 들어갔다.

이번 전투에서 양편의 병사들이 서로 벌인 살육전으로 불에 타는 냄새가 하늘을 찌르고, 곡성이 구름을 뚫었으며, 죽은 자의 뼈가 초원에 가득하고, 붉은 피가 고랑에 흘러넘쳤다. 곡설오는 말이 타 죽자 걸어가다가 달려가 산을 넘어 달아났다.

이 혼란 속에서 케레이트의 신공 얄고는 자모하가 제안한 계략으로 한 갈래의 병사를 데리고 쉽게 눈에 띄지 않는 작은 길로 접어들어 두 나라의 병사 사이의 이득이 될 만한 것을 훔치기 위해 갔다. 나이만 병사들이 떠나간 진영에 들어가 갑옷과 무기, 수레와 말, 무겁고 귀한 것들을 노략질했다. 또 함거 안에 있던 한 사람과 전쟁에 패해 진영으로 도망쳐 들어온 2, 30여명의 병사들을 붙잡았다. 얄고는 크게 기뻐하며 태조의 병사가 회군해 돌아가는 것을 경계하면서 부랴부랴 몰래 도둑질해 가지고 자기 부로 돌아갔다. 이것은 모두 자모하의 계략으로 얄고를 전리품이 있는 길로 이끌어 이득을 취하게 한 것이었다.

한편 나이만의 무당 이뎀은 자신이 불러온 폭풍이 갑자기 선회하는 것을 보고 경악하며, 곧 하군을 이끌고 먼저 달아났다. 올란 굼의 길을 질러가는 비밀스러운 틈새길 입구에 이르러 뒤를 돌아보니 전쟁터에 여전히 바람이 불을 일으키고 있었고, 남은 불씨가 산의 먼 곳까지 날아가고 있었다. 그 가운데 고통으로 아우성치는 소리가 하늘을 찔렀기 때문에 그 소리가 자신을 집어삼킨다고 생각하며 계곡으로 들어갔다. 그리고 반쯤도 가지 못했을 때 갑자기 북과 바라 소리가 울리며 양편에서 쏘는 화살이 마치 비와 우박이 쏟아져 내리는 듯했다. 가엾은 흰 토끼처럼 무당 이뎀을 따라온 사람들은 미친 듯이 쏟아지는 화살촉 아래서 모두 죽임을 당했다. 무당 이뎀도 몸에 십여 개의 화살을 맞고 좁은 계곡 길의 북쪽 입구로 달려가 보니, 이미 그 입구가 나무와 돌로 막혀 있었다. 그가 막 몸을 돌리는 순간 목에 여러 개의 화살이 박혀 말에서 굴러떨어져 최후를 맞았다. 이같이 이뎀은 박수 무당으로 바람을 불러 많은 사람을 죽인 대가로 자신의 몸에 화살촉이 고슴도치의 가시처럼 박혀 죽고 말았다.

한편 곡설오는 고개를 넘어 도망쳐 수렐헥의 한 소대의 패잔병들을 만나 비로소 말을 얻어 타고 있을 때 뒤에서 알탄샤가 또 한 갈래의 상해를 입은 병사들을 이끌고 달려왔다. 대군의 대략적인 것을 헤아려 보니 반 이상이 부상을 입고, 반 정도가 전사했다. 먕가탄은 젤메에게 창을 맞았고, 사모는 장군 촐론에게 죽임을 당했다. 다람트와 수렐헥 둘만이 남아있었다. 곡설오가 무당 이뎀에 대해 묻자 그의 사정을 아는 병사가 고했다.

"앞쪽으로 전진하여 올람 굼 길로 갔습니다."

그러자 곡설오가 말 위에서 등자를 치며 신음했다.

"이자가 또 붙잡혔군!"

태자 공 알탄샤가 그 이유를 묻자 곡설오가 말하기를 "올란 굼 계곡이라는 지세가 매우 좁은 계곡이 있는데, 모홀리가 우리 군사와 싸울 때 그처럼 천백 가지로 변화를 사용하는 것을 보면 그 길에 병사를 매복시키지 않을 리가 있겠습니까?"라고 했다.

말이 끝나기도 전에 보가르지의 군대가 다시 와서 크게 한 번 함성을 지르고, 적진을 둥글게 에워 쌓았다. 곡설오가 빠져나갈 수가 없게 된 것을 알고 큰소리로 탄식했다.

"아깝다, 뭉굴즈 아형의 말을 듣지 않아 이렇게 되었도다!"

또 알탄샤를 향해 "저는 비록 이 병사들을 뚫고 나갈 수는 있지만, 무슨 낯으로 주군을 알현할 수 있겠습니까? 제가 앞서 한 말씀이 있습니다. 작은 주군 태자 공께서 제 머리를 가져다가 주군 앞에 올려 드리십시오!"라고 하고, 허리에 찼던 보검을 뽑아 자기 목을 베어 자결했다.

안타까운 한 시대의 영웅호걸이 명예로운 끝을 보지 못하고 떠나갔다. 알탄샤는 크게 슬퍼하며 즉시 다람트와 수렐헥 두 사람을 데리고 그곳을 뚫고 빠져나가려고 할 때 곡설오의 머리를 가지고 갈 여유가 없었다. 이에 보가르지가 나이만에 이처럼 충절 있는 신하가 있음을 보고, 다른 병사들을 죽이지 않고 길을 내어 보내 주었다. 그리고 곡설오의 뼈를 보내고, 남은 병사들을 모아 군대를 철수했다.

한편 모훌리는 일시에 대승을 거두고, 수천 명의 병사와 말을 전리품으로 얻었다. 그리고 징을 쳐 대군을 불러 모아 승리의 북을 치고 피리를 불며 돌아갈 때 많은 신하들이 초원의 숲과 덤불, 나뭇가지 등 모든 것이 탄 것을 보고, 태조가 왜 물가 모래톱에 진지를 구축하게 했는지 그 이유를 비로소 깨닫고, 태조의 신묘한 지략에 깊이 찬탄하며 경외심을 가졌다. 이렇게 하여 여러 장군들이 모여 자신들의 공로와 전리품을 들어 올릴 때 젤메는 먕가탄의 머리를, 촐론은 사모의 머리를 바쳤다. 보랄은 생포한 5천 명 이상의 병사 수를 기록한 장부와 8천 필 이상의 군마, 갑옷과 투구, 무기 만 개 이상을 얻었음을 고했다. 깃발과 보개, 군기 등은 모두 탔기 때문에 모아보았자 사용할 수가 없었다.

그때 모홀리는 호랑이 가죽 천막에 앉아 시리 호톡을 불러오게 하여 많은 이들 가운데 난간 앞에 서게 하고 큰 소리로 말했다.

"나는 그대에게 중군은 어떤 일이 있어도 움직여서는 아니 된다고 다시 반복해서 말했건만, 그대는 무슨 이유로 명을 어기고 군대를 움직여 결국 싸움에서 패하게 했는가? 그대가 만약 대오의 문을 열지 않았다면 화차가 어떻게 우리 진영 가운데로 뚫고 들어올 수 있었겠는가! 화차가 들어오지 않고 병사들의 혼란이 없었다면, 적군이 어찌 밀고 들어올 수 있었겠는가? 모든 병법에 한 사람이 실수하면 수만의 사람들이 목숨을 잃고, 가볍게는 군대가 패하고 심하게는 나라가 망하는 대사건으로 이어지기 때문에 병법을 국가의 법보다 더 엄격하게 정하는 것이오.

그렇기에 주군께서는 비록 내게 권한과 능력이 없으나, 나의 성심과 신중함을 말씀하시며, 많은 이 가운데 발탁하여 전군 총사령관으로 삼아 막중한 책임을 맡기셨소. 이것은 특별히 나라와 수많은 병사의 생사가 걸린 중대사를 맡기신 것이오. 내가 주군께서 내리신 중책을 맡고 있기에 하룻밤도 평안히 잠을 잘 수 없고, 한때도 배불리 음식을 먹을 수 없소. 늘 밤이 다하는 시간에도 조금도 경홀히 생각지 않고, 눈을 감고 손가락으로 그림을 그리고, 베개를 베고도 마음으로 생각하며 백 번을 생각하고, 천 가지를 동시에 조심하고서야 비로소 결정한 것을 무엇 때문에 그대 한 사람이 혼자 마음대로 법을 어겨 그릇이 깨지고 술이 쏟아진 것처럼 사태를 어렵게 만든 것이오?

내가 신중히 숙고하여, 두 군대가 접전하는 것에 대해 무슨 일이 있어도 한 걸음도 움직이지 말라고 한 것은 다만 내 자신의 한 목숨이 아까워서 내린 명령이 아니었소. 마지막에 수많은 병사들이 모두 죽는 것을 두려워했던 것이오. 많은 장수들 모두 그대와 마찬가지로 한때 주군을 따라 처음 나라를 세웠던 신하들이니, 그들도 모두 그대를 모방하여 엄격한 군법을 이렇게 마음대로 어기고 혼란케 하면 우리 주군께서 이 베데국을 이제 어떻게 지켜나갈 수 있겠소? 나는 또 어떻게 이 대사를 감당하고 대사를 이룰 수 있단 말이오?"

이러한 일련의 말에 시리 호톡은 자신의 실수를 통절히 느끼고, 서둘러 무릎을 꿇고 머리를 누르고 아무 말도 하지 않고 마음속으로 크게 후회하고 있자, 모홀리가 말하기를 "주군의 명으로 정한 것을 화친의 명목으로 바꿀 수 없고, 군법에는 봐주는 법이 있을 수 없소"라고 하며, 앞에 있는 탁자를 부서지도록 내리치며 큰소리로 호통을 쳤다. 그리고 참수의 신호를 내리고, 날카로운 검과 도끼를 든 병사들에게 큰 소리로 흠 없는 시리 호톡을 끌어내도록 명했다. 그리고 즉시 참수하여 머리를 걸어 많은 이에게 법의 엄중함을 보이고, 군법의 기강을 확고히 하라는 명이 떨어지자마자 양편에서 대오를 이루고 있던 검과 도끼를 든 병사들이 호랑이와 늑대처럼 사납게 달려들어 시리 호톡을 눌러 결박하고 끌어냈다.

이에 많은 장수들이 대경실색해 서로 뚫어지게 응시했다. 안색이 모두 누런 흙빛이 되어 감히 한 사람도 말을 꺼내지 못한 채 초조하고 당혹스러워할 때 보가르지가 승리한 병사들을 이끌고 돌아와 진영의 문

밖에 이르자 말에서 내려 들어왔다. 시리 호톡을 포박해 밀치며 데리고 나올 바로 그때였다. 보가르지는 소스라치게 놀라 연유를 물었다. 병사들이 일어난 일을 낱낱이 고하자 깜짝 놀라, 나이만 군대의 원수 곡설오와 무당 이뎀의 머리를 두 허리에 묶더니 큰 소리로 외쳤다.

"법과 창을 잠시 멈추고, 참수를 잠시 기다리시오!"

보가르지가 갑옷 자락을 높이 쳐들고 큰 보폭으로 모홀리의 호랑이 가죽 천막으로 걸어 들어갔다. 많은 장수들이 보가르지가 들어가는 것을 보고 비로소 마음을 놓으며 기뻐했다. 그리고 그가 가면 분명 무슨 일이 생길 것이라고 했다. 모홀리는 장수 보가르지가 진영 문으로 들어오는 것을 보고 분명 한 가지를 간청할 것을 알고, 호랑이가죽 장막에서 그를 맞으며, "장군의 맡으신 임무는 어떻게 되셨습니까?" 하고 물었다.

"나이만 병사들의 대장인 원수 곡설오와 무당 이뎀의 머리를 가져왔습니다."

그러자 모홀리가 "만약 맡은 임무에 실수를 저지르고 왔다면 존형께서는 어떻게 하는 것이 올바른 처사라 생각하십니까?"

"군대의 대장이신 총사령관의 마음에 달렸지요!"

"내 마음대로가 아닙니다. 분명한 법이 있습니다. 시리 호톡 장수가 군대 명을 어기고, 병사들을 잃게 했기 때문에 내 이제 주군의 분명한 법에 따라 처벌하려고 합니다. 장수께서는 무어라 하지 말아 주십시오!"

그러자 보가르지가 서둘러 "그렇지만 법에는 정황을 살펴 용서할 수 있고, 죄를 경감하는 아량이 있는 것이 아닙니까? 사람에게는 실수하거나 잘못하는 경우가 있습니다. 대장군께서 사리를 분별하시고, 용서하시어 목숨을 살려주실 수 없습니까!"라고 하자 모홀리가 말했다.

"사건에는 일반적으로 중요한 이유가 있고, 군법에는 사사로운 정에 따르는 법이 없습니다. 장군께서는 이유를 아시고 나라의 법을 따르시면 되실 것입니다. 그해 라이하드 부족에 출병할 때 존형께서 주군을 따라가다가 주군의 귀하신 몸에 상처를 입게 한 죄를 아십니까? 무슨 이유로 주군께 매달려 말리지 않으시고, 주군께서 위험한 곳으로 공격해 들어가는 지경에 이르게 하셨습니까? 이번에 큰 공을 세우셔서 비록 이전의 벌을 면할 수 있지만, 시리 호톡의 벌을 면하도록 청하실 수는 없습니다."

"주군의 옥체를 돌아볼 수 없었던 것은 진실로 나의 잘못이지만, 현재의 공으로 그 죄를 면할 수 있다고 한다면 잘못을 저지른 시리 호톡을 또 관대히 용서하시고 목숨을 살려 주시어, 다시 공을 세울 수 있도록 속죄해 주실 수 없는 것입니까?"

"주군의 옥체에 상처를 입힌 사건에 대한 잘못의 반은 주군께 있었기 때문에 다시 언급해 존형을 벌할 수는 없습니다. 시리 호톡의 이 사건은 그가 혼자서 마음대로 군법을 어겼기 때문에 그의 벌을 면해줄 수 없는 것이 아닙니까?"

둘이서 여전히 시비를 분별하여 논쟁을 하고 있을 때 밖에서 토르곤샤르가 말을 타고 달려 들어왔다. 그리고 말에서 내려 호랑이가죽 장막 아래서 말하기를, "주군의 명이오. 총사령관께서는 일어나 들으십시오!"라고 하자 모홀리가 서둘러 자리에서 일어나 북쪽을 향해 무릎을 꿇었다. 토르곤 샤르가 주군의 명을 전했다.

"주군의 명입니다. '시리 호톡이 비록 한때 군법을 어기고 병사를 경홀히 하여 우리 군이 패하는 데 이르게 했으나, 그것은 또한 나라를 위해 분투하겠다는 충정의 마음에서 비롯된 것이오. 비록 그가 병사들에게 견고히 해야 할 대오의 문을 열게 해 잘못을 저질러 갑작스레 패했지만, 또 바람으로 인해 불이 빠르고 사나웠던 이유로 그렇게 되었던 것이오. 그러나 하늘이 자비를 베풀어 순간 회오리바람이 뒤로 불어 우리 병사들이 또다시 승리한 것은 역시 천신의 큰 은혜라 할 수 있오. 그러니 군대 주인이신 총사령관께서는 사태를 참작하시고, 죄를 감형해 목숨을 살려 주시는 관대함을 보여 주시기 바라오. 여섯 분의 이름난 공훈 대신을 죽음에 이르게 하지 마시오!'라고 하셨습니다."

그러자 모훌리는 비로소 시리 호톡에게 참수하는 벌을 면하게 하고, 머리털을 베어 깃대에 걸어 많은 이에게 보여줌으로 금기의 본으로 삼았다. 또 진영의 문을 지키던 병사들을 불러 꾸짖기를 "내가 그대들에게 문을 지키게 한 것은 특별히 사람이 들고나는 것을 제재하려는 것이었다. 그런데 그대들은 왜 말을 탄 사람이 달려오고 있을 때 멈춰 세워 잡지 않았는가? 잡는 것은 그만두고 어찌 잠시 세운 뒤 내게 고하지 않았느냐?"라고 묻자 병사들이 모두 무릎을 꿇고 머리를 조아리며 고했다.

"종들도 막았습니다만 주군의 명이라며 멈추지 않고 달려들어 왔나이다."

모훌리가 크게 진노하며 탁자를 쳤다.

"아, 만약 반대편 적군이 우리나라 병사의 모습으로 변장하고, 또 주군의 명령이라며 나를 죽이기 위해 달려들어 오면 그대들은 또 그냥 들여보내겠는가? 자신의 태만함을 알지 못하고, 사족을 달아 변명하는 것이 더욱 화를 돋우는구나"라고 꾸짖고, "즉시 이 종들을 모두 데려가 참수하고 많은 이에게 본보기로 삼으라!"라고 하자 토르곤 샤르가 서둘러 앞으로 달려 나와 고했다.

"이 모든 것이 저의 부주의로 인한 잘못입니다. 제가 주군의 명을 전하려고 왔으니 무릎을 꿇을 수는 없으나 그렇지 않았다면 무릎을 꿇고 간청했을 것입니다. 총사령관께서 그들을 죽이는 것을 면해 주시고, 주군께 고하여 제 죄를 논하겠나이다."

모홀리는 토르곤 샤르를 노려보며 큰소리를 쳤다.

"햇볕에는 더하고 덜한 구별이 없고, 특별히 법에는 친한 자라고 봐주는 일이 없습니다. 존형께서는 주군의 명을 전하는 사신이기에 논죄할 수는 없으니, 즉시 총사령관의 진영으로 달려들어온 말의 다리를 모두 자르시오! 수문지기 병사들은 처음 잘못이니 죄를 사해주도록 하시오!"

그러자 목숨을 건진 병사들이 땅에 머리를 박으며 절하고, 곧바로 토르곤 샤르가 타고 왔던 말의 네 다리를 모두 잘랐다. 이것은 원래 태조의 작전이었다. 태조가 모홀리의 놀랍고 비범한 용병술을 보고, 많은 신하들이 모홀리의 나이가 자기들보다 손아래이거나 또래라고 공연히 대수롭지 않게 여기는 것을 알았다. 그러자 특별히 모홀리에게 부시와 부싯돌의 지혜와 단단한 두 개의 사물에서 비로소 불이 나온다는 것을 말하면서 모흘리에게 이를 조용히 깨닫게 해 주었는데, 또 기회를 보아 이러한 위엄을 보이라고 했던 것이다. 아, 흥기하는 나라의 군왕과 대신들은 서로 모두 원수인 것이다.[1] 이 한 가지 사건에서 나라 전체, 신하, 속민들이 법을 지키는 것을 생명을 지키듯이 했으며, 모흘리가 주군의 사신에게도 사정을 봐주지 않는 것을 보고 많은 신하가 모두 두려워하며 모골이 송연해졌다. 그 후 누구도 감히 모흘리의 군법을 어기지 않게 되었다.

한편 많은 사람들 가운데 전리품을 전체적으로 분배할 때 태조의 명령을 어기고 군대의 전리품인 가축과 말, 물건을 마음대로 차지하여 자기 것으로 삼은 자들이 있었다. 그들은 태조의 먼 친척뻘 되는 사람으로 그 한 사람은 아르타, 또 한 사람은 달지다이, 또 호사고르라는 자였다. 모흘리가 그들을 소환하여 심문하고, 마음대로 처벌을 하는 것은 주군의 혈육에 대한 처우에 어긋나는 일이기 때문에 모흘리는 몸소 아르타, 달지다이, 호사고르를 태조 옆으로 보냈다. 태조는 사자가 죽 장막에서 나와 앉아 아르타와 호사고르, 달지다이 세 사람을 불러오게 하여 크게 진노하며 꾸짖었다.

"내 어린 시절 아버님이 돌아가시고, 베데국이 힘을 잃고 약해지자 많은 이가 배반하고 떠나가면서, 백 가지의 쓰디쓴 고통을 맛보았소. 그때 나는 그대들을 또 친척 형님이라며 나라를 함께 다스리고, 적들을 맞아 싸우자고 하자, 그대들은 또 많은 적을 두려워하여 지도자가

---

1 **[몽골 현대문 역주]** 이 말은 흥기하는 나라의 신하들이 법을 철저히 준수해야 하기 때문에 법을 어기면 서로가 용서하지 않는다는 것을 이르는 것이다.

되지 못하고, 특별히 나를 적자라 하여 베데국을 다스리는 군주로 삼았소. 후에 사방의 많은 적으로부터 백 가지로 온갖 고통을 당하며 지낼 때, 그대들은 전혀 도움이 되지 않았소. 이제 나의 친족 가운데 분투하는 자는 오직 한 사람 톡그통고 바타르 이외에 다른 사람은 없소. 그대들은 힘든 시기에 나라를 지키지 않고, 좋을 시기에 혼란을 야기하는 것은 무슨 까닭이오?

나는 군대 앞에서 모두에게 선포하고 전리품에 손을 대지 말 것을 일깨웠소. 그대들이 나의 친족이면서 나의 법을 어기면, 내가 이제 많은 부족을 어떻게 지휘하며 어떻게 다스릴 수 있겠소? 그대들을 군법으로 벌하겠다고 하면, 나는 친족과 일가에 따뜻한 관심을 가져야 하는 예법에 어긋나게 되고, 실제로 권세를 친족에게 행사하는 소인배가 되지 않겠소?[원주] 이 말은 이 시대의 위세를 떨치는 권세가들에게 어떻게 대립하게 되었는지 보여준다. 또 그들 인척에게 오만하고, 친족에게 거만을 부리는 지역의 왕들, 권세가들이 이 말을 듣는다면 분명 못마땅해 하며 궁시렁댈 것이다 또 처벌하지 않겠다고 하면 나는 이제 신민들에게 편파적인 사람으로 여겨질 것이오. 이렇듯 그대들은 나의 친족이요, 일반 백성들과 같지 않기 때문에 법을 어긴 것이 처음이니 용서한다며 지켜야 할 나라의 법을 지키지 않는다면 민심을 잃게 될 것이오.

그러니 그대들은 가져간 것을 반드시 법대로 백성들에게 나누어주고, 나의 법이 확실히 신뢰할 만하며 편파적이지 않다는 것을 보여 주어야 하오. 이번에 참수의 벌을 면하게 해주겠소. 이후 자신들의 잘못을 멀리하고, 예에 맞게 지내기 바라오. 내가 그대들을 그대로 버려두지 않을 것이오. 옛말에 '고향이 있는 사람은 좋고, 친족이 있는 사람은 든든하다'라고 하지 않았소!"

그리고 그들이 차지했던 재물과 가축을 몰수해 많은 병사에게 골고루 나누어 주었다. 그리고 아르타, 달지다이, 호사고르 세 사람의 목숨을 살려주자, 그들은 처음에는 태조의 위엄을 두려워하고, 나중에는 그 은혜에 감사하며 모두 동시에 머리를 조아리고 나갔다.

태조는 알락그타이산에서 사흘 동안 잔치를 베풀어 병사들을 쉬게 하고, 죽은 자들의 시신을 수습케 하여 회군하려 할 때 보르한 갈돈에서 전갈이 왔다. 남쪽 금나라 세종 황제가 우호적으로 잘 지내자며 친족 가운데 한 왕을 보냈으며, 왕에 앞서 전위대 대장이 먼저 와서 소식을 전했다고 하자, 태조는 대군을 이끌고 나라로 돌아가 보르한 갈돈에 이르자 세 영접단이 차례로 영접했다. 먼저 멩릭, 호르골즈가 맞았고, 그 다음으로 오이트 오칙, 오란 가촉이 태조를 맞이했다. 세 번째로 외숙인 우르룩 노욘, 사돈인 데이 세첸이 주치와 차가타이 두 어린 주군을 껴안고 대영지 변경에 나와 태조를 맞았다.

태조는 우겔룬 우진 어머니를 뵙고 절하고 나온 뒤 전사한 많은 장병의 아내와 자식들을 구휼하도록 지시하고, 그들에게 은혜를 베풀어 격려했다. 또 살아있는 자들의 공훈과 분투한 바를 구별하여 상을 내리도록 했다. 또 금나라에서 사신이 오면 어디서 맞이하고, 어디서 잔치를 베풀며, 뜨거운 환대의 예를 어떻게 행할 것인지, 상호 우호의 공고함을 어떻게 보여줄 것인지 등을 외숙 리데르 세첸 우르룩 노욘[2]과

2 이 저서에서 '우르룩 노욘'은 두 가지로 사용되고 있다. 원래 '우르룩 노욘'은 칭기스 칸 가까이서 오른팔 역할을 하는 공훈이 있는 장군을 의미한다. 그런데 때로는 이름처럼 사

사돈 데이 세첸을 위시하여 신하 토르곤 샤르, 전군 총사령관 모홀리 등과 논의하고 결정하여 만반의 준비를 갖추고 기다리게 했다.

그해 서하국은 금나라 서북쪽 국경을 공격해 들어가 병사들은 싸움을 계속하고, 변경의 백성들은 도탄에 빠져 지내며 고통을 겪었다. 또 국고는 고갈되어 가고, 국력이 더욱 약해져 도둑들이 들끓었다. 이로 인해 회령부 일대는 매우 불안정했다. 남송의 효종 황제 조신趙愼은 자신을 금 황제의 조카라고 하며, 금나라에 힘썼다.[3] 이에 이르러 송나라 조정은 사희에게 추밀원의 일을 맡게 하고, 황흡을 대중신에 봉했다. 또 도교의 가르침을 금하도록 고한 진갑에게 평장정사를 겸하도록 했다. 또 덕수공을 궁에서 삭탈관직하게 한 진원에게 공훈을 세우라고 하며, 금나라에 예전의 원수를 갚을 마음을 일으키게 하고, 물자를 모으게 했다. 또 병사를 모으고, 봉춘고는 재물이 풍부한 창고에서 천 량의 황금을 내어 공을 세우는 병사들에게 줄 상급을 준비하고, 무사에게 서쪽의 촉 지역에서 병사를 훈련시키도록 했다.

금나라가 이 소식을 듣고 크게 놀라 급히 추밀사 보 부사규 장군을 하남지역의 안무사安撫使로 삼아 송나라의 허와 실을 경계하게 하고, 한편 북쪽 나라와 우호적으로 지내고, 북방 지역의 우환을 없애라고 명

용되기도 하는데, 리데르 세첸을 이를 때 우르룩 노욘이라고 하며, 때로는 별도의 인물을 우르룩 노욘이라고 이르기도 한다.

3 송효종은 중원을 다시 통일하겠다는 야망을 품었다. 즉위하자마자 항전파 장수와 대신들을 중용하여 북벌에 나서기로 결심하지만 태상황 고종의 반대와 상황이 여의치 않게 된다. 그러나 효종의 북벌 의지는 꺾이지 않고, 융흥 원년(1163) 추밀사 장준은 금을 공격했으나 패하여 결국 송효종은 금나라와 화의를 하여, 숙부와 조카의 관계를 맺게 된다. 그러나 효종은 북벌의 야망을 포기하지 않았으나, 그를 보필해줄 장수가 더 이상 없었다(강정만, 『송나라 역대 황제 평전』, 주류성, 2021, 295~298쪽).

했다. 비록 나이가 어리지만 지혜롭고 영리하다 하여 황족의 자손인 위왕 영제[4]를 사신으로 삼고, 금을 부어 만든 소도사召道士의 인장을 위시하여 금사 은사로 짠 채색 비단, 갑옷과 투구, 비단류, 금은, 옥, 수정 등의 주보를 몇 수레 실어다 주게 했다. 또 전날에 메게진 세르의 머리를 바친 공로에 대해 상을 내리겠다고 큰소리쳤지만, 사실은 태조가 북쪽 지역을 거의 다 통합했다는 것을 듣고, 또 천문을 연구하는 사천대 아문에서 북방 지역에 성인이 나와 자미성紫微星에 응했음을 고한 것을 생각하고, 계략을 써서 태조를 자기 권하에 들어오게 하겠다는 속셈이 있었다. 더군다나 다음 해 3월에는 직접 회령부를 순찰하기 위해 가기 때문에, 먼저 북쪽 지역을 안정시켜 나라를 수호하고, 태자 완안경完顔璟[5]이 나라를 지키는 데 걱정이 없도록, 황가의 위왕 영제에게 추운 겨울이 지나자마자 길을 떠나라고 했다. 그렇게 해서 위왕 영제는 웅장하게 허세를 드러내며, 몇 달 전부터 사람을 보내 북방의 나라에 소식을 보냈다. 이것은 그야말로 허장성세였다.

그 이듬해 정월 초하루에 위왕 영제는 명을 받고 세종 완안옹完顔雍에게 절하고, 100명 이상의 기병을 이끌고 길을 떠나 연경燕京 중도 시의 제3 관문을 통과하고, 또 두 번째 관문인 거용관居庸關을 통과했다. 특

4 금나라 제7대 위소왕(1208~1213) : 제5대 황제 세종의 7번째 아들. 세종 대정 11년(1171) 설왕에 봉해졌다. 장종 승안 2년(1197) 위왕(衛王)으로 고쳐 봉해졌다. 유약하고 무능했는데, 장종이 죽은 후 옹립되어 즉위했다. 암살당하고 제위를 박탈당하여 소왕이라고도 하고, 생전 작위인 위왕과 합쳐 위소왕이라고도 함(임종욱, 『중국역대인명사전』, 이회, 2010, 1270쪽).

5 장종을 이름. 아버지는 세종의 황태자였으나 요절하였기 때문에 손자였던 그가 조부의 지명을 받아 황태손이 되었다.

별히 가장 바깥쪽의 마지막 관문인 장가구張家口 관문을 나갔을 때 베데국이 쉽지 않은 나라임을 알지 못하고, '조야하고 무지한 별볼일 없는 북방 지역의 부족이 무엇을 보고, 무엇을 알까?' 하고 생각했다. 또 소도사의 명으로 방문하는 사신의 인장과 장식 술을 가지고 가는 것을 매우 대단한 것으로 여기고, 한껏 위엄을 보이며 앞에 왕의 대오를 정렬하고, 몸소 가마에 앉아 사용할 그릇과 용기, 음식, 의복 등을 길을 내어 앞으로 보내고, 영제의 신변을 보호하는 500명의 병사들을 따로 뒤에 보냈다.

장가구 관문으로 나가 며칠 길을 가지 않아 베데국 국경에 이르자마자 갑자기 포성이 들리고, 한 갈래의 병사들이 붉은 수호기와 붉은 깃발을 잡고서 대오의 기가 양쪽에서 다가왔다. 그때 대장군 한 사람이 절따말을 타고 긴 창을 잡고 와서 길을 가로질러 멈추어 서서, 큰소리로 금나라 일행이 온 사유를 물었다. 이 사람이 누구인지 알고자 한다면 타이지 인잔나쉬가 그 뒤를 이어 쓴 것을 다음 장에서 보게 될 것이다.

호랑이 굴과 용담龍潭에 들어갈 때
수가 다해가는 목숨과 발전하는 운명을 알아야 할 것이네

【평언】

나이만은 대국이라고 할 수 있다. 그 군주는 사려 깊고, 그 아들은 용맹하며, 문신들 가운데 뭉굴즈, 다다통가 등의 대신들이 있다. 무신 가운데는 홍고르졸 등의 효성이 있는 자식이 있다. 또 군대 가운데 바

람을 부르는 무당 이뎀 등의 신이한 능력의 도술을 부리는 자가 있다. 그런데 어째서 그처럼 패해 죽는 자는 죽고, 살해를 당하는 자는 살해를 당하고, 마침내 또 망한 것일까? 이렇게 말하면 실제로 "하늘이요, 때다"라고 말한다. 몽골어로 말하면 '명운命運'이다.

이 저서에서 곡설오는 고대 한나라 방덕龐德[6]에 비유될 수 있다. 역사가인 내가 볼 때 송나라의 이람, 양양 두 공에 맞먹는다. 방덕은 한 사나이의 일인데, 어찌 이에 이를 수 있었겠는가? 곡설오는 늘 나라를 생각하고, 사사로이 자신의 몸과 가정을 생각하는 법이 없었다. 또 베데국의 군주, 지혜로운 용사가 마침내 나이만을 그대로 두지 않는다는 것을 미리 알았던 현자였으며, 또 자신이 견지하는 뜻을 그대로 멈추지 않고 목숨을 다해 전쟁을 수행했던 용사요, 군주 앞에서 자신이 한 말에서 물러서지 않고, 자신의 군대가 패하자마자 자신의 목을 벤 충의가 있는 자요, 모든 것을 합치면 충효를 이룬 자이다. 오상에서 단 하나 인仁이 부족하다 해도, 인은 성인 공부자孔夫子도 실천할 수 없다고 했는데, 어찌 한 무사가 이 모든 것을 다 갖추겠는가? 무사는 의와 예, 지, 용勇, 지조志操 이 다섯 가지를 갖출 수 있다면 칭송할 만하지 아니한가?

---

6 방덕(?~219) : 후한 말기 사람으로 젊었을 때 군리와 주종사를 지냈다. 후한 말에 마등을 따라 강저를 공격해 여러 차례 공을 세웠다. 또 그의 아들 마초를 따라 원담의 군대를 막아 중랑장에 오르고 도정후에 봉해졌다. 나중에 조조에게 귀순해 입의장군에 올랐으며, 번성에 주둔하면서 조인이 관우(關羽)를 공격하는 것을 도왔는데, 활을 쏘아 관우의 이마를 맞추었다. 마침 장맛비가 열흘 동안 내려 한수가 불어나 위쪽 제방으로 피했다가 관우에게 포위당했다. 악전고투하며 수비하다 작은 배를 타고 조인의 진영으로 돌아오려다 배가 뒤집혀 관우에게 사로잡히고, 끝내 죽임을 당했다(임종욱, 앞의 책, 508쪽).

어떤 이는 말한다. “자신이 패하는 것을 알지 못하는 자를 과연 지혜로운 자라 할 수 있는가? 자신의 목숨을 지키지 못한 자를 용맹한 자라 할 수 있는가?” 그렇기에 제갈무후諸葛武侯[7]가 하비에서 패하고 단양으로 도망친 것과 관중이 원래 지키던 군주가 공자와 자서를 죽게 한 것은 모두 몽매해서일까? 관부자[8] 운장雲長이 동오에 수호신이 된 것[9]과 월부자월자의 집안이 모두 죽임을 당한 것은 무능해서일까? 충의라는 것은 예와 짝할 때 비로소 충의가 되는 것이라 할 수 있다. 죽고 사는 것으로 말할 수 있는 것이 아니다. 만약 그럴 수 있고 통쾌히 살아왔다고 말할 수 있다면, 그것은 군주 가운데 왕망王莽[10]과 조조曹操가 있으며, 대신 가운데 조고趙高[11]와 진혜[12]를 들 수 있다. 그런데 이들을 모두 지혜로운 용사로 여길 수 있을까? 예에 어긋나게 살았던 큰 권력을 가진 자들을 모두 세상에서 도적질하고 살았다고 말한다.

그렇게 해서 사가인 나는 곡설오를 의와 예, 지, 용, 지조 다섯 가지를 갖추었다고 말하는 것이다. 특히 우직하고 신실한 이데르 도보 역시 더할 나위 없이 충직하고, 의로운 신하라고 할 수 있다. 나중에 그에 관한 사건을 더 보게 될 것이다. 비록 고대 충직하고 뛰어났던 노국

---

7 제갈량을 이름.

8 ‘관우’를 높여 이른 이름. 후한 말의 무장. 나라의 수호신으로 추앙됨.

9 관우는 많은 지역에서 수호신으로 추앙되었지만, 동오에서 추앙된 것은 확실치 않음.

10 왕망(王莽, 기원전 45~기원후 23) : 전한 말기 제남 동평릉 사람. 신 왕조의 건국자.

11 조고(?~기원전 207) : 중국 전국시대 진나라시대 관료이자 정치가. 그는 부모가 죄를 지어 궁에 들어가 환관이 되었다고 하나 진위가 분명치 않다. 진시황이 죽고 그의 막내아들 호세가 황제가 되자 그를 낭중령에 임명했다. 조고는 자기 마음대로 온갖 부정한 일을 저지르다 죽임을 당한다(임종욱, 앞의 책, 1651 참조).

12 누구인지 명확지 않음.

공들이 있지만 이보다 더하지는 않을 것이다.

또 태조가 천자라고 할 때 나는 비록 손으로 글을 쓰지만 늘 마음속으로 놀라움을 금치 못한다. 이제 이 장에서 또 태조가 갑자기 상황이 다급해져 하늘을 향해 한 번 크게 외치자마자 하늘에서 천둥 번개가 치고, 산과 바위가 폭파되고, 불이 솟구쳐 오르고, 회오리바람이 거꾸로 불었다고 했다. 이것은 아래 지하세계의 지옥을 연상시킨다. 고대 문왕文王이 천둥소리를 듣고 뇌진자를 얻은 것, 조운[13]이 아두阿頭를 가슴에 안고 구덩이에서 구해낸 것, 당태종의 머리에서 용이 나와 여러 번 병사의 무기를 막은 것, 마지막으로 송나라 10대 군주가 달아나 파국에 이를 때 강왕과 조구[14]가 말을 타고 강을 건넌 것. 이러한 일을 돌이켜 생각해 보면, 원나라 태조의 이러한 사건을 믿지 않을 수 없다는 데 이른다. 하늘이 가호하는 청나라 황제가 강남에서 식사를 할 때 몇 길의 등껍질이 있는 동물[15]이 황제의 배를 움켜쥐고 마구 흔들자 황제가 다급해져 "하늘이시여! 이것을 공격하심이 마땅하지 않겠나이까?"라고 하자 말이 끝나기도 전에 마른 땅에 벼락이 내리고, 그 동물을 내리쳤다. 이를 주의해 살피기 바란다.

---

13 조자룡(?~229)을 이름. 삼국시대 촉나라 사람. 이름은 운(雲). 처음에는 공손찬 수하에 있었는데, 공손찬이 원소에게 망한 뒤 유비에게 귀순했다. 조조가 형주를 취했을 때 유비가 패주하자 감부인(甘夫人)과 아두(阿頭)를 구하기 위해 조조의 대군을 혼자 휘젓고 다니며 호위해 구출했다(임종욱, 앞의 책, 1692쪽).

14 송나라 10대 고종.

15 '하브타스'라는 것은 거북이의 등껍질을 말하나, 여기서 어떤 의미로 쓰였는지 확실치 않다. 아마도 거북류의 등껍질이 있는 파충류의 어떤 동물을 말하는 듯하다.

참고문헌

1. '몽골 현대문 역자 서문' 참고문헌

Булаг, *Арван долдугаар зууны Монгол түүхэн уран зохиол*, Өвөр Монголын хэвлэлийн хороо, 1987.

John Gombojab Hangin, *Klke Sudur(THE BLUE CHRONICLE) : A Study of the first Mongolian Historical Novel by Injannasi*, O. Harrassowitz, 1973.

Дамдинсүрэн.Ц, *Монгол уран зохиолын дээж зуун билиг оршвой*, УБ, 1959.

Дундад сургуулийн хэлбичгийн багшийн гарын авлага, Тунляо. 1994.

Дэлгэрсан.Т, *Инжаннашийн шүлгийн судлал*, Өвөр Монголын Ардын Хэвлэлийн хороо, 1987.

Дэсрайжав, *Их зохиолч Инжаннаши*, Бээжин, 1993.

__________, *судар хийгээд арван анги судрын харьцаа*, Өвөр Монголын соёлын хэвлэлийн хороо, 1991.

Жамсранжав.Г, "Ванчинбалын Инжаннашийн романуудын тухай", *Монголын уран зохиолын тойм* III, Улаанбаатар, 1968.

Залгаа, *Инжаннашийн оны бичиг*, Өвөр Монголын Ардын Хэвлэлийн Хороо, 1995.

Инжаннаши, *Хөх Сударын нөхвөр дэвтэр*(Содбилэг харгуулав), Хөх хот, 2002.

Эрхлэн найруулагч Сайшаалт.Н, *Монголын уран зохиолын түүх*, Ляонин, 1995.

Сүх.В, Буянтогтох, Буянцугла нар голлон найруулав, *Монголын уран зохиолын түүхийн мэдлэг*, Өвөр Монголын Ардын Хэвлэлийн Хороо, Тунляонийн, 1997.

Нагуусайнхүү · Нарийнголхүү, *Тэмгэтийн намтар*, Улаанхад, 1989.

Намжил.Г, *Чингис хааны засаг ба бичиг*, Хайлар, 1990.

Эхийг харьцуулан хөрвүүлж, тайлбар хийсэн Чоймаа.Ш, *Оюун түлхүүр*, Улаанбаатар, 2002.

Төвгэрэлт, "Инжаннашийн шүлэг зохиолын сонирхол", *Сувд тана бутран сацарсан уянга*, Хөх хот, 1992.

Хишигтогтох.Ч, *Монгол сурвалж бичгийн судлал*, Бээжин, 2003.

Цэрэнсодном.Д, *Монголын уран зохиолын тойм*(XIII~XX зууны эхэн), Улаанбаатар, 2002.

Цэрэнсодном.Д, *Чингис богдын дурсгалын түүвэр*(Хөрвүүлж тайлбарын хамт хэвлүүлсэн Пүрэвжав.Э), Улаанбаатар, 2000.
Чингис хааны цэдиг, Бээжин. Монгол бичгийн хороо, 1925.
Чоймаа.Ш, *Монгол судлалын өгүүлүүд*, Улаанбаатар, 2003.
________, '*Монголын нууц товчоон' Лувсанданзаны 'Алтан товч' эхийн харьцуулсан судалгаа*, Улаанбаатар, 2002.
________, *Хаадын үндсэн хураангуй алтан товч*, Эхийн харьцуулсан судалгаа, судалгааны оршил, галиг, үгийн хэлхээ, эх текст, Улаанбаатар, 2002.

2. 국내 저서
강정만, 『송나라 역대 황제 평전』, 주류성, 2021.
김경한, 『인물 삼국지』, 북오션, 2014.
김옥자·김영옥, 「송원대의 과학에 대하여 II」, 『한국수학사학회지』 v. 28, 2015.
김정희·송정수·정면·김유철·박지훈·송미령, 『중국 정사 외국전이 그리는 '세계'들』, 역사공간, 2016.
김희영, 『이야기 중국사』, 청아출판사, 2000.
라시드 앗 딘, 김호동 역주, 『칭기스 칸 기』, 사계절, 2003.
______________________, 『칸의 후예들』, 사계절, 2005.
______________________, 『부족지』, 사계절, 2016.
마르코 폴로, 『동방견문록』, 김호동 역주, 사계절, 2006.
박지원, 김혈조 역, 『열하일기』 2, 돌베개, 2017.
소준섭, 『중국사 인물 열전』, 현대지성, 2018.
예태일·전발평 편저, 서경호·김영지 역, 『산해경』, 안티쿠스, 2009.
유리리, 「배역에 따른 중국 경극 의상과 분장의 표현 특성－조씨고아 사랑탐문 목계영괘사 사례를 중심으로」, 서울대 석사논문, 서울대학교, 2012.
유원수 역, 『몽골비사』, 사계절, 2004.
이병갑, 『중국역사사전』, 학민사, 2006.
이상각, 『열정과 자존의 오백 년 고려사』, 들녘, 2010.
이안나, 『몽골인의 생활과 풍속』, 첫눈에, 2005.
_____, 『몽골 민간신앙 연구』, 한국문화사, 2010.
임종욱, 『한국역대인명사전』, 이회, 2009.

임종욱, 『중국역대인명사전』, 이회, 2010.
저자 미상, 김장구 역, 『몽골 황금사』, 동북아역사재단, 2014.

3. 몽골 저서

Ч.Аръяасүрэн, *Монгол ёс заншлын их тайлбар толь* III, Урлах эрдэм, 2000.
____________ · Х.Нямбуу, *Монгол ёс заншлын дунд тайлбар толь*, Сүүлэнхүү хүүхдийн хэвлэлийн газар, 1991.
____________________, *Монгол ёс заншлын их тайлбар толь тэргүүн боть*, Сүүлэнхүү хүүхдийн хэвлэлийн газар, 1992.
Ш.Бира бусад, *Монголын нууц товчоо*, Мөнхийн үсэг, 2005.
Л.Болд бусад, *Монгол хэлний дэлгэрэнгүй тайлбар толь*, Монгол улсын шинжлэх ухааны академи, 2008.
Д.Дагвадорж, *Монголын шашин суртахууны тайлбар толь*, АУИС-ийн хэвлэлийн товчоон, 1995.
Ц.Дамдинсүрэн, *Монголын уран зохиолын тойм* III, БНМАУ-ын Шинжлэх ухааны академи, 1968.
Л.Жамсран бусад, *Монголын түүхийн бага нэвтэрхий толь* I, Орбис, 1998.
______________, *Монголын түүхийн бага нэвтэрхий толь* II, Орбис, 2000.
______________, *Монголын түүхийн бага нэвтэрхий толь* III, Орбис, 2002.
Лувсанданзан, *Алтан товч*, УБ, 1990.
Д.Лувсандорж бусад, *Уран зохиол соёмбо нэвтэрхий толь*, Соёмбо пресс, 2012.
Х.Лхагвасүрэн бусад, *Чингис хааны нэвтэрхий толь*, Чингэс Хаан дээд сургууль, 2004.
А.Очир бусад, *Монгол улсын түүх* II, Адмон компани, 2003.
Х.Сампилдэндэв бусад, *Монголын уран зохиолын лавлах толь*, Бемби сан хэвлэлийн газар, 2001.
О.Сүхбаатар, *Монгол харь үгийн толь*, УБ, 1997.
Д.Цэрэнсодном, *Монгол ардын домог үлгэр*, Улсын хэвлэлийн газар, 1989.
____________, *Монголын нууц товчоо*, Мөнхийн үсэг, 2000.
Ш.Шагдар, *Монголын газарзүйн нэрийн товч толь бичиг*, Старт лайн, 2007.
Д.Цэрэнсодном, *Монгол уран зохиолын товч түүх*, Монгол улсын шинжлэх ухааны академи, 2002.

4. 중국 저서
尹湛納希, 黑勒·丁師浩 譯, 『靑史演義』 上·下, 內蒙古人民出版社, 1985.
新蒙漢詞典 編纂委員, 『新蒙漢詞典』, 商務印書館, 1999.

5. e-book
방기혁 역, 「칭기스 칸 이야기」, 『원사본기』 권1(e-book), 슬기야단비야, 2015.
________, 「우구데이 황제 이야기」, 『원사본기』 권2(e-book), 슬기야단비야, 2015.
________, 「무칼리」, 『원사열전』 권6(e-book), 슬기야단비야, 2015.
________, 「야율초재」, 『원사열전』 권33(e-book), 슬기야단비야, 2015.
________, 「사병직, 사천예」, 『원사열전』 권34(e-book), 슬기야단비야, 2015.
________, 「장유소」, 『원사열전』 권34(e-book), 슬기야단비야, 2015.
________, 「석천웅」, 『원사열전』 권36(e-book), 슬기야단비야, 2015.
________, 「야율유가」, 『원사열전』 권36(e-book), 슬기야단비야, 2015.
________, 「장덕휘」, 『원사열전』 권50(e-book), 슬기야단비야, 2015.
________, 「선종 오도보 이야기 2」, 『금사본기』 권15(e-book), 슬기야단비야, 2015.
________, 「선종 오도보 이야기 3」, 『금사본기』 권16(e-book), 슬기야단비야, 2015.
________, 「애종 수서 이야기 1」, 『금사본기』 권17(e-book), 슬기야단비야, 2015.
________, 「애종 수서 이야기 2」, 『금사본기』 권18(e-book), 슬기야단비야, 2015.
________, 「완안승휘」, 『금사열전』 권39(e-book), 슬기야단비야, 2015.
________, 「최립」, 『금사열전』 권53(e-book), 슬기야단비야, 2015.
________, 「도단오르덴」, 『금사열전』 권54(e-book), 슬기야단비야, 2015,
________, 「포찰관노」, 『금사열전』 권54(e-book), 슬기야단비야, 2015.

6. 인터넷 DB
https://mn.wikipedia.org/wiki/Солоон,_Солонгод
https://mn.wikipedia.org/wiki/Харчин
https://mn.wikipedia.org/wiki/Хиймoрь
https://mn.wikipedia.org/wiki/Хотон
https://wordrow.kr/의미/연감유함
https://kangxi.fandom.com/wiki/페르디난트-페르비스트
https://blog.naver.com/bhjang3/140201007630

https://blog.daum.net/ersan.tisory.com/58
https://namu.wiki/w/위무자
https://namu.wiki/w/진사
https://namu.wiki/조간자
https://ko.wikipedia.org/wiki/공자
https://ko.wikipedia.org/wiki/구처기
https://ko.wikipedia.org/wiki/금나라
https://ko.wikipedia.org/wiki/나타
https://ko.wikipedia.org/wiki/뇌진자
https://ko.wikipedia.org/wiki/류큐국
https://ko.wikipedia.org/wiki/문창제군
https://ko.wikipedia.org/wiki/시헌력
https://ko.wikipedia.org/wiki/십악_(불교)
https://ko.wikipedia.org/wiki/야율직로고
https://ko.wikipedia.org/wiki/연성공
https://ko.wikipedia.org/wiki/왕세충
https://ke.wikipedia.org/wiki/유태공
https://ko.wikipedia.org/wiki/유표
https://ko.wikipedia.org/wiki/적로
https://ko.wikipedia.org/wiki/정륭
https://ko.wikipedia.org/wiki/조논
https://ko.wikipedia.org/wiki/조운_(촉한)
https://ko.wikipedia.org/wiki/주_목왕
https://ko.wikipedia.org/wiki/태호석
https://ko.wikipedia.org/wiki/홍문연
https://encykorea.aks.ac.kr/Contents/Item/E0049085(한국민족문화대백과사전)
https://encykorea.aks.ac.kr/Contents/Item/E0064109(한국민족문화대백과사전)